Un garde du corps aux abois

Retour à Cattle Barge

JULIE ANNE LINDSEY

Un garde du corps aux abois

Traduction française de
FLORENCE BERTRAND

BLACK ROSE

HARLEQUIN

Collection : BLACK ROSE

Titre original :
SHADOW POINT DEPUTY

HARPERCOLLINS FRANCE
83-85, boulevard Vincent-Auriol, 75646 PARIS CEDEX 13
Service Lectrices — Tél. : 01 45 82 47 47

www.harlequin.fr

ISBN 978-2-2804-1534-7 — ISSN 1950-2753

1

Rita Horn gara son pick-up neuf sur le parking boueux qui faisait face aux docks. Elle attrapa le gros sac de croquettes posé sur le plateau et le fit tomber sur le sol, plissant les yeux vers la dizaine de silhouettes félines qui se découpaient sur le soleil couchant. Il y avait tant de chats abandonnés à Shadow Point ! Elle les aurait recueillis tous si elle avait pu, mais les trois qu'elle possédait déjà n'auraient sûrement pas été d'accord.

— Minou, minou, appela-t-elle, frissonnant dans la brise fraîche de l'automne.

Puisqu'elle ne pouvait pas les adopter, nourrir les chats errants lui semblait un compromis acceptable, même si cela ne l'empêchait pas de se sentir coupable chaque fois qu'elle venait. Cela dit, l'usine désaffectée qui se dressait au bord de l'eau constituait un refuge acceptable : aucun prédateur naturel ne les menaçait, et l'abondance de souris leur permettait de survivre quand Rita travaillait tard et n'était pas au rendez-vous.

Les chats vinrent se frotter contre ses chevilles alors qu'elle contournait le bâtiment, miaulant et grimpant les uns sur les autres pour accéder à la nourriture. Elle s'arrêta devant la rangée de bols en ciment qu'elle avait achetés pour remplacer les précédents, en plastique, qui ne cessaient de s'envoler, et se mit en devoir de les remplir.

— Qui a faim ? Ah ah ! gronda-t-elle en séparant deux félins belligérants. Pas de bagarre. Il y en aura pour tout le monde.

Le sac était presque vide quand un retardataire fit son apparition. Un petit chat à rayures fauves dont le nez et le flanc étaient tout sales.

— Qu'est-ce que c'est que ça ? murmura Rita en se penchant pour mieux voir.

De larges traînées écarlates maculaient sa fourrure, toute poisseuse. Du sang ? Rita porta une main à sa poitrine.

— Pauvre chou. Qu'est-ce qui t'est arrivé ?

Comme elle tentait de prendre l'animal dans ses bras, celui-ci lâcha un sifflement et recula. Il était aisé d'oublier que nombre de ces chats étaient redevenus quasiment sauvages. Certains avaient mis des semaines à l'approcher. Elle claqua la langue et tendit sa paume ouverte, lui offrant les dernières croquettes. Ce pauvre minou n'allait pas survivre longtemps après avoir perdu tant de sang. Il fallait que la plaie soit nettoyée et sans doute qu'il ait des points de suture et un traitement antibiotique.

— Minou, roucoula-t-elle.

Le chat blessé s'enfuit. Laissant le sac vide derrière elle, Rita se précipita à sa suite.

— Minou, minou !

Ses talons claquaient sur la terre durcie. Devant elle, le chemin était barré par une clôture à laquelle était accrochée une pancarte Accès Interdit. Le chat s'arrêta un instant de l'autre côté, puis détala.

Rita marmonna un juron et parcourut les environs des yeux : une série d'empreintes félines ensanglantées eut raison de son hésitation. Tant pis si elle commettait une infraction ! Ce chat avait besoin de soins. Si on la prenait en flagrant délit, au moins aurait-elle une bonne explication. Personne ne pourrait la blâmer d'avoir voulu porter secours à un animal blessé.

La barrière était fermée par une chaîne et un cadenas, mais de manière assez lâche. Rita se faufila à l'intérieur et suivit les traces qui longeaient l'usine, admirant en même temps le ciel flamboyant du crépuscule. Perché sur un rebord de fenêtre à deux mètres de hauteur, le chat l'observait tranquillement.

— Tu es blessé, oui ou non ?

Elle inspecta les lieux, cherchant du regard un autre animal. D'où venait le sang, sinon du chat qui en était couvert ? Une flaque sombre attira son attention. Comme elle s'approchait, elle distingua un objet brillant à quelques pas de là : un stylo élégant, visiblement coûteux. Incongru dans un entrepôt à l'abandon, à moins que des promoteurs ne soient venus le visiter. Peut-être l'Etat allait-il enfin tenir ses promesses et réhabiliter la zone.

Elle se baissa pour le ramasser. Au même moment, le bout de sa chaussure dérapa sur le ciment. Elle se raidit, ravalant un cri alors que la flaque lui apparaissait nettement, écarlate aux derniers rayons du soleil.

D'une main tremblante, Rita tira son téléphone portable de la poche de sa veste. Il y avait trop de sang là pour qu'il appartienne à un chat.

Un éclaboussement soudain brisa le silence, suivi d'un murmure. Glacée, Rita se plaqua contre le mur du bâtiment, ferma brièvement les yeux pour rassembler son courage, puis hasarda un coup d'œil en direction du bruit.

Deux silhouettes étaient visibles dans le contre-jour. Larges d'épaules, manifestement masculines, mais de taille différente. Ensemble, les hommes passèrent dans le rond de lumière projeté par une lampe de sécurité. L'un arborait une tenue habillée, l'autre un uniforme d'aspect officiel, impossible à reconnaître d'aussi loin. En revanche, Rita sentit s'accélérer les battements de son cœur à la vue de la tache foncée sur la chemise du premier, qui s'essuyait les mains sur un chiffon. Il portait un holster sur le côté.

Une berline sombre parut émerger de l'obscurité, garée à côté d'une série de barils bleus. Le coffre s'ouvrit à l'approche des inconnus, révélant d'autres taches de sang et une quantité impressionnante d'armes à feu. L'homme à la chemise jeta son chiffon à l'intérieur avant d'en sortir une veste qu'il enfila et boutonna, sans doute afin de dissimuler la tache écarlate à d'éventuels regards.

Rita balaya l'écran de son téléphone. L'appareil glissa dans sa paume moite. Elle avait le souffle court, le cœur qui cognait à toute allure. Les doigts crispés sur l'appareil, elle lutta contre la bouffée de panique qui la submergeait, la première depuis la mort de sa mère.

Elle se pressa contre le mur et remit le téléphone dans sa poche. Elle avait besoin de s'asseoir, sinon elle allait s'évanouir. L'espace d'un instant, elle ferma les yeux, s'exhorta au calme, puis les rouvrit avec détermination. Elle téléphonerait une fois en lieu sûr. Quand elle aurait recouvré son souffle.

Elle se força à rebrousser chemin dans la pénombre, le long de l'usine, veillant à ne pas laisser claquer ses talons sur le sol.

Derrière elle, il y eut le déclic d'un coffre qui se fermait, le bourdonnement diffus d'un moteur. Devant elle, les chats grondaient à côté des bols. Rita se raidit. Pourvu qu'ils ne se mettent pas à se battre, pria-t-elle. Pas maintenant.

Les feulements et miaulements se firent plus distincts, annonciateurs d'une bagarre. Un faisceau de lumière balaya le sol.

— Qui est là ?

L'homme à l'uniforme s'avançait vers elle. L'insigne familier du département de police de Cade County se détachait sur sa poitrine.

Mauvais signe.

Rita détala, courant aussi vite que ses jambes tremblantes le lui permettaient en direction de son pick-up.

— Stop !

La voix de l'homme tonna derrière elle, accompagnée de l'écho de ses pas lourds.

Pas question, songea-t-elle en plongeant derrière le volant. Il s'était passé quelque chose de terrible sur les docks ce soir-là. Elle ne savait pas quoi, mais elle ne tenait pas à devenir une autre victime.

2

La pluie dégoulinait sur le chapeau et le ciré de l'adjoint Cole Garrett. D'épais nuages noirs avaient masqué le lever du soleil, mais Shadow Point s'était réveillé comme tous les jours. Agriculteurs, conducteurs d'autobus, ouvriers d'usine vaquaient déjà à leurs tâches.

Bizarrement pour cette ville modeste, le corps qu'ils venaient de repêcher portait une montre qui valait plus cher que le premier pick-up que Cole s'était offert.

Il plissa les yeux et regarda son frère aîné, West Garrett, shérif de Cade County.

— Tu le reconnais ?

West fronça les sourcils de plus belle.

— Non.

À en juger par son complet hors de prix, l'homme n'était pas originaire de la région. Les gens aussi riches que lui ne faisaient que traverser Shadow Point.

— Peut-être qu'il rendait visite à des parents, suggéra Cole. Ou qu'il était ici pour affaires.

West lui lança un coup d'œil ironique.

— Vu le trou qu'il a au front, les affaires marchaient mal.

Des employés de la morgue avaient déposé la victime sur une civière et l'avaient recouverte d'un drap blanc. Le médecin légiste tendit un bloc-notes à West pour signature.

— Nous vous recontacterons une fois les examens préliminaires terminés.

Cole promena le faisceau de sa lampe sur la scène, cherchant à comprendre ce qui s'était passé. Le séjour dans l'eau avait sans doute effacé les indices sur le corps, mais peut-être le meurtrier avait-il laissé des empreintes ou des douilles sur le sol.

Il remonta méthodiquement la rive en direction de l'usine à l'abandon, laquelle lui paraissait un cadre plus propice à une exécution que le terrain vague dégagé où le cadavre avait échoué.

Il pleuvait moins fort à présent. Cole remit sa torche à sa ceinture et aperçut un groupe de chats rassemblés sous l'auvent métallique du bâtiment le plus proche. Ils se mirent à miauler à sa vue, si bien qu'il se dirigea vers eux.

Le fourgon du médecin légiste s'éloigna et disparut au détour d'un virage tandis que la voiture de patrouille de West venait se garer sur un parking boueux voisin de l'usine.

Le ciel s'éclaircissait d'une minute à l'autre.

— Qu'est-ce que tu fabriques par ici ? appela West en claquant sa portière.

Cole fixait les bols alignés le long du mur. Il poussa du bout du pied un sac de croquettes déchiré et détrempé.

— Quelqu'un a nourri les chats. Et pas pour la première fois. Ils ne se sont pas enfuis en me voyant.

West jeta un coup d'œil aux félins avant de reporter son attention sur le parking.

— Il y a des traces de pneus là-bas. Inexploitables à cause de la pluie.

— Mesurons-les quand même, suggéra Cole. C'est peut-être un début. Le corps a pu être amené ici à bord de ce véhicule.

Il s'avança, scrutant l'étendue déserte sous l'auvent.

— West !

À côté d'une série d'empreintes de chat ensanglantées se trouvait celle, pointue, d'une chaussure féminine. Un petit bout de papier était accroché au rideau métallique : un reçu daté de la veille au soir. Celui du sac de croquettes ?

— Je crois que nous avons un témoin quelque part.

Rita fixait l'horloge de la cheminée, indécise. Pourquoi ne pas se rendre au bureau avec une heure d'avance ? Elle était debout depuis l'aube, ayant renoncé à trouver le sommeil des heures plus tôt. L'orage avait fait trembler ses fenêtres et semé la terreur dans ses pensées. Chaque fois que ses paupières se fermaient, elle imaginait l'homme des docks en train d'enfoncer sa porte d'entrée et se réveillait en sursaut, puis se rendait compte que c'était le vent qu'elle entendait.

Les mêmes questions tournaient en boucle dans son esprit. Qu'avait-elle réellement vu ? Quel genre d'événement pouvait impliquer tout ce sang, les docks et la police locale ? L'homme qui l'avait poursuivie l'avait-il reconnue ? Si oui, qu'allait-il se passer à présent ?

Au comble de la nervosité, elle avait regardé le journal télévisé, à l'affût de la moindre allusion à un incident sur les docks. Rien n'avait été mentionné. Il n'y avait rien non plus dans le journal du matin.

Un coup sec frappé à la porte d'entrée la fit tressaillir. Elle traversa le salon sur la pointe des pieds et risqua un coup d'œil à travers les rideaux. Son jeune frère, Ryan, se tenait sur le seuil. L'air frigorifié, il soufflait dans ses mains.

Plaquant un sourire sur ses lèvres, elle ouvrit la porte et le tira à l'intérieur.

— Hé, qu'est-ce que tu fais là ?

Elle se hâta de refermer le battant derrière lui et mit

le verrou, espérant avoir l'air plus détendue qu'elle ne l'était.

Il détacha son regard de la serrure.

— Tu m'as dit que je pouvais emprunter ton pick-up. Mon colocataire emménage.

Il arqua les sourcils, un soupçon dans ses yeux verts.

— Ça va ?

Agé de dix-neuf ans, Ryan avait entamé des études à l'université voisine. Il avait sept ans de moins qu'elle, mais avait tendance à vouloir jouer les grands frères. En réalité, c'était en partie Rita qui l'avait élevé.

— Bien sûr, affirma-t-elle en prenant un chat dans ses bras.

La vue de ses compagnons félins suffisait d'ordinaire à la réconforter, mais ce jour-là, ils ne faisaient que lui rappeler l'incident sur les docks.

— On dirait que tu es déjà prête à partir au bureau. Tu ne dois pas y être avant une heure, si ?

— Non.

Il embrassa du regard le salon impeccablement rangé, fruit de l'anxiété et de trop d'heures de sommeil perdues.

— Depuis quand est-ce que tu te lèves avec une heure d'avance ? Et pourquoi as-tu fait le ménage à fond ? Qu'est-ce qui se passe ?

Rita se força à sourire alors qu'elle mourait d'envie de se mettre à pleurer.

— Rien du tout.

Puis elle renonça à jouer la comédie et se pinça l'arête du nez.

— J'ai mal dormi. Tu veux un café ? Tu as faim ?

Son regard se posa de nouveau sur l'horloge, dont les aiguilles semblaient s'être arrêtées. Arriver au bureau avec un peu d'avance n'était pas une mauvaise chose. Si elle avait l'esprit occupé, elle cesserait peut-être de se tourmenter avec des questions auxquelles elle n'avait pas de réponses.

La main de Ryan dansa devant ses yeux. Une clé de voiture se balançait à son doigt.

— Je parie que tu n'as pas entendu un traître mot de ce que j'ai dit ?

— Comment ?

Il laissa retomber sa main.

— Quelqu'un t'a fait du mal ?

— Non, bien sûr que non.

Rita déposa le chat sur le canapé et se dirigea vers sa chambre.

— Je vais te donner les clés.

Elle ouvrit son sac à main et tressaillit à la vue du stylo qu'elle avait trouvé sur les docks. Un instant, elle avait envisagé de le jeter, puis s'était décidée à le garder au cas où. Peut-être était-ce une pièce à conviction.

— Donne-moi une minute.

Rita attrapa un emballage en plastique et enveloppa le stylo dans un mouchoir en papier avant de le glisser à l'intérieur. Non seulement il avait dû être piétiné par une trentaine de chats sur le quai désaffecté, mais il avait passé une nuit dans le capharnaüm qu'était son sac à main, ce qui avait dû ruiner ses chances d'être utile à quoi que ce soit. Cependant, la technologie faisait des miracles de nos jours. Peut-être quelqu'un pourrait-il en tirer quelque chose. Encore eût-il fallu qu'elle sache à qui le remettre et même si elle devait le faire. Elle se massa le front, ravalant le nœud qui s'était formé dans sa gorge. Était-ce une pièce à conviction ? Avait-elle perdu la tête ? Peut-être les deux.

Elle remit le tout dans son sac et regagna le salon.

— Voilà. Prends soin de mon bébé.

Ravi de l'échange, il déposa la clé de sa voiture jaune vif, vieille de vingt ans, au creux de la paume de Rita.

— Et toi, prends soin de Suzie.

Rita s'esclaffa.

— Tu as besoin d'argent pour l'essence ou pour déjeuner ? Comment ça marche à la fac ?

Ryan recula vers la porte.

— Tout va bien. J'ai de bonnes notes. D'ailleurs, j'ai rendez-vous avec des copains pour une séance de révision ce matin. Il faut que j'y aille. Tous ces profs veulent que j'apprenne des trucs !

Il feignit d'être pris à la gorge, et Rita sourit.

— L'avenir de l'Amérique est devant vous, mesdames et messieurs.

L'éducation avait toujours été une priorité pour elle, mais pas pour Ryan. Elle avait eu toutes les peines du monde à le persuader de s'inscrire en licence plutôt que de s'engager dans l'armée comme leur père. Au moins, avec une licence, il pourrait entrer dans l'armée en tant qu'officier et être prêt à exercer une autre carrière par la suite.

Il se tourna pour partir.

— Attends. Je te raccompagne.

Un brouillard épais avait succédé au déluge de la nuit, prêtant un côté hitchcockien à son univers déjà menaçant. Elle ne parvenait même pas à distinguer le panneau STOP au bout de la rue.

Dix minutes plus tard, elle déposait son sac sur le scanner de sécurité de l'hôtel de ville et saluait les gardiens. Elle franchit le portique, ramassa ses affaires et s'éloigna d'un pas pressé, se sentant irrationnellement suspecte parce que le stylo était à l'intérieur.

Ses talons claquèrent sur le marbre de l'immense hall et sur les marches de l'escalier imposant qui menait au premier étage. Bien que relativement vaste, Cade County recouvrait une zone rurale et assez peu peuplée, si bien qu'un seul bâtiment suffisait pour abriter le tribunal et le siège du gouvernement local où Rita travaillait.

Elle passa devant les peintures à l'huile des gouverneurs, sénateurs et présidents accrochés aux murs du premier étage, s'engouffra dans le service comptabilité et se laissa tomber sur son siège avec détermination. Dès qu'elle aurait mis de l'ordre dans ses idées et sur son bureau encombré, elle appellerait le shérif. Sans révéler son nom. Après tout, elle avait commis une infraction, et elle ne serait pas dans ce pétrin maintenant si elle avait respecté la loi et le panneau. Elle enfouit la tête dans ses mains. Que dirait-elle ? Qu'elle soupçonnait qu'il s'était passé quelque chose de grave ? La pluie avait sûrement effacé toutes les traces. Et un adjoint n'était-il pas présent, de toute façon ?

Si. Et elle s'était enfuie lorsqu'il l'avait appelée. Un gémissement lui échappa.

— Bonjour, Rita ! lança une voix enjouée.

Rita se redressa en sursaut.

— Bonjour !

La réceptionniste la regarda avec curiosité.

— Tu es bien matinale, observa-t-elle en faisant bouffer son imposante coiffure blonde.

— J'espère rattraper mon retard, répondit Rita, désignant la pile de dossiers qui l'attendaient.

— Tu fais des progrès ?

— Pas vraiment.

Elle n'aurait pas dû venir au bureau. Elle avait l'impression d'être en prison, tout à coup.

— Je vais aller chercher un café avant de commencer.

Peut-être qu'un peu d'air frais lui ferait du bien.

— Tu veux quelque chose ?

La jeune femme lui montra la tasse fumante qu'elle tenait à la main.

— C'est bon, merci.

— Ah. Très bien.

Rita attrapa son sac et son manteau.

— Je n'en ai pas pour longtemps.

Elle lissa son chemisier en soie blanche et sa jupe droite noire, puis se hâta de descendre, empruntant une sortie latérale qui donnait sur un jardin public.

Une légère bruine l'obligea à rester près de la porte, à l'abri d'un petit auvent. Les bancs étaient mouillés, le sol détrempé. Des flaques occupaient les espaces entre les dalles de l'allée. Elle inspira à fond et s'efforça de se détendre. Ce n'était pas de caféine ni d'air frais qu'elle avait besoin, mais de réponses, et la seule manière de les obtenir était d'appeler la police, ce qu'elle aurait dû faire la veille au soir. Mieux valait signaler un incident qui se révélait sans conséquence que se taire et découvrir par la suite que son appel aurait pu aider quelqu'un.

Sa résolution prise, elle rentra et s'engagea dans l'escalier, mais ralentit le pas à la vue d'un adjoint qui s'entretenait avec la réceptionniste. Si elle désirait sincèrement signaler ce qu'elle avait vu, c'était le moment ou jamais, pourtant ses muscles refusaient d'obéir.

Obéissant à son instinct, elle se glissa dans une alcôve et attendit. Dès l'homme ressorti, elle composa le numéro de la réceptionniste.

— Service de comptabilité de Cade County.

— Hé, Cyndi, c'est Rita.

— Rita ? Justement, un adjoint du shérif te cherchait. Tu ne l'as pas vu ? Je lui ai dit que tu étais partie chercher un café au coin de la rue. C'est là que tu es allée ?

Rita sentit la sueur perler sur son front.

— Oui. Il t'a dit ce qu'il voulait ?

— Non. Seulement qu'il voulait te parler.

— Il t'a donné son nom ?

Cyndi marqua une pause.

— Tu as des problèmes, mon chou ?

Rita se mit à dévaler les marches quatre à quatre.

— Non. Pas du tout. Mais je ne me sens pas bien. Je crois que c'est pour ça que j'avais du mal à me concentrer tout à l'heure.

— Oh ! Tu devrais rentrer chez toi te reposer. Je ne peux pas me permettre de tomber malade. Tu te souviens de la grippe intestinale que j'ai eue au printemps ?

Comment aurait-elle pu l'oublier ? Dès que quiconque se plaignait ne serait-ce que d'un mal à la tête en présence de Cyndi, celle-ci mentionnait qu'elle avait failli mourir au mois de mars précédent.

— Hum. Tu sais quoi ? Je me demande si ce n'est pas justement ce que j'ai.

— Oh ! mon Dieu.

— Oui, je vais rentrer à la maison. Me reposer.

Rita franchit les portes et se dirigea vers la voiture décrépite de Ryan.

— Il faut que j'y aille, Cyndi. Je crois que je vais vomir.

— Bois beaucoup de liquide !

— Entendu. Merci et au revoir.

Elle se glissa au volant et démarra. Elle avait hâte d'être de retour à la maison. Au calme, elle pourrait reprendre ses esprits.

Le téléphone sonna, mais elle l'ignora. Le numéro qui s'était affiché n'était pas celui de Ryan et tous les autres pouvaient attendre.

Après une série de détours compliqués et sans doute inutiles, elle arriva à son domicile une vingtaine de minutes plus tard. Plusieurs voisins étaient debout dans son jardin, à côté d'une voiture de patrouille garée dans l'allée.

Une bouffée de panique l'envahit.

Elle descendit sa vitre.

— Madame Wilcox, chuchota-t-elle.

Une femme âgée pivota et se hâta vers elle.

— Que se passe-t-il ? demanda Rita, tassée sur son siège.

— Betty a vu vos chats dans le jardin en passant, expliqua sa voisine en désignant une femme en tenue de jogging rose bonbon.

— Mes chats étaient dehors ? se récria Rita, atterrée. Ils vont bien ?

— Oui, oui. Betty les a pris dans ses bras et quand elle est allée frapper, elle s'est rendu compte que la porte était ouverte et que tout était sens dessus dessous. Elle a déposé les chats à l'intérieur, elle est venue chez moi et nous avons appelé la police.

Une boule se forma dans la gorge de Rita.

— Ma maison est sens dessus dessous ? répéta-t-elle.

La femme âgée hocha la tête.

— Saccagée. L'adjoint est arrivé à peine quelques minutes plus tard. Il devait être dans le secteur.

Le cœur de Rita cognait contre ses côtes, le sang tambourinait à ses oreilles.

Quelqu'un s'était introduit chez elle.

Et un adjoint était encore là.

3

Cole avait serré les dents et traîné les pieds quand le standard lui avait signalé un possible cambriolage dans Maple Street. Laisser West seul aux prises avec une enquête pour meurtre semblait insensé, mais dans un département qui ne comptait que six adjoints, il était un peu compliqué de couvrir toutes les tâches. Le service de son successeur ne devait commencer que deux heures plus tard, à moins que West ne l'appelle.

Entre-temps, la propriétaire de la maison avait quitté son travail plus tôt que de coutume et ne répondait pas au téléphone. En fin de compte, Cole avait à regret fait le déplacement.

La porte d'entrée était déverrouillée et ne présentait aucun signe d'effraction. En revanche, l'intérieur avait été mis à sac. Les voisins n'avaient rien vu ni entendu d'anormal, et pourtant chaque objet en vue avait été renversé, retourné ou en partie démonté. Les rayonnages avaient été vidés de leurs livres, les tiroirs gisaient sur le sol. Seuls l'ordinateur et la télévision avaient échappé au massacre.

En guise de cambriolage, il y avait plus efficace. Alors pourquoi s'était-on donné la peine de s'introduire sur les lieux ? Et où était la propriétaire ? Il vérifia le nom qu'il avait griffonné sur son carnet. Rita Horn. Peut-être s'agissait-il d'un acte de vengeance. D'une affaire personnelle. Peut-être était-ce l'œuvre d'un ex jaloux ou d'un parent mécontent.

En tout cas, c'était bizarre.

Il passa une main sur son visage. D'abord, un corps repêché dans la rivière, et maintenant un cambriolage dans un quartier résidentiel connu pour être plus que sûr. Il poussa un long soupir. La journée s'annonçait mal.

Le bout de sa chaussure s'accrocha à un cadre tombé sur le sol, et il se pencha pour le ramasser.

— Tiens donc ! murmura-t-il en souriant.

Il aurait reconnu ces yeux noisette entre mille. La ravissante rousse travaillait à l'hôtel de ville. Il l'avait remarquée à l'automne précédent, un jour où il amenait un délinquant au tribunal. Elle était occupée à distribuer des sandwichs et des bouteilles d'eau à un petit groupe de sans-abri. Avec sa robe à fleurs et ses talons hauts, elle offrait un contraste saisissant avec les hommes et les femmes pauvrement vêtus qui l'entouraient. Cole se souvenait qu'elle avait appelé plusieurs de ces personnes par leur nom.

Il remit le cadre sur le manteau de la cheminée, se sentant nettement moins agacé d'avoir abandonné West sur les docks.

— La voilà ! lança une voix sur la pelouse. Elle va bien !

Cole pivota sur ses talons. Une voiture jaune et rongée par la rouille venait de s'immobiliser le long du trottoir.

— – Mademoiselle Horn ? Je suis l'adjoint Cole Garrett. Pouvez-vous couper le contact, s'il vous plaît ?

Elle acquiesça derrière la vitre.

Ses yeux écarquillés et les jointures toutes blanches de ses doigts inquiétèrent Cole. En temps ordinaire, Rita était le calme et la sérénité incarnés. Après ce jour où il l'avait vue avec les sans-abri, il l'avait observée chaque fois qu'il se rendait au tribunal. Malheureusement, ils n'avaient jamais échangé un regard : contrairement à la plupart des femmes de la ville, elle ne semblait pas avoir conscience de son existence.

Rita avança lentement et se gara un peu plus loin, laissant le moteur tourner encore quelques secondes avant de l'arrêter.

Enfin, elle descendit, ferma la portière et s'approcha prudemment.

— Que se passe-t-il ?

Son regard nerveux s'arrêta sur la voiture de patrouille, puis sur l'écusson cousu à la poitrine de Cole.

Une femme aux cheveux gris apparut à côté d'eux.

— Je m'inquiétais pour vous. Au bureau, on m'a dit que vous étiez partie mais vous ne répondiez pas au téléphone.

— Je suis désolée, Doris, répondit Rita doucement. Je ne me sentais pas bien. Je ne suis pas dans mon assiette aujourd'hui.

— Enfin, l'important, c'est que vous n'ayez pas été là quand tout ça est arrivé.

— Qu'est-ce qui est arrivé, au juste ? demanda Rita en reportant son attention sur Cole.

— Vos voisins ont signalé un possible cambriolage il y a une demi-heure. Quand avez-vous quitté l'hôtel de ville ?

Elle étrécit les yeux.

— Comment savez-vous où j'étais ?

Cole lui décocha son sourire le plus charmeur, espérant apaiser l'anxiété soudaine qui perçait dans sa voix.

— Je vous ai vue là-bas.

Le rouge lui monta aux joues, mais elle ne fit aucun commentaire.

Cela ne le regardait en rien, mais Rita Horn n'avait pas l'air souffrante. Au contraire, elle était superbe.

Sa jupe et son chemisier épousaient les courbes de son corps sans en révéler les détails.

Des détails qu'il aurait adoré explorer.

Elle croisa les bras, et le tissu soyeux de son chemisier se tendit davantage.

Cole déglutit et indiqua d'un geste la porte d'entrée, s'obligeant à reporter son regard dans la même direction.

— Voudriez-vous jeter un coup d'œil et voir si quelque chose a disparu ?

Il s'avança vers les marches dans l'espoir qu'elle allait lui emboîter le pas. À vrai dire, elle semblait terrifiée, à deux doigts de remonter dans sa voiture et de prendre la fuite.

— Il n'est pas possible que vous ayez oublié de fermer la porte à clé ce matin ?

— Non.

Sa voix mélodieuse venait de juste derrière lui.

— J'ai même tourné la poignée pour vérifier.

Il inclina la tête vers elle.

— Vous faites toujours ça ou quelque chose était différent aujourd'hui ?

Elle pinça les lèvres.

Cole s'imagina les embrasser.

Il s'adossa à la rampe de la terrasse pour la laisser passer.

— Je ne peux pas m'empêcher de penser que ce genre d'incident est rarissime dans votre quartier, et qu'il s'est justement produit un jour où vous vous sentez malade et où vous avez quitté votre travail plus tôt que d'habitude. Et un jour où vous avez éprouvé le besoin de vérifier que votre porte était fermée à clé.

— Peut-être cherchez-vous midi à quatorze heures.

Il haussa les épaules.

— Possible. Ça va de pair avec le métier.

Rita le frôla pour entrer, et il eut l'impression d'avoir reçu une décharge électrique.

— Voyez-vous qui aurait pu s'introduire chez vous, mademoiselle Horn ?

Elle repoussa de longues mèches auburn derrière son épaule et les rassembla dans son poing.

— Non.

Elle baissa les bras et s'en entoura la taille.

— Vous pouvez m'appeler Rita.

Cole ouvrit la fermeture du sac en toile noire qu'il avait déposé près de la porte.

— Qu'est-ce que vous faites ? demanda-t-elle, d'une voix apeurée.

Surpris, il lui montra ses paumes pour la rassurer.

— Je vais relever les empreintes sur la poignée et l'encadrement au cas où. Et peut-être remplacer ce verrou.

Elle leva un doigt.

— Puis-je voir ce qu'il y a là-dedans ?

Fronçant les sourcils, Cole écarta les pans du sac pour qu'elle puisse l'inspecter.

— Bon, dit-elle en rougissant. Je ne me sers pas du verrou. Il est trop raide.

— Voulez-vous que j'en pose un neuf avant de partir ? Il n'empêchera pas un professionnel d'entrer, mais il le ralentira et, dans ce quartier, le temps est un allié. J'ai l'impression que peu de choses échappent à vos voisins.

Elle desserra un peu les lèvres.

— Vous vous promenez toujours avec un verrou sur vous ?

— Non. Ça fait des mois que j'ai l'intention de remplacer le mien mais je n'en ai pas encore eu le temps.

Elle parut réfléchir.

— Vous pouvez laisser la porte ouverte pendant que vous travaillez ?

— Pas de problème.

Il déposa la poudre sur la poignée et l'encadrement.

— Vous n'avez vraiment aucune idée de la personne qui a pu faire cela ?

— Qui, par exemple ? rétorqua Rita en se baissant pour ramasser un coussin fantaisie.

— Je ne sais pas, répondit Cole, partageant son attention entre son travail et elle. Peut-être une rivale ou un ex. La partenaire d'un amant ?

L'expression choquée de Rita vira au dégoût.

— Sûrement pas.

Elle déposa le coussin sur le canapé et l'aligna avec les autres.

— Je n'ai pas de rivale ni d'ex cinglé, et je ne sors pas avec les hommes qui ont une partenaire, lâcha-t-elle sur un ton sec. Quel genre de femme avez-vous l'habitude de fréquenter, adjoint Garrett ?

Il sourit en l'entendant prononcer son nom.

— Vous pouvez m'appeler Cole, dit-il en se redressant, la main tendue.

Elle le toisa d'un air soupçonneux.

— Je vous ai vu au tribunal.

Un sourire se répandit sur les lèvres de Cole.

— Ah bon ?

Rita rougit et glissa sa main fine dans la sienne.

— Je peux vous offrir un café ?

— Avec plaisir, merci.

Il termina son travail pendant qu'elle préparait le café et remettait de l'ordre dans la pièce. Quand il rangea ses outils, le salon était impeccable, digne de figurer dans un magazine de décoration. Le style était intello et sexy : des meubles de style ancien, des livres en profusion, et quantité de coussins fantaisie.

— Ce serait peut-être une bonne idée de changer la poignée aussi, suggéra-t-il. D'investir dans une serrure à code.

— Entendu.

Elle approcha l'aspirateur et essuya une perle de sueur sur son front.

— Le café doit être prêt.

— Ça vous ennuie que je ferme la porte pour essayer le verrou ?

— Non. Allez-y.

Elle disparut, et revint un instant plus tard munie de deux tasses délicates qu'elle posa sur la petite table.

— Vous prenez de la crème ou du sucre ?

— Non, merci.

Il feignit de tester la solidité du verrou et d'admirer ses talents de bricoleur.

— Je crois que c'est bon. Je vous tiendrai au courant pour les empreintes.

Il laissa tomber les clés du verrou neuf sur la table puis s'installa dans un des fauteuils.

— Vous vivez seule ici ?

— Oui. Depuis deux ans. Depuis que Ryan est parti.

Cole sentit sa mâchoire se raidir.

— Ryan ?

Peut-être y avait-il bel et bien un ex aigri quelque part, qui avait besoin d'un bon coup de pied dans le postérieur. Cole ajusta sa position dans le petit fauteuil. L'idée qu'un homme puisse tenter de faire du mal à Rita le hérissait.

— C'est mon frère, expliqua-t-elle en ouvrant un album photo posé à côté du café. Le voici.

Une version plus jeune et masculine de Rita figurait sur tous les clichés. Ryan était grand et dégingandé, comme Cole l'avait été. Souvent photographié avec Rita, un bras autour de ses épaules, il la dépassait d'une bonne tête.

— Vous êtes proches, observa-t-il. C'est bien. Ma

famille est soudée aussi. C'est même un peu pénible parfois.

Elle sourit.

— Vous dites que Ryan vivait ici ?

— Oui. Jusqu'à ce qu'il aille vivre en cité universitaire. J'étais sa tutrice légale quand il était au lycée.

Une profonde tristesse assombrissait son regard noisette.

Cole se pencha en avant, soudain désireux de comprendre sa douleur et de la réconforter.

— Notre mère a été renversée par un chauffard ivre dans l'Oklahoma. Ryan est venu vivre avec moi après les obsèques.

— Je suis désolé.

Il n'osait imaginer ce qu'il aurait ressenti en perdant un parent aussi jeune. Et il aurait été incapable d'élever un adolescent alors qu'il était lui-même âgé d'une vingtaine d'années.

— Votre père ne s'occupe pas de vous ?

Elle leva les yeux au ciel et traça du bout du doigt le rebord de sa tasse.

— Non. Il est au Koweït ou en Afghanistan ou je ne sais où, là où on a besoin de lui.

On ne pouvait se méprendre sur la déception qui perçait dans sa voix. Elle reposa sa tasse, frotta ses paumes sur ses cuisses puis noua les mains sur ses genoux.

— Je vous mets mal à l'aise ?

Elle fixa ses pieds.

— Non. À vrai dire, votre présence est très réconfortante, mais la matinée a été longue.

— Et vous ne vous sentez pas bien, lui rappela-t-il.

— Exactement.

— Il y a quelque chose dont vous voulez me parler ? l'encouragea-t-il.

Rita serra les lèvres et secoua la tête.

Abandonnant son café, il se leva et alla fouiner dans son sac à la recherche d'une carte de visite. Il n'avait plus rien à faire chez elle si elle refusait de parler, et West avait besoin de son aide sur les docks.

Elle le raccompagna à la porte et l'ouvrit pour lui. Un parfum de vanille et de miel émanait de ses cheveux et de sa peau.

Cole griffonna son numéro de portable au dos de la carte.

— Si vous avez besoin de quoi que ce soit ou si quelque chose vous revient à l'esprit et que vous voulez m'en parler, appelez-moi. Je réponds toujours et je peux être ici en quelques minutes. Dans l'immédiat, je vais ajouter votre rue aux rondes effectuées par les autres adjoints.

— Non. Ne faites pas ça.

La main de Rita s'était refermée sur son poignet.

Il attendit une explication qui ne vint pas.

— C'est tout ? « Ne faites pas ça » ?

Sa maison venait d'être mise à sac, mais elle ne voulait pas que la police patrouille le secteur ?

Elle le lâcha et son visage se détendit.

— Je n'ai rien. Il est inutile d'envoyer quelqu'un d'autre. Merci d'être venu.

Ce fut tout juste si elle ne le poussa pas au-dehors. L'instant d'après, elle tirait le verrou derrière lui.

Cole monta dans sa voiture de patrouille et signala sa position au standard, puis enclencha une vitesse.

Au loin, une berline noire se détacha du trottoir et tourna immédiatement, disparaissant aussitôt. Cole fit marche arrière, intrigué. Il n'avait pas remarqué le véhicule lorsqu'il était sorti à la rencontre de Rita, ni quand il avait travaillé avec la porte ouverte. Peut-être n'était-ce rien, peut-être son attirance pour Rita lui jouait-elle des tours mais son instinct lui soufflait de suivre cette voiture.

Debout à la fenêtre, Rita suivit des yeux le séduisant adjoint qui s'en allait. Cole Garrett n'était pas l'homme des docks ni celui qu'elle avait aperçu dans son bureau. Elle aurait reconnu Cole n'importe où. C'était lui qui séparait les bagarreurs à la sortie du tribunal, apaisait les malfaiteurs qu'on emmenait en prison, réconfortait ceux qui sanglotaient après un verdict injuste. Cole Garrett était un gardien de la paix, un héros.

Une fois la voiture de patrouille disparue, Rita troqua sa jupe contre un jean et ses talons contre des baskets blanches et attrapa son sac et son ordinateur portable.

Cinq minutes plus tard, elle garait la voiture de Ryan devant un café animé et s'engouffrait à l'intérieur. À la télévision, les gens traqués se rendaient toujours dans des lieux où ils ne seraient pas seuls. Le café semblait un choix judicieux. À tort ou à raison, elle avait l'impression d'être espionnée, et sa maison était trop calme. Trop vulnérable. Si quelqu'un y pénétrait pendant qu'elle était seule, l'intrus serait libre de faire n'importe quoi.

Son estomac se noua alors qu'elle y pensait.

— Une bouteille d'eau, s'il vous plaît, demanda-t-elle au serveur.

Elle choisit une table haute, située au fond de la salle bien éclairée, et grimpa sur un tabouret qui lui offrait une vue dégagée de la porte d'entrée et de la vitrine, ainsi que de l'écran de télévision muet fixé au mur.

Elle s'en voulait de ne pas avoir raconté son histoire à Cole. Il fallait qu'elle fasse confiance à quelqu'un, et chaque fibre de son corps lui disait qu'elle pouvait avoir entièrement confiance en lui. Elle avait été stupide de se taire.

En farfouillant dans son sac, elle retrouva sa carte

et la posa sur la table. Il était essentiel qu'elle reprenne ses esprits et qu'elle réfléchisse à la manière de se sortir du pétrin où elle s'était fourrée.

Que devrait-elle dire ? Par où commencer ?

Le bourdonnement des voix autour d'elle calma un peu ses nerfs tendus à craquer. Elle se massa les tempes du bout des doigts, cherchant le meilleur moyen d'entamer la conversation. *Allô, ici Rita Horn. Je sais que nous venons de nous parler, mais je voulais que vous sachiez qu'un des autres adjoints est un meurtrier.*

Elle leva les yeux au ciel, au moment où une publicité silencieuse pour du beurre de cacahuètes cédait la place à un reportage en direct depuis la rivière.

La gorge nouée, elle laissa retomber ses mains et scruta la salle pleine de clients indifférents, qui pianotaient sur leur téléphone ou bavardaient avec des amis. Elle se pencha en avant, focalisant toute son attention sur le texte qui défilait à l'écran.

« Selon divers témoins, les membres du département du shérif et un médecin légiste étaient présents sur les lieux dès l'aube. Un périmètre de sécurité et des déviations ont été mis en place au fil des heures. »

La jeune journaliste pressa un doigt contre son oreille et baissa les yeux. Lorsqu'elle releva la tête vers la caméra, elle avait pâli.

« On m'annonce à l'instant la raison de ce dispositif. Malheureusement, il semblerait qu'un corps ait été repêché dans la rivière juste après le lever du soleil. »

4

Rita se leva, les jambes en coton, tandis que le fourgon du médecin légiste traversait l'écran, les eaux turbulentes de l'Ohio à l'arrière-plan. Une usine désaffectée et une dizaine de silhouettes félines complétaient le décor.

Les oreilles bourdonnantes, elle se dirigea tout sauf discrètement vers la porte, heurtant sièges et clients sur son passage. Ses yeux étaient restés rivés sur la télévision, à l'affût de dernières nouvelles.

Un vent vif soufflait au-dehors quand elle emprunta le trottoir, consciente d'avoir quitté le sanctuaire du café pour s'exposer aux regards. Elle se hâta vers sa petite voiture, verrouilla les portières et jeta un coup d'œil dans les rétroviseurs avant de reposer la tête contre le volant.

Réfléchis.

Les individus qu'elle avait aperçus sur les docks avaient bel et bien assassiné quelqu'un. Elle avait entendu l'éclaboussement. Remarqué la flaque de sang.

Et ces deux hommes l'avaient vue.

Elle leva la tête et scruta de nouveau la rue et les trottoirs, s'exhortant à se concentrer. Impossible de retourner au café puisqu'elle était à deux doigts de s'effondrer. Impossible aussi de rentrer chez elle ou d'aller à son bureau. Les assassins l'avaient devancée.

Le mot la percuta avec la violence d'un coup.

Les assassins.

— Qu'est-ce que je vais faire ? murmura-t-elle au pare-brise.

Ils savent qui je suis. Où je travaille. Où je vis.

Que voulaient-ils ? La tuer ? Pourquoi ? Elle n'avait pas été témoin du crime. Elle ne serait même pas capable de les identifier. Certes, elle avait vu nettement l'adjoint qui s'était présenté à l'hôtel de ville et elle pouvait fournir une description générale de son acolyte – taille, poids, corpulence – mais pas grand-chose de plus.

Son regard descendit lentement vers le sac posé sur le siège passager. *Le stylo.* Il y avait peut-être des empreintes dessus. Ou des traces d'ADN. Si les tueurs savaient qu'elle l'avait en sa possession, ils voudraient le récupérer, c'était certain.

Que faire ?

Elle songea à la jeter par la fenêtre.

Encore étourdie, Rita s'engagea avec précaution dans la file de trafic. Elle aurait dû raconter ce qui s'était passé à l'adjoint Garrett. Il était digne de confiance, il l'aiderait. Le doute n'était plus permis, à présent. Un meurtre avait eu lieu, même si elle était sans doute arrivée après les faits.

Et elle était en danger.

Le moment était venu de faire ce qu'elle aurait dû faire dès le début.

Elle ralentit à une intersection et plongea la main dans son sac pour récupérer la carte du séduisant adjoint. Elle l'appellerait dès qu'elle serait arrivée à destination. À quelle destination, déjà ?

Le feu passa au vert. Elle pressa la pédale d'accélérateur. La figurine délavée que Ryan avait collée sur son tableau de bord se balança doucement. Une pensée soudaine glaça Rita jusqu'à la moelle.

— Oh ! non !

Si les assassins savaient qui elle était, ils savaient aussi quel véhicule elle conduisait. Et c'était son frère qui l'avait ce jour-là !

Rita retraversa le centre-ville à toute allure, tentant à chaque feu rouge d'appeler Ryan.

Pas de réponse.

Des images terrifiantes se bousculaient dans son esprit : son pick-up métallisé faisait un tonneau ou plongeait dans les eaux de la rivière, Ryan prisonnier à l'intérieur.

— Allô, Ryan, dit-elle à la boîte vocale aussi calmement que possible. C'est moi. Écoute. Je suis désolée, mais j'avais complètement oublié que j'avais quelque chose de prévu aujourd'hui et que je ne peux pas te prêter ma voiture. Je me rattraperai, promis.

Elle se tassa légèrement. Il était peu probable que Ryan accepte cette excuse sans réclamer d'explication, mais elle ne pouvait pas lui en fournir. Le mêler à cette histoire l'exposerait au danger.

— De toute façon, je suis en route pour chez toi. On va faire l'échange en vitesse. Ne bouge pas, je suis là dans dix minutes.

Elle se mordit la lèvre. Il lui déplaisait de mentir. Elle avait bien longtemps auparavant promis à Ryan de toujours lui dire la vérité, et jusqu'à ce jour-là, elle avait tenu parole. Avec un peu de chance, il lui pardonnerait quand elle pourrait lui expliquer l'épouvantable affaire.

À l'approche du campus, Rita prit les rues secondaires. Les artères principales étaient congestionnées, mais la petite voiture de Ryan lui permettait de se faufiler là où la sienne n'aurait pas pu passer. Enfin, la maison que Ryan partageait avec deux autres étudiants apparut. Le seul véhicule dans l'allée était une vieille guimbarde.

— Non, marmonna Rita.

Où était-il ? Pourquoi ne répondait-il pas à ses appels ? Pourvu qu'il ne lui soit rien arrivé !

Son téléphone vibra sur ses genoux. Rita tressaillit en voyant le nom de Ryan s'afficher à côté d'une minuscule enveloppe. Submergée par le soulagement, elle balaya l'écran.

J'ai un examen. Je t'appelle + tard.

Rita s'essuya les yeux et prit plusieurs inspirations. Tout allait bien. Ryan était en sécurité. Elle aussi. Tout ce qu'il lui restait à faire, c'était d'échanger les véhicules et de signaler ce qu'elle avait vu la veille au soir à Cole Garrett.

Pas de problème.

Le trajet à travers le campus l'emplit de nostalgie. Les chrysanthèmes étaient en fleur et les arbres commençaient à arborer de belles couleurs d'automne. Rita avait d'heureux souvenirs d'heures passées dans ces mêmes rues il n'y avait pas si longtemps. L'université lui avait donné l'occasion de goûter à la liberté avant qu'elle devienne, deux mois à peine après l'obtention de sa licence, une mère de substitution pour son frère adolescent, ravagé par le chagrin.

Le parking principal du campus était presque plein. Elle en fit le tour deux fois avant de repérer son pick-up parmi d'autres, plus imposants encore. Elle gara la voiture de Ryan non loin de là et glissa ses clés sous le tapis de sol.

Puis, pour autant qu'il lui déplaise de le déranger de nouveau en cours d'examen, elle lui envoya un texto pour l'avertir :

Ta voiture est dans le parking avec mon pick-up. NE PRENDS PAS mon pick-up. Je vais revenir le chercher. J'ai rendez-vous avec une amie.

Jugeant le message un peu sec, elle ajouta :

Et mer... credi pour tes examens !

Après quoi, les mains tremblantes, Rita s'empara de la carte de l'adjoint Garrett et composa son numéro. Plus tôt elle serait libérée du fardeau de ce qu'elle pensait avoir vu la veille et de l'éventuelle pièce à conviction dans son sac, mieux cela vaudrait pour son équilibre mental.

Le téléphone à l'oreille, elle jeta un coup d'œil méfiant autour d'elle et sortit du parking en direction d'une zone plus animée.

Cole gara sa voiture de patrouille au milieu de la route, à côté de celle de West, et contourna en trottinant une file de camionnettes de radio et de télévision. Des membres de la police scientifique s'affairaient près de l'endroit où le corps avait été découvert, et une femme portant une veste à haute visibilité passait au crible la zone délimitée par le ruban jaune.

Cole avait perdu de vue la berline foncée peu après avoir quitté le domicile de Rita Horn, mais il continuait à avoir le sentiment que la présence de ce véhicule n'était pas anodine. La hâte avec laquelle le conducteur avait quitté la scène était suspecte, et Cole flairait un lien avec l'intrusion qui avait eu lieu chez Rita. Peut-être celle-ci n'avait-elle pas été tout à fait franche avec lui lorsqu'elle avait déclaré ignorer qui pouvait être responsable de l'incident. Peut-être soupçonnait-elle quelqu'un.

Quelqu'un qui possédait une berline sombre dernier cri.

West vint à sa rencontre et lui décocha un regard interrogateur.

— Tout va bien ? C'était vraiment un cambriolage ou une fausse alerte ?

— Un cambriolage, grommela Cole.

Il se massa la nuque dans l'espoir d'atténuer la tension qui s'y logeait, mais en vain.

— C'était le domicile de Rita Horn.

West se balança sur ses talons, un sourire sur les lèvres.

— Tiens donc !

— Tu vois qui c'est ?

West sourit de plus belle.

— Je crois bien. C'est la rousse qui travaille à l'hôtel de ville ?

Cole garda le silence, vaguement agacé que son frère ait remarqué Rita. Non qu'il soit sur le marché. Il avait une épouse ravissante, un bambin et un autre bébé en route. Et il n'était pas du genre à être infidèle. Néanmoins, son air de conspirateur irritait Cole.

— Tu la connais bien ?

Il avait trois frères, tous capables de séduire les femmes avec un clin d'œil et un sourire.

— Tu plaisantes ? lança West en croisant les bras. Ce n'est pas d'elle que tu nous rebattais les oreilles ?

Cole décocha à son frère un regard assassin.

— J'ai parlé d'elle une seule fois, et je ne connaissais pas son nom. Je ne dirais pas que je t'ai rebattu les oreilles.

— Compte tenu du fait que tu ne parles jamais d'aucune femme, je dirais qu'une fois est déjà beaucoup. Tu as eu son numéro ?

— Oui. Le standard me l'a donné, mais elle ne répondait pas.

West eut un petit rire, et secoua la tête.

— Bon. Si tu es là, c'est que tout va bien là-bas. Allons élucider notre meurtre.

Ils retournèrent ensemble au bord du quai. Le brouillard planait telle une apparition sur les eaux, estompant les contours de la ville universitaire qui se dressait sur l'autre rive.

— La victime s'appelait Roger Minsk, déclara West en tirant un calepin de sa poche.

— Jamais entendu parler.

— Il est ici depuis peu. D'après les archives du comté, il a acheté une maison en amont l'été dernier. Sa femme de ménage a téléphoné au poste voici trois jours pour signaler sa disparition.

Il fronça les sourcils.

— Elle a dit qu'il était homme d'affaires et qu'il voyageait beaucoup.

Cole secoua la tête.

— Personne ne te fait de reproches. C'était un adulte.

West reporta son attention sur le carnet.

— Elle n'avait pas accès à son agenda, ni à sa liste de contacts, par conséquent je ne me suis pas affolé. J'ai toqué à sa porte ce soir-là et de nouveau hier. Pas de réponse. Il était sur ma liste de choses à faire s'il ne réapparaissait pas aujourd'hui. J'espérais qu'il était en vacances.

— La femme de ménage a dit autre chose ?

— Seulement qu'elle vient chez lui deux fois par semaine et que rien n'avait changé dans la maison depuis sa dernière visite. Il ne semblait pas avoir dormi dans son lit.

— Bref, nous ne savons pas précisément quand il a disparu, mais nous avons une vague idée.

West acquiesça.

— Le médecin légiste nous donnera l'heure approximative du décès. Quant à la cause, nous la connaissons.

En effet. Le trou en pleine tête était difficile à rater. Cole se retourna vers sa voiture.

— Dans ce cas, je vais aller interroger la femme de ménage. Peut-être qu'elle pourra me faire entrer chez lui. Autant faire d'une pierre deux coups.

— C'est ça. Vas-y. Je reste ici, tu sais où me joindre.

N’oublie pas de donner des nouvelles. Nous ne savons pas qui nous cherchons ni de quoi il s’agit, mais cette affaire sent mauvais.

Cole le salua d’un geste et fit volte-face, dressant déjà mentalement une liste de questions à poser à l’employée de maison.

— Adjoint ? appela West.

— Oui ?

Cole pivota et regarda son frère, toujours debout sur la rive.

— Rends-moi service et passe chez Rita Horn pendant que tu y es. Au cas où elle aurait besoin de quelque chose.

— Entendu.

West eut un geste vers lui.

— Peut-être d’une sortie au restaurant ou au cinéma.

Cole se détourna en souriant.

— Nos relations sont purement professionnelles, lança-t-il par-dessus son épaule.

Il n’en avait pas été de même pour West et sa femme lorsqu’ils s’étaient retrouvés l’année précédente, après dix ans de séparation. Un beau jour, Tina avait été mêlée à une fusillade, et avant que Cole ait compris ce qui se passait, il était témoin à leur mariage.

Pour sa part, il comptait se marier un jour, mais il avait quantité d’autres projets d’abord. À commencer par découvrir qui avait jeté Roger Minsk à l’eau.

Il repoussa d’un geste les questions d’un journaliste qui s’avançait vers lui.

— Je n’ai rien à dire.

Sur quoi il se glissa au volant de sa voiture. Ce qui l’intéressait, c’était l’enquête. L’énigme à résoudre. Le mystère. Protéger ses concitoyens. Voilà les choses qui le maintenaient éveillé la nuit et le tiraient hors du lit le matin.

Il s'éloigna lentement de la scène de crime, non sans avoir jeté un coup d'œil aux badauds qui s'étaient approchés. L'un d'eux avait-il vu quelque chose qu'il était réticent à divulguer ? Était-il venu nourrir les chats la veille au soir et avait-il été le témoin involontaire d'un meurtre ? Si son hypothèse était bonne et qu'une autre personne avait été sur les lieux, il ne pouvait qu'espérer qu'elle n'allait pas connaître le même sort que Roger Minsk.

Le téléphone de Cole vibra contre ses côtes, attirant son attention. Il le sortit de la poche de sa veste. Le numéro de Rita Horn s'affichait à l'écran.

— Adjoint Garrett, répondit-il, pointant déjà sa voiture dans la direction de son quartier tandis qu'une bouffée d'anxiété montait en lui.

Si elle avait des ennuis…

— Heu… C'est Rita Horn. Nous nous sommes vus ce matin. C'est ma maison qui a été saccagée.

Un sourire se forma sur les lèvres de Cole. Elle allait bien. Il leva le pied, soulagé.

— Je me souviens. Comment marche la serrure ?

— Bien, je pense. En fait, je ne suis pas chez moi. J'espérais que nous pourrions nous parler de vive voix.

Cole prit soudain conscience du bruit de fond.

— C'est une fanfare que j'entends ?

— Hum, je crois. Je ne la vois pas d'où je suis, mais c'est le début de la saison de football, je suppose. Je suis à Rivertown. Pouvez-vous me retrouver à la bibliothèque près de la place ? Vous la connaissez ?

— Pas de problème. Vous pouvez me dire ce qui se passe ?

Le souffle du vent résonna dans l'écouteur. Rita demeura silencieuse.

— Allons, la pressa-t-il. Vous n'avez pas appelé sans raison. Dites-la-moi.

— D’accord, dit-elle, avant de marquer une nouvelle pause.

— Rita ?

— J’étais sur les docks hier soir, et je crois avoir un assassin à mes trousses.

5

L'estomac de Cole se noua brusquement. Les jointures de ses doigts blanchirent sur le volant tandis qu'il écrasait de nouveau la pédale d'accélérateur. *Rita était le témoin.* C'était elle qui avait nourri les chats. Bien sûr.

Il secoua la tête en traversant Memorial Bridge, s'éloignant de West et de la scène de crime pour aller rejoindre la rousse incroyablement attirante qui donnait à manger aux chats et aux gens, qui avait élevé son jeune frère alors qu'elle était elle-même à peine sortie de l'adolescence. Une femme que son bon cœur et ses bonnes actions avaient mise en danger de mort.

Si elle avait raison, Cole devait l'atteindre avant que l'assassin retrouve sa trace.

Il n'avait pas la moindre idée de ce qui avait motivé le meurtre de Roger Minsk, mais jamais Rita Horn n'aurait dû être mêlée à cette affaire. Jamais.

Et Cole devait la sauver.

Il ralentit à l'entrée du campus. Des fanions à l'effigie de la mascotte de l'université étaient accrochés aux lampadaires. Le son d'une fanfare lui parvenait de loin.

Des hordes d'étudiants prenaient leur temps pour traverser la rue, retardant sa progression, l'empêchant de rejoindre Rita. Il pianota avec impatience sur le volant, et envisagea de déclencher la sirène, et cela bien qu'il soit sorti de sa juridiction. La rivière signalait la limite de Cade County et, strictement parlant, il n'avait aucun pouvoir ici.

— Allons, grommela-t-il, la voix effrayée de Rita résonnant encore à ses oreilles.

La rue se vida, au moment même où le feu virait au rouge.

Cole lâcha un juron, attrapa son téléphone et composa le numéro de West. Il aurait dû l'appeler tout de suite. Lui répéter l'aveu de Rita. Lui demander où était la bibliothèque. Maintenant, il perdait de précieuses secondes et son irritation ne faisait que grandir.

— Shérif Garrett.

— Hé, c'est moi. Je suis à Riverside, j'ai rendez-vous avec Rita. Elle m'a appelé pour me dire qu'elle était sur les docks hier soir.

Un silence se fit sur la ligne, puis West laissa échapper un juron à mi-voix.

— C'est elle qui a acheté les croquettes.

— On le dirait. Au moins, maintenant, nous savons pourquoi quelqu'un s'est introduit chez elle ce matin.

Et pourquoi elle avait paru si nerveuse. Cela expliquait aussi qu'elle ait quitté son lieu de travail en prétextant être souffrante, bien qu'elle n'en ait pas l'air.

— Elle pense que le tueur la suit.

West jura de nouveau. Plus fort cette fois.

— Que fais-tu à Riverside ? Amène-la au poste.

Le feu passa au vert, et Cole s'engagea dans l'intersection avant qu'un autre essaim d'étudiants puisse lui barrer le passage.

— Je ne sais pas. Elle m'a demandé de la retrouver à la bibliothèque. Je crois que son frère est étudiant ici. Peut-être qu'elle est venue s'assurer qu'il va bien.

— Il était avec elle hier soir ? insista West. A-t-elle dit autre chose ?

— Non.

Cole parcourut du regard les trottoirs bondés.

— Où est la bibliothèque ?

Le campus n'était pas immense, et il aurait pu finir par la trouver tout seul, mais le temps pressait.

— Je ne suis pas venu ici depuis le lycée. Il y a toujours eu autant de monde ?

West lui indiqua le chemin. Une fontaine en marbre blanc se dressait fièrement devant le bâtiment en question, projetant une eau cristalline dans le ciel d'un bleu immaculé. Cole prit la dernière place de parking disponible et glissa quelques pièces dans le parcmètre avant de s'engouffrer à l'intérieur de la bibliothèque.

Rita commanda un thé et s'assit en soupirant. Le silence de la bibliothèque lui avait paru oppressant, voire terrifiant. L'endroit était trop calme aussi. En quelques secondes, son imagination s'était emballée et elle avait éprouvé le besoin de ressortir dans les rues familières et animées, de respirer l'air frais. Ce café tout proche lui avait semblé être un bon compromis. De là où elle était assise, elle verrait Cole arriver.

Elle dirigea sa chaise vers la vitrine, incapable de se débarrasser de l'impression qu'elle était en danger. Comme si franchir le pont et la rivière ne l'avait pas suffisamment éloignée du drame.

Elle huma son thé, s'efforçant de calmer ses nerfs tendus à craquer. Elle tenta aussi de fermer les yeux et de compter jusqu'à dix.

Rien n'y fit.

Entre deux gorgées, Rita scrutait la place, la rue et les trottoirs dans les deux sens. Jusqu'à maintenant, aucun signe de Cole Garrett ou d'un autre adjoint de Cade County.

Bon, méchant ou autre.

Un groupe de femmes en survêtement bleu et blanc traversa la rue, révélant une berline sombre qui avançait au pas, ses occupants invisibles derrière les vitres teintées.

Rita déglutit avec peine, son thé tout à coup dénué de goût. *Allons*, songea-t-elle, *les berlines sombres sont monnaie courante. Respire. Détends-toi. L'adjoint Garrett ne va pas tarder.*

N'est-ce pas ? Son regard s'arrêta sur l'entrée de la bibliothèque. Où donc était-il ?

Elle repoussa sa tasse et se pencha par-dessus la table, fixant la direction que la berline avait prise.

La sonnette du café tinta. Un homme entra, l'air trop âgé pour être un étudiant, et trop désœuvré pour être un professeur. Rita inclina la tête pour mieux le dévisager. Quelque chose dans sa démarche lui donna brusquement envie de prendre ses jambes à son cou. Elle pivota sur sa chaise et se focalisa sur la bibliothèque.

Ce n'est pas lui. Ce n'est pas lui, se répéta-t-elle.

Elle avait beau essayer de s'en convaincre, elle n'y parvenait pas. Comment en être certaine ? Elle n'avait pas vu clairement le visage des deux hommes de la veille, mais une berline venait de passer devant le café et…

Le nouveau venu s'était accoudé au comptoir. Ses bras minces, sa stature semblaient vaguement familières à Rita. Un frisson la parcourut. Était-ce lui qu'elle avait aperçu dans son bureau ce matin-là ? Si oui, qu'avait-il fait de son uniforme d'adjoint ?

Elle avait l'estomac noué, des gouttes de sueur perlaient sur son front. Elle n'était pas taillée pour cette vie-là. Anxieuse de nature, elle s'inquiétait constamment pour son frère, pour les sans-abri ou les animaux abandonnés, se demandait régulièrement si elle avait laissé son fer à repasser branché ou si les fleurs qu'elle avait plantées allaient survivre. Elle pouvait gérer ce genre de problème-là. Mais ce qui venait de se passer…

Elle imagina l'homme au comptoir vêtu d'une grosse

veste d'adjoint, venant vers elle d'un pas menaçant, la poursuivant dans la nuit. Et s'il l'abordait discrètement et pressait un pistolet contre son dos ? S'il la jetait dans le coffre de sa voiture et la conduisait à la rivière ?

Non.

Les doigts tremblants, elle rassembla les anses de ses sacs et glissa – tomba, plutôt – de sa chaise, l'étui de son ordinateur heurtant le coin de la table.

— Désolé, murmura-t-elle sans s'adresser à personne en particulier, avant de trébucher sur le pied de la table et de se cogner l'épaule à la porte du café en sortant.

Cole ou pas Cole, elle ne pouvait pas rester. Tête baissée, elle ne prêta pas attention aux visages intrigués des clients qui, encore assis à l'intérieur, l'observaient qui longeait la vitrine.

Le nouveau venu plissa les yeux, la bouche pincée. Il se dirigea à son tour vers la porte, mais Rita n'attendit pas de voir où il allait.

Le cœur cognant à toute allure, elle se faufila à travers des groupes d'étudiants, contourna un lampadaire et s'engouffra dans une librairie qui, elle le savait, possédait une deuxième sortie donnant dans une courette, laquelle accédait à une ruelle. Elle y était souvent passée lors de ses quatre ans à Riverside, étant perpétuellement en retard pour ses cours, la plupart du temps parce qu'elle était absorbée par la lecture d'un roman.

Les oreilles bourdonnantes, elle déboucha dans la cour. Une poignée d'étudiants installés dans des chaises longues jetèrent un coup d'œil dans sa direction, puis retournèrent à leur livre ou à leur téléphone sans s'émouvoir de sa brusque apparition.

Rita se baissa et longea la clôture. Elle risqua une seule fois un regard par-dessus, s'étant convaincue qu'il était important qu'elle voie le méchant avant qu'il ne la voie.

Arrivée à la barrière, elle appuya le front contre les lattes fraîches. Presque paralysée par l'angoisse, elle tenta de réfléchir. Et si elle restait là où elle était ? Peut-être Cole pourrait-il la retrouver ici même.

Elle essuya tour à tour ses paumes moites sur son jean, changeant son téléphone de main, puis envoya un texto à l'adjoint.

Où êtes-vous ?

La réponse de Cole Garrett fut immédiate.

À la bibliothèque. Et vous ?

Bien sûr. Il était allé au point de rendez-vous, comme elle aurait dû le faire. Le silence et le calme ne l'avaient pas effrayé.

Rita prit une profonde inspiration et relâcha son souffle. Tout irait bien. La bibliothèque n'était qu'à deux pas : il lui suffirait d'aller jusqu'au bout de la ruelle et de traverser la rue.

Elle hocha la tête, puis tapota son écran.

J'arrive.

Le téléphone sonna au moment où elle poussait la barrière grinçante pour sortir de la cour close de la librairie. Le numéro de Cole apparut à l'écran.

À sa vue, Rita sentit s'apaiser les battements de son cœur.

— Rita ?

La voix de Cole était ferme et posée.

— Je suis devant la bibliothèque. Dites-moi où vous êtes et je viens vous chercher. Vous n'êtes pas obligée de marcher seule.

— Merci. Peut-être que je me trompe, mais je crois qu'un des hommes que j'ai vus hier soir est ici.

— Où ?

— Peut-être dans le café qui se trouve en face de la bibliothèque. J'ai pris peur et je suis partie. Maintenant, je suis en train de sortir de la librairie sur River Drive. J'ai coupé à travers le magasin quand j'ai pensé qu'il me suivait.

Avec un peu de chance, si elle retrouvait Cole assez vite, elle parviendrait à éviter la crise cardiaque.

Comme s'il lui avait communiqué son assurance, elle se redressa et scruta les visages des gens dans l'allée.

— Je ne le vois pas. Ce n'était sans doute rien. Je suis peut-être en train de devenir folle, en fait.

— Pas du tout, affirma Cole. Vous avez subi un choc. Vous êtes brillante, au contraire.

— Brillante ?

— Vous m'avez appelé à l'aide.

Rita s'esclaffa.

— Votre ego va de pair avec votre physique. C'est toujours comme ça, non ?

— Mon physique vous plaît ?

Elle sourit, savourant la soudaine et évidente curiosité de Cole. Il devait bien savoir qu'il était séduisant. À en croire les rumeurs – non qu'elle y prêtât attention – il y avait quatre frères Garrett, tous superbes, tous représentants de la loi, et tous célibataires endurcis jusqu'à récemment. Cela ne lui posait pas de problème. Elle n'était pas à la recherche d'un petit ami mais d'un protecteur, et les bruits qui vantaient les qualités des Garrett en la matière étaient répétés avec autant de ferveur que ceux concernant leurs prouesses sexuelles.

Voilà pourquoi elle avait placé ses espoirs en Cole.

Elle sortit de la cour d'un pas pressé et traversa la rue. Son fardeau lui parut subitement plus léger lorsqu'elle vit le panneau indiquant la bibliothèque. L'entrée n'était plus qu'à dix mètres de là, au coin de la rue suivante. La sécurité était quasiment à portée de main.

— Je vois la fontaine, déclara-t-elle dans son téléphone. Je suis presque…

Le rugissement d'un moteur noya ses paroles. Surgie de nulle part, une berline sombre accélérait vers elle.

Elle ouvrit la bouche, mais seul un son étranglé en sortit.

— Rita ? aboya Cole dans l'écouteur.

Ses membres lui semblaient de plomb. La voiture fonçait dans l'allée, les étudiants s'écartant effrayés sur son passage.

Un étau enserrait la poitrine de Rita.

— Rita ! hurla Cole. Bougez !

Sa voix résonna dans le haut-parleur et dans l'air en même temps. Il apparut au loin, accourant depuis le café où elle avait vu l'homme qui l'avait effrayée.

— Courez !

L'adrénaline déferla en elle à la vitesse de l'éclair, la propulsant soudain vers les tables disposées à la terrasse d'une pizzeria, puis le long de la ruelle étroite qui s'était vidée de ses occupants. Le moteur grondant à ses oreilles, elle se rua à toutes jambes vers la fontaine, jetant au dernier moment son téléphone et ses sacs sur le sol avant de basculer dans l'eau recyclée, sa tempe heurtant les pieds de l'ange sculpté au passage.

L'espace d'un instant, l'eau glacée lui coupa le souffle. Suffocante, elle se redressa et aspira goulûment des bouffées d'oxygène, cherchant à tâtons quelque chose à quoi se cramponner.

Le crissement perçant des freins et les cris des badauds la ramenèrent brusquement à la réalité.

La voiture !

— Stop ! ordonna la voix de Cole à travers le chaos, beaucoup plus proche à présent.

Rita s'essuya les yeux et pivota, cherchant à localiser la voix qu'elle n'avait entendue que deux fois mais que, bizarrement, elle avait reconnue sans hésiter au milieu d'une foule affolée.

Dans un rugissement de moteur, la voiture changea de direction et s'engouffra dans une autre artère.

Luttant contre les larmes, Rita se laissa retomber dans l'eau. Elle tremblait de tous ses membres et claquait des dents, les genoux remontés contre sa poitrine, submergée par la panique et le désarroi.

Des dizaines de gens la fixaient ouvertement, leur téléphone portable braqué sur elle. Son frère allait mourir de honte en voyant les images, et il serait furieux qu'elle lui ait caché ce qui s'était passé sur les docks.

Elle baissa la tête, accablée.

Comment pourrait-elle lui expliquer cela ?

Soudain, deux mains solides se refermèrent sur ses coudes et la sortirent de l'eau.

Elle poussa un cri. Ses pieds se posèrent sur la surface solide de la place tandis qu'elle serrait instinctivement les poings pour repousser son assaillant.

— Hé ! C'est moi !

— Cole !

Rita se jeta dans ses bras et enfouit le visage contre son épaule, libérée de la terreur qui l'étouffait.

— J'ai cru que j'étais morte. J'ai cru qu'il allait me tuer ici même, devant tout le monde.

Les mains chaudes et rassurantes de Cole se posèrent sur le creux de son dos et il l'attira contre lui.

— Tout va bien, Rita.

Elle entendait son cœur battre, sentait sa poitrine se soulever et s'abaisser.

Entendre son nom sur les lèvres de Cole déclencha un frisson le long de son échine. Il sentait bon la menthe, la terre fraîche et l'après-rasage.

Les joues en feu, elle se détacha de lui.

— Vous êtes trempé.

Elle passa une main tremblante sur le tissu mouillé de son uniforme.

— Je suis… Je suis tellement désolée.

Au comble de la frustration, elle se mit à pleurer.

— Hé, murmura Cole en l'attirant de nouveau contre lui, caressant ses cheveux dégoulinants. Je vais vous protéger. D'accord ? Mais vous devez me faire confiance.

Il prit ses mains dans les siennes et l'éloigna de la fontaine et des spectateurs de la scène.

— D'abord, allons-nous-en. Il faut que je signale l'incident au poste et vous devez vous changer. J'ai des serviettes et une trousse de premiers secours dans ma voiture. Vous vous êtes fait mal ?

— Non.

Il retourna sa paume dans la sienne, leurs deux mains désormais ensanglantées.

— Non ?

— Ce ne sont que des égratignures. À cause du marbre.

Il acquiesça.

— Rien d'autre ?

Elle avait les jambes douloureuses et la tête lourde.

— Des contusions. Oh…

Sa vision se brouilla subitement.

— Je crois que je me suis cogné la…

Elle n'eut pas le temps de terminer. Ses genoux se dérobèrent, puis ce fut le noir.

6

Cole boucla la ceinture de Rita, puis écarta les cheveux mouillés qui lui tombaient sur le visage. En quelques heures, la journée avait viré au drame. Par chance, Rita n'avait rien de grave.

— Ça va ?

Ses paupières frémirent, s'entrouvrirent et se refermèrent aussitôt.

— Rita ? insista Cole en pressant une main sur sa joue. Vous m'entendez ?

Elle se tortilla, manifestement déconcertée par la présence de la ceinture de sécurité. Soudain, elle écarquilla les yeux et fit mine de lui décocher un coup de poing.

Cole esquiva prestement, et devança une nouvelle agression en capturant les poignets de Rita dans une de ses mains. Puis il lui adressa son plus charmant sourire.

— Vous ne devriez pas frapper les représentants de l'ordre. C'est illégal. Et ça fait mal, ajouta-t-il, feignant de se frotter la poitrine.

Elle rougit jusqu'aux oreilles.

— Excusez-moi, dit-elle, visiblement gênée. Que s'est-il passé ?

— Vous avez perdu connaissance. Je vous ai portée jusqu'à ma voiture.

Cole tira sur la ceinture, s'assurant qu'elle était bien attachée.

— Comment va la tête ?

Rita gémit.

Cole braqua une petite torche sur ses yeux.

— Pouvez-vous suivre la direction de la lumière ?

Elle cilla, mais obéit.

— Bien.

Il leva un doigt, ferma la portière et contourna la voiture de patrouille pour monter à la place du conducteur. Une fois au volant, il pivota vers elle.

— Vous avez été poursuivie par un fou qui conduisait une berline noire. Aux vitres teintées. Sans plaques minéralogiques. Vous n'avez pas eu le temps de voir le chauffeur, j'imagine ?

Elle secoua la tête.

— Si vous n'aviez pas plongé dans la fontaine, vous auriez pu être tuée. Vous vous êtes heurté la tête en tombant. Ensuite, vous m'avez frappé. Pour finir vous avez perdu connaissance. Et voilà où nous en sommes.

Cole prit la route du pont, adressant un signe d'adieu à des agents de sécurité du campus.

— Ces types sont arrivés au moment où je vous emmenais. J'ai tout juste eu le temps de vous rattraper avant que vous vous cogniez la tête de nouveau.

Il lâcha un léger rire.

— Vous étiez justement en train de me dire que vous vous sentiez tout à fait bien.

— Je crois que j'ai un traumatisme crânien.

— Non.

Il sourit, heureux de savoir qu'il n'en était rien. Tout bien considéré, Rita était en pleine forme.

— Ce n'est pas cela qui vous a fait perdre connaissance, même si vous avez une jolie bosse.

Rita se tassa sur le siège passager et, du bout des doigts, chercha la blessure. Elle fit la grimace.

— Le choc a parfois cet effet-là. Je parle de l'évanouissement, pas de la bosse. Enfin, vous allez bien maintenant.

— Sauf que quelqu'un veut me tuer.

— Oui.

Il y avait ça, évidemment. Il serra les dents. Il allait falloir qu'il y remédie.

— Vous passez une mauvaise journée.

Elle lâcha un rire dépourvu d'humour, les yeux rivés sur sa vitre.

— Très mauvaise.

— Et vous êtes toute mouillée.

— Il faut que je rentre chez moi.

— C'est prévu.

Cole s'engagea sur le pont qui menait à Shadow Point deux fois moins vite qu'il ne l'avait fait à l'aller.

Rita ferma les yeux.

— Pourquoi êtes-vous si calme, et comment savez-vous que je n'ai rien ? demanda-t-elle, claquant des dents.

Cole brûlait de caresser la courbe de sa joue crispée.

— Vous êtes avec moi maintenant. Vous allez vous en tirer.

Elle tourna la tête vers lui, cillant pour refouler les larmes.

— Et comment pouvez-vous être sûr que je n'ai pas de traumatisme ?

— J'ai fait médecine.

Rita esquissa une moue amusée.

— Bien sûr.

— J'ai arrêté mes études, reprit-il. Par conséquent, je ne suis pas médecin, mais j'ai été secouriste dans l'armée et j'ai passé ma vie à faire des pansements à mes frères. Mon oncle est ambulancier, son exemple m'a servi.

Rita se redressa.

— Attendez une minute. Vous avez abandonné la médecine pour devenir adjoint ?

— J'avais ça dans le sang, je suppose.

— Je suppose, acquiesça-t-elle. Plus un complexe de héros.

— Ce n'est pas la première fois qu'on me le fait remarquer. J'imagine que nous avons un point commun.

Rita plissa le nez.

— Lequel ?

— Le complexe du héros.

Il la regarda pour voir si elle comprenait, mais sa mine perplexe suggérait que non.

— Comment qualifiez-vous ce que vous faites ? insista-t-il.

— De l'administration ?

— Non. Quand vous donnez des croquettes aux chats abandonnés ou que vous distribuez des sandwichs aux sans-abri, par exemple ? Vous connaissez leurs noms alors que je ne connais même pas celui de tous les huissiers au tribunal.

La rougeur se répandit sur les joues de Rita. Elle baissa les yeux puis les releva vers lui.

— Oh ! Ce n'est rien… J'essaie seulement d'aider un peu. De… faire une différence.

Ses paroles frappèrent Cole en plein cœur. Il y avait tant de bonté en elle. Comment une femme telle que Rita Horn pouvait-elle ne pas avoir de petit ami ? Si Cole avait cherché une relation sérieuse, ce qui n'était pas le cas, et si elle n'avait pas été sous sa protection en tant que membre du public en danger, ce qu'elle était, peut-être aurait-il pu y avoir quelque chose entre eux.

Tel que ? Il se morigéna aussitôt. *Reprends-toi, Garrett.*

Dix minutes plus tard, après un trajet silencieux, il se garait dans l'allée de Rita.

Elle ouvrit la porte et l'invita à entrer.

Tout était exactement tel que dans ses souvenirs. Personne n'était revenu en l'absence de Rita. Ce qui n'avait rien d'étonnant, songea-t-il, puisque celui qui avait mis la maison à sac était certainement aussi celui qui conduisait la berline à Riverside.

Il s'installa sur le canapé pendant que Rita allait se changer et vérifia ses messages. Les agents de sécurité du campus avaient relayé les détails de l'incident aux autorités locales. La police interrogeait les témoins et ferait un rapport à West le moment venu.

Le téléphone vibra dans sa main, et le nom de son frère apparut sur l'écran.

— Tu as du nouveau ? demanda Cole en portant l'appareil à son oreille.

— Oui. Deux sièges vides en face de mon bureau. Où es-tu ?

— Chez Rita. Elle se change après sa chute dans la fontaine.

— Amène-la ici le plus tôt possible. Et en attendant, dis-moi ce que tu as appris.

Le grincement du fauteuil de West résonna dans le silence. Cole imagina son frère qui se massait le front.

— Rien, avoua-t-il. Mais on arrive au poste au plus vite.

— Non !

Rita avait surgi dans l'escalier, blanche comme un linge, l'air prête à détaler. Elle s'était douchée et changée en un temps record, et à en juger par son expression, elle n'avait pas l'intention de rester les bras ballants.

— Pourquoi pas ?

La voix de Cole se superposa à celle, stupéfaite, de West :

— Elle a dit non ? Pourquoi diable refuserait-elle de venir ?

Cole dévisagea Rita, remarquant la frayeur nouvelle qui altérait ses traits.

— Je te rappelle.

Il laissa tomber le téléphone sur la table du salon et s'assit au bord du canapé, les mains jointes entre ses genoux.

Rita descendit les dernières marches d'un pas lent, s'excusant du regard.

— Je suis désolée. Je sais que ce n'est pas ce que vous vouliez entendre, et vous avez déjà fait beaucoup pour moi.

— Si vous vous asseyiez ? suggéra Cole. Dites-moi pourquoi vous êtes terrifiée à l'idée d'aller au poste. Que craignez-vous là-bas ?

— Je ne sais pas.

Elle s'humecta les lèvres et s'installa à côté de lui.

— Ce que j'ai à vous dire ne va pas vous plaire.

— Allez-y.

Elle remonta les pieds sous elle et prit une profonde inspiration. Son parfum flotta vers lui tel un nuage de tentation.

— Rita ? l'encouragea-t-il. Vous pouvez tout me dire.

L'émotion qu'il lisait dans ses yeux lui donnait envie de la prendre dans ses bras. Elle laissa errer son regard sur la pièce avant de le reposer sur lui avec un air de regret.

— L'homme que j'ai vu sur les docks hier soir était un adjoint de Cade County.

Sous les yeux de Rita, l'incrédulité succéda à la stupeur sur le visage de Cole.

— Non, affirma-t-il, secouant la tête. Ce n'est pas possible.

Elle lâcha un profond soupir.

— Si. Je l'ai vu.

— Qui est-ce ?

— Je ne connais pas son nom, si c'est la question que vous me posez, mais l'un de vous m'a suivie toute la journée. Sur mon lieu de travail. Sur le campus. Excusez-moi, mais je n'ai vraiment aucune envie de me livrer à lui en allant droit au poste.

— Une minute, intervint Cole en levant la main. Recommençons depuis le début. Comment savez-vous que c'est un des nôtres ?

— Je l'ai vu. L'homme sur les quais, celui qui est venu à mon bureau, portait une veste identique à la vôtre. En fait, rectifia-t-elle, il est possible qu'il s'agisse de deux individus différents. Quoi qu'il en soit, j'ai vu l'insigne du département du shérif sur la veste les deux fois. J'en suis certaine.

— Et l'homme qui est entré dans le café à Rivertown ?

— Il ne portait pas d'uniforme.

Son intuition lui avait soufflé qu'il était dangereux, mais elle ne pouvait pas avoir la certitude que c'était lui qu'elle avait vu sur les docks.

— Quant au conducteur de la voiture, je ne l'ai pas vu.

Cole hocha la tête.

— Bon. Je pense que l'homme dont vous parlez était un imposteur. Quand les gens voient un représentant de l'ordre, ils ont tendance à détourner les yeux.

Rita se mordit la lèvre pour ne pas le contredire. Personnellement, elle avait toujours eu un faible pour l'uniforme, mais il n'était pas question de l'avouer à Cole.

— Nous ne sommes que six, disait-il. West, moi, et quatre autres hommes qui sont comme des frères pour moi.

Il désigna l'écran, où on voyait un groupe de gens en train de pique-niquer.

— Regardez ces photos. Dites-moi si l'homme que vous avez vu est là-dessus. Chacun des membres de l'équipe était présent ce jour-là à un moment ou à un autre.

Rita étudia les clichés, notant les détails, découvrant un aspect inattendu de la vie de Cole. Tous les convives avaient l'air de s'amuser. Ils avaient joué au volley-ball, aux fers à cheval. Il y avait assez de nourriture pour toute une armée, et assez de participants pour former un bataillon.

— Toute votre famille était là ?

— Plus ou moins. Tout le monde n'a pas pu venir. Il y avait aussi quelques amis, dont les autres adjoints.

— Vous fêtiez quelque chose ?

— C'était une crémaillère pour un de mes frères et sa nouvelle épouse, expliqua-t-il en souriant. On a passé une bonne journée.

Rita secoua la tête.

— Nous n'avons jamais connu ce genre de fête. Mon père était muté trop souvent pour qu'on puisse créer de vrais liens quelque part. Les gens étaient accueillants, mais au fond, il n'y avait que nous trois, maman, Ryan et moi. Et maintenant, il n'y a que nous deux, et Ryan a sa propre vie sur l'autre rive.

— Vous ne vous sentez pas trop seule ?

— Parfois, admit-elle. C'est pourquoi je me tourne vers les autres.

Cole s'approcha imperceptiblement. Le conflit se lisait dans ses yeux d'un bleu profond.

Rita reporta son attention sur le téléphone et scruta chaque visage.

— Je n'ai pas bien vu le visage de l'homme hier soir, mais mon instinct me dit qu'il n'est pas là. Il est plus petit et plus musclé. Il avait environ la même corpulence que celui du café.

Elle lui rendit l'appareil, puis se leva et se dirigea vers l'escalier.

— J'ai quelque chose à vous donner.

Il arqua un sourcil intrigué et étendit les bras sur l'arrière du canapé, mais s'abstint de commentaire.

Un chat tigré s'avança vers lui, ses yeux verts inquisiteurs.

— Voilà, annonça Rita en tirant un objet de son sac à main. J'ai trouvé ceci hier soir à côté d'une flaque de sang.

Incapable d'en dire davantage, elle tendit le stylo à Cole.

Celui-ci échangea le chat qui s'était blotti sur ses genoux contre la pièce à conviction.

— À côté d'une flaque de sang ? répéta-t-il.

— Oui. Je l'ai mis dans le sachet pour le protéger. Je crois que c'est ce que les hommes cherchaient quand ils ont pénétré ici ce matin.

Elle caressa la tête de l'animal.

— Au début, j'ai pensé qu'un des chats errants était blessé. C'est pour cela que j'ai ignoré le panneau.

Cole lâcha un petit rire et leva vers elle ses magnifiques yeux bleus.

— Ce stylo va peut-être nous permettre d'identifier le meurtrier. Bravo, Rita.

— Merci.

Elle enfouit le visage dans la fourrure du félin. Comme Cole l'observait, la chatte persane de Rita, Boule de Neige, apparut à ses pieds et sauta sur ses genoux. Cole la caressa, et elle émit un ronronnement de satisfaction.

— Combien de chats avez-vous ?

— Trois, avoua-t-elle. Il m'est arrivé d'en avoir davantage, mais ceux-ci sont possessifs.

Le sourire de Cole s'effaça.

— Qu'y a-t-il ?

— Rien.

Il reposa l'animal sur le sol et fit quelques pas dans la pièce.

— Quelqu'un sait que vous avez ce stylo en votre possession ?

— Oui, je crois.

Il se tourna vers elle.

— Dans ce cas, je pense qu'il serait judicieux de partir.

— Partir où ?

— Écoutez, murmura-t-il. Je sais que vous n'avez pas envie d'aller au poste, mais West a des questions à vous poser.

Rita eut un mouvement de recul.

Cole lui décocha un sourire dévastateur, en même temps qu'il lui tendait sa paume ouverte.

— Je peux vous protéger. Vous me faites confiance ?

Rita réfléchit. Oui, elle avait confiance en Cole. En West aussi, sans doute. Et elle n'avait reconnu aucun autre homme sur les photos. Peut-être Cole avait-il raison. Peut-être l'homme était-il un imposteur.

— Très bien.

Elle se leva, prit son sac et la sacoche de son ordinateur et les mit sur son épaule.

— J'ai du mal à croire que mon ordinateur n'a pas échoué dans la fontaine.

Cole laissa retomber sa main, mais continua à sourire.

— Il était par terre, juste à côté de l'endroit où vous avez plongé. Vous avez de la chance qu'il n'ait pas été réduit en miettes.

Inquiète, Rita ouvrit l'étui pour examiner l'appareil. À son grand soulagement, il paraissait intact.

— Attendez.

Une nouvelle source d'inquiétude venait de prendre forme dans son esprit.

— Comment ce type a-t-il pu me retrouver à l'autre bout de la ville, à votre avis ?

Cole enfonça les mains dans ses poches.

— J'ai vu une voiture qui ressemblait à cette berline ce matin quand je suis parti de chez vous. J'ai essayé de la suivre, mais je l'ai perdue dans la circulation. Elle vous a peut-être filée toute la matinée. À moins que…

Il pivota brusquement.

— Vous avez eu ces deux sacs sur vous toute la journée ? Même à l'hôtel de ville ?

— Pas mon ordinateur. J'en ai un autre au bureau.

— Je peux y jeter un coup d'œil ?

— Oui, bien sûr.

Cole ouvrit la sacoche, palpant le tissu d'un geste méthodique. Soudain, il haussa les sourcils et lui montra un minuscule point noir entre son pouce et son index.

— C'est à vous ?

— Qu'est-ce que c'est ?

— Quelqu'un a mis un traceur dans votre sacoche.

Atterrée, Rita porta une main à ses lèvres. Qui avait pu faire une chose pareille ? Pas un malfaiteur ordinaire. Elle revit l'homme au complet sombre, à la chemise blanche tachée de sang.

— Il y avait un deuxième homme, murmura-t-elle, prenant soudain conscience qu'elle n'avait pas parlé de lui à Cole. Il était bien habillé. Il portait un costume et une cravate, mais son visage était dans l'ombre.

Cole parut se redresser.

— Je ne sais pas dans quoi vous avez mis les pieds, mais je pense qu'il est temps que je vous éloigne d'ici.

Il attrapa son téléphone et balaya l'écran.

— Préparez quelques affaires et allons-y.

7

Cole gara la voiture de patrouille devant une jolie maison de style ancien construite à l'orée de la forêt. Assise à côté de lui, Rita contempla les champs où l'herbe haute ondoyait dans la brise de l'après-midi, les vieilles granges oubliées qui se détachaient çà et là sur l'horizon.

En route, ils avaient conclu un marché. Elle avait accepté d'être hébergée chez lui temporairement, jusqu'à ce que le meurtrier soit arrêté ou qu'une solution plus sûre soit envisageable, en échange de quoi il s'était engagé à ce que West l'interroge chez lui plutôt qu'au poste.

Rita porta sur son séduisant chauffeur un regard songeur.

— C'est ici que vous habitez ?

— Oui.

Il ouvrit la portière et descendit, le gravier crissant sous ses pas.

Rita le suivit des yeux dans le rétroviseur tandis qu'il ouvrait le coffre et sortait ses sacs.

— Vous savez que vous allez devoir descendre de voiture pour entrer dans la maison, non ? demanda-t-il en revenant à hauteur de sa portière.

Elle le rejoignit dans la longue allée étroite, notant la

distance qui les séparait de la route et des habitations les plus proches, qui n'étaient guère que des points au loin.

— C'est vraiment isolé.

— Tranquille, rectifia-t-il. Il faut plus longtemps à ma famille pour venir ici qu'ailleurs, par conséquent il est plus probable qu'on aille toquer à la porte de West ou de Blake plutôt qu'à la mienne.

Il arqua un sourcil.

— J'ai vécu en ville pendant des années, mais j'avais à peine le temps de penser entre les coups de sonnette.

Rita assimila cette information.

— Je ne vous voyais pas comme un solitaire.

Au contraire.

— Je n'en suis pas un, affirma-t-il en ouvrant la porte d'entrée. J'adore ma famille et mes amis.

— Mais vous appréciez la solitude.

Cole lui lança un regard curieux.

— Oui.

Elle acquiesça.

— Moi aussi.

Ils franchirent le seuil et Cole lui fit signe d'attendre pendant qu'il inspectait rapidement les lieux. De là où elle se tenait, elle voyait parfaitement la cuisine, la porte du jardin et un couloir qui menait à d'autres pièces.

— Tout va bien, assura-t-il en revenant, un sourire sur les lèvres. Prête pour la visite guidée ?

— Bien sûr.

Elle le suivit à travers les pièces modestes, remarquant les multiples photos où lui et ses amis s'adonnaient à des loisirs de plein air, de la pêche à la randonnée. Elle s'imagina cramponnée à sa taille dans un des 4x4 couverts de boue ou trempée après une sortie à bord de son bateau et un plongeon dans le lac.

Manifestement, le stress lui avait ramolli le cerveau.

Cole déposa son sac au pied d'un lit bien fait, dans une

chambre qui, elle, était plutôt en désordre. Si le décor était dans l'ensemble du genre célibataire minimaliste, cette pièce donnait l'impression qu'il était toujours pressé. Des vêtements étaient drapés dans le fauteuil et la panière. Une pile de jeans était posée contre le mur derrière la porte ouverte du dressing.

— Désolé, dit-il en jetant les articles épars dans le dressing. Je ne m'occupe pas beaucoup de cette pièce.

Elle détourna son regard du lit. Soit les rumeurs locales sur la vie amoureuse de Cole étaient exagérées, soit Cole n'amenait pas ses conquêtes ici. Quoi qu'il en soit, elle était stupidement contente qu'il l'ait invitée.

— C'est très bien. Où allez-vous dormir ?

— Nulle part.

Il se dirigeait déjà vers le couloir.

— Pourquoi pas ?

— Eh bien, pour commencer, je dors très mal depuis l'armée. Et ensuite…

Il se tourna pour la regarder par-dessus son épaule.

— Tant que vous êtes avec moi, je suis en service.

— Oh ! s'écria-t-elle, en se hâtant pour le rattraper. Je peux aller à l'hôtel. Je ne veux pas vous priver de sommeil.

Il lâcha un petit rire, comme si elle avait dit quelque chose de drôle.

— Je vais survivre.

Il retira la veste de son uniforme, révélant un T-shirt blanc tout simple dessous. Puis il se dirigea vers le réfrigérateur.

— Mangeons, et ensuite nous réfléchirons à quoi faire.

— Vous ne savez pas ?

Rita grimpa sur un tabouret placé devant le plan de travail, envahie par une nouvelle bouffée de panique.

— Pas encore, répondit-il tranquillement.

Il prit des verres dans le placard et y laissa tomber des cubes de glace.

— Il est tôt et vous avez encore beaucoup de choses à me dire. De plus, il faut que je parle à West. Il est sur l'affaire depuis ce matin.

Un cadavre dans la rivière, une intrusion chez Rita, une tentative de meurtre à Rivertown, le tout avant 2 heures de l'après-midi. Si les événements continuaient au même rythme, ç'allait être une sacrée journée.

— Combien de temps vais-je rester ici, d'après vous ? Jusqu'à demain matin ? Plus longtemps ? Que vont penser les gens ? Mme Wilcox va être obligée de nourrir mes chats. Je pourrai aller travailler ou pas ?

Cole planta un verre devant elle.

— Buvez ça.

— Qu'est-ce que c'est ?

— De l'eau avec des glaçons.

Il la regarda avec attention.

— Comment vous sentez-vous ? À part que vous avez peur ?

Elle se força à détacher son regard des lèvres de Cole, à ignorer la manière dont son T-shirt épousait son corps musclé comme s'il avait été fait pour lui, et chercha une réponse qui n'avait rien à voir avec les papillons qu'elle avait à l'estomac.

— Je n'ai pas les idées claires.

Cela au moins était vrai. Elle but une gorgée d'eau.

— C'est sûrement un effet du stress.

Cole contourna le plan de travail, l'inquiétude dans son regard.

— Que voulez-vous dire ?

Il tourna le tabouret jusqu'à ce qu'elle soit face à lui, puis s'accroupit de manière à être à son niveau.

— Vos idées ne sont pas claires ? Et votre vision ?

— Ça va. Je croyais que vous aviez dit que je n'avais rien.

— C'était avant que vous me disiez que vous n'avez pas les idées claires. Quelque chose m'a peut-être échappé ?

Il leva les mains pour encadrer son visage, écarta les mèches qu'elle avait ramenées sur sa bosse.

Rita frissonna.

— J'ai sans doute les mains froides, avertit-il, jetant un coup d'œil au verre plein de glaçons.

— Elles sont douces, murmura-t-elle.

Il sourit, tira une minuscule lampe de sa poche et la braqua sur elle.

— Suivez la direction de la lumière.

Elle s'exécuta.

— Je ne me suis pas bien exprimée. Je voulais dire que j'ai des pensées bizarres.

Cole arqua un sourcil interrogateur, mais éloigna la lampe.

— Une dernière chose, si cela ne vous ennuie pas.

Il se pencha plus près, promenant les paumes sur sa nuque et sur ses épaules, l'enveloppant d'une délicieuse odeur masculine.

— Des douleurs inhabituelles ? Quelque chose qui vous semble étrange ?

— Non.

— Vous n'avez pas la nuque raide ?

— Non.

— Vous ne voyez pas double ? Pas de nausée ?

Ses yeux soucieux revinrent se poser sur le visage de Rita, dont le cœur cognait frénétiquement. Il devait l'entendre, non ? L'entendait-il ? Affolée, elle fouilla son regard.

Cole fronça les sourcils.

— Je vous rends nerveuse ?

— Complètement.

Mais pas de la manière dont il le pensait. Rita ne doutait pas que Cole puisse la protéger des menaces qui pesaient sur elle. Ce qui l'inquiétait, c'était son cœur. Elle savait déjà, peut-être l'avait-elle su avant même qu'ils se rencontrent officiellement, qu'elle pourrait aisément être conquise par un homme tel que lui. Le genre de perle rare que toutes les femmes rêvent de trouver mais qu'aucune ne pouvait garder.

Il inclina la tête et planta son regard dans le sien.

— Pourquoi, au juste ?

Elle ferma les yeux avec force, s'obligeant à se rappeler que Cole faisait son travail, rien de plus, et qu'il ne pourrait jamais lui offrir ce qu'elle désirait chez un compagnon. Une employée de bureau l'avait surprise à observer Cole un jour et s'était empressée de dire qu'elle était allée au lycée avec lui et qu'il n'avait même pas emmené de cavalière au bal de fin d'année parce qu'il ne voulait pas restreindre ses options…

S'il ne pouvait même pas s'engager pour une seule soirée, le cœur de Rita était condamné d'avance.

Mais après tout, une nuit dans ses bras en vaudrait peut-être la peine.

— Rita ?

— Hum ?

— Vous voulez un sandwich ? Un peu de soupe ?

Cole fit la moue.

— Je ne sais pas ce que vous aimez.

— Comment ?

Son esprit confus s'efforça de suivre. Il lui offrait à manger ? Elle rougit jusqu'aux oreilles. Il essayait d'être un parfait gentleman. Et pendant ce temps, elle songeait à la valeur de sa vertu.

Cole l'observait avec intensité.

— Vous êtes sûre que tout va bien ? Vous avez les joues un peu rouges. Vous voulez vous allonger ?

— Non, s'étrangla-t-elle, refusant de penser à un lit. Non. J'aime les sandwichs.

Il secoua la tête et se redressa.

— Très bien, dit-il en retournant de son côté du plan de travail.

Rita s'efforça de se ressaisir.

— Je suis désolée d'avoir refusé d'aller au poste. Je sais que c'est un dérangement pour votre frère de venir jusqu'ici.

Elle regarda la vue magnifique qui s'étendait derrière la baie vitrée. Au loin, un bouquet d'arbres aux couleurs flamboyantes se balançait dans la brise.

— Je suis ridicule. J'aurais dû y aller.

— Ce n'est pas grave, répondit-il en souriant. West ne va pas s'en offusquer. Il est très accommodant.

À cet instant, une voiture de patrouille apparut dans l'allée. Le cœur de Rita manqua un battement.

— Cole.

— Qu'y a-t-il ?

Il apparut à côté d'elle, puis s'approcha de la fenêtre.

— Justement, le voilà.

— Comment pouvez-vous être sûr que c'est lui ? Et si ce n'était pas lui ?

— Les voitures sont numérotées et la sienne porte l'inscription : shérif.

Rita digéra cette information.

— Et si quelqu'un l'avait attaqué et avait volé sa voiture ?

Cole éclata de rire.

— Ça ne va jamais arriver, mais c'est drôle.

Elle lui adressa une grimace.

— Vous n'êtes pas invincibles, vous savez.

Le tintement de la sonnette empêcha Cole de répondre.

— Nous en reparlerons, lança-t-il, avant d'ouvrir la porte au shérif, que Rita reconnut pour l'avoir vu au palais de justice.

Tout aussi séduisant. Légèrement plus âgé. Nettement moins détendu.

Le téléphone de Rita vibra dans sa poche. Elle jeta un coup d'œil à l'écran. Ryan avait terminé son examen et voulait toujours utiliser son pick-up.

Elle se hâta de lui répondre qu'elle était en route pour le reprendre. Elle appuya sur la touche Envoi, réprimant une grimace à la pensée qu'elle continuait à lui mentir.

Après avoir échangé quelques acronymes incompréhensibles, les deux Garrett s'approchèrent d'elle, telle une muraille de testostérone et d'assurance.

Rita se cala contre le dossier de sa chaise, ajoutant un centimètre ou deux de distance.

West retira son chapeau.

— Mademoiselle Horn. Je suis West Garrett, le shérif de Cade County.

Cole leva les yeux au ciel.

— Appelez-le West.

— S'il vous plaît, renchérit l'intéressé. Si cela ne vous ennuie pas, j'aimerais vous poser quelques questions sur ce qui vous est arrivé hier et aujourd'hui.

Rita regarda Cole.

— Assieds-toi, conseilla ce dernier à son frère. Je vais nous préparer de quoi grignoter.

Cole sortit une série d'ingrédients pour confectionner des sandwichs. Il voulait impressionner Rita par ses talents culinaires, mais il avait du mal à se concentrer à cause de la manière dont elle l'avait regardé lorsqu'il lui avait demandé s'il la rendait nerveuse. Il tenait à lui faire comprendre qu'elle pouvait avoir confiance en lui. Qu'aucun des adjoints de Cade County ne lui ferait du mal, et que l'individu qu'elle avait vu en uniforme était un imposteur.

Mais ce regard…

Ses joues avaient rosi, son regard s'était attardé sur les lèvres de Cole. L'intensité de son expression avait éveillé en Cole un trouble qui lui déplaisait. Les images qui encombraient son esprit n'étaient pas appropriées pour une femme comme Rita Horn. C'était une fille sérieuse, qui n'était pas censée le regarder ainsi.

Par chance, l'arrivée de West l'avait obligé à se focaliser de nouveau sur sa tâche.

Son frère prit place à côté de Rita.

— Vous avez vu une voiture de patrouille hier soir ?

— Non. Seulement la berline et deux hommes.

— Et aujourd'hui ?

— Non.

Elle regarda Cole de nouveau. Cela devenait une habitude. Qui plaisait davantage à ce dernier qu'elle ne l'aurait dû.

Il mit les sandwichs sur un plat qu'il déposa sur le plan de travail.

— Les voitures sont équipées d'un GPS, déclara-t-il. West peut vérifier leurs déplacements. Voir si l'une d'elle était près de la rivière hier soir ou près de chez vous ce matin.

West acquiesça.

— C'est déjà fait. Aucun de nos véhicules ne se trouvait dans le secteur. C'est déjà quelque chose.

Il jeta à Cole un coup d'œil déçu.

— La largeur des pneus sur les docks correspond à une berline standard, mais c'est à peu près tout ce qu'on peut en dire.

— Je m'en doutais, commenta Cole en s'essuyant les mains.

West mordit dans son sandwich et se retourna vers Rita.

— Que pouvez-vous me dire d'autre ?

— Je connaissais la victime. J'ai vu sa photo au journal télévisé.

— Comment ça, vous le connaissiez ? intervint Cole.

West lui lança un regard amusé.

Rita termina sa bouchée avant de répondre.

— Il est souvent venu à l'hôtel de ville récemment. Je l'ai vu plusieurs fois la semaine dernière ou celle d'avant. J'avais supposé qu'il était avocat.

— C'était un promoteur, expliqua West. Savez-vous qui il rencontrait lorsqu'il venait ?

— Non.

Rita haussa les épaules.

— Je ne lui ai jamais adressé la parole. Il était difficile de ne pas le remarquer, c'est tout.

Cole inclina la tête d'un air interrogateur tandis que West souriait dans son sandwich.

— Ah bon ?

— Oui.

Le regard de Rita alla de l'un à l'autre.

— La plupart des gens ici sont décontractés. Détendus. Ils parlent tranquillement. Sourient.

Elle fit une moue.

— Cet homme était différent. Toujours pressé. Droit comme un I. Le visage impénétrable. Vêtu d'un complet à mille dollars. Il… détonnait.

West griffonna quelques notes dans son calepin.

— Cole a mentionné un homme dans un café. Ce quelqu'un qui vous a effrayée. À quoi ressemblait-il ?

— Si nous pouvons le trouver dans la base de données de la police, intervint Cole, nous aurons un nom.

— Et ça nous permettrait de vérifier s'il avait des liens avec la victime, ajouta West.

Il se retourna vers Rita.

— Vous pourriez le reconnaître ?

— Oui.

— Je lui montrerai la base de données, proposa Cole.

— Parfait.

West termina son sandwich et se leva.

— J'irai à l'hôtel de ville demain matin de bonne heure pour récupérer les enregistrements des caméras de surveillance. Avec un peu de chance, je vais découvrir qui Minsk allait voir.

Cole hocha la tête.

— Et moi je vais appeler sa femme de ménage.

Il désigna Rita d'un geste.

— J'ai eu un empêchement tout à l'heure.

West sourit.

— Tiens-moi au courant.

— D'accord, répondit Cole, sentant les yeux de Rita sur lui.

— Bon, eh bien, je me sauve.

West se dirigea vers la porte.

— Merci pour le sandwich. Envoie-moi un texto si quelque chose d'autre vous vient à l'esprit. Sinon, on se remet au boulot demain. Merci, mademoiselle Horn.

— De rien.

Il hésita, puis se rapprocha d'elle avec des airs de conspirateur.

— Vous avez eu une rude journée, mais si quelqu'un peut assurer votre sécurité, c'est lui, dit-il en lançant un coup d'œil à Cole.

Ce dernier lui répondit par une grimace.

— Au revoir, West.

Son frère remit son chapeau de shérif.

— Je vais tâcher d'attaquer la montagne de paperasses avant que le prochain désastre frappe. Tu parles d'une journée !

Cole hocha la tête, puis referma la porte derrière lui.

— Il a l'air gentil, commenta Rita en rapportant les assiettes et les tasses vides à l'évier.

Cole la rejoignit et referma le robinet qu'elle venait d'ouvrir.

— Vous n'êtes pas obligée de faire la vaisselle. Je m'en occuperai.

Elle lui fit une chiquenaude de ses doigts mouillés.

— Vous avez fait la cuisine. Je me charge de la vaisselle.

— Non.

Rita pivota vers lui, les mains sur les courbes sexy de ses hanches.

— Vous êtes toujours aussi autoritaire ?

— Oui.

Il se massa le front, déconcerté par l'impression insensée qu'il était déjà attaché à elle. Rita Horn était pratiquement une inconnue. Une femme superbe, au cœur généreux et sexy en diable, mais une inconnue.

Il s'adossa au plan de travail.

— Je vais appeler la femme de ménage et puis nous regarderons la base de données. Venez, dit-il en lui faisant signe de le suivre dans le salon. Laissez la vaisselle. Installez-vous confortablement.

— Très bien.

Rita se pelotonna sur le canapé, un coussin sur les genoux.

Cole alluma la télévision, puis partit téléphoner. Quand il revint, son film préféré défilait sur l'écran.

— Pardon. Il devait être resté dans la queue.

— Attendez, lança-t-elle comme il s'apprêtait à l'éteindre. J'adore ce film.

Cole se laissa tomber à côté d'elle.

— Sans blague.

— Il est génial.

Il étendit le bras sur l'arrière du canapé et pianota sur l'écran de son téléphone de sa main libre.

— Je crois que nous allons être amis.

— Entendu.

Ignorant le nœud qui se formait dans son estomac, il hasarda un regard vers elle.

— Je vous rends toujours nerveuse ?

Rita se laissa aller contre lui avec un soupir.

— Oui, avoua-t-elle.

Cole sentit un grognement sourd monter dans sa poitrine.

— C'est réciproque.

8

Rita ayant fini par accepter de se reposer dans son lit, Cole passa la nuit dans le salon, à effectuer des recherches sur son ordinateur. Si la seconde moitié de leur journée avait été nettement plus calme que la première, elle n'avait pas été sans présenter ses propres difficultés. Il avait du mal à détacher ses pensées de Rita, étendue dans sa chambre. Par chance, Roger Minsk avait eu une présence très active en ligne, par conséquent Cole avait de quoi s'occuper.

Minsk avait tenu un blog, une page Facebook, et contribué à divers articles sur l'immobilier. Le déluge d'informations était tel qu'il obligea Cole à se focaliser sur l'affaire.

Malheureusement, huit heures et deux cafetières plus tard, il n'avait rien découvert qui permette de comprendre pourquoi Minsk avait été tué.

— La nuit a été fructueuse ?

La voix harmonieuse et le parfum vanillé de Rita firent à Cole l'effet d'un rayon de soleil.

Elle était vêtue d'un short en coton et d'un T-shirt portant l'inscription de Rivertown, ses cheveux ébouriffés ondulant librement sur ses épaules. Réprimant l'envie d'y enfouir les doigts, il s'empressa de lui verser une tasse de café.

— Un peu. La femme de ménage m'a rappelé. Alicia.

— C'est bien. Oh ! merci !

Elle but une gorgée de café et soupira de plaisir.

— Il est bon ?

— Délicieux.

Ses yeux noisette s'écarquillèrent brusquement.

— Oh ! mon Dieu. Il faut que je téléphone au bureau, s'affola-t-elle. Je n'ai prévenu personne que je ne venais pas. Quelle heure est-il ? Vous n'avez pas d'horloge ?

Il désigna sa montre.

— 7 heures 10. L'hôtel de ville n'ouvre ses portes qu'à 8 heures. À moins que vous ne vouliez laisser un message à quelqu'un, vous pouvez vous détendre et savourer votre café.

— C'est vrai. Je ne suis pas encore bien réveillée.

— Vous n'avez pas bien dormi ? s'inquiéta Cole.

Était-elle mal à l'aise à la pensée d'être seule avec lui ?

— Si, mais seulement au bout d'un certain temps, avoua-t-elle en bâillant. Mon frère veut emprunter mon pick-up pour aider un copain à déménager, et il n'est pas convaincu par les excuses que je lui ai données. Il m'a bombardée de textos jusqu'à minuit. Il a vraiment fallu que j'insiste pour qu'il me laisse dormir.

Elle se massa le front.

— Je n'aime pas lui mentir. Ryan et moi avons toujours été proches. Quand il est venu vivre avec moi, nous nous sommes promis de toujours être francs l'un avec l'autre.

— Vous ne voulez pas qu'il conduise votre pick-up parce que vous pensez que l'individu qui a essayé de vous renverser pourrait le confondre avec vous, devina Cole.

— Exactement.

Rita le dévisagea avec curiosité.

— Pourquoi êtes-vous déjà en uniforme ?

— J'ai rendez-vous avec la femme de ménage dans une heure.

— Dans une heure ? se récria-t-elle, atterrée.

Elle fit une grimace.

— Très bien. Je serai prête dans dix minutes.

Cole sourit.

— Parfait. J'ai dit à West que je vous déposerais au poste avant d'aller la questionner.

Rita tressaillit et faillit renverser son café.

— Non ! Si j'ai accepté d'aller au poste aujourd'hui, c'était uniquement parce que vous deviez être avec moi. Vous ne pouvez pas me laisser seule là-bas. Et si le tueur est un parent ou un ami d'un adjoint ? Cela expliquerait qu'il ait eu accès à un uniforme. Et s'il vient pour me tuer et que vous n'êtes pas là ?

Sa tirade terminée, elle pivota sur ses talons et repartit vers sa chambre.

— Rita ?

Cole la suivit et s'arrêta devant la porte close.

— Qu'est-ce que vous faites ? Je sais que vous avez peur, mais vous devez me faire confiance, sinon je ne pourrai pas vous protéger. Fiez-vous au moins à mon jugement. Vous serez en sécurité avec mon frère.

Il leva les yeux au ciel.

— Et ne partez pas quand nous sommes en train de discuter. C'est ridicule.

Quelques secondes plus tard, la porte s'ouvrit à la volée. Rita avait troqué son pyjama contre un jean foncé et un pull rouge à col en V.

— Je viens avec vous.

Elle se donna un coup de peigne en se dirigeant vers la salle de bains, puis se mit à se brosser les dents avec énergie.

— Le fait qu'on n'ait pas trouvé le type du café dans la base de données hier soir ne prouve pas que ce ne soit pas un criminel.

Elle parlait tout en actionnant la brosse.

— Ça veut seulement dire qu'il n'a pas de casier. Et le fait qu'il ne figure pas dans vos photos personnelles ne prouve pas non plus que vous ne le connaissiez pas. Par conséquent, je vous accompagne chez Minsk. J'attendrai dans la voiture pendant que vous parlez à la femme de ménage. Ensuite, vous pourrez m'emmener au poste pour que je fasse ma déposition.

Elle se rinça la bouche et s'inspecta dans la glace. Un soupçon de rouge à lèvres, un trait de crayon, et elle tourna vers Cole un regard suppliant.

Il réfléchit à ses demandes.

D'un côté, il répugnait à l'emmener. De l'autre, savoir qu'elle avait peur de rester sans lui, même au poste du shérif, lui serrait le cœur.

— S'il vous plaît ?

Il capitula.

— D'accord.

Le visage de Rita s'illumina aussitôt.

— Merci !

— N'oubliez pas d'appeler au bureau.

— Je le fais tout de suite.

Elle attrapa son petit téléphone mauve et pianota sur l'écran avant de le porter à son oreille. Soixante secondes plus tard, elle avait laissé un message digne d'un mauvais film, avec quinte de toux et gémissement gratuit, affirmant qu'elle ne serait pas de retour avant la fin de la semaine.

Cole espérait bien avoir éliminé la menace qui pesait sur elle avant cela, mais il n'avait rien contre l'idée de passer un peu de temps en sa compagnie ensuite.

Il la protégerait.

Elle apprendrait à lui faire confiance. En viendrait peut-être même à oublier ce qu'elle avait pu entendre dire au sujet de sa vie sentimentale. Non qu'il envisage de sortir avec Rita.

Envisageait-il de sortir avec Rita ?

— Vous êtes prêt ? demanda-t-elle en enfilant ses petites baskets blanches.

Pas vraiment, songea-t-il avec ironie.

— Oui. Je vais téléphoner à West en route pour l'avertir du changement.

Le soulagement se lut dans le regard noisette de Rita.

— Vraiment ?

— Allons-y.

Il ouvrit la porte et s'effaça pour la laisser passer, songeur. Il était clair que l'intérêt de Rita et le respect de la procédure s'opposaient, et que cela le mettait dans une situation délicate. Avec un peu de chance, cela ne se reproduirait pas car, face à un tel dilemme, Cole avait le sentiment qu'il choisirait toujours Rita.

— Partons avant que je change d'avis.

La route qui menait chez Minsk serpentait sur les hauteurs de la ville, bordée de magnifiques propriétés. Celle de Minsk, plus vaste que toutes les autres et située tout en haut de la colline, était d'un blanc éclatant qui contrastait avec le vert des sapins. Elle était aussi entourée d'un jardin soigneusement manucuré protégé par une clôture en fer forgé.

— Incroyable ! commenta Rita en se penchant sur le bord de son siège alors que Cole s'engageait dans l'allée circulaire. Je ne me doutais même pas que ce quartier existait.

Une femme d'âge moyen, vêtue d'une tenue blanche et grise, apparut sur le palier avant que Cole ait achevé de se garer.

Il attrapa son chapeau et lança à Rita un regard d'avertissement.

— Attendez-moi ici.

Elle se cala contre le siège et se contenta de croiser les bras sans répondre.

Un instant plus tard, il serrait la main de l'employée, lui adressant un sourire qu'il espérait réconfortant.

— Vous devez être Mme Sanchez.

Avec ses grands yeux marron et sa peau mate, elle lui rappelait Anita, la meilleure amie de sa mère. Il lisait la même chaleur et la même gentillesse dans son regard.

— Je suis contente que vous soyez là, dit-elle. Entrez, je vous en prie.

La demeure était immense. On aurait pu disputer une partie de balle au prisonnier dans le vestibule. Que pouvait faire un homme seul d'une maison aussi énorme ?

Non que Cole n'apprécie pas les belles choses. Simplement, il commençait aussi à se rendre compte qu'il avait beaucoup de chance d'être entouré de sa famille et de ses amis.

— Merci d'avoir accepté de me rencontrer ici.

— Il avait disparu depuis trois jours, dit-elle, levant trois doigts pour renforcer ses propos.

— Oui, madame. Je suis désolé que nous ne l'ayons pas trouvé plus tôt. Le shérif est venu ici par deux fois mais personne n'a ouvert. Il avait espéré que M. Minsk était parti en voyage d'affaires.

— Oh ! non. Il travaillait ici. Tout le temps. Il ne se reposait pas. Ne dormait pas. Et puis, tout à coup, il a disparu.

— Avait-il un bureau dans cette maison ? J'aimerais jeter un coup d'œil à son agenda et à son ordinateur, si possible.

— Bien sûr. Par ici.

Elle s'engagea dans l'imposant escalier. Cole lui emboîta le pas et la suivit dans une pièce très sobre, au mobilier simple et au bureau recouvert de dossiers en vrac. Il souleva le couvercle de l'ordinateur portable.

— C'était son seul ordinateur ?

— Oui. Il s'en servait tout le temps. Et de son téléphone.

Sa voix se brisa, et elle porta une main à sa bouche.

Cole balaya l'écran tactile. Aucune icône n'était visible sur l'écran, et un rapide examen révéla qu'il ne contenait pas le moindre dossier. C'était comme si l'appareil était flambant neuf. Il ne recelait aucune information personnelle. Bizarre pour un homme qui s'en servait tout le temps. À moins que…

— Avez-vous touché à ceci depuis sa disparition ?

— Non, monsieur.

— Quelqu'un d'autre est-il venu ici ?

— Pas que je le sache, répondit-elle avec un haussement d'épaules, mais je ne viens que deux fois par semaine.

— Savez-vous si M. Minsk recevait quelquefois des visiteurs ?

Elle haussa les épaules de nouveau.

Cole reporta son attention sur l'ordinateur vierge. Minsk avait-il deviné qu'il était en danger et l'avait-il vidé pour se protéger ? Si oui, que cachait-il ? Et à qui ?

Laissant l'appareil de côté, Cole feuilleta les piles de papiers, ne sachant par où commencer. Il était impossible d'examiner tout cela correctement alors que Rita attendait dans la voiture.

— Je vais avoir besoin de renforts, déclara-t-il en regardant la femme de ménage. Nous allons devoir éplucher tous ces documents.

Sous la montagne de paperasses, il découvrit l'antique bureau en chêne et non le calendrier géant qu'il avait espéré voir. À la réflexion, cela n'avait rien d'étonnant. Minsk était un homme d'affaires prospère. Sans doute tenait-il un agenda sur son téléphone.

Cole fit une photo du bureau encombré et l'envoya à West. Passer tous ces papiers au crible risquait de prendre toute la journée. Il avait besoin d'aide. Avant tout, cependant, il devait emmener Rita au poste. Elle serait en sécurité là-bas pendant qu'il enquêtait. Contrariée, certes, mais en sécurité.

Il hésita un instant, déchiré entre la nécessité de partir et celle de rester. Une liasse de plans attira son attention près du bas d'une des piles. Cole les déplia avec soin. Toutefois, en l'absence de contexte, il était difficile de savoir ce qu'il regardait.

— Savez-vous sur quoi M. Minsk travaillait ? demanda-t-il à Mme Sanchez, qui se tenait toujours sur le seuil.

Elle se balança d'un pied sur l'autre.

— Non. Il était gentil, mais il ne me parlait pas de ce genre de choses.

Il comprit soudain qu'elle était mal à l'aise, réticente à pénétrer dans la pièce.

— Quelque chose ne va pas ?

— C'est juste que… Ça me gêne de vous voir fouiller dans ses affaires. Je sais qu'il est mort et que vous faites votre travail, mais…

Cole se détendit légèrement.

— Je sais que c'est difficile. J'apprécie votre aide.

Il reporta son attention sur les plans. À qui étaient-ils destinés ?

D'après Rita, Minsk s'était rendu à l'hôtel de ville à plusieurs reprises récemment. Dans quel but ? Pour négocier l'achat d'un terrain, se renseigner au nom d'un client ?

Mme Sanchez se tordit les mains.

— Comment est-ce qu'une chose pareille peut arriver à quelqu'un d'aussi gentil ?

— Je ne sais pas, admit Cole. Mais j'ai bien l'intention de le découvrir.

M. Minsk était-il aussi gentil que son employée le

pensait ? Ou était-il une tout autre personne en réalité ? Quelques jours plus tôt, Cole aurait dit que les innocents n'étaient pas abattus d'une balle dans la tête et jetés à la rivière. Cependant, cette théorie ignorait les cas comme Rita. Certains se trouvaient tout simplement au mauvais endroit au mauvais moment, et Minsk était peut-être l'un d'eux. Comme Rita.

Il étala les plans sur le bureau et les tourna deux fois, s'efforçant de donner un sens aux lignes et aux minuscules pattes de mouche.

— On dirait les docks, marmonna-t-il, avant de déchiffrer quelques lettres le long d'un côté. Willa. Onze heures.

La femme de chambre s'avança à regret vers lui.

— M. Minsk passait beaucoup de temps sur l'eau.

— Le nom de Willa vous évoque-t-il quelque chose ? Est-ce son associée ? Ou un membre de sa famille ? Sa petite amie ?

— Non. Willa est le nom de son voilier.

Il passe beaucoup de temps sur l'eau. Et à l'hôtel de ville.

Il était question depuis des années de réhabiliter les docks, mais jusqu'à présent, les discussions n'avaient abouti à rien. Minsk avait-il tenté de faire avancer les choses ?

En tout cas, s'il passait beaucoup de temps à bord de son bateau, peut-être y aurait-il là des indices qui aideraient Cole à comprendre qui l'avait assassiné et pourquoi.

Comme il fixait de nouveau les plans, la sonnette de la porte d'entrée tinta. Mme Sanchez se hâta vers le couloir.

— Excusez-moi, lança-t-elle par-dessus son épaule.

Cole s'approcha de la fenêtre qui donnait sur l'allée

et écarta le rideau. Sa voiture était vide. À ce détail près, tout était paisible.

Rita avait-elle perdu patience, ou pris peur ? Quoi qu'il en soit, il avait eu tort de l'amener, et il faudrait qu'ils aient une discussion sur le sens du mot « attendre ».

Il passa une main lasse sur son visage, guettant le son de sa voix dans le vestibule. De toute façon, il était temps qu'il parte. Un de ses collègues devrait se charger des paperasses de Minsk. Calant une hanche contre le bureau, il composa le numéro de West.

— Qu'est-ce que tu fabriques ? demanda son frère sans même le saluer. J'ai une foule de choses à faire, et je suis là en train de me tourner les pouces à attendre que Rita Horn et toi arriviez.

— Nous sommes en route. Je me suis arrêté chez Minsk pour interroger la femme de ménage. Il y a des paperasses à n'en plus finir, mais j'ai trouvé des plans qui pourraient se révéler utiles.

— Où est Rita ? coupa West sur un ton sec, désapprobateur au possible. Ne me dis pas que tu as emmené notre seul témoin au domicile de la victime.

— Elle a accepté de rester dans la voiture.

Cole prit conscience du silence caverneux qui régnait et sentit un malaise le gagner. Il eut soudain hâte de retourner à Rita.

— On arrive, mais écoute : apparemment, Minsk avait un yacht dans le port de plaisance. Il y aura peut-être quelque chose d'intéressant là-bas. Quelqu'un devrait y jeter un coup d'œil.

— Entendu. Maintenant, amène-moi ce témoin.

Au même moment, l'écho d'un coup de feu se réverbéra dans l'immense bâtisse.

Une flèche d'angoisse transperça le cœur de Cole. En un éclair, il dégaina et s'avança sans bruit vers la porte ouverte, scrutant le long couloir. Ses gestes étaient rapides, sûrs, résultant de réflexes acquis à l'armée et au service de la loi.

— C'était un coup de feu ?

La voix de West jaillit du téléphone oublié sur son épaule.

— Chut, ordonna-t-il en se hâtant vers l'escalier.

Lorsqu'il se pencha à la balustrade du premier étage, le spectacle qui l'attendait lui tordit l'estomac.

— La femme de ménage est morte. Une balle dans la tête.

Une flaque de sang s'étalait autour de ses cheveux de jais sur le marbre blanc. La vision de sa voiture vide s'imposa à Cole, lui nouant la gorge.

— Rita a disparu.

Sans attendre la réponse de West, il coupa la communication, fourra l'appareil dans sa poche et dévala silencieusement les marches, submergé par un désir quasi animal de protéger Rita. Si quelqu'un avait osé toucher à un seul de ses cheveux, il le paierait cher.

Une seconde détonation retentit avant qu'il ait atteint l'entrée, aussitôt suivie du fracas d'une fenêtre qui se brisait derrière lui.

Il s'accroupit et se plaqua au mur.

— Département du shérif de Cade County, annonça-t-il. Lâchez votre arme et montrez-vous !

Trois nouvelles rafales se succédèrent le temps qu'il dévale les marches. À l'autre bout du vestibule, un homme mince, vêtu d'une grosse veste, se rua hors de vue.

Cole s'élança à sa poursuite, terrifié à l'idée qu'il allait découvrir Rita morte quelque part.

Rita se recroquevilla derrière la haie touffue qui séparait la propriété de la falaise à pic, ne laissant qu'un espace minuscule entre ses jambes flageolantes et le vide. Elle n'avait pas vu l'homme en tenue d'adjoint depuis qu'il avait émergé de derrière un buisson pour sonner à la porte. En revanche, elle avait compté quatre coups de feu.

Le fait qu'il ne l'ait pas remarquée dans la voiture tenait à la fois du miracle et du mystère.

Elle s'était baissée instinctivement, se tassant dans l'ombre entre son siège et le tableau de bord, espérant qu'il n'allait pas s'intéresser de trop près à la voiture de patrouille.

À la première détonation, elle s'était redressée.

À la deuxième, elle s'était jetée hors de sa cachette.

Lorsqu'elle avait entendu la troisième et la quatrième, elle était déjà clouée sur place derrière la haie, comme si elle avait toujours fait partie du décor.

Cole était toujours à l'intérieur, et il n'était pas question qu'elle s'enfuie sans lui.

Les joues ruisselantes de larmes, elle imagina le tueur prenant Cole par surprise et appuyant sur la gâchette pendant qu'elle se terrait comme une lâche. Elle devait appeler à l'aide. Et stupidement, elle avait laissé son téléphone dans le porte-gobelet de la voiture.

Devait-elle retourner le récupérer ? Ou courir jusqu'à la maison la plus proche ?

Elle se pencha et risqua un coup d'œil au-delà de la haie, s'efforçant de jauger de quel côté aller.

— Stop !

La voix ferme de Cole avait résonné dans les airs.

Le cœur de Rita fit un bond dans sa poitrine.

— Sortez de là.

Cole s'approcha à grands pas, l'arme au poing, mais légèrement baissée. Il tendit une main vers elle.

— Je l'ai perdu. Il faut que je vous mette à l'abri avant qu'il revienne.

Rita se fraya un chemin à travers la végétation et prit sa main entre les siennes.

— Comment avez-vous su où me trouver ?

— Je commence à croire que je pourrais vous retrouver n'importe où, marmonna-t-il avant de l'attirer à lui dans un soupir. Avez-vous vu dans quelle direction il est allé ?

— Non. Je ne l'ai pas vu depuis qu'il est entré.

Cole se détacha d'elle et planta son regard dans le sien. Le conflit se lisait sur ses traits.

— West est en route. Nous allons monter dans la voiture et filer. Compris ? Je ne veux pas que vous soyez mêlée à une fusillade.

Il la guida au pas de course à travers le jardin.

— Restez baissée, lui rappela-t-il. Et ne vous arrêtez pas.

Au même instant, Rita se figea, les doigts crispés sur son bras.

— Cole !

Le tireur venait de réapparaître au loin.

— C'est l'homme de Rivertown, souffla-t-elle.

Cole leva son arme, scrutant les environs.

— Là-bas, chuchota-t-elle, le désignant frénétiquement du doigt. C'est lui !

L'homme tourna la tête vers eux. Il esquissa un geste, un coup de feu déchira les airs.

— Vite !

Cole avait écarté Rita et ripostait tout en lui faisant un bouclier de son corps. Une fois arrivé à la voiture, il ouvrit la portière conducteur à la volée et poussa Rita à l'intérieur.

Elle grimpa par-dessus la console et se laissa tomber sur le siège passager tandis que Cole s'engouffrait à son tour dans l'habitacle. Il démarra et fit demi-tour en trombe, projetant Rita contre la portière. L'instant d'après, il fonçait sur la route sinueuse, sans le moindre égard pour la limite de vitesse.

Des sirènes retentirent au loin alors qu'il relayait l'incident au standard.

Le cœur de Rita cognait contre ses côtes au point de les briser. Elle avait l'estomac noué, les mains rigides. Tout semblait irréel, sorti droit d'un cauchemar. Un film qu'elle avait vu des années plus tôt et oublié. Mais ce ne pouvait pas être la réalité. Ce ne pouvait pas être sa vie.

— Rita ?

La voix calme de Cole s'immisça à travers le brouillard de ses pensées.

— Elle ne réagit pas.

Il traça du bout du doigt le contour de son bras, effleura tendrement son épaule et son cou.

— Je ne vois pas de blessures. Je pense qu'elle est en état de choc.

— Non ! protesta Rita en se tournant vivement vers lui.

— Dis à West de me rappeler.

Cole reposa le micro sur son support et se gara derrière une petite église blanche au bord de la route.

— Mes collègues arrivent. Et il ne faut pas vous sentir coupable d'être en état de choc. On a tiré sur vous. Quelqu'un a essayé de vous tuer.

— Vous m'avez sauvé la vie.

Le visage de Cole s'assombrit.

— Non. C'est à cause de moi que vous avez été exposée au danger. Vous n'auriez pas dû être là.

Le regret qui perçait dans sa voix, son regard résolu, touchèrent Rita au plus profond d'elle-même. Une vague de chaleur monta en elle. Cole Garrett était son héros.

Elle défit sa ceinture de sécurité et se tourna vers lui. Lentement, elle posa la paume sur la barbe naissante de l'adjoint et referma les doigts autour de son menton décidé.

Le choc se lut dans ses yeux, cédant aussitôt la place à une autre émotion.

— Rita ?

Sa voix était sourde, rauque de désir.

— Oui.

Aussitôt, Cole tendit le bras et l'enlaça, l'attira vers lui par-dessus l'exaspérante console.

Leurs lèvres se rencontrèrent en une parfaite collision de passion et de soulagement. C'était le moment dont elle rêvait depuis le jour où elle l'avait vu pour la première fois, des mois plus tôt, et ses attentes furent comblées. Les mains expertes de Cole la soulevèrent dans l'espace restreint de l'habitacle. Ardentes et protectrices, elles la déposèrent avec douceur sur ses genoux.

Rita s'installa à califourchon sur ses cuisses et lui caressa le visage tandis que le baiser de Cole se faisait plus intime, plus exigeant.

À côté d'eux, la radio grésilla. L'opératrice du standard requérait une autre voiture de patrouille chez Minsk.

Avec un grognement, Cole mit fin à leur étreinte, laissant Rita hors d'haleine.

Elle enfouit le visage dans le cou de Cole et s'efforça de songer à la manière dont elle pouvait reprendre sa place avec grâce.

— Je suis vraiment désolée.

Il cessa de respirer.

— Tu m'as attaqué.

Rita se redressa.

— Non !

Le sourire espiègle de Cole chassa le sentiment d'humiliation qui venait de l'envahir.

— L'adrénaline incite parfois les gens à faire des choses insensées.

Rita regagna sa place moins élégamment qu'elle ne l'avait quittée.

— Je pense que c'est ta façon à toi de t'excuser.

— Eh bien, dans ce cas, je suis vraiment, vraiment désolé.

Elle boucla sa ceinture avec un sourire, maudissant le rouge qui lui montait aux joues.

— Tais-toi.

9

Cole s'engagea de nouveau sur la route, les mains crispées sur le volant. Où avait-il donc eu la tête ? L'embrasser ainsi avait été tout sauf professionnel !

Rita gardait la tête tournée vers la vitre. Elle regrettait sans doute déjà de s'être laissé entraîner sur ses genoux comme s'ils n'étaient pas de quasi-inconnus l'un pour l'autre, poursuivis par un assassin de surcroît.

Correction. Rita était poursuivie par un assassin. Cole, lui, allait traquer ledit assassin. Et à la première occasion, il l'abattrait.

Son téléphone sonna.

— Garrett, dit-il, pressant la touche du haut-parleur.

— Je suis chez Minsk, annonça West. Où es-tu ?

— En route pour le port de plaisance. Je crois qu'il est impératif d'inspecter ce bateau avant qu'on nous prenne de vitesse. À supposer que ce ne soit pas déjà fait.

West poussa un profond soupir.

— Et Rita ?

— Elle est avec moi. Tu es sur haut-parleur.

Un silence gêné se fit dans l'habitacle.

— Bonjour, dit Rita timidement, les sourcils froncés, son regard soudé à celui de Cole.

Il ne put s'empêcher de sourire.

— Aucun signe du tireur ?

— Non, mais un véhicule sans plaque est garé

dans un virage juste après la maison. On est en train de l'examiner.

— Une berline sombre ?

— Non. Une trois-portes gris métallisé.

Rita se laissa aller contre le dossier de son siège, envahie par la déception.

— Tiens-moi au courant, lança Cole. On se retrouve au poste.

— Entendu.

Cole posa l'appareil dans un porte-gobelet, puis tourna à droite en direction de la rivière. Il jeta un coup d'œil à Rita, restée impassible.

— Si le tireur est toujours dans les parages, West va le trouver. C'est un des meilleurs pisteurs que je connaisse, et les autres adjoints sont tenaces. Si ce type n'a pas décampé à l'heure qu'il est, il ne va pas s'en sortir.

Rita blêmit, comme si une horrible pensée s'était imposée à elle.

— La femme de ménage, murmura-t-elle.

— Je sais.

Cole tendit la main pour la réconforter, mais suspendit son geste et la reposa sur le volant.

Cette femme était morte par sa faute. Il aurait dû être avec elle. C'était lui qui avait donné rendez-vous à la propriété. Il avait un temps de retard sur l'assassin de Minsk depuis le moment où il avait vu le corps sans vie de ce dernier étendu sur le quai. Il ne pouvait continuer ainsi. Il devait rattraper ce salaud avant que Rita soit sa prochaine victime.

Deux grosses larmes roulèrent sur les joues de Rita.

— Il l'a tuée. Et pourquoi ? Parce qu'elle ouvert la porte ? Et sa famille ? Elle a peut-être un mari. Des enfants.

Elle avait prononcé le dernier mot d'une voix à peine audible.

Le cœur de Cole se serra.

— Je suis désolé.

Rita avait perdu sa mère lors d'un accident, il ne l'avait pas oublié. Il pouvait imaginer ce qu'elle ressentait.

— Elle n'aurait pas dû être mêlée à tout cela.

— C'est vrai.

Il se haïssait d'avoir demandé à la malheureuse de le retrouver chez Minsk. Il avait voulu qu'elle soit là pour lui parler de cet homme qu'il n'avait jamais rencontré. Pas un instant il n'avait envisagé…

— Que va-t-il se passer maintenant ? demanda Rita d'une petite voix brisée. Qui va aller voir sa famille ?

— West, répondit Cole automatiquement.

C'était une des tâches dont son frère tenait à s'acquitter. *C'est mon comté. Mes administrés. Ma responsabilité*, aurait-il dit.

— Il ira voir les siens et fera de son mieux pour répondre à leurs questions. Ensuite, il se focalisera sur le tueur et ne relâchera pas ses efforts avant que justice soit faite.

Sauf que, cette fois-ci, Cole avait bien l'intention de le devancer.

Au bout d'un moment, ils quittèrent les montagnes pour emprunter une voie express qui s'étirait entre des champs de maïs écrasés de soleil, où seuls quelques épouvantails et moissonneuses-batteuses émaillaient le paysage.

À l'approche de la rivière, Cole quitta cette route pour s'engager sur une autre. À deux kilomètres à l'est, cachées derrière une colline, se dressaient les usines à l'abandon qui abritaient des chats errants et une scène de crime. Ils continuèrent vers l'ouest, en direction de Memorial Park et des superbes demeures qui longeaient les quais du port de plaisance.

Il prit le micro et le porta à ses lèvres afin de signaler sa position, puis attendit.

— Bien reçu, grésilla la radio.

Cole fit lentement le tour du parking presque vide avant de choisir une place et de couper le moteur. Ensuite, il retira sa ceinture de sécurité et se tourna vers Rita, ne sachant que lui dire. S'il lui demandait de l'accompagner, il risquait de l'exposer au danger. Cependant, la laisser semblait tout aussi dangereux, et il s'était déjà promis de ne plus la quitter des yeux.

— Prête ? demanda-t-il en désignant d'un geste la rangée de bateaux amarrés.

Rita ne se le fit pas dire deux fois. Elle s'empressa de descendre et le rejoignit devant la voiture.

— Que cherchons-nous ?

— Le voilier de Minsk. *Willa.*

Cole pointait le doigt vers le nom peint en rouge sur la coque du bateau le plus proche.

— D'accord.

Rita régla son allure sur la sienne, lisant le nom de chaque bateau tout bas à mesure qu'ils progressaient.

Cole laissa échapper un long sifflement à la vue de celui qu'ils cherchaient. *Willa* n'était pas un simple voilier, mais un yacht. Arrivant droit de la luxueuse demeure de Minsk dans les collines, Cole n'aurait pas dû être surpris, mais il l'était. Hormis les vaisseaux de la marine, le plus gros navire qu'il ait vu était un trois-mâts près de Williamsburg. Celui-ci n'avait rien de commun avec celui-là. Ni avec un bateau de pêche. C'était un yacht de luxe, long de vingt-cinq mètres, au pont impeccable et au bastingage rutilant.

— Je crois que nous sommes arrivés.

Il se hissa à bord sans difficulté.

— À toi.

Elle rougit mais accepta volontiers l'aide qu'il lui

offrait. Malgré lui, Cole nota que sa petite main se nichait parfaitement et sans hésiter dans la sienne. Peut-être ne regrettait-elle pas leur baiser après tout. Peut-être cela lui plaisait-il que leurs mains, et leurs bouches tout à l'heure, s'épousent aussi bien.

Ce sur quoi il refusa de s'attarder, dans l'immédiat tout au moins, c'était la manière dont elle avait trouvé sa place à califourchon sur lui, et combien ce moment aurait pu être plus délicieux encore sans la voiture et plusieurs couches de vêtements. Un courant électrique le parcourut alors qu'elle se pressait brièvement contre lui pour garder l'équilibre.

— Oups, murmura-t-elle.

Cole se hâta de mettre les mains sur ses hanches pour la stabiliser.

— C'est bon ?

Elle laissa retomber ses bras et recula.

— Oui.

Il la lâcha à son tour, luttant déjà contre une sensation de manque.

— Voyons ce que *Willa* peut nous apprendre.

Sur les talons de Cole, Rita franchit le seuil de la cabine, savourant encore la chaleur de ses mains sur elle. Ses joues la picotaient toujours après leur baiser, et elle avait l'impression que ses lèvres avaient gardé le goût des siennes.

— Ça va ?

Brusquement arrachée à ses rêveries, elle acquiesça.

— Oui.

Elle s'avança et s'arrêta à hauteur de Cole, croisant les bras comme si cela pouvait calmer sa nervosité. De son côté, il s'était déjà mis au travail et inspectait méthodiquement des piles de papier laissées sur un bureau.

Rita jeta un coup d'œil autour d'elle, impressionnée.

Le yacht était plus vaste que certains des appartements où sa famille avait vécu. Elle s'approcha du bar, curieuse de mieux voir la salle à manger qui se trouvait de l'autre côté. Une table ovale était installée dans le coin, encerclée par une banquette tapissée de coussins en soie bleu et or. Des assiettes en porcelaine blanche et des verres à pied étaient disposés sur la table, prêts pour un dîner qui n'aurait jamais lieu.

Rita promena les doigts sur le tissu délicat, puis jeta un coup d'œil par le hublot. À l'horizon, les montagnes verdoyantes et le ciel d'un bleu immaculé se détachaient sur les eaux sombres.

— Victoire, s'écria Cole.

Elle fit volte-face, tout excitée.

— Qu'est-ce que tu as trouvé ?

Après les événements épouvantables de cette journée, elle ne savait à quoi s'attendre. Tout paraissait possible, y compris des choses qui n'auraient jamais dû se produire dans sa petite ville. L'homme de la berline, qui avait assassiné deux personnes en deux jours, avait tout changé à jamais.

Cole étala un plan sur le bureau et le cala de chaque côté à l'aide de dossiers.

— Regarde.

Après avoir pris une photo avec son téléphone, il étala un deuxième plan sur le premier et répéta l'opération.

Rita se pencha pour mieux voir, une main pressée sur son cœur.

— C'est le port de plaisance ?

— Non, mais tu n'es pas loin. Ce sont des docks sur le Mississippi, à La Nouvelle-Orléans. J'ai vu des plans similaires chez Minsk. Ceux-là ressemblaient à nos docks. C'est intéressant qu'il ait les deux, tu ne crois pas ? L'Ohio est un affluent du Mississippi.

Il retira le second plan et désigna le premier.

— Celui-ci est un dock dans l'Illinois.

Il tapota un point au bord du document.

— À la confluence avec l'Ohio.

Posant son téléphone, il s'empara d'un dernier plan posé contre le bureau.

— Et ça, c'est St. Louis. À la confluence avec le Missouri.

— Je vois, murmura Rita, s'efforçant de saisir les implications de ces explications.

Cole semblait ravi de sa découverte. Mais pourquoi ?

— Minsk était promoteur, non ? Quoi d'étonnant à ce qu'il se soit spécialisé dans la réhabilitation d'anciens docks ?

Cole roula les plans avec soin et les glissa les uns dans les autres.

— Rien, mais cela pourrait nous aider à déterminer ce qu'il faisait au juste avant de mourir. Si une offre a été faite pour nos docks, ou si une seule et même compagnie a acquis tous ces sites, ça nous donnera une piste.

Vu sous cet angle, c'était un progrès, en effet.

— C'est dommage que Minsk n'ait pas vécu assez longtemps pour voir les docks vendus, dit-elle, songeuse. Je me souviens de l'explosion qui a eu lieu l'année où j'ai emménagé en ville. Quatre ouvriers y avaient trouvé la mort, et tout le monde ne parlait que de cela.

Cole pivota lentement vers elle.

— J'avais presque oublié cet incident, avoua-t-il. Pourtant, toute ma famille a assisté aux obsèques.

— J'y étais, moi aussi.

Elle avait suivi cette affaire de près. La tragédie s'était déroulée quelques mois à peine après son arrivée à Rivertown. Loin de sa famille, seule dans son minuscule appartement, elle avait vu l'incendie qui avait fait rage toute la nuit, les nappes de pétrole en feu sur l'eau. Plusieurs jours de suite, elle avait apporté des bouteilles d'eau et des sandwichs à ceux qui draguaient la rivière dans l'espoir de retrouver les corps des victimes. Elle avait vu les familles sangloter sur les quais.

Une plainte avait été déposée contre la compagnie, laquelle avait fini par faire faillite. Les avocats avaient apporté la preuve que l'explosion aurait pu être évitée, et la société n'avait pas eu les fonds suffisants pour régler les dommages et intérêts. Une foule de gens avaient perdu leur emploi. Les familles qui avaient intenté le procès n'avaient évidemment pas voulu nuire à autrui : elles cherchaient seulement à faire en sorte qu'une telle tragédie ne se reproduise pas.

Cole fixa son regard bleu intense sur elle.

— Je me demande qui est propriétaire du terrain maintenant. Si ce n'est pas la société, alors qui ?

Rita haussa les épaules.

— L'État était censé l'acheter et faire ériger un mémorial à la mémoire des victimes, mais cela n'a jamais été fait.

Elle lâcha un soupir.

— C'est comme ça parfois. Les politiciens font des promesses pour apaiser les esprits, et quand les choses se calment, ils les oublient.

Elle se frotta les yeux, revoyant le mémorial de fortune dédié à sa mère par leurs voisins après l'accident, et prit une profonde inspiration. Tout à coup, elle suffoquait. L'air était trop confiné dans la cabine. Et son chagrin encore trop vif venait s'ajouter aux émotions de cette affreuse journée.

Elle déglutit, se racla la gorge et s'obligea à se focaliser sur le présent.

— Je me souviens qu'il était question de faire construire une promenade, et d'y installer des bancs sur lesquels de petites plaques auraient indiqué le nom des victimes. Il devait aussi y avoir quelques stands de produits locaux, qui auraient vendu des glaces, des articles de pêche, ce genre de choses. Au lieu de quoi, c'est juste une friche industrielle.

Le téléphone de Cole vibra sur la petite table où il servait de presse-papiers.

— Garrett.

Son regard se posa sur Rita puis retourna au bureau.

— Oui.

Il se raidit soudain.

— Tu en es sûr ? On arrive.

Il fourra l'appareil dans sa poche.

— Ils n'ont pas trouvé le tueur, mais quelqu'un a vidé le bureau de Minsk pendant que West et son équipe le traquaient dans les bois. Le médecin légiste, qui était au rez-de-chaussée, n'a rien entendu.

Un frisson parcourut Rita.

— Ça veut dire que ce type doit être un professionnel.

— Oui. Et qu'il n'a pas froid aux yeux.

Cole rassembla une pile de documents et posa le menton dessus pour la stabiliser.

— Prends ce que tu peux. Nous reviendrons avec des renforts. Mais là, il faut qu'on y aille.

Pendant que Rita s'exécutait, un petit bruit retentit au-dessus d'eux. Quelque chose était tombé sur le pont. C'était comme si le facteur avait livré un paquet.

Sauf qu'ils étaient à bord d'un bateau.

— Qu'est-ce que c'était ? demanda-t-elle enfin, redoutant la réponse.

Cole remit les dossiers sur le bureau et dégrafa le bouton de son holster.

— Reste ici.

Il gravit les marches en silence. Ignorant ses paroles,

Rita le suivit de près. Pas question d'attendre les bras ballants qu'on vienne l'enlever ou la tuer.

Cole pivota, serra le poing en l'air et grimaça. C'était le signal militaire qui signifiait : *Ne bouge plus. Attends.*

Rita le connaissait, et, bizarrement, cet ordre visuel eut plus d'effet sur elle que celui qu'il lui avait donné de vive voix. Ses pieds se figèrent sur le petit escalier.

L'arme au poing, prêt à faire feu, Cole poussa le battant d'un geste sec. Une bordée de jurons brisa le silence.

Avant qu'il ait pu dire quoi que ce soit d'autre, le regard de Rita se posa sur un petit objet noir devant Cole. Des chiffres rouge vif clignotaient dessus, indiquant un compte à rebours. Le tic-tac léger d'une horloge accompagnait chaque changement de numéro. 17. 16. 15…

Elle lâcha un cri.

— C'est une bombe ?

Déjà, des papiers voltigeaient sur le pont. Cole lui avait pris la pile de documents qu'elle tenait et l'avait lancée en direction du quai. Il se tourna vers elle, la saisit par les poignets et la tira vers le haut.

Les jambes aussi lourdes que du plomb, Rita trébucha en avant, le regard rivé sur le petit mécanisme qui allait mettre fin à sa vie, comme hypnotisée.

9.8.7…

Cole la tirait toujours, l'éloignant de la bombe, mais son corps refusait de répondre.

— Rita ! ordonna-t-il, d'une voix autoritaire. Bouge-toi, sinon je te jette par-dessus bord.

6.5.4…

Son frère allait se retrouver seul au monde. Il n'aurait plus de sœur pour veiller sur lui. Tout ça parce qu'elle avait été assez stupide pour aller nourrir des chats dans une usine désaffectée.

Elle sentit qu'on l'attrapait sans ménagement, et grimaça de douleur alors qu'on la jetait dans les airs. Battant frénétiquement des bras, elle percuta violemment les flots houleux. Quand elle refit surface quelques secondes plus tard, ses yeux la picotaient, elle avait les poumons en feu et suffoquait, ayant avalé plusieurs tasses d'eau glaciale et boueuse.

Cole s'était déjà lancé par-dessus la balustrade en chrome rutilant. L'instant d'après, ses bras se refermaient autour de Rita, l'éloignant du yacht à chaque battement de jambes. Soudain, il gonfla ses joues d'air, et les plongea tous les deux sous l'eau.

L'onde de choc générée par l'explosion les propulsa brutalement en avant. Quand ils refirent surface, le chaos régnait. Rita claquait des dents et voyait flou. Une vague invisible de chaleur déferlait sur la rivière. Cole lui faisait un bouclier de son corps, l'enveloppant dans ses bras d'acier.

Au-dessus d'eux, des nuages de fumée obscurcissaient le ciel. Des débris flottaient dans une odeur rance de plastique et de combustible brûlé. Rita toussa, battant instinctivement des pieds pour rester à la surface alors que des fragments de métal et des planches enflammées volaient tels des missiles autour d'eux.

— Ça va ?

Cole lui caressa les cheveux, dégageant son visage pour vérifier qu'elle n'était pas blessée.

— Je n'ai rien. Je suis désolée, sanglota-t-elle. Je n'ai pas bougé. J'aurais dû bouger.

Il lui avait sauvé la vie. Une fois de plus. Son cœur se gonfla d'émotion et elle lui encadra le visage de ses mains.

Trop tard, elle prit conscience d'une ombre dans son champ de vision.

— Cole !

Dans un craquement sinistre, le débris enflammé atterrit sur ses larges épaules.

Ses bras la lâchèrent.

10

Rita s'agrippa d'une main au quai, luttant pour maintenir Cole hors de l'eau. Un bras passé sous le sien, elle pressa la joue contre la sienne.

Il ouvrit les yeux et fronça les sourcils, visiblement sous le choc, désorienté.

— Ne bouge pas, l'avertit-elle d'une voix qui tremblait un peu. Tu es blessé.

Il remua un peu, essayant de se dégager.

— Ça va ?

Sa voix était rauque, son visage altéré par la douleur.

Rita fut si soulagée de l'entendre qu'elle faillit couler. Elle appuya le front contre le sien et laissa les larmes rouler sur ses joues.

— Ça ne pourrait pas aller mieux ! s'écria-t-elle, et c'était vrai.

La présence de Cole Garrett dans sa vie avait tout changé et elle ne voulait plus jamais vivre un jour sans lui. Une foule de mots se bousculèrent dans sa gorge et sur sa langue, mais elle ne put que reculer pour mieux voir son visage et dire l'évidence.

— Reste tranquille. Tu es blessé.

Des pas précipités s'approchèrent, annonçant l'arrivée des secours. Des cordes furent abaissées vers Cole et Rita. Au milieu du brouhaha, Rita fut précautionneusement tirée hors de l'eau par une dizaine d'hommes. Cole, de son côté, insista pour sortir tout seul.

Incrédule, Rita fixa les restes du yacht. S'était-elle vraiment tenue dans la cabine quelques minutes plus tôt ? Quelqu'un avait-il vraiment essayé de l'éliminer ?

La plainte d'une ambulance, d'abord lointaine, devint assourdissante alors que le véhicule s'engouffrait dans le port à toute allure, s'arrêtant de justesse avant de renverser Rita.

Les adjoints et les agents de sécurité du port avaient déjà rassemblé l'équipe hétéroclite de secouristes derrière un ruban jaune en vue de les interroger. Les ambulanciers se répartirent entre Rita et Cole. Elle fut soignée par le plus jeune et le plus sympathique. Cole eut droit à un homme aux traits vaguement familiers, qui devait avoir une bonne quinzaine d'années de plus que lui. Après un examen rapide, il apparut que Rita n'avait besoin que d'un peu d'oxygène. Elle était indemne. Grâce à Cole.

La tâche de l'ambulancier qui s'occupait de Cole fut plus ardue. Ce dernier ne cessait de protester contre les soins qu'on lui prodiguait.

— C'est bon, arrête !

— Tiens-toi tranquille, répliqua le soignant. J'aurais déjà terminé si tu ne gigotais pas constamment. On ne t'a rien appris à la fac de médecine ?

— Je n'ai rien, grogna Cole, qui continuait à s'agiter, assis sur le pare-chocs de l'ambulance.

Il avait refusé tout net de s'allonger sur la civière ou de monter dans le véhicule.

— Tu as bien fait d'arrêter tes études, riposta son interlocuteur tout en lui tamponnant le dos à l'aide de cotons humides. Si tu es assez idiot pour croire qu'on peut ne rien avoir après une explosion et une quasi-noyade, on aurait fini par te virer de toute manière.

Rita sourit tandis que Cole lâchait une nouvelle bordée de jurons. Elle était heureuse qu'il soit en vie et reconnaissante à l'ambulancier d'ignorer ses protestations. Le sifflement dans ses oreilles l'empêchait de saisir tout ce qu'il disait, mais elle comprenait l'essentiel.

Elle ne voulait plus penser au moment où les yeux de Cole s'étaient fermés, où ses membres étaient devenus inertes. Jamais plus elle ne voulait ressentir pareille angoisse, pareille sensation de nausée.

Les pompiers arrosaient les vestiges fumants du yacht et allaient et venaient sur le quai, prenant des notes et des photos.

Rita se concentra sur sa respiration, aspirant des goulées d'oxygène afin de chasser la terreur qui, pour la énième fois en trente-six heures, lui comprimait la gorge et les poumons.

À côté d'elle, Cole leva une main pour repousser l'ambulancier qui s'évertuait à le soigner.

— Ça suffit !

L'homme serra les dents et persévéra, nettoyant les brûlures sur son dos.

— Laisse-moi faire mon travail. Tu sais, tu pourrais être reconnaissant d'être en vie et encore capable de te plaindre.

Le regard de Cole se posa sur Rita.

Elle lui offrit un petit sourire et retira son masque pour lui parler. Elle avait la gorge nouée par l'émotion et douloureuse à force d'avoir appelé au secours.

— Il a raison. Tu devrais le laisser finir.

Cole n'avait été inconscient que quelques secondes, mais celles-ci avaient semblé durer une éternité. Le fragment de coque qui l'avait assommé aurait pu la tuer s'il ne lui avait pas fait un bouclier de son corps.

La pensée qu'il avait agi par devoir gâcha soudain l'instant. Elle fit de son mieux pour masquer sa déception.

— Tu vois ? lança l'ambulancier. Écoute-la. Elle devrait faire médecine.

Rita sourit de nouveau.

— Il ne faudrait pas que tes plaies s'infectent, sinon tu aurais des raisons supplémentaires de ronchonner.

Cole fronça les sourcils et se tourna vers la rivière, mais ne protesta pas. Le secouriste adressa un sourire amusé à Rita.

— Tiens, tiens.

— C'est bon, coupa Cole avec un regard assassin. Contente-toi de faire en sorte que je puisse me remettre au boulot.

Au même moment, une sirène perçante annonça l'arrivée d'une voiture de police. Cole bondit, échappant à l'ambulancier.

— Pas trop tôt !

West apparut au bout du quai et se mit à courir dans leur direction. Badauds et journalistes s'écartèrent pour le laisser passer. Il sauta par-dessus le ruban et ralentit en s'approchant, les mains sur les hanches.

— Qu'est-ce qui s'est passé ici, bon sang ?

Un mélange de peur, de soulagement et d'indignation s'entendait dans sa voix. On avait fait du mal à son frère, et il était prêt à en découdre avec le coupable.

C'était une voix que Rita connaissait bien. Elle avait la même en réserve, et ce, depuis dix-neuf ans.

West s'arrêta à côté d'elle, dévisageant tout à tour Cole et l'ambulancier.

— Eh bien ? Oncle Henry ?

Oncle Henry ?

— Pour ce qui est du yacht, je ne sais rien, répondit ce dernier. Mais notre gars de Stanford a de la chance d'être en vie. Il a de multiples brûlures au premier et au deuxième degré sur les épaules et le dos, sans oublier une série de contusions un peu partout. En revanche, aucun signe de traumatisme crânien, en dépit du fait qu'il a temporairement perdu connaissance après avoir reçu un gros bout de coque en flammes sur la tête.

Il haussa les épaules.

— Je veux l'hospitaliser et le mettre sous observation.

— Qu'en dis-tu, Cole ? demanda West, bras croisés et sourcils froncés.

— Non.

L'oncle Henry leva les mains en signe d'impuissance, exactement comme son neveu un instant plus tôt.

— Dis à ta mère que j'ai essayé.

— Comme d'habitude, répondit West en l'étreignant brièvement. Merci, oncle Henry.

— Ce n'est pas moi qu'il faut remercier.

Il désigna Rita de la tête.

— Il a perdu connaissance dans l'eau. C'est elle qui l'a ramené au quai et qui l'a maintenu à la surface en attendant les secours.

Rita rougit jusqu'aux oreilles.

— Il m'a jetée par-dessus bord parce que j'étais trop terrifiée pour bouger. Et puis il a sauté et m'a protégée de l'explosion. C'est à cause de moi qu'il a été blessé.

West se massa le front.

— Il a été blessé parce qu'il n'est pas devenu médecin, comme il aurait dû le faire.

— Je ne voulais pas devenir médecin, grogna Cole. Maintenant, si vous avez fini de jouer les mères poules, on pourrait peut-être se remettre au travail. On avait mis la main sur un tas de documents concernant les affaires des Minsk et tout est littéralement parti en fumée.

Henry tendit à Rita une pile de pansements et divers articles de premiers secours.

— Pour les brûlures de mon neveu. Tâchez de le persuader de changer de pansements deux fois par jour et de prendre des calmants pour la douleur. Bonne chance !

Sur quoi il ramassa le masque à oxygène et repartit à grands pas vers l'ambulance, suivi de son assistant.

Rita fixa les fournitures, songeuse. Ç'avait été agréable de laisser quelqu'un prendre les décisions pour une fois, mais au moins, soigner quelqu'un était un rôle familier.

Contrairement à celui de cible de psychopathe, par exemple.

Elle s'assit sur le quai et déposa les paquets à côté d'elle. Si la journée de la veille avait été épouvantable, celle qui commençait était déjà infiniment pire. Elle se laissa aller en avant, reposant ses avant-bras courbaturés sur ses cuisses. Sa peau et ses vêtements sentaient la rivière et le brûlé.

— Tout a été complètement détruit, se lamentait Cole derrière elle. Les dossiers. Les plans. Tout. J'avais pris des photos pour te les envoyer mais maintenant, mon téléphone est au fond de l'eau.

West s'approcha de la carcasse fumante du yacht.

— Deux fusillades en deux jours. Une bombe à bord d'un bateau.

La déception se lisait sur son visage, l'amertume perçait dans sa voix.

— Qu'est-ce qui arrive dans mon comté ?

Rita ferma les yeux. Il avait omis de mentionner le malade qui l'avait poursuivie en voiture dans une rue bondée et forcée à plonger la tête la première dans une fontaine, mais elle ne pensait pas qu'il ait besoin qu'elle le lui fasse remarquer. Elle rouvrit les yeux et se concentra sur le fait qu'elle était en vie. Quoi qu'il arrive, elle devait essayer de ne pas trop penser à l'expression furieuse de Cole lorsqu'il s'était réveillé dans ses bras.

Cole regarda Rita s'éloigner et s'asseoir à l'écart plutôt que de se mêler à eux et d'écouter ses récriminations.

Il ne pouvait pas lui en vouloir. À dire vrai, il n'était guère content de lui non plus. La jeter dans l'eau et la protéger de l'impact était censé être un geste héroïque. Épique, même. Le genre d'histoire qu'il aurait plaisir à raconter à ses petits-enfants.

Sauf qu'en fin de compte, c'était lui qui avait eu besoin d'être secouru.

Rita lui avait sauvé la vie.

Il réprima un juron.

— N'oublie pas le type à Rivertown, maugréa-t-il à l'adresse de son frère. Il a essayé de faucher Rita en pleine rue, au beau milieu de la journée.

La litanie de West avait été incomplète. Il avait oublié un des incidents les plus terrifiants dont Cole ait jamais été témoin.

— Il a failli la tuer devant une bonne centaine d'étudiants.

Rita lui lança un regard par-dessus son épaule. La déception qu'exprimait son visage reflétait parfaitement son propre état d'esprit.

— Je n'arrive pas à croire que tout ait disparu, soupira-t-elle. C'est vrai qu'on a de la chance d'avoir survécu, mais c'est vraiment dommage que tous ces papiers soient perdus.

Cole acquiesça. Son regard s'attarda sur l'attroupement qui s'était formé autour de la scène. Plusieurs paires d'yeux masculins étaient rivées à Rita, laquelle était occupée à tirer sur la chemise mouillée qui lui collait à la peau, et qui était désormais très transparente.

Il se plaça devant elle et les dévisagea à son tour jusqu'à ce qu'ils détournent les yeux. Puis il pivota vers elle, satisfait de son succès.

Rita leva les yeux vers lui et sourit.

Une vague de chaleur se répandit en lui, aussi intense que les brûlures qui lui picotaient le dos. Une prise de conscience venait de surgir dans ses pensées. Il avait été irrité contre ces hommes non parce qu'il voulait protéger une femme traumatisée de leurs regards déplacés, mais parce qu'il voulait protéger *cette* femme-ci. *Sa* femme.

Bon sang.

Cole roula les épaules, essayant en vain de dénouer ses muscles tendus. Il était jaloux. D'inconnus. C'était une émotion qu'il n'avait pas éprouvée depuis le lycée. Elle ne lui avait pas plu à l'époque, et lui plaisait encore moins à présent.

Sans parler du fait que ses sentiments à l'égard de Rita Horn étaient tout aussi déplacés. Dès que la menace qui pesait sur elle serait écartée et qu'elle n'aurait plus besoin de protection, elle reprendrait le cours de sa vie, sans doute ravie d'être débarrassée de sa présence.

L'humiliation lui comprima la poitrine.

Il reporta son attention sur West, qui observait toujours le bateau d'un air incrédule.

— Écoute. Avant l'explosion, j'ai trouvé une série de plans d'autres docks comme celui-ci. Depuis la Lousiane jusqu'au Missouri. Tu as eu le temps de découvrir qui Minsk allait voir à l'hôtel de ville ?

— Non, avoua West, les sourcils froncés. J'ai été détourné de ma tâche quand on t'a tiré dessus au domicile de la victime. Et maintenant, je suis là, à me demander pourquoi quelqu'un essaie de te tuer.

Rita replia ses genoux contre sa poitrine.

— Peut-être que la bombe n'avait pas pour but de tuer, murmura-t-elle.

West jeta un regard éloquent aux décombres du yacht.

— Oui, c'est ce que j'ai pensé aussi, au début, dit Rita, levant la main pour abriter ses yeux du soleil. Mais regardez !

De sa main libre, elle désigna les débris calcinés

qui flottaient dans l'eau, les fragments de papiers qui voltigeaient sur les quais.

— Peut-être qu'il s'agissait surtout de se débarrasser des preuves.

— En faisant tout sauter ? se récria West, interloqué.

Elle haussa les épaules.

— C'est une supposition. Si le tireur était venu ici dans le but de nous éliminer, il aurait pu le faire de manière beaucoup plus discrète. Nous savons qu'il s'est servi d'un pistolet les autres fois. Pourquoi changer de méthode ? Il aurait pu nous abattre pendant qu'on montait à bord ou qu'on redescendait. Franchement, je crois qu'il ne savait pas qu'on était là.

West échangea un regard avec Cole.

Rita avait peut-être raison.

— Cole ?

Rita s'était mise à genoux et scrutait l'espace entre deux planches du ponton.

— Regarde !

Il s'accroupit et suivit la direction de ses yeux.

— Qu'y a-t-il ?

— C'est le stylo !

Elle rampa sur le bois couvert de cendre, fixant un objet qui flottait au-dessous d'elle.

— Pourquoi l'avais-tu sur toi ? C'était notre seule pièce à conviction ! Il portait peut-être les empreintes du tueur.

West apparut à côté de Cole.

— Quelle pièce à conviction ?

— Le stylo ! répéta-t-elle, le bras tendu vers l'eau, s'efforçant d'atteindre la partie du stylo qui se balançait au gré de la houle.

Des mèches mouillées s'accrochaient à ses joues et à son cou.

— Aide-moi !

— Attention !

Cole lui agrippa les hanches avant qu'elle bascule dans la rivière. Une douleur fulgurante lui transperça la nuque et les épaules, lui rappelant d'éviter les mouvements brusques.

— Ce n'est pas celui que tu m'as donné.

— Quel stylo ? intervint West, dont l'ombre vacillait sur les vagues.

— Je l'ai !

Rita se redressa et se rassit sur les planches à côté de lui, tenant gracieusement l'objet entre le pouce et l'index.

— Il est fichu, constata-t-elle, dépitée.

Des larmes jaillirent dans ses yeux noisette.

— Pourquoi est-ce que rien ne veut marcher pour nous ?

Cole s'assit près d'elle, touché qu'elle ait dit « nous ». Au moins avait-il lui une bonne nouvelle à lui annoncer.

— Le stylo que tu m'as donné est toujours dans la boîte à gants de ma voiture. J'allais le remettre à West dès notre arrivée au poste.

Évidemment, il n'avait pas imaginé le tour qu'allait prendre la journée. Même si le baiser qu'ils avaient échangé compensait presque le fait d'avoir été choisi pour cible.

Rita lâcha un long soupir.

— Oh ! tant mieux. C'est déjà ça, souffla-t-elle en se laissant aller contre lui.

West s'accroupit devant eux, le visage sévère.

— Vous allez m'expliquer, oui ? Qu'est-ce que c'est que cette histoire de stylo ?

Sans attendre la réponse de Rita, il prit l'objet et le dévissa. À la place d'une cartouche d'encre se trouvait un mince rectangle en métal attaché au capuchon du stylo.

— Une clé USB ?

Cole réfléchissait déjà à toute allure. Ce stylo et celui que Rita lui avait remis étaient en tout point identiques. Et si celui-ci était en réalité une clé USB…

Un sourire se dessina sur ses lèvres.

Rita était debout, et marchait de long en large en gesticulant alors qu'elle donnait des explications à West.

— Il était là-bas, à côté de la flaque de sang sur les docks, le soir où Minsk a été tué. Je l'ai ramassé. Et puis je l'ai donné à Cole.

Ce dernier se releva avec un grognement.

— Allons voir si ces deux stylos sont des jumeaux.

West redressa les épaules et partit à grandes enjambées vers le parking.

Cole captura la main de Rita et lui emboîta le pas. Nouant ses doigts aux siens, il s'efforça de ne pas boiter.

— L'ordinateur de Minsk était vide. Il gardait ses dossiers sur une clé secrète et à bord d'un yacht. Tout ça m'incite à penser qu'il se savait en danger.

Rita lui pressa la main.

— Si ce stylo vaut la peine qu'on m'espionne, qu'on mette ma maison sens dessus dessous et qu'on essaie de m'éliminer, il y a fort à parier que le nom du tueur est là quelque part.

Cole se mit à trottiner malgré la douleur et dépassa West. Il était trop tard pour Minsk et sa femme de ménage, mais au moins il pouvait arrêter le coupable et sauver Rita.

11

Le shérif contempla le sachet en plastique avec satisfaction et le rendit à Cole le temps d'enfiler des gants en caoutchouc.

— Soyons optimistes, marmonna-t-il en sortant le stylo de son cocon.

Il le dévissa sans difficulté. Exactement comme celui qu'ils avaient repêché un peu plus tôt, l'objet servait de cachette à une clé USB.

West regarda Cole, les yeux écarquillés.

— Je vais porter ce truc au labo en personne.

— Bonne idée.

Mieux valait prendre toutes les précautions possibles pour protéger leur unique pièce à conviction. Qui sait quelles informations explosives contenait ce minuscule lecteur ?

— Rita et moi allons retourner à la maison. Il faut qu'on prenne une douche et qu'on se change. On te retrouvera au poste.

— Entendu. Si je ne suis pas là, appelle-moi. Il faut que je m'occupe de la scène de crime chez Minsk et du chantier ici, ajouta West en désignant le yacht qui sombrait peu à peu.

Cole jeta un coup d'œil sur sa montre. Le verre était fêlé, mais l'aiguille tournait toujours.

— Si je peux, je tâcherai de passer à l'hôtel de ville avant la fermeture. Peut-être quelqu'un sait-il avec qui Minsk avait rendez-vous. J'aimerais déterminer précisément ses faits et gestes durant ses derniers jours.

West glissa le sachet dans la poche de sa veste.

— On a du pain sur la planche. Allons-y.

Cole le salua de la tête, puis ouvrit la portière passager. Rita s'approcha, mais ne monta pas.

L'air sembla se charger d'électricité et, l'espace d'une seconde, il se laissa aller à imaginer qu'elle l'embrassait de nouveau. Cette fois devant la moitié de la ville plutôt que derrière une église vide. Peut-être le voyait-elle encore comme un héros, bien qu'elle ait dû le sauver quand il avait perdu connaissance.

— Je suis désolée que tu aies été blessé, murmura-t-elle, les yeux rivés sur ses chaussures.

Ses paroles firent à Cole l'effet d'un coup de poing en pleine poitrine. Il n'avait pas été à la hauteur de sa mission ce jour-là, et c'était elle qui s'excusait. Avant qu'il ait trouvé les mots pour répondre, elle se glissa sur son siège.

Rita s'accabla de reproches tout au long du trajet de retour chez Cole. *Je suis désolée que tu aies été blessé ?* De toutes les pensées qui se bousculaient dans sa tête, pourquoi avait-il fallu qu'elle choisisse de formuler celle-là ? Pire, il avait accusé le coup quand elle l'avait dit, comme si elle l'avait giflé, si bien qu'elle n'avait pas osé parler de nouveau.

Malheureusement, elle n'allait pas pouvoir se dérober beaucoup plus longtemps. Ce n'était pas comme si elle pouvait rentrer chez elle et oublier sa maladresse. Elle vivait pratiquement avec Cole, du moins jusqu'à nouvel ordre, et il la laissait rarement hors de sa vue. Après la fusillade qui avait eu lieu chez Minsk, il allait sans doute redoubler de vigilance.

Quelques instants plus tard, ils étaient arrivés. Cole la fit entrer et tira le verrou derrière eux. Après avoir rapidement inspecté la maison pour s'assurer que tout était en ordre, il revint avec une pile de vêtements secs et une serviette.

— Prête à prendre une douche ?

Rita rougit et détourna les yeux, redoutant qu'il ne devine quelles idées insensées lui traversaient l'esprit.

— Tu devrais passer le premier. Tu es blessé.

Cole fronça les sourcils.

— S'il te plaît, arrête de dire ça.

— Pourquoi ? C'est la vérité.

Elle croisa les bras, comme si cela pouvait desserrer le nœud qui s'était formé dans son estomac. Elle avait vu du sang à la surface lorsqu'elle lui maintenait la tête hors de l'eau. Elle avait vu les plaies sur ses épaules, et ne pouvait qu'imaginer la sévérité de ses brûlures. La chemise que son oncle lui avait prêtée pour remplacer la sienne, sale et trempée, était déjà maculée de taches de sang et de pommade.

Oui, Cole était blessé. Et à cause d'elle.

— Un bateau a explosé à dix mètres de nous. J'ai encore les oreilles qui sifflent et l'impression d'avoir été percutée par un camion alors que je n'ai pas le moindre bleu. Tandis que toi…

Elle laissa sa phrase en suspens. Par où commencer ? Il l'avait défendue de son corps et avait failli le payer de sa vie.

— Arrête de dire que tout va bien.

Une foule d'émotions se pressaient dans son cœur, exigeant d'être entendues. Des larmes lui picotaient les yeux.

— Ce n'est pas vrai !

Malgré elle, un sanglot jaillit de ses lèvres. Elle porta une main à sa bouche et tourna les talons, soudain pressée de noyer ses soucis sous une douche chaude, de se débarrasser de la puanteur de la rivière.

Quand elle ressortit, elle n'avait plus de larmes à verser et s'était efforcée de dissimuler ses yeux rougis. Propre, sèche, vêtue d'un caleçon gris clair et de son T-shirt en coton blanc préféré, elle se sentait presque normale. Avec un peu de chance, elle ne ressemblait plus à la créature hystérique qui s'était jetée dans la salle de bains une demi-heure plus tôt.

Son estomac se mit à gronder alors qu'elle se dirigeait vers la cuisine. Une odeur délicieuse embaumait toute la maison.

Debout devant la cuisinière, torse nu, Cole remuait une poêlée d'oignons, poivrons et champignons. Du riz cuisait dans une casserole.

Il posa sur elle un regard troublé.

— Comment était la douche ?

— Bonne.

Elle s'adossa au plan de travail derrière lui, fixant les plaies et brûlures multiples sur son dos. Sous les blessures de ce jour-là, Rita reconnut des cicatrices familières. Causées par du shrapnel. Pour avoir vécu sur des bases militaires durant toute sa jeunesse, elle avait vu trop d'hommes affligés de marques semblables. Certains en avaient de plus terribles encore. Et pourtant, ils se considéraient comme chanceux : ils étaient revenus.

Rita savait que Cole avait servi dans l'armée, mais il ne lui était pas venu à l'esprit qu'il avait déjà été confronté à des attentats à la bombe.

— Ton oncle m'a donné de quoi changer tes pansements après ta douche.

Cole se figea, puis se remit à s'affairer.

— Tu as faim ?

Son estomac gronda de plus belle, devançant sa réponse.

— Oui.

Il éteignit le brûleur sous la poêle et égoutta le riz avant de se tourner vers elle. Il avait échangé son pantalon mouillé contre un short de basket à taille dangereusement basse, lequel attirait le regard de Rita sur l'étendue de duvet sombre qui descendait de son nombril.

Quand elle parvint enfin à arracher son regard de la scène, elle se rendit compte que Cole l'observait.

— Tout va bien ? demanda-t-il avec un sourire amusé.

Au comble de la gêne, elle pinça des lèvres.

— Hum. J'ai téléphoné à Mme Wilcox pour avoir des nouvelles de mes chats.

— Et comment vont-ils ?

— Bien.

Il inspira à fond et son sourire s'accentua.

— J'ai préparé à déjeuner, mais je devrais passer aux aveux d'abord. Ce n'est pas totalement désintéressé.

Rita arqua les sourcils.

— Je pense que nous devrons parler de ce qui est arrivé aujourd'hui, reprit-il.

— D'accord.

Cole se massa la nuque, un geste qui fit paraître son torse deux fois plus large. Une grimace lui échappa. Il baissa le bras beaucoup plus lentement qu'il ne l'avait levé, et la frustration se lut sur ses traits.

— Pourquoi étais-tu fâché quand tu as repris connaissance dans l'eau ? demanda Rita.

Elle se mordit aussitôt la langue. Elle n'avait pas eu l'intention de se montrer aussi abrupte, mais il fallait qu'elle sache. Si elle l'avait contrarié d'une manière ou d'une autre, elle avait droit à une explication.

Cole changea de position et laissa retomber ses bras le long de son corps.

— Je n'étais pas fâché.

— Si, rétorqua-t-elle. C'est tout juste si tu m'as adressé la parole sur les quais. Tu as été agressif avec ton oncle alors qu'il essayait de t'aider. Je ne sais pas ce qui t'a mis en colère, mais je suis désolée.

Cole croisa les bras et attendit. Un masque patient avait succédé à la frustration sur son visage.

Plus elle parlait, plus elle gagnait de l'assurance.

— C'est parce que tu as dû me jeter par-dessus bord ? Parce que j'ai paniqué et que je ne pouvais pas bouger ?

Cole continuait à se taire. À écouter. Et cela plaisait à Rita.

— Je savais qu'il fallait que je réagisse, mais j'en étais incapable.

Il tendit la main et essuya une larme toute neuve sur sa joue.

— Je n'étais pas fâché contre toi, j'étais déçu par moi-même. Tu avais besoin de ma protection, et j'avais échoué.

— Tu as été assommé par un morceau de coque enflammé ! Ce n'est pas comme si tu étais resté à la maison regarder un match à la télé.

Il éclata de rire, et la pièce parut d'autant plus gaie.

— Ce n'est pas une excuse.

— Tu m'as sauvé la vie une fois de plus. Où est le problème si j'ai pu t'aider à mon tour ?

— C'est mon travail de te protéger. Pas l'inverse.

Il se retourna vers la cuisinière et se mit à remplir deux assiettes.

— Tu n'as pas besoin de t'occuper de tout le monde tout le temps. Je ne veux pas que tu me dorlotes comme si j'étais ton petit frère. Je ne veux pas être materné.

Une bouffée de colère envahit Rita.

— Je ne te maternais pas ! Je t'ai embrassé ! Tu crois que j'ai envie d'embrasser mon frère ?

Il déposa deux assiettes remplies à ras bord sur

l'îlot de cuisine, à côté des verres d'eau glacée et des couverts qu'il avait préparés.

— Mange. Tu n'as rien avalé de toute la journée, et tu trembles comme une feuille.

Rita se hissa sur un tabouret.

— Qui joue au parent, là ?

— Pas moi, lâcha-t-il dans un soupir. Je ne suis que le petit frère qui aurait dû être médecin.

Rita prit le temps de digérer ses paroles.

— Tu penses vraiment ça ou tu ne fais que répéter les choses que ton frère et ton oncle ont dites aujourd'hui ?

Cole s'essuya les mains sur une serviette qu'il laissa tomber sur le plan de travail.

— Je ne regrette pas d'être devenu adjoint. C'était ma vocation, et ils le savent. Je ne suis allé en fac que pour faire plaisir à mes parents. Quand j'ai quitté l'armée, ils voulaient que je fasse un métier sans danger. Mais je n'étais pas médecin dans l'âme. Je voulais être représentant de la loi.

Il souda son regard au sien.

— C'est moi. C'est ce que je suis.

— J'aime bien qui tu es, chuchota Rita.

Cole esquissa un geste vers elle, sans détacher son regard du sien.

— Je peux te protéger.

Rita s'humecta les lèvres.

— Je sais.

Il esquissa un sourire.

— Puisque tu vas séjourner ici, je crois que nous avons besoin d'établir quelques règles.

Elle se força à respirer. Il s'avançait lentement, tel un prédateur, semant le trouble dans ses pensées.

— Ah bon ?

— Ma maison. Mes règles. Prête ?

— Hum.

— Premièrement, tu es mon invitée. Ça signifie que je fais la cuisine, que je me douche après toi et que je dors sur le canapé. Tu as droit au lit, à la priorité pour l'eau chaude et à autant de repas que tu pourras en tolérer.

Rita se mordit la lèvre pour ne pas protester. Cole l'avait laissée parler tout à l'heure. C'était à son tour de l'écouter.

— Deuxièmement, tu es sous ma protection à présent. Si quelque chose doit sauter, ce ne sera pas toi. Et si je perds connaissance de nouveau, ne me dorlote pas. Mets-moi une claque et dis-moi de me réveiller et de retourner au boulot.

Rita ne put s'empêcher de rire.

— Très bien. C'est vrai que tu es allé à Stanford ?

Cole prit place à côté d'elle.

— Le temps d'un éclair.

— Impressionnant.

Il enfourna une pile de poivrons avant de lui décocher un large sourire.

— Tu trouves ?

— Oui.

— Tu aimes les types intelligents. Je m'en doutais. Des types en costard-cravate, qui portent des mocassins et qui ont un plan d'épargne-retraite.

— Quoi ? s'esclaffa Rita, qui faillit s'étrangler sur son repas, pourtant délicieux. Non. Pas du tout. Je ne suis pas si difficile. Enfin, je ne le serais pas si quelqu'un m'invitait à sortir avec lui. Ce qui n'arrive jamais.

— Quoi ?

De stupeur, Cole laissa échapper sa fourchette.

— Personne ne t'invite à sortir ? insista-t-il avec un sourire incrédule. Ou tu dis non à chaque fois ?

— Disons qu'il y a un peu des deux, mais non, je ne suis pas très sollicitée.

— Pourquoi ? demanda-t-il, mystifié.

— J'ai un côté méfiant, avoua-t-elle. Et je ne voulais pas m'engager dans une relation pendant que Ryan vivait avec moi. Maintenant qu'il est parti, je suis plus âgée et beaucoup d'hommes de mon âge sont déjà mariés.

— Pas moi.

Le sourire de Rita s'élargit.

— Eh bien, papa m'a mise en garde contre les soldats.

— Ah bon ?

— Oui, et c'est un soupçon ironique, étant donné qu'il est général. Cela dit, avec le recul, ça m'a sûrement évité pas mal d'ennuis si on considère que j'ai passé toute mon adolescence sur des bases militaires.

— Ton père est un homme sage.

— Tu le penses vraiment ? Je m'attendais à ce que tu ne sois pas de son avis.

— Pourquoi ? Parce que j'ai été soldat ?

Cole planta son regard dans le sien.

— Si c'est grâce à lui que tu es encore célibataire, je lui en suis très reconnaissant.

Rita joua avec sa fourchette, trop nerveuse pour manger.

— Je crois que j'attendais de rencontrer quelqu'un de spécial. Un homme intelligent et séduisant. Un héros au grand cœur, attaché à la justice et à sa communauté.

Cole se leva et s'approcha.

— C'est une sacrée liste, commenta-t-il en la prenant par les hanches pour la faire pivoter vers lui.

Instinctivement, Rita écarta les genoux pour qu'il puisse s'approcher davantage.

— Autre chose ?

Rita leva la tête vers lui.

— Oui.

Elle se sentait fondre sous l'intensité de son regard. Elle posa les mains sur ses épaules, puis promena ses paumes ouvertes le long du cou de Cole, traçant la ligne résolue de son menton du bout des doigts.

— L'homme de mes rêves saurait quand m'embrasser.

Aussitôt, les lèvres de Cole furent sur les siennes. D'abord douces et caressantes, puis pressantes, passionnées.

Elle enfouit les doigts dans ses cheveux et l'attira plus près, lâchant un petit soupir de plaisir.

La journée venait de s'améliorer radicalement.

Malheureusement, à cet instant précis, la sonnerie du téléphone les figea sur place.

Cole resta immobile, les mains crispées sur les hanches de Rita comme si elle risquait de disparaître.

— Tu es obligé de répondre ? souffla-t-elle, espérant follement qu'il décide de l'entraîner dans sa chambre au lieu de prendre la communication.

Elle avait repassé en boucle leur précédent baiser dans sa tête depuis qu'elle était entrée dans la cuisine et qu'elle l'avait vu torse nu. Son corps réagissait si naturellement au sien, l'épousait aussi facilement que s'ils avaient passé toute leur vie à partager des baisers.

Il l'embrassa de nouveau, et elle entrouvrit les lèvres, l'invitant à approfondir l'étreinte. Cependant, il se dégagea légèrement et planta son regard dans le sien.

— Oui, mais ne bouge pas d'ici.

Rita s'éventa les joues pendant qu'il allait décrocher le combiné qui s'obstinait à sonner.

— Garrett.

Son regard se posa sur Rita.

— De la part de qui ?

Il pâlit brusquement.

— Un instant.

Il revint vers elle, tirant le fil du téléphone derrière lui.

— C'est pour toi.

Rita pressa le récepteur contre son oreille, plus

effrayée par l'expression de Cole que par la succession d'épreuves qu'elle avait traversées au cours des journées qui venaient de s'écouler.

— Ici Rita Horn.

Cole attrapa un T-shirt drapé sur une chaise voisine et l'enfila en hâte, puis ramassa ses clés et son portefeuille.

— Mademoiselle Horn, dit une voix inconnue. Ici le centre médical de Mercy. Votre frère, Ryan Horn, a été victime d'un grave accident.

12

Rita cala ses pieds nus dans une paire de baskets sans même prendre la peine de nouer les lacets. *Ryan était blessé.* Victime d'un accident de voiture.

Hospitalisé aux urgences.

Cole avait pris sa veste et son sac à main.

— Tu es prête ?

— Oui, merci.

Elle enfila son sweat-shirt et remonta la fermeture jusqu'à son menton, secouée par des vagues de tremblements qui lui nouaient l'estomac. Elle avait oublié le pick-up. Oublié son propre frère. Elle était une sœur indigne. Une piètre parente de substitution.

Maman n'aurait jamais oublié.

Cole ouvrit la porte d'entrée et s'effaça pour la laisser passer.

Un instant plus tard, ils roulaient à toute allure vers l'hôpital, le gyrophare allumé et la sirène hurlante leur frayant un chemin à travers le centre-ville.

Rita s'accablait de reproches.

— La dernière fois que j'ai communiqué avec lui, c'était par texto, et je me suis disputée avec lui à propos de mon pick-up. Je ne me dispute jamais avec lui. Pourquoi ai-je fait ça ?

Cole posa la main sur sa cuisse.

— Tu essayais de le protéger.

— Oui, répondit-elle avec amertume. En mentant. J'avais promis de toujours lui dire la vérité. De toujours être franche, mais je mens à Ryan depuis le moment où je me suis retrouvée mêlée à cette affaire. J'ai enfreint ma promesse.

Le pouce de Cole allait et venait sur sa peau en vagues apaisantes.

— Tu n'es pas responsable de ce qui est arrivé. C'était un accident. Et il va s'en tirer.

Rita noua ses doigts aux siens et les porta contre sa joue. Ce n'était pas la première fois qu'elle se ruait dans un hôpital après qu'un être aimé avait été victime d'un accident.

— Comment le sais-tu ?

— C'est ton frère, non ? Je parie qu'il est coriace.

— C'est vrai.

Cole l'enveloppa d'un sourire encourageant.

— Il va s'en tirer, et je serai à tes côtés pendant qu'il se bat.

La dernière fois qu'elle s'était trouvée dans cette situation, cela ne s'était pas bien terminé. Plus rien n'avait jamais été pareil après.

— Ma mère ne s'en est pas tirée.

Cole la regarda longuement.

— Tu veux en parler ?

Non, elle ne voulait pas, et pourtant les mots se bousculaient déjà dans sa bouche. La terreur lui comprimait la poitrine.

— L'homme qui a causé l'accident était ivre. Il avait déjà été condamné et privé de permis. Plusieurs fois. Ça ne l'a pas empêché de reprendre le volant.

Le visage de Cole se décomposa.

— Je suis désolé, murmura-t-il, l'émotion visible dans son regard.

— Il ne l'a pas percutée, reprit Rita. Il roulait dans

le mauvais sens sur l'autoroute en pleine nuit. Ma mère a fait un écart pour l'éviter. C'est ironique, non ? La seule vie qu'elle a sauvée a été celle du chauffard ivrogne. Et lui s'en est sorti avec un sermon et une tape sur les doigts. L'avocat a argué qu'elle avait causé sa propre mort en donnant un coup de volant. Qu'elle avait peut-être vu un chevreuil. Nous n'avons pas pu prouver qu'elle avait fait une embardée pour éviter la voiture.

— Rita.

La voix de Cole était rauque, empreinte de compassion.

Le bâtiment imposant de l'hôpital apparut devant eux, avec sa croix rouge géante peinte sur la façade et le nom de Mercy qui se détachait en lettres blanches au milieu.

— Ça va aller, murmura-t-elle en lâchant sa main pour détacher sa ceinture.

Elle s'essuya les joues. Les larmes avaient cessé aussi subitement qu'elles étaient venues.

Cole se hâta de contourner le véhicule pour la rejoindre et captura sa main de nouveau. Déjà, elle marchait à grandes enjambées vers l'entrée.

— Où allons-nous ?

— Il est en chirurgie. Au premier étage, je crois, répondit-elle, s'efforçant de se remémorer les instructions qu'on lui avait données au téléphone.

— L'unité des soins intensifs. Je la connais. Viens.

Il se mit à trottiner, ignorant l'énorme ascenseur métallique pour l'entraîner vers les escaliers.

La salle d'attente du premier étage était vaste mais silencieuse. Une odeur de café brûlé et de pop-corn flottait dans l'air, venant de la salle principale. Une femme endormie reposait inconfortablement installée dans un fauteuil, son tricot sur les genoux, les aiguilles encore entre les mains.

Cole se dirigea droit vers le bureau des infirmières.

— Bonjour. Je suis Cole Garrett, adjoint au shérif. Voici Rita Horn. Son frère, Ryan Horn, a été victime d'un accident. On nous a dit qu'il était ici.

La femme s'empara d'un bloc-notes qu'elle posa sur le comptoir. Sa chaise cogna contre la table, renversant à demi le contenu d'un sachet de pop-corn. Une bouffée de nausée envahit Rita à sa vue.

— Mademoiselle Horn, il est indiqué ici que vous êtes la parente la plus proche de Ryan. Voudriez-vous que quelqu'un d'autre soit averti ?

— Non, merci. Je vais m'en charger.

— Cela ne m'ennuie pas de le faire, insista la femme. Je sais que c'est difficile.

Rita lui lança un regard sceptique. Qu'en savait-elle ? Avait-elle reçu un jour un appel similaire au sujet de son jeune frère ?

— Notre père est à l'étranger, répondit-elle, ravalant la tirade qui lui brûlait les lèvres. Je ne sais même pas où au juste.

Secret-défense et tout le tralala, songea-t-elle avec amertume. Une fois de plus, elle était seule pour gérer une crise alors que le prétendu chef de famille était Dieu savait où.

— Il a une boîte vocale et une adresse mail qu'il consulte quand il peut. Je m'en occuperai.

— Bien. Nous avons besoin du dossier médical complet de votre frère, du nom de sa compagnie d'assurances et de ses coordonnées. En outre, votre frère a opté pour faire don de ses organes. Si vous avez des questions à ce propos, je peux y répondre.

Rita prit le bloc-notes et le serra contre sa poitrine.

— Je vous remercie, mais je suis bien informée sur ce point. Ce que je veux savoir, c'est comment va mon frère.

Les larmes lui picotaient les yeux de nouveau, mettant à mal ses efforts pour rester maîtresse d'elle-même.

— Je suis désolée. Je n'en sais pas plus long que vous pour le moment. Nous devons attendre qu'il soit revenu de la salle d'opération.

Un sanglot déchira la poitrine de Rita. Cole l'entoura de ses bras solides et la serra contre lui.

— Pouvez-vous nous dire ce qui s'est passé ?

— Je sais seulement qu'il a eu un accident de voiture. Peut-être le shérif pourra-t-il vous donner d'autres détails.

— Merci. Vous nous avertirez dès qu'il sera sorti ?

— Un médecin viendra vous trouver.

Cole guida Rita vers une terrasse située à l'extrémité du couloir.

— Il faut que je passe quelques coups de fil. Nous serons tranquilles ici.

Rita s'assit, les jambes en coton.

Cole sortit un téléphone de sa poche.

— Un prépayé, expliqua-t-il. J'en ai toujours quelques-uns de côté en cas d'urgence.

Il pressa quelques touches sur un minuscule clavier, puis coinça l'appareil entre son oreille et son épaule.

Trois appels et dix minutes plus tard, il s'accroupit devant elle.

— Mon collègue Lomar est arrivé le premier sur les lieux de l'accident. C'est Henry qui s'est occupé de ton frère. C'est une bonne nouvelle. Henry est le meilleur secouriste de la région.

Rita leva les yeux vers lui, légèrement rassurée par la nouvelle.

— Tu as parlé à Lomar ?

— Oui.

— Ryan conduisait mon pick-up ?

— Oui.

Une bouffée d'air jaillit de ses poumons. C'était précisément ce qu'elle avait redouté. Ryan avait emprunté le véhicule, quelqu'un l'avait confondu avec elle et avait tenté de l'éliminer. Elle n'avait pas besoin de détails supplémentaires pour savoir que c'était la vérité. Ryan conduisait prudemment et le pick-up était en parfait état. Après les deux journées qu'elle venait de passer, un accident mécanique semblait plus qu'improbable.

Ryan était entre la vie et la mort à cause d'elle.

— Il était seul ? demanda-t-elle soudain, frappée par la pensée que le colocataire de Ryan avait pu lui aussi être mêlé à cet affreux gâchis.

Et si son camarade avait eu encore moins de chance que Ryan ?

— Oui, il était seul, la rassura Cole. J'ai quelques détails. Je peux te les donner si tu veux, mais si tu préfères attendre que Ryan soit sorti de la salle d'opération, rien ne presse.

Des images affreuses de l'accident – du moins, tel qu'elle se l'imaginait – défilèrent dans la tête de Rita.

— Je veux savoir, murmura-t-elle. Je veux que tu me dises tout ce que tu sais. S'il te plaît.

Cole acquiesça.

— D'accord. Mais si tu appelais ton père d'abord ? suggéra-t-il en lui tendant son appareil. Ensuite, nous pourrons rester dans la salle d'attente jusqu'à ce que le médecin vienne nous parler.

Cole suivit Rita vers deux sièges placés à côté de la fenêtre. Le coup de téléphone à son père avait été des plus brefs : un message sur sa boîte vocale. Elle ne pouvait rien faire de plus.

— Bon, soupira-t-elle. Je t'écoute.

— Un témoin de l'accident a téléphoné au standard, et Lomar s'est rendu sur place.

— Il y a un témoin ? s'écria-t-elle avec espoir.

— Oui. Une femme qui faisait du jogging. D'après

elle, le pick-up roulait beaucoup trop vite sur la route entre l'université et le quartier de Crestmont Hills.

— C'est là que Ryan habite.

— La joggeuse a supposé que le conducteur ne faisait pas attention ou qu'il était ivre, mais quand Ryan l'a croisée, elle a pu voir son visage. Selon elle, il avait l'air terrifié. Le pick-up était chargé de meubles, la pente était raide et il a perdu le contrôle du véhicule dans le virage en bas de la colline. Il a percuté un arbre. Lomar a calculé qu'il avait dû s'engager dans la courbe à quatre-vingts kilomètres à l'heure au lieu de quarante. Et il n'y avait aucune trace de freinage sur la chaussée.

— Il ne s'est pas servi des freins ?

Rita pressa ses poignets sur ses yeux rougis.

— Je suppose que la joggeuse n'a pas remarqué un psychopathe dans une berline noire à proximité ?

— Non. Aucune autre voiture ne se trouvait dans les environs au moment de l'accident. Heureusement, ajouta Cole. Personne n'aurait pu éviter le pick-up s'il roulait à cette vitesse-là.

Rita passa une main dans ses cheveux.

— Quelqu'un a sectionné le câble de freins, j'en suis sûre. Forcément celui qui a essayé de m'éliminer pendant toute la journée. Il a failli me tuer, et maintenant, il a failli tuer Ryan.

— Nous ne savons rien avec certitude pour l'instant, l'avertit Cole. Lomar est en train de mener l'enquête. Il viendra ici dès qu'il aura terminé.

Rita serra les dents.

— Le pick-up vient d'être révisé, et il roulait parfaitement la dernière fois que je l'ai conduit. S'il n'y a pas de traces de freinage, c'est forcément parce que quelqu'un l'a saboté.

Cole se pencha vers elle, baissant la voix.

— Je suis d'accord avec toi : vu la journée que nous

avons eue, il est raisonnable de penser qu'il ne s'agit pas d'une coïncidence.

Rita hocha la tête, soulagée qu'il soit de son côté.

— Il est probable que le coupable ait veillé à ne pas causer de dégâts trop importants, pour que le liquide de freinage s'écoule lentement et prenne le conducteur par surprise, poursuivit-il. Si Ryan avait constaté un problème tout de suite, il serait allé droit dans un garage, et le criminel aurait perdu son temps.

Rita se tassa sur elle-même.

— Et quand il s'est retrouvé dans la côte avec le véhicule chargé, et qu'il a dû freiner à répétition, le liquide s'est épuisé et il était trop tard pour qu'il puisse s'arrêter.

— Exactement, appuya Cole. Tu t'y connais en mécanique ?

— Seulement en freins. La toute première voiture que j'ai achetée avait des freins en mauvais état, et mon père était à la maison à ce moment-là. Il s'en est aperçu et m'a avertie de ce qui arriverait si je continuais à rouler.

Elle marqua une pause.

— Il m'a dit que j'avais gaspillé mon argent pour une épave alors que je pouvais aller partout où je voulais à pied.

Ce type avait critiqué sa fille unique après qu'elle avait économisé pour s'offrir sa première voiture ? Quel genre d'homme était-il donc ? Cole eut un sourire crispé.

— Ton père a l'air charmant.

— Comme tu dis.

À l'évidence, Rita tenait son grand cœur du côté maternel.

Deux longues heures plus tard, un homme en blouse bleue s'arrêta au bureau des infirmières, puis se tourna vers eux. Aussitôt, Rita se leva et alla à sa rencontre, Cole sur ses talons.

D'après son badge, c'était le chirurgien en chef de l'hôpital.

— Je suis le docteur Keller.

Tenant son porte-bloc d'un bras, il tendit sa main libre à Rita, puis à Cole.

— L'opération de Ryan s'est très bien passée. Il n'y a eu ni surprise ni complications. Il est en train d'être transféré en salle d'observation en ce moment même.

— À cet étage-ci ? demanda Rita. Je peux le voir ?

— Bien sûr, mais vous ne pourrez pas lui parler tout de suite.

Elle accusa le coup.

— Pourquoi ?

Cole l'attira contre lui et passa un bras protecteur autour de sa taille. Il avait remarqué les détails qui avaient échappé à Rita : le visage crispé du médecin, la raideur de sa posture, le léger pincement de ses lèvres. Il n'avait pas que de bonnes nouvelles à leur annoncer.

— Votre frère est sans connaissance depuis son admission. Vous pouvez bien entendu lui parler, mais il est peu probable qu'il réagisse. Même s'il me plaît de penser que toute communication aide, fût-elle à sens unique.

Rita fronça les sourcils.

— Je ne comprends pas. Quand va-t-il se réveiller ?

Le médecin interrogea Cole du regard.

— Vous pouvez parler, assura ce dernier. Elle est forte.

Le Dr Keller acquiesça et se retourna vers Rita.

— Comme on vous l'a peut-être dit, Ryan a été grièvement blessé. Outre de multiples fractures, il a la pommette, le front et la mâchoire abîmés. Il devra subir d'autres interventions à une date ultérieure pour corriger tout cela. Dans l'immédiat, nous redoutons les blessures secondaires qui apparaissent parfois dans des situations comme celle-ci. Il faut quelquefois un jour ou deux pour que certains traumatismes se manifestent, notamment au cerveau. Les effets de l'anesthésie ne vont pas tarder à se dissiper. Il devrait se réveiller d'un moment à l'autre. Nous en saurons plus à ce moment-là. Avez-vous des questions ?

Rita était comme figée sur place.

Cole la serra contre lui.

— Nous voudrions le voir.

— Bien entendu.

Le médecin les guida vers une chambre individuelle proche du bureau des infirmières.

— Les horaires de visite ici sont plus limités que dans les autres services. Les patients ont besoin de longues périodes de repos. De plus, nous demandons qu'il n'y ait qu'un seul visiteur à la fois. Je suis sûr que vous comprenez.

— Non.

Rita s'immobilisa et fit face au médecin.

— Deux. Deux à la fois, et je ne partirai pas d'ici avant qu'il soit réveillé. Je me moque de vos horaires. Je ne ferai pas un bruit et je ne vous gênerai pas, mais je refuse de m'en aller.

Le Dr Keller parut gêné.

— Le règlement de l'hôpital…

— Monsieur, intervint Cole en sortant son badge de sa poche. Je suis adjoint au shérif de Cade County. Nous avons des raisons de croire que le véhicule de ce jeune homme a été saboté. Par mesure de sécurité, nous allons devoir poster un adjoint devant sa porte en permanence, et je vais rester avec Mlle Horn. Son frère et elle traversent une terrible épreuve, et ils n'ont personne d'autre qu'eux.

Ces derniers mots lui laissèrent un mauvais goût à la bouche. Il était là pour Rita, lui aussi, et il voulait le lui dire. Elle méritait de savoir quel effet elle avait eu sur son cœur depuis que leurs chemins s'étaient croisés deux jours plus tôt. Jamais il ne s'était senti aussi proche d'un être qui ne faisait pas partie de sa famille. Quant à Ryan, Cole ne l'avait jamais rencontré, mais à en juger par les battements précipités de son cœur, on aurait pu croire que c'était son frère. Il fallait que ce jeune homme se rétablisse parce que le bonheur de Rita en dépendait.

Bien que visiblement mécontent, le médecin s'inclina.

— Très bien. Prenez une chaise supplémentaire dans la salle d'attente. Je vous autorise à accompagner Mlle Horn dans la chambre, mais à la condition expresse que vous ne gêniez pas le travail des infirmières.

— Bien, monsieur.

Rita agrippait la froide armature métallique, inspirant l'odeur âcre du désinfectant qui flottait dans l'air.

L'homme qui était allongé dans ce lit ne ressemblait en rien à son frère, et pourtant c'était bien lui. Son visage était violet, enflé et contusionné, presque méconnaissable. Sa tête était entourée d'un pansement. Des tuyaux couraient de l'intérieur de son bras et de ses narines à des appareils placés à côté du lit. Rita se remémora l'odeur sucrée de l'oxygène qu'elle avait respiré au bord de l'eau et espéra qu'il faisait autant de bien à Ryan.

Elle prit sa main emmaillotée dans la sienne. Un plâtre enveloppait son bras tout entier.

— Ry ? murmura-t-elle, caressant du pouce le bout de ses doigts. Je suis tellement désolée.

Elle essuya une larme qui roulait sur sa joue.

— Tout est ma faute, et si tu peux m'entendre, il faut que tu te réveilles pour que je puisse me rattraper. Je te dois une énorme explication, et puis tu pourras te fâcher contre moi et me traiter d'idiote.

Elle lui secoua doucement la main.

— Je t'en prie, réveille-toi et dis-moi que je suis une idiote.

Réveille-toi, pour que je sache que tu n'es pas mort par ma faute.

Cole vint se placer derrière Rita et lui massa doucement les épaules tout en jetant un coup d'œil à la grosse horloge accrochée dans le couloir. L'hôtel de ville allait fermer dans une demi-heure et personne n'était allé sur place s'enquérir de ce que Minsk y avait fait lors de ses dernières visites. Cole voulait obtenir ces réponses.

Rita pressa la paume sur la joue meurtrie de son frère.

— Hé, lui souffla-t-il à l'oreille. J'imagine que je ne peux pas te persuader de m'accompagner au palais de justice ?

— Non.

— Bon.

Il ne s'était pas bercé d'illusions à ce sujet et il se refusait à laisser Rita seule de nouveau, même dans un hôpital. Même sous la protection d'un de ses collègues. La protéger était sa mission désormais, et il ne faisait confiance à personne pour s'en charger à sa place.

— Je ne peux pas le laisser.

Elle se tourna vers Cole et enfouit le visage contre sa poitrine.

— Et s'il se réveille et que je ne suis pas là ? Et s'il ne se réveille pas ?

Sa respiration était irrégulière, saccadée.

— Je ne peux pas, répéta-t-elle.

Cole caressa ses longs cheveux roux.

— D'accord. Nous allons rester.

Peut-être pourrait-il s'éclipser un peu plus tard et passer quelques coups de téléphone.

Rita pressa une joue mouillée de larmes sur sa chemise.

— À ton avis, est-ce qu'il est possible que ce soit juste une terrible coïncidence ? Peut-être que j'ai eu tort de supposer le pire, et qu'il s'agit d'un simple accident, après tout.

Cole déposa un baiser sur le sommet de sa tête et la serra étroitement contre lui sans répondre. Il aurait aimé pouvoir lui donner de l'espoir. Cependant il ne croyait pas aux coïncidences.

— Garrett ?

Cole tourna la tête vers la porte ouverte. Lomar venait d'arriver et se tenait sur le seuil.

Rita se blottit contre lui, détournant le regard. Instinctivement, Cole changea de position, désireux qu'elle se sente en sécurité, protégée, même en présence d'un autre adjoint. Surtout celui qui avait été son compagnon lors de plus d'une virée nocturne. Il devait faire comprendre au seul autre célibataire de l'équipe que Rita Horn n'était pas disponible. Qu'elle était à Cole et qu'il serait à elle si elle le voulait bien.

— Du nouveau ?

Le regard de Lomar s'attarda sur les mains de Cole autour de la taille mince de Rita. Lomar savait qu'il n'était pas intéressé par les relations à long terme. Qu'il se cantonnait à des aventures d'une nuit. Cole n'avait jamais caché qu'il était un célibataire endurci. Toute l'équipe le savait. À vrai dire, la moitié de la ville le savait. Et à en juger par la manière dont Lomar le fixait, tout le comté de Cade saurait avant l'heure du dîner que les choses avaient radicalement changé.

— Tu as du nouveau ? répéta Cole en redressant le menton d'un air de défi.

Lomar s'éclaircit la voix. Son regard intrigué se planta dans celui de Cole.

— Oui. Les techniciens ont pu déterminer la cause de l'accident.

— Et ?

— C'était du sabotage.

13

Bercée par le bourdonnement des machines, Rita finit par s'assoupir au chevet de Ryan. Lorsqu'elle rouvrit les yeux, la pièce était plongée dans l'obscurité. De minuscules lumières rouges et vertes clignotaient, et de temps à autre des écrans s'animaient, confirmant que les appareils reliés à son frère continuaient à surveiller son état.

Elle effleura la joue de Ryan.

— Allons, Ry. Réveille-toi.

Cole remua dans son sommeil. Sa longue silhouette débordait de l'affreux fauteuil vert placé dans un coin, sa tête inclinée à un angle inconfortable. Il avait choisi son poste de manière à avoir une vue dégagée du couloir, puis avait installé un bureau de fortune et branché l'ordinateur portable qu'il gardait dans sa voiture de patrouille. Il aurait dû rentrer chez lui se reposer, mais Rita lui était reconnaissante d'être restée. Elle avait espéré qu'il resterait. Et surtout, qu'il aurait envie de le faire.

Et il l'avait fait.

L'estomac de Rita gronda, et elle pressa une main sur son ventre pour étouffer le bruit. La crème dessert et les bonbons que Cole lui avait apportés vers minuit n'étaient plus qu'un lointain souvenir. À ce moment-là, elle n'aurait rien pu avaler de plus, mais à présent, elle rêvait d'un sandwich au bacon.

Soudain, la porte s'ouvrit, et une jeune femme tira le rideau que Cole avait fermé avant que Rita s'endorme.

— Oh ! bonsoir, balbutia-t-elle, surprise.

Elle écarta des mèches brunes qui lui tombaient sur le visage et rougit, son regard allant de Rita à Ryan.

— Je ne savais pas que vous étiez réveillée. Je m'appelle Stacy.

Un stéthoscope rose pendait autour de son cou.

— Je suis l'infirmière de nuit. Ça va ? Vous tenez le coup ?

Rita hocha la tête et s'efforça de sourire.

— Ça pourrait aller mieux.

— Oui. Je m'en doute.

Stacy s'approcha de Ryan et tapota la poche à perfusion.

— C'est dur de voir les gens qu'on aime ainsi. La plupart des gens choisissent de rester dans la salle d'attente, quand ils restent.

Elle tira un petit calepin de sa poche, puis vérifia les appareils.

— Bon. Tout a l'air normal, déclara-t-elle en se retournant vers Rita avec un sourire chaleureux. Votre frère est solide. Il va s'en sortir. Il parle beaucoup de vous, vous savez ?

— Vous connaissez Ryan ?

Avide d'information, Rita se redressa et laissa échapper un gémissement de douleur. Elle avait failli s'évanouir tant son crâne la lançait.

Stacy fut aussitôt à côté d'elle.

— Vous permettez ?

Elle prit le poignet de Rita entre ses mains avant d'attendre la réponse.

— Votre pouls est très rapide. Je parie que vous n'avez rien mangé ni bu depuis que vous êtes ici ?

Rita ne chercha pas à nier. Mais ce n'était pas cela qui l'intéressait.

— Où l'avez-vous rencontré ?

— À la fac. Je suis des cours pendant la journée et je le vois de temps en temps.

— Il est heureux ? demanda Rita, la gorge nouée.

— Oui. Toujours souriant. Drôle. Gentil.

De nouvelles larmes montèrent aux yeux de Rita.

— Merci de me dire ça.

— Je vous en prie. Il est génial, ajouta Stacy en mettant les mains dans ses poches. C'est affreux, ce qui lui est arrivé.

— Oui.

Stacy caressa le plâtre sur le bras de Ryan.

— Il va s'en sortir. Ses blessures ont l'air effrayantes en ce moment, mais elles vont guérir. Sa vie n'est pas en danger, et la colonne vertébrale et le cerveau semblent indemnes.

Rita recouvra l'usage de la parole, reconnaissante pour tous ces détails.

— Le Dr Keller m'a donné à penser que Ryan ne se réveillerait peut-être pas.

— Il se réveillera, affirma Stacy. Je le sais.

Elle le regarda longuement.

— Il ne pourra peut-être pas devenir joueur professionnel de basket ni s'engager dans l'armée, mais il va s'en tirer.

L'infirmière ponctua sa plaisanterie d'un sourire, mais Rita éprouva un pincement au cœur. Ryan avait justement envisagé une carrière dans l'armée, et cet accident l'en privait.

Quelques secondes plus tard, Stacy termina sa tâche et sortit, avant de revenir peu après, une assiette à la main.

— C'est l'anniversaire de Marcia aujourd'hui. Elle

a apporté des sandwichs club pour tout le monde. J'ai pensé que vous en voudriez peut-être un.

Une odeur appétissante de jambon et de fromage assaillit les narines de Rita. Le pain italien semblait croustillant à souhait.

— Merci, dit-elle avec un sourire.

— Ce n'est pas tout.

Stacy déposa une bouteille d'eau sur la petite table à côté du gobelet vide de Rita et sortit de sa poche une plaquette de cachets d'aspirine.

— Pour votre mal à la tête.

— Comment savez-vous que j'ai mal à la tête ?

La jeune femme haussa les épaules.

— Je vous ai vue vous masser la tempe. Vous n'avez rien mangé de la journée et vous êtes stressée. Ce serait un miracle que vous n'ayez pas besoin d'un comprimé quelconque.

— Vous êtes un ange.

Rita s'empressa d'avaler les comprimés et les fit descendre avec la moitié de la bouteille d'eau.

— Je reviendrai voir comment vous allez tout à l'heure, quand vous aurez mangé.

En sortant, elle pressa le pied de Ryan, dissimulé sous les draps.

Rita se promit d'interroger son frère à propos de Stacy dès qu'il se réveillerait.

Quelques minutes plus tard, elle avait englouti le sandwich et terminé la bouteille d'eau.

La porte s'ouvrit de nouveau. Stacy réapparut, une enveloppe brune à la main.

— C'était bon ? demanda-t-elle, son regard s'attardant sur la silhouette immobile de Ryan.

— Excellent, merci.

Derrière Rita, Cole remua sur son fauteuil trop petit pour lui et étouffa un bâillement.

— Quelle heure est-il ?

— Quatre heures et quart, répondit Stacy après avoir jeté un coup d'œil à sa montre.

— Voici Stacy, expliqua Rita. C'est l'infirmière de nuit. Elle connaît Ryan.

— Le monde est petit, commenta Cole en lui serrant la main.

— La ville est petite, observa Stacy.

— Je suis Cole Garrett. Enchanté.

Elle sourit.

— Moi de même. Je vous connais de vue, adjoint Garrett. Je suis contente que vous soyez là.

Elle se retourna vers Rita.

— J'ai pensé que vous voudriez avoir ceci, dit-elle en lui tendant l'enveloppe. Elle était au bureau des infirmières. Je suppose que Ryan l'avait sur lui quand on l'a amené. Vous devriez la garder jusqu'à ce qu'il se réveille.

Elle sourit.

— Bon, eh bien, je vais me remettre au travail. Puis-je vous apporter quoi que ce soit, adjoint Garrett ?

— Du café ?

— Pas de problème.

Elle s'esquiva de nouveau, laissant la porte entrebâillée. Cole la suivit du regard, puis fronça les sourcils.

— Les infirmières sont gentilles avec moi en général, mais c'est la première fois qu'une d'elles me propose une boisson.

— Je crois qu'il y a quelque chose entre mon frère et elle.

Rita retourna l'enveloppe entre ses mains avec curiosité. Était-ce indiscret de sa part de vouloir regarder à l'intérieur ?

— Elle te l'a dit ?

Cole s'étira et roula les épaules, laissant échapper un juron à mi-voix.

— Tu as mal, constata Rita avec un soupir. Il est grand temps de changer tes pansements.

En temps normal, elle était efficace lors des périodes de crise, mais les urgences semblaient s'être multipliées ces derniers jours.

— Non, elle ne l'a pas dit, mais je le sais.

— Comment ?

Rita lui adressa une grimace.

— N'aie pas l'air si perplexe. Si une femme te trouve attirant, tu le sais. C'est la même chose.

Cole s'esclaffa.

— Je le sais seulement parce qu'elles me le disent.

Rita réprima l'envie de lever les yeux au ciel. Après s'être quasiment jetée à la tête de Cole la veille, elle pouvait difficilement blâmer les femmes qui avaient eu l'audace de lui dire qu'elles le désiraient.

Elle laissa ses paupières se fermer. Elle était jalouse de ces femmes sans nom et sans visage qui s'étaient peut-être conduites exactement comme elle l'avait fait.

— Rita.

Cole lui effleura le coude.

— Ça va ?

— Très bien.

Elle ouvrit les yeux, posa l'enveloppe à plat sur ses genoux et glissa un doigt hésitant sous le rabat à demi collé. Soit quelqu'un l'avait mal scellée, soit un autre qu'elle avait déjà jeté un coup d'œil à son contenu. Elle leva les yeux vers le mur, trouvant sans difficulté Stacy dans le couloir. La jeune femme aurait-elle fouillé dans les affaires personnelles de Ryan ?

— C'était déjà ouvert ? demanda Cole.

— Je n'en suis pas sûre.

Elle renversa le contenu de l'enveloppe sur ses

genoux. Un portefeuille. Un téléphone. De la monnaie. Des clés. Rien d'inhabituel.

Cole se pencha pour mieux voir.

— Il ne manque rien que tu t'attendais à trouver ?

— Je ne sais pas ce qu'il a sur lui en temps normal.

Elle ouvrit le portefeuille et vit des billets. Trente-deux dollars.

— Il avait de l'argent, murmura-t-elle, la gorge nouée. J'ai toujours peur qu'il ne soit à court d'argent pour acheter de l'essence ou pour manger, ou faire ce qu'il veut faire.

Elle feuilleta les photos. Une de ses parents. Une de Rita. Aucune de Stacy, la petite amie potentielle, ou l'infirmière trop curieuse.

Il y avait quelque chose d'autre, qui formait une sorte de renflement dans la partie réservée aux cartes et protégée par un petit rabat en cuir. Elle inséra l'ongle à l'intérieur et extirpa l'objet.

— Oh ! mon Dieu, il a un préservatif.

Cole lâcha un rire.

Consternée, Rita s'empressa de le remettre à sa place.

— Je ne savais même pas qu'il avait une copine. Oh !

Et s'il n'en avait pas ? S'il était plutôt du genre à ne pas avoir de relation sérieuse mais à s'amuser ? Elle se mordit la lèvre. *Cela voudrait dire qu'il était exactement comme Cole.*

Qu'il ne s'intéressait qu'au sexe. Sans obligations.

Elle s'efforça d'ignorer le bloc de glace qui lui nouait les entrailles.

— Pourquoi ne me parle-t-il pas de ces choses-là ?

Cole s'esclaffa.

— Pourquoi le ferait-il ?

— Parce que nous sommes amis, et les frères et sœurs ne sont-ils pas censés se faire des confidences ? demanda-t-elle en le regardant.

Il était mieux placé qu'elle pour le savoir, après tout.

Cole parut songeur.

— Je ne sais pas. J'ai trois frères plus âgés que moi et nous ne parlons jamais de sexe. Tu devais bien savoir qu'il avait des relations sexuelles.

— Arrête d'utiliser ce mot-là.

— Lequel ? Sexe ?

Rita pointa un doigt vers lui en guise d'avertissement.

— Arrête.

Un mélange de perplexité et d'amusement se lisait sur les traits de Cole.

— Il est à la fac. À ton avis, qu'est-ce qui se passe sur un campus peuplé par vingt mille adultes célibataires ?

— Il est censé être à l'université pour étudier, répliqua-t-elle. Moi, quand j'y étais, je n'avais pas besoin de préservatifs.

Elle regretta aussitôt ses paroles.

Elle en avait trop dit, et Cole inclina la tête de côté.

— Jamais ? Que veux-tu dire au juste ?

Sa voix était empreinte de surprise et d'interrogation. Il avait d'une manière ou d'une autre saisi ce qu'elle n'avait pas dit. Perçu ce qu'elle avait à peine sous-entendu.

Rita s'humecta les lèvres et les pinça.

— Je veux dire, ça ne me regarde pas, mais…

Il s'avança et s'accroupit devant elle.

— Rita ?

Ses yeux bleus la transperçaient, ayant aisément et à juste titre tiré la conclusion un tantinet gênante de sa déclaration.

— Quand as-tu eu besoin d'un préservatif pour la dernière fois ?

Elle baissa les yeux. À vrai dire, elle n'en avait même pas vu depuis des années. Son seul et unique petit ami sérieux, au lycée, avait acheté un préservatif qu'elle avait cru destiné à leur soirée d'adieu, mais elle avait découvert qu'il la trompait et l'interlude romantique dont elle rêvait n'avait jamais eu lieu. La virginité de Rita était demeurée intacte. Pour autant qu'elle ait voulu qu'il soit le premier, elle n'était pas prête à partager. Ni à se donner à un garçon qui ne la respectait pas suffisamment pour se consacrer à elle. Cela n'avait pas changé.

Ensuite, elle était partie pour l'université. Peu après, sa mère était morte et Ryan était devenu sa priorité. Son travail avait été relégué au second plan, et tout le reste avait cessé d'avoir de l'importance.

— Rita ?

Elle secoua la tête. Subitement, le fait d'avoir préservé sa virginité pour un véritable amour lui semblait puéril et stupide. Attrapant l'enveloppe, elle remit les clés et la monnaie à l'intérieur.

— Jamais, admit-elle.

Là. C'était fait. À quoi bon mentir ? Et quelle importance ?

Avant qu'elle ait pu ranger le portefeuille de Ryan dans l'enveloppe, il échappa à ses mains fébriles. Le contenu s'éparpilla à ses pieds, y compris un bout de papier qu'elle n'avait pas remarqué jusqu'alors.

Cole rassembla le tout dans sa main et le laissa tomber dans l'enveloppe.

— Désolé. Je ne voulais pas être indiscret. Je n'aurais pas dû insister.

Rita lui reprit l'enveloppe et glissa la main à l'intérieur.

— Ce n'est rien. Que disait le papier ?

Elle se refusait à discuter de sa vie sexuelle devant Ryan, même si ce dernier était inconscient. Cole n'avait peut-être pas tort de penser que les frères et sœurs ne pouvaient pas tout se dire.

Elle récupéra le papier et le déplia. Ses mains se

mirent à trembler alors qu'elle lisait le texte. Sans un mot, elle le tendit à Cole.

Laissez le stylo sous la boîte aux lettres de memorial park ce soir. venez seule. sinon vous serez la prochaine.

14

Une bouffée de rage déferla en Cole.

— Reste ici.

Le papier à la main, il sortit de la chambre à grandes enjambées, résolu à obtenir des réponses. Comment diable quelqu'un avait-il pu glisser une lettre de menaces dans le portefeuille de la victime d'un accident ?

Debout dans le couloir, trois femmes en uniforme couleur pastel tressaillirent à sa vue, fixant la porte qu'il venait d'ouvrir à la volée. Il sentit son visage se crisper davantage alors qu'il remarquait la chaise vide de Lomar. Avec lui dans la chambre et son collègue posté devant la porte, personne n'aurait dû pouvoir s'approcher de Rita ni de son frère. Mais Cole s'était endormi, et, apparemment, Lomar était parti se promener.

Stacy trottina vers lui, inquiète.

— Quelque chose ne va pas ? Ryan ?

Elle tendit le cou pour voir dans la chambre, mais Cole s'interposa.

— Où est l'adjoint Lomar ?

Stacy se tourna vers la chaise vide.

— Je ne sais pas. Il était ici il y a une minute. Je crois.

— Vous croyez ?

Stacy reporta sur lui un regard anxieux.

— Que s'est-il passé ?

Cole tira son téléphone de sa poche et composa le numéro de Lomar avant de lui répondre.

— Qui a apporté l'enveloppe que vous venez de remettre à Rita ?

Les autres infirmières s'avancèrent timidement, s'arrêtant à côté du seau abandonné par un membre de l'équipe d'entretien.

— Il me semble que c'étaient ses effets personnels, hasarda l'une d'elles.

— Oui. Qui les a apportés ? répéta-t-il, les dents serrées.

Les infirmières échangèrent un regard, et la tension nerveuse de Cole grimpa d'un cran.

— Où était l'enveloppe ?

Stacy désigna d'un geste l'intérieur du bureau incurvé.

— Qui l'a mise là ?

— Je ne sais pas.

— Qui a accès à cette zone ? grogna-t-il, s'efforçant de ne pas céder à la frustration.

— Garrett ?

La voix de Lomar résonna à l'autre bout du fil et le long du couloir silencieux.

— Où es-tu ?

— J'arrive.

Cole prit soudain conscience d'un bruit de pas et se retourna. Lomar se hâtait vers lui, une tasse fumante dans une main, un énorme cookie dans l'autre. Il s'arrêta net en voyant l'expression de Cole.

— Qu'y a-t-il ?

— Où étais-tu ?

Lomar arqua un sourcil.

— Je suis allé chercher un café.

— Tu n'es pas censé t'absenter, rugit Cole. Tu es de garde, bon sang !

Lomar parcourut les lieux du regard, cherchant sans doute une explication sur les visages des infirmières.

— Tu étais dans la chambre, non ?

— Je dormais !

— Je n'ai mis que deux minutes, riposta Lomar, agacé. Je suis allé dans la salle d'attente me servir un café, une dame qui était assise là à tricoter m'a proposé un cookie et tu m'as appelé. Voilà tout. Explique-moi ce qui s'est passé, enfin !

Ce qui s'était passé ? Eh bien, quelqu'un avait pris le risque de déposer une lettre de menaces dans les affaires de Ryan, soit sur les lieux de l'accident, soit dans l'ambulance ou ici même, à l'hôpital. Cole avait l'esprit embrouillé par le nombre de suspects potentiels.

Stacy pointa le doigt vers une étagère à côté de l'imprimante.

— J'ai trouvé l'enveloppe là au début de mon service, mais Rita et vous étiez en train de dormir. Je la lui ai apportée dès que j'ai su qu'elle était réveillée. Elle a sans doute été déposée par quelqu'un de chez vous. Pourquoi ?

Cole planta son regard dans le sien.

— Elle contenait un message de menaces en plus des affaires de Ryan. J'ai besoin de savoir qui a accès à cette zone.

Stacy recula d'un pas, atterrée.

— Nous, répondit une des infirmières. Nous sommes les seules à être de garde de 22 heures à 6 heures du matin. Parfois, un médecin fait sa ronde, mais aucun d'eux n'aurait apporté un paquet.

Dans ce cas, qui l'avait fait ?

Cole réfléchit à toute allure. Le service était fermé, les heures de visite restreintes. Seul un petit nombre d'individus y avait accès. Pourtant, quelqu'un tenait tant à récupérer la clé USB qu'il avait été prêt à prendre le risque d'apporter une lettre de menaces. Pouvait-il s'agir d'une des femmes qui se trouvaient là ? Ses yeux s'arrêtèrent sur la chaise vide de Lomar. Son collègue était-il coupable ? Ou un de ceux qui étaient présents sur la scène de l'accident ?

Ses doigts se crispèrent sur le papier, tandis qu'il s'exhortait à réfléchir plus vite.

— Cole…

La voix harmonieuse de Rita l'arracha brusquement à ses réflexions. Elle était debout dans l'encadrement de la porte, les yeux pleins de larmes.

— Tu as trouvé quelque chose ?

Cole hésita, réticent à admettre que non. Son regard s'arrêta sur le seau et le balai-brosse abandonnés. Il chercha un employé des yeux, notant que le sol était sec, et tout l'étage silencieux. Il s'approcha du seau jaune. Il n'y avait pas d'eau dedans.

— Où est la personne qui fait le ménage ? demanda-t-il d'un ton sec. À qui appartient ce matériel ?

Les femmes se regardèrent. Stacy se pinça la lèvre, songeuse.

— Qu'y a-t-il ? insista Cole. Vous avez remarqué quelque chose ?

— J'ai vu un homme en salopette de travail pendant que je faisais ma ronde, mais je n'y ai pas accordé d'attention.

— C'était quand ?

— Il n'y a pas longtemps. Quelques minutes avant que j'apporte l'enveloppe.

L'adrénaline se mit à courir dans les veines de Cole, lui faisant oublier la douleur sourde des brûlures de la veille et lui rendant toute sa lucidité.

— Vous pouvez le décrire ?

Stacy secoua la tête.

— Non, pas vraiment.

Lomar posa sa tasse et son gâteau.

— Il est peut-être encore dans le bâtiment. Tu veux que je fasse un tour pour voir ?

— Non.

Cole tourna sur lui-même, la tête inclinée en arrière. De là où il se tenait, il distinguait au moins trois caméras de surveillance. Personne n'avait pu se faufiler derrière ce bureau sans être filmé.

— Où puis-je visionner les enregistrements de ces caméras ?

— Au service technique, répondit Stacy. Quatrième étage.

Cole tendit le message à Lomar.

— Mets ça dans un sachet plastique et garde l'œil sur Rita. Je vais monter là-haut.

Rita se haussa sur la pointe des pieds, les doigts crispés sur l'encadrement.

— Ne pars pas, plaida-t-elle.

Le cœur de Cole se serra. La peur qu'il lisait sur son visage le bouleversait. Elle avait peur pour Ryan, pour elle-même, sans doute pour lui aussi et pour tous les patients de l'hôpital. Rita s'inquiétait pour tout le monde. Pas étonnant qu'il soit en train de tomber amoureux de cette beauté aux cheveux roux.

Il combla en quelques foulées l'espace qui les séparait et planta un baiser sur son front, espérant que ce simple contact puisse lui communiquer tout ce qu'il ne pouvait encore lui dire.

— Retourne à l'intérieur et garde la porte fermée. Reste avec Ryan. Lomar sera là si tu as besoin de quoi que ce soit. Je serai de retour dès que je le pourrai. Je ne partirai pas d'ici sans toi.

Elle acquiesça à regret, puis rentra dans la chambre et tira le rideau, ne laissant qu'une infime partie d'elle visible.

Cole approuva d'un hochement de tête. Il lui répugnait de la laisser, mais celui qui la traquait avait choisi les menaces plutôt que l'action cette fois-ci. Apparemment, cela voulait dire que sa priorité était de récupérer le stylo plutôt que de réduire le témoin au silence. Après tout, Rita n'avait pas vu grand-chose, tandis que la clé USB devait receler des informations compromettantes. Et le meurtrier ne pouvait pas savoir que West avait déjà l'objet en sa possession.

Il entraîna son collègue à l'écart.

— Mets West au courant et demande-lui de nous envoyer des renforts pour patrouiller dans le parking et le bâtiment. Nous avons peut-être encore une chance d'arrêter ce type.

— Je m'en occupe.

Lomar avait déjà composé le numéro du standard. Cole se rua dans l'escalier et grimpa les marches quatre à quatre, l'effort lui arrachant une grimace de douleur. Au troisième étage, il toqua à la porte du service technique avec détermination.

— Adjoint au shérif de Cade County. Ouvrez !

Un visage apparut à la petite fenêtre. À la vue de son badge, l'employée s'empressa d'ouvrir.

— Que puis-je faire pour vous ? demanda la jeune femme en souriant.

— Je suis l'adjoint Garrett. J'ai besoin de visionner les enregistrements des caméras de surveillance du service de soins intensifs. Les trois. Pour la demi-heure qui vient de s'écouler.

Son interlocutrice cilla.

— Il y a un problème ?

C'était le moins que l'on puisse dire, songea Cole.

— Oui, se contenta-t-il de répondre, et le temps presse…

— Oh !

Elle se précipita vers son fauteuil et activa son ordinateur.

— Je m'appelle Katie, à propos.

Sa queue-de-cheval balaya ses épaules tandis qu'elle pianotait sur le clavier, son regard allant d'un écran à l'autre.

— Nous y sommes.

Des images granuleuses apparurent sur les quatre écrans. Sur celui de gauche, Lomar montait la garde devant la porte de Ryan. À côté, les infirmières se tenaient derrière leur bureau. Sur les deux derniers écrans, le couloir était désert, et la cabine d'ascenseur fermée.

— Pouvez-vous faire défiler les images plus vite ? Jusqu'à ce qu'on voie un employé du service d'entretien par exemple ?

— Bien sûr.

Elle s'exécuta. La mâchoire crispée, Cole attendit, penché par-dessus l'épaule de la jeune femme.

La tête de Lomar s'inclina soudain vers l'avant, et celui-ci bondit. Il se frotta les yeux, bâilla, et ramassa un gobelet posé sur le sol.

Cole éprouva une bouffée de remords en songeant à la colère qu'il avait manifestée envers son collègue. Comme lui, Lomar était de service depuis qu'on avait repêché le corps de Minsk dans la rivière. Dans un petit département tel que le leur, tout le monde était surmené lorsqu'une crise survenait. Et les événements de ces derniers jours devaient constituer un record en la matière.

Lomar s'étirait dans le coin supérieur de l'écran. Il dit quelque chose, et une infirmière pointa le bras vers la salle d'attente. Il jeta un coup d'œil à sa montre et partit en hâte dans la direction qu'elle indiquait, son gobelet à la main.

— Lui ? demanda Katie, en posant le doigt sur le coin inférieur droit.

Vêtu d'une combinaison blanche, légèrement voûté, un homme d'un certain âge s'avançait dans le couloir, ses grosses chaussures noires traînant sur le sol.

— Oui. Suivez-le.

À hauteur du bureau des infirmières, l'homme abandonna son seau un instant pour se faufiler derrière celui-ci. Quelques secondes plus tard, il disparut du champ de la caméra, avant de réapparaître sur la suivante. Il se baissait, faisant mine de ramasser un torchon alors que Stacy sortait d'une chambre voisine. Elle lui accorda à peine un regard avant de pénétrer dans la suivante.

— Vous le connaissez ? demanda Cole. Pouvez-vous faire un gros plan sur son visage ou sur son badge ?

Katie eut un petit grognement de frustration.

— Nous ne sommes pas au cinéma, marmonna-t-elle. Je ne peux pas faire mieux que ce que vous voyez.

Elle tira sur sa queue-de-cheval, déplorant le manque de moyens à l'hôpital et le coût du matériel.

L'employé disparut pour de bon.

— Où est-il passé ? aboya Cole.

Il posa les mains sur le bureau, se penchant davantage comme pour encourager l'image à réapparaître.

— Attendez.

Katie se remit à pianoter sur le clavier, le calme personnifié, tandis que le cœur de Cole menaçait de lui briser les côtes. Ses doigts filaient à toute allure sur les touches, sûrs d'eux, rappelant à Cole l'homme qu'il avait été avant que la vie de Rita Horn entre en collision avec la sienne. Désormais, il voyait le danger partout. Il n'avait pas peur pour lui, mais pour elle.

— Là.

L'homme en blanc s'était engouffré dans une pièce indiquant « Accès réservé au personnel ».

Katie se cala sur son siège, l'air satisfaite de son travail.

— Une réserve.

Quand la porte se rouvrit, l'homme qui sortit ne ressemblait en rien au vieil employé barbu qui était entré. Elancé et rasé de près, il arborait une veste d'adjoint au shérif de Cade County. Seules les chaussures étaient identiques à l'image précédente.

— Ouah ! s'écria Katie en pivotant vers Cole.

L'imposteur se dirigea vers la cage d'escalier la plus proche et disparut.

Au comble de la frustration, Cole se redressa et passa une main dans ses cheveux. Le meurtrier s'était déguisé pour apporter une lettre de menaces à Rita. Maintenant, il avait repris son apparence d'adjoint. Cole n'osait même pas imaginer les dégâts qu'un type de ce genre pouvait causer en se faisant passer pour un représentant de la loi.

— Je suis perdue, avoua Katie. Cet homme était-il un employé qui se faisait passer pour un adjoint ou l'inverse ?

— Ni l'un ni l'autre. Ce que vous venez de voir fait partie d'une enquête criminelle, poursuivit-il. Notre conversation doit rester confidentielle. Et je vais avoir besoin d'une copie de ces enregistrements.

— Pas de problème.

Katie s'était de nouveau penchée sur les touches.

Cole serra les dents, encore atterré par ce qu'il venait de voir. La veste d'adjoint était remarquablement ressemblante. Seul quelqu'un qui connaissait aussi intimement le modèle que lui aurait pu remarquer les minuscules différences. Pas étonnant que Rita s'y soit trompée. Côté positif, cependant, il était immensément soulagé d'avoir la confirmation qu'aucun de ses collègues n'était impliqué.

Une bouffée de remords l'envahit à la pensée qu'il

avait envisagé, l'espace d'un instant, que Lomar ait pu jouer un rôle dans cette affaire. Cole n'avait pas pour habitude de douter de son équipe. Cette enquête l'épuisait physiquement. Mentalement. Émotionnellement.

— C'est fait, déclara Katie en lui tendant une petite clé en plastique. J'ai inclus des plans fixes de l'homme habillé en employé et en adjoint.

— Où a-t-il pu aller ?

— Je ne sais pas. Je pourrais visionner les enregistrements de tous les étages, mais cela va prendre un certain temps. Ça dépend si vous êtes pressé. Cela dit, s'il connaît les lieux, je ne serais pas surprise qu'il soit passé par la lingerie et l'entrée réservée aux livraisons. Il y a moins de caméras dans ces endroits-là.

— Il y en a sur le parking ?

— Oui.

Pendant que Katie recommençait à tapoter les touches, Cole décrocha l'appareil fixé au mur et appela le service de chirurgie. Si Lomar et lui sortaient immédiatement, ils pourraient couvrir une bonne partie du périmètre de l'hôpital en quelques minutes, et les renforts seraient là avant qu'ils aient terminé.

Cette fois-ci, ils allaient coincer ce salopard.

Debout au chevet de Ryan, Rita fixait la partie du couloir visible par la vitre de la porte. Personne ne pourrait s'approcher sans qu'elle s'en aperçoive. Elle avait coincé une chaise sous la poignée et s'était rapprochée de son frère, prête à le défendre au cas où. Si les choses tournaient mal, elle ne pourrait pas prendre la fuite, mais elle pourrait se battre. La pièce contenait un certain nombre d'objets assez légers pour qu'elle puisse les soulever, mais assez lourds pour assommer un éventuel intrus.

— Tout ira bien, Ry, chuchota-t-elle à son frère

immobile. C'est moi qui t'ai entraîné dans ce guêpier, et je vais t'en sortir.

Elle prit de longues inspirations pour refouler la peur, mais la lourde odeur de désinfectant qui régnait dans la pièce lui semblait d'une seconde à l'autre plus entêtante. Un effet de son imagination, sans doute. Elle ne devait pas se laisser guider par l'émotion. Au contraire, il était essentiel qu'elle reste lucide, prête à l'action.

— Je t'en prie, réveille-toi, supplia-t-elle.

Avec un soupir, elle caressa une mèche de cheveux soyeux qui tombait sur le front de Ryan. Son frère était solide, fort, intelligent. Il avait toujours trouvé des solutions pour éviter les ennuis. Elle essuya une larme au souvenir des bêtises qu'ils avaient faites ensemble, certains soirs où elle était chargée de le surveiller.

Elle lui tapota le bras, songeant aux paroles de Stacy un peu plus tôt. Il avait la jambe brisée.

Par sa faute.

Si seulement il se réveillait !

Lomar passa devant la vitre d'un pas décidé, se dirigeant vers le bureau des infirmières. Une d'elles tendait un téléphone vers lui.

Que se passait-il ? Rita fit un pas vers la vitre.

Lomar parlait au téléphone maintenant. Il lui tournait le dos. Que disait-il ? Qui était au bout du fil ? Cole ? Avait-il découvert quelque chose en visionnant les enregistrements vidéo ?

L'adjoint tourna vivement la tête et rencontra le regard de Rita. Il leva un doigt, comme pour lui indiquer qu'il n'en avait pas pour longtemps.

— Restez ici, ordonna-t-il, sa voix sévère lui parvenant déformée à travers la vitre.

Elle acquiesça.

Il partit en courant.

Le cœur de Rita se mit à cogner dans sa poitrine.

— Mauvais signe, murmura-t-elle. Si cet appel lui avait annoncé la capture du suspect, Lomar serait venu me le dire. Quelque chose ne va pas, ajouta-t-elle, s'adressant à Ryan de nouveau. J'aimerais bien que tu ouvres les yeux et que tu me dises quoi faire.

Elle parcourut la chambre des yeux à la recherche d'une arme éventuelle et avisa un chariot d'urgence. Elle s'empara des palettes du défibrillateur et poussa le chariot jusqu'à ce qu'il soit derrière la porte. Si quiconque entrait de force, il ne saurait pas qu'elle était là avant qu'elle se jette sur lui.

Elle pressa l'interrupteur du chariot et vit divers appareils s'allumer. Un bourdonnement sourd s'éleva.

Au-dehors, tout continuait comme avant.

Les infirmières allaient et venaient.

Avait-elle trop d'imagination ? Tout allait-il bien ? Rita baissa les mains le long de son corps. Peut-être le tueur avait-il été capturé. Peut-être Cole avait-il trouvé le mystérieux employé et celui-ci lui avait-il fourni toutes les informations dont il avait besoin pour mettre fin à cette histoire insensée.

Ou peut-être l'employé refusait-il de parler, aussi Cole avait-il appelé Lomar à la rescousse.

Les possibilités étaient multiples, et avant ces derniers jours, elle n'avait jamais été du genre à imaginer le pire.

Avec un soupir, elle éteignit l'interrupteur et remit les palettes à leur place. Les infirmières ne semblaient pas troublées. Sans doute avait-elle tort de s'inquiéter.

Elle jeta un nouveau coup d'œil dans le couloir et tressaillit en constatant qu'il était désert. Où donc les jeunes femmes étaient-elles passées ?

Rita tira davantage sur le rideau, cherchant quelqu'un des yeux.

Soudain, la porte de la cabine d'ascenseur s'ouvrit, et un adjoint apparut.

Rita le dévisagea. Était-il venu remplacer Lomar ?

Son cœur manqua un battement. Un sourire malveillant s'était dessiné sur les lèvres de l'homme. Levant la main, il pointa deux doigts vers elle à la manière d'un pistolet.

Puis il appuya sur une gâchette invisible.

15

Répondant à l'appel de Lomar, les renforts étaient déjà sur le parking quand Cole atteignit le rez-de-chaussée. Soulagé, il tourna les talons pour aller rejoindre Rita. Pour autant qu'il ait envie d'être celui qui arrêterait le tireur, savoir qu'elle était seule le mettait mal à l'aise. Il avait l'impression que, dès qu'il la quittait des yeux, la situation empirait.

Il grimpa les marches aussi vite que possible, ses mouvements moins fluides que d'ordinaire. Ses blessures le lançaient depuis le moment où il s'était réveillé.

— Tu n'as rien à me dire à propos de la rousse ? lança Lomar, réglant son allure sur la sienne.

— Non.

— Ah bon ? Tu as eu l'air drôlement gêné quand je suis arrivé hier soir.

— Et alors ? grogna Cole en accélérant le pas.

— Alors, ça ne te ressemble pas, rétorqua Lomar. Et ça ne te ressemble pas non plus de passer une nuit dans un mauvais fauteuil quand rien ne t'y oblige. Ne me dis pas que tu faisais ton travail, ajouta-t-il. J'étais là, et n'importe quel adjoint aurait pu prendre la relève. D'ailleurs, j'ai vu la façon dont tu la regardes. Qu'est-ce qui se passe ?

Cole ouvrit la porte du premier étage à la volée et s'effaça devant son collègue.

— Ça t'étonne ? Elle est superbe.

— C'est vrai, mais elle n'est pas ton genre. Elle n'a pas l'air d'être de celles qui supportent tes frasques.

Cole émit un petit bruit dédaigneux.

— Laisse mes frasques tranquilles.

Il ne put s'empêcher de sourire en imaginant que Rita restait dans sa vie. Comment évolueraient leurs relations ? Y aurait-il une bague de fiançailles et une robe blanche à l'avenir ? Elle aimerait une robe blanche, il en était sûr.

Il manqua un pas au souvenir de leur conversation un peu plus tôt. Avait-elle réellement laissé entendre qu'elle était vierge ?

Vierge. Le mot résonnait absurdement dans son crâne. Était-ce possible ?

Si c'était le cas, quelles implications cela avait-il pour eux ? Eh bien, il devrait veiller à ne pas brusquer les choses. L'aider à explorer sa sexualité. À découvrir ce qui la faisait haleter, ce qui la faisait crier. Une foule de possibilités distrayantes surgirent dans son esprit. Bon sang ! Jamais il n'avait eu aussi envie de faire l'amour lentement.

Refoulant cette pensée troublante, il s'obligea à presser l'allure. Il avait hâte de combler l'espace qui le séparait de Rita.

Les premiers rayons du soleil filtraient à travers les stores à présent. Les infirmières de nuit n'étaient plus là, ayant été remplacées par une nouvelle équipe.

Toutes sauf Stacy.

Celle-ci avait enfilé un sweat-shirt de l'université de Rivertown par-dessus son uniforme et s'était assise sur le siège que Lomar avait laissé vacant.

— Rita s'est enfermée à l'intérieur, annonça-t-elle à Cole en désignant la chambre de Ryan. Elle sait que je suis là, mais elle refuse d'ouvrir avant de vous avoir vu.

À cet instant, le battant s'entrouvrit. Rita risqua un coup d'œil dans le couloir.

— Dieu merci, tu es là !

Elle écarta la chaise qu'elle avait coincée derrière la porte et attira Cole à l'intérieur. Ce dernier remarqua aussitôt que le chariot d'urgence avait été déplacé.

— Que s'est-il passé ?

Il s'apprêtait à le repousser mais Rita intercepta son geste et se nicha contre lui, se cramponnant au tissu de sa chemise.

— Le meurtrier était dans l'ascenseur quand la porte de la cabine s'est ouverte. Il n'en est pas sorti, mais il a fait semblant de me mettre en joue avec ses doigts.

Cole se figea.

— Quand ?

— Il y a une minute. Deux, peut-être.

Il lâcha un juron.

— On était sûrs qu'il était dans le parking, peut-être même déjà loin d'ici.

Lomar tourna aussitôt les talons.

— J'informe les renforts.

Cole était déchiré. D'un côté, il brûlait de participer à la traque du salopard qui menaçait Rita, de l'autre il ne pouvait se résoudre à la quitter de nouveau.

— Écoute.

Il se pencha vers elle et lui parla à l'oreille.

— Je crois qu'il est temps qu'on te sorte d'ici. Je te propose de te ramener au poste pour qu'on voie ce que les techniciens ont pu tirer de la clé USB. Je voudrais mettre un peu de distance entre toi et le tueur.

— Mais Ryan…

— Je sais que tu t'inquiètes pour lui, coupa Cole, mais il n'est pas en danger pour l'instant. Tant que le coupable pense que tu vas te soumettre à leurs demandes, il ne va rien tenter.

— Je ne peux pas le laisser seul, protesta Rita, en tentant de se dégager.

— Et moi, je ne peux pas te laisser, répondit Cole, en s'efforçant d'adopter un ton moins frustré et plus protecteur. Tu détiens des informations que ce type veut. Ce n'est pas le cas de Ryan. Il est en sécurité. Toi non.

Rita reporta son regard sur le lit.

Cole serra les dents et redressa les épaules.

— Tu vas venir avec moi parce que c'est la seule solution. Si je reste ici, je ne peux pas aider West et les autres à trouver l'assassin. West est privé d'un homme, et nous ne sommes que six.

— Je déteste tout ça.

La colère s'entendait dans la voix de Rita, se lisait dans ses yeux.

— C'est si injuste.

— Je sais, admit Cole, et je suis désolé. Mais nous ne devons pas oublier que tu es la cible. Pas Ryan. Notre présence ici l'expose à un danger supplémentaire. Il a surmonté le pire. Tu ne peux rien faire pour lui pour l'instant, et s'il reprend connaissance en ton absence, je te promets de lui dire que c'est moi qui t'ai forcée à partir.

Stacy intervint.

— Je pourrais vous téléphoner, proposa-t-elle en s'installant dans le fauteuil inconfortable où Cole avait passé la nuit. Si vous me donnez votre numéro, je vous tiendrai au courant de ses progrès par texto.

Rita se tassa légèrement.

— Mon téléphone est au fond de l'eau.

— Vous pourriez emprunter celui de Ryan, suggéra Stacy avec un sourire. S'il l'avait sur lui, il doit être dans l'enveloppe.

Rita plongea la main dans sa poche.

— C'est vrai. Vous avez son numéro ?

— Oui.

L'écran était verrouillé. Rita le fixa, composa la date d'anniversaire de leur mère, et le cadenas disparut.

Au même moment, Lomar réapparut et s'adossa à l'encadrement de la porte, l'air vaincu.

— Aucune trace du type.

— Qu'en dites-vous ? demanda Stacy à Rita.

Cole songea qu'il aurait une grosse dette envers elle si elle parvenait à convaincre Rita de le suivre.

— Votre service est terminé, lança-t-il. Combien de temps pouvez-vous rester ?

— Je ne bouge pas, répondit Stacy, dont le visage s'était assombri. J'ai deux jours de repos, et je compte rester ici jusqu'à ce qu'on me mette à la porte.

Rita prit une longue inspiration et relâcha lentement son souffle.

— Entendu. Je laisserai le téléphone de Ryan allumé. Vous n'oublierez pas de m'appeler ?

— Non, je vous le promets.

Rita déposa un baiser sur la joue de son frère, puis étreignit Stacy avant de s'immobiliser sur le seuil, implorant Lomar du regard.

— Je veillerai sur eux, dit-il d'une voix sourde, comme s'il en faisait le vœu solennel. Quoi qu'il arrive.

Submergée par l'émotion, Rita l'entoura de ses bras et pressa la joue contre sa poitrine. Interloqué, Lomar hésita, puis l'étreignit en retour, souriant à Cole par-dessus son épaule.

Voir Rita dans les bras d'un autre homme, fût-il un de ses plus proches amis, mit Cole mal à l'aise. Il aurait peut-être confié sa vie à Lomar, mais tout de même… Il tira sur la chemise de Rita.

— Allons-y avant que tu ne lui fasses perdre la tête.

Elle se dégagea. Aussitôt, Cole l'entraîna vers le parking, sa main libre sur la crosse de son pistolet.

Rita profita du trajet pour passer quelques coups de fil à l'aide du téléphone de Ryan. Après l'avoir soumise à un feu nourri de questions, sa voisine affirma que les chats se portaient bien et que cela ne l'ennuyait pas du tout de s'en occuper encore un jour ou deux. Cyndi se montra curieuse aussi, mais finit par lui apprendre que personne d'autre n'était venu la chercher au bureau. Quant à son père, il ne répondit pas. Elle laissa un deuxième message sur sa boîte vocale, lui donnant des nouvelles de Ryan et son numéro de chambre. Elle ne prit pas la peine de lui parler du reste. À quoi bon, de toute façon ?

Elle posa l'appareil sur ses genoux et contempla Cole à la dérobée. Il était tout ce qu'un homme devait être. Fort et résolu, mais aussi patient et prêt à faire des compromis.

— Merci de m'avoir donné le choix de venir.

Il lui lança un regard rapide.

— Tu aurais pu m'ordonner de t'accompagner, reprit-elle, sans m'accorder la liberté de décider par moi-même.

Il fronça les sourcils, l'air dégoûté.

— Excuse-moi, mais c'est du n'importe quoi.

Un sourire soudain se forma sur les lèvres de Rita.

— Pourquoi ?

Il la regarda de nouveau.

— Pourquoi ? Comment ça, pourquoi ? En quel honneur quiconque pourrait-il te donner des ordres ?

Rita secoua la tête.

— Tu as raison.

Son sourire s'accentua. Contrairement à son père, à certains de ses supérieurs hiérarchiques ou de ses professeurs, Cole accordait de l'importance à ses opinions, ses choix et ses décisions. Étant donné les circonstances, il aurait pu user de sa position pour qu'elle lui obéisse. Le fait qu'il s'en soit abstenu renforçait encore le respect qu'elle avait pour lui.

Elle se tourna vers la vitre, admirant le paysage splendide qui s'offrait à sa vue. Parées des riches couleurs de l'automne, les montagnes se détachaient sur le bleu immaculé du ciel. Il était difficile d'imaginer que des choses horribles pouvaient se dérouler dans un lieu aussi magnifique.

Le poste de police apparut, et le cœur de Rita manqua un battement alors que la réalité s'imposait de nouveau à elle. Dès qu'elle aurait déposé le stylo au Memorial Park, son frère serait hors de danger.

Elle avait détaché sa ceinture avant même que Cole se soit garé.

Il se hâta de faire le tour de la voiture pour lui ouvrir la portière et captura sa main dans la sienne.

— Prête ?

— Oui.

Elle était plus que prête à mettre fin au gâchis qu'elle avait causé en ramassant ce stylo sur les docks. En revanche, elle était tout sauf prête à voir Cole sortir de sa vie une fois que sa mission serait terminée. Elle aurait aimé le garder un peu plus longtemps, mais il était inutile qu'elle se berce d'illusions. Aucune femme ne gardait un Garrett très longtemps.

Cela dit, elle avait sûrement passé plus de temps seule avec Garrett que la plupart de ses conquêtes. La différence, c'était que celles-ci s'étaient sans doute adonnées à des activités plus… intimes avec lui.

C'était absurde, mais elle les enviait.

Cole Garrett pourrait sûrement lui enseigner certaines choses.

Elle se sentit rougir à cette pensée. Pourquoi donc lui avait-elle avoué qu'elle était vierge ? Elle ne l'avait jamais dit à personne. Comment avait-elle pu s'abandonner à des confidences pareilles avec un homme qui ne l'avait même pas invitée à sortir avec lui ?

La faute en revenait au préservatif caché dans le portefeuille de Ryan.

Cole s'effaça pour la laisser entrer dans le bâtiment.

Rita tenta, en vain, de dénouer leurs doigts. Ils ne pouvaient tout de même pas entrer la main dans la main, comme un couple ! Qu'allaient penser les gens ? Ce n'était pas normal. Ce genre de démonstration d'affection en public revenait à annoncer une relation intime, voire durable. Ce qui ne correspondait en rien à la relation qu'elle avait avec Cole. Elle s'était entichée de lui, plutôt, à cause d'un trop-plein d'émotion et du tête-à-tête imposé par les événements.

Elle tenta, en vain aussi, de l'imaginer tenant d'autres femmes par la main. Peut-être était-il affectueux de nature, voilà tout. Peut-être faisait-il semblant avec toutes les autres aussi. Jusqu'au petit matin.

— On ne devrait sans doute pas, murmura-t-elle, agitant leurs mains nouées.

— Pourquoi ?

Cole s'arrêta, fit un pas de côté et s'adossa au mur extérieur tout en l'attirant contre lui.

— Tu ne veux pas me tenir la main ?

Il la lâcha, lui donnant la possibilité de reculer.

Elle resta là où elle était.

— Ce n'est pas ça.

Il parut soulagé.

— Je te mets mal à l'aise ?

— Non.

Cette fois, il fronça les sourcils.

— Tu as peur du qu'en-dira-t-on ?

Aussi stupide que cela fût, compte tenu de la situation qui était la sienne…

— Un peu, oui.

Elle ne voulait pas être considérée comme une femme naïve qui s'imaginait être quelqu'un de spécial aux yeux de Cole Garrett. Elle aurait aimé que ce soit vrai, mais personne n'avait besoin de le savoir.

— Bien.

Cole se détacha du mur et se redressa. Puis, il l'invita d'un geste à passer devant lui.

À leur entrée, un sifflement perçant retentit dans la salle. Debout sur le seuil de son bureau, West leva le bras et leur fit signe de le rejoindre. Guettait-il leur arrivée ?

— Asseyez-vous, dit-il en désignant deux chaises en face de la sienne.

Derrière lui, une imprimante gémissait dans le coin, crachotant des feuillets dans un réceptacle presque plein.

Cole tendit une clé USB à son frère.

— Voici les enregistrements effectués par les caméras de surveillance de l'hôpital. On voit le type que nous soupçonnons d'avoir apporté le message de menaces. J'espère que les techniciens pourront zoomer sur lui et l'identifier.

Les doigts de West se refermèrent sur le petit objet noir.

— Je vais l'emporter au labo.

— Merci.

Cole croisa les bras et regarda l'imprimante, fronçant les sourcils.

— Qu'est-ce que c'est que tout ça ?

— Tout ça, répondit West avec une grimace, provient de la clé USB que tu m'as remise. J'ai demandé au labo de me faxer ce qu'ils pouvaient récupérer.

Rita se percha sur le bord de sa chaise.

— Toutes ces informations étaient sur cette clé ?

West se laissa tomber sur son siège.

— Oui. Et vous savez combien de temps ça va me

prendre de tout examiner ? Une éternité, conclut-il après un bref silence.

Cole s'approcha de la machine et rassembla quelques pages dans sa paume.

Rita songea aux dernières paroles de West.

— Vous n'avez pas la clé sur vous ?

— Non. Les techniciens ont besoin de la garder un ou deux jours pour être sûrs d'avoir tout récupéré. J'espère aussi trouver une empreinte dessus qui ne soit ni la vôtre ni celle de Minsk.

— Mais il me faut le stylo, plaida Rita, la gorge nouée. Je suis censée le déposer au parc. Montre-lui le message, Cole.

— Il l'a vu, grogna ce dernier. Tu ne vas pas aller là-bas.

— Si.

L'incrédulité se lut sur les traits de Cole.

— Il n'est pas question que je te laisse faire. Comment peux-tu envisager une chose pareille ?

— Je croyais que j'avais le droit de prendre mes propres décisions ? rétorqua-t-elle. Ce n'est pas ce que tu viens de me dire ?

— Quelqu'un doit intervenir si tu es déraisonnable. Je ne vais pas rester les bras ballants pendant que tu te fais enlever ou tuer. Il faudrait que je sois fou !

— Je ne suis pas folle !

— Alors, où est le problème ?

Rita prit une inspiration.

— Où est le problème ? répéta-t-elle, en s'agrippant au rebord de la chaise.

Elle se sentait trahie, mais la question n'était pas là.

— Mon frère gît inconscient sur un lit d'hôpital et tu veux que je reste là les bras croisés ? Que je me contente d'espérer que le type qui a causé son accident ne va pas décider de l'achever ? Pourquoi prendrais-je ce risque alors que je peux tout simplement faire ce qu'il me demande ?

Cole paraissait sur le point d'exploser.

West se massa le front et intervint. Il semblait avoir vieilli en l'espace de quelques jours.

— Du calme. Concentrons-nous sur les dossiers récupérés. Si on en arrive là, on pourra toujours mettre la main sur une réplique du stylo.

Cole lâcha un juron sonore, mais son frère poursuivit.

— J'ai besoin d'aide pour éplucher tous ces papiers.

Il tendit une pile à Rita.

— Vous travaillez au service de comptabilité depuis un certain temps. Je suppose que vous avez l'habitude de voir ces formulaires. Ce que je voudrais savoir, c'est à qui ces documents seraient utiles. Mieux encore, s'ils sont compromettants pour quelqu'un. Pourquoi aller aussi loin pour mettre la main dessus ? Pour moi, ils ressemblent à une série de relevés de comptes et d'offres d'achat.

Rita se cala sur sa chaise et croisa les jambes.

— Si je vous aide à les trier, me laisserez-vous déposer le stylo au parc ?

— Oui.

Debout dans le coin, Cole émit un grognement accablé.

— Sous certaines conditions, ajouta West. Vous n'irez pas seule. Mes hommes seront là, en civil. Nous sécuriserons le périmètre et un tireur sera posté sur le toit du musée par mesure de précaution.

Sur quoi il tendit à Cole un schéma du plan. Apparemment, il avait déjà décidé des détails avant leur arrivée. La mort dans l'âme, Cole regarda le papier sans rien dire tandis que Rita reportait son attention sur la pile de documents sur ses genoux.

— Ces transferts de fonds s'étalent sur plusieurs

années, constata-t-elle. Oh ! ceci est une offre d'achat des docks pour un montant de trois millions de dollars.

Elle posa la feuille sur le bureau de West, l'excitation succédant à la peur et à la frustration de ces derniers jours.

— Minsk a dû négocier la transaction avec le gouverneur. Je parie que c'est pour ça qu'il venait si souvent à l'hôtel de ville. Le gouverneur est-il en ville pour une raison ou pour une autre ? Ou a-t-il un bureau à Shadow Point ?

— Je vais passer quelques coups de fil, murmura West. Voir ce que je peux apprendre.

Cole se mit à faire les cent pas derrière le bureau.

— Il va y avoir un problème. Les politiciens sont pratiquement intouchables. Ils peuvent étouffer une enquête avant qu'elle ait le temps de prendre de l'ampleur. Et à quelques mois des élections, nous serions bien avisés de faire attention où nous mettons les pieds.

Son frère parut songeur.

— Si le gouverneur est mêlé de près ou de loin à cette affaire, cela expliquerait que nous ayons eu tant de mal à identifier le tireur.

— C'est peut-être un professionnel, acquiesça Cole, l'air sombre.

Rita faillit s'étrangler.

— Un professionnel ? Tu veux dire, un tueur professionnel ?

— Il va falloir qu'on soit très prudents, poursuivit-il sans s'émouvoir.

Il prit une nouvelle pile de papiers et tira une chaise à côté d'elle.

— Qu'on opère discrètement, sans se faire remarquer. Il faut que notre dossier soit ficelé avant que quiconque flaire quoi que ce soit. Si le gouverneur en entend parler par les médias, il risque de se sentir visé.

— Je ne comprends toujours pas pourquoi Minsk a été tué, commenta Rita. L'acheteur l'a engagé pour lui servir d'intermédiaire. Pourquoi se débarrasser de lui ?

Cole étira les jambes et grimaça.

— On peut dire la même chose au sujet du gouverneur. L'Etat n'avait qu'à refuser l'offre si elle ne convenait pas.

Rita parcourut quelques pages supplémentaires, son regard s'arrêtant sur une série d'initiales qui revenaient à plusieurs reprises.

— Les lettres GL signifient-elles quelque chose pour vous ?

— GL, répéta Cole. Je peux voir ?

Il feuilleta la pile de documents.

— Les plans que j'ai vus à bord du yacht appartenaient à Gray Line Ltd. C'est peut-être cette société qui a engagé Minsk.

West pianota sur son clavier.

— C'est une coopérative de promotion immobilière. Elle possède des docks dans plusieurs villes du pays.

— En Lousiane, dans l'Ohio, l'Illinois et le Missouri, murmura Cole. J'ai vu les plans dans le bureau de Minsk et sur son bateau.

Rita haussa les sourcils.

— Il n'y a rien de louche là-dedans, si ? Que font-ils de ces docks ?

West se remit à pianoter sans répondre. Cole se pencha vers Rita, son épaule frôlant la sienne.

— Ça t'ennuie que je te montre de l'affection devant les autres ? Ou ça t'ennuie que je t'en montre, tout court ?

Le regard de West flotta vers Cole, puis vers Rita.

— Hum.

Elle s'humecta les lèvres, s'efforçant de maîtriser les battements soudain effrénés de son cœur. Visiblement gêné, West pencha la tête de côté, puis se remit au travail.

Cole se rapprocha encore.

— Ce n'est pas la peine de prendre des gants. Si je ne te plais pas, tu n'as qu'à le dire.

— Ce n'est pas ça.

Elle avait parlé aussi bas que possible, mais les mots résonnèrent dans la petite pièce silencieuse. L'imprimante avait choisi de s'arrêter pile au mauvais moment.

— Si c'est à cause de ma réputation, nous pouvons en discuter.

Rita avait les joues en feu maintenant.

— Arrête. Je me moque de ta réputation.

Les sentiments qu'il éveillait en elle la terrifiaient, d'autant plus qu'elle savait qu'il la quitterait sans doute dès l'enquête terminée, et qu'elle aurait le cœur en miettes. Elle se moquait éperdument des femmes avec qui il avait couché avant elle. Son passé ne la regardait pas. La pensée que son avenir puisse, en revanche, la concerner, la bouleversait.

— C'est la tienne qui t'inquiète ? demanda-t-il alors.

Déconcertée, elle redressa brusquement le menton.

— Que veux-tu dire par là ?

West s'éclaircit la voix.

— Vous voulez que je sorte ? Je sais que nous sommes dans mon bureau, mais cette conversation me met vraiment mal à l'aise.

Ignorant royalement l'intervention de son frère aîné, Cole mit la main sur la chaise de Rita et retourna sa paume d'un air espiègle.

West grommela quelque chose à propos de la stupidité, puis recommença à taper sur les touches du clavier.

Elle repoussa la main de Cole.

— Je n'ai pas de réputation.

Un défi se lut sur les lèvres de Cole.

— Mais tu pourrais en avoir une si on te voyait avec moi, c'est ça ?

— Non.

Pas de la manière qu'il sous-entendait, du moins. Elle ne voulait pas être connue comme l'idiote qui jouait à être sa petite amie tout en s'efforçant déjà de surmonter leur rupture.

— C'est pour ça que tu étais fâchée quand nous sommes arrivés ici ?

Les yeux rivés sur l'écran de son ordinateur, West les interrompit.

— Gray Line est officiellement une société d'import-export. Apparemment, elle achète des docks désaffectés qu'elle revend presque aussitôt. Dans trois des endroits que j'ai recherchés jusqu'ici, un entrepôt de stockage a ouvert l'année suivante. Tous semblent avoir été acquis par la même compagnie.

— Que savons-nous de cette compagnie ? demanda Cole. Pourrait-elle être une filiale de Gray Line ?

— Possible.

West décrocha son téléphone.

— Je vais demander à l'équipe technique de se renseigner. Nous aurons l'historique complet de ces sociétés d'ici à l'heure du déjeuner. Ce que j'aimerais savoir, c'est ce que contiennent tous ces entrepôts de stockage.

— À ton avis ?

Une bouffée de nausée envahit Rita alors qu'elle se remémorait la scène sur les docks, la chemise tachée de l'homme et le contenu ensanglanté du coffre de la berline. La bouche sèche, elle dut faire un effort pour articuler :

— Des armes.

16

Cole gara la voiture de West dans le parking de l'hôtel de ville. Il était encore sous le choc après l'explication de Rita : l'idée qu'un trafic d'armes puisse avoir lieu à Shadow Point dépassait l'entendement ; la possibilité qu'un élu local y soit mêlé était révoltante.

Il coupa le contact et se tourna vers sa nouvelle équipière. Amener Rita à l'endroit où Minsk avait eu rendez-vous avec son assassin était un risque calculé, mais infiniment préférable à la laisser déposer la clé USB à Memorial Park. Là-bas, Cole ne pourrait pas la protéger. Pire, West ne s'était pas opposé à ce plan insensé, si bien que Cole avait dû se résigner à accepter celui-ci.

Le front de Rita était plissé par la concentration. L'hôtel de ville était son domaine. Cole n'était là que comme soutien, et avait reçu l'ordre strict de ne pas se faire remarquer. D'où l'échange de véhicule avec son frère. Sa voiture de patrouille aurait attiré trop d'attention. Et grâce à sa nuit imprévue à l'hôpital, il était déjà en civil, vêtu d'un short de basket, d'un T-shirt de l'armée et coiffé d'une casquette de base-ball.

Rita ajusta la pile de dossiers sur ses genoux et prit une profonde inspiration.

— Tu es sûre de vouloir faire ça ? demanda-t-il, se sentant de nouveau déchiré.

— Oui.

Elle ouvrit sa portière et sortit sur le parking tandis que Cole se hâtait de venir à sa rencontre.

— C'est la première fois que je viens à l'hôtel de ville en short, dit-il sur un ton léger.

— Je pense que personne ne va te reconnaître. Surtout avec ta casquette.

Il abaissa celle-ci sur son front, s'efforçant d'abriter ses yeux.

— Et toi ? Tu es censée être malade. Que vont dire les gens en te voyant ?

Elle haussa les épaules.

— Personne ne fait attention à moi.

Cole n'était pas d'accord. Il la suivit sous le portique de sécurité, admirant ses courbes et évitant le regard des employés qu'il connaissait de vue.

Tout chez Rita était incroyablement sexy. Comment pouvait-elle s'imaginer que personne ne faisait attention à elle ?

Elle marqua une pause au pied de l'escalier en marbre, faisant mine de caler les dossiers qu'elle tenait dans ses bras.

— Je vais essayer de soutirer des informations à la secrétaire du maire. C'est une vraie commère. Elle sait tout ce qui se passe. Toi, tu peux jouer au touriste qui prend des dépliants sur les attractions locales. Isla est ici depuis quelques mois seulement. Elle ne te reconnaîtra sans doute pas.

Cole acquiesça.

— Tu en es sûre ?

Rita mordit sa lèvre inférieure.

— Je ne sais pas. Elle a entendu parler de toi, en tout cas.

Sur quoi elle pivota et se mit à grimper les marches sans lui.

Cole régla aisément son allure sur la sienne, mais resta légèrement en arrière, comme s'il n'était pas avec elle.

— Que veux-tu dire ?

Elle haussa une épaule et la laissa retomber.

— Nous avons toutes entendu parler de toi. Crois-moi, ajouta-t-elle en lui adressant une grimace.

Elle se tournait vers le bureau du maire, mais Cole la retint instinctivement par le bras.

— Hé !

Ses yeux se soudèrent à ceux de Rita. Il avait tant de choses à lui dire. Certes, le moment était mal choisi.

— Toi et moi devrons avoir une conversation quand nous en aurons terminé ici.

— D'accord.

Elle se dégagea.

— De toute façon, peu importe si elle te reconnaît. Tant qu'elle ne te soupçonne pas d'être là dans le cadre d'une enquête, ce n'est pas un problème.

Sur quoi elle franchit le seuil avec assurance. Derrière elle, Cole entra d'un pas incertain et s'arrêta devant un présentoir de dépliants touristiques.

— Salut, Isla, lança Rita en déposant ses dossiers sur le bureau.

— Rita ?

Isla écarquilla les yeux.

— Je croyais que tu étais malade. Tu devrais être à la maison ! Ou à l'hôpital avec Ryan !

Rita tressaillit à la mention de son frère. Le remords se peignit sur ses traits.

— Je ne suis pas en forme, concéda-t-elle d'une voix traînante, mais je m'inquiète trop pour me reposer.

Sa voix se brisa sur le dernier mot.

— Pauvre chou !

Rita tapota les dossiers.

— Je me suis dit que j'emporterais du travail chez moi pour me changer les idées.

Elle se tassa sur elle-même et offrit un faible sourire à sa collègue.

— Je t'ai vue en passant, et j'en ai profité pour venir te poser une question à propos de quelqu'un que j'ai remarqué ces derniers temps.

Isla se percha sur le bord de son fauteuil et planta ses coudes sur le bureau. Elle jeta à Cole un regard inquisiteur, puis se concentra sur Rita.

— Qui ?

— Je ne sais même pas comment il s'appelle, soupira Rita. Mais il est grand, brun, très séduisant, le teint mat. On dirait un dieu grec ! Toujours très élégant. J'aimerais…

Elle laissa sa phrase en suspens, satisfaite par l'effet produit.

Cole desserra sa prise sur la brochure qu'il feignait de parcourir. Rita improvisait avec talent.

— Eh bien, mon chou, j'ai de mauvaises nouvelles à t'annoncer, déclara Isla, visiblement contente d'elle-même. Ton don Juan est mort. On l'a jeté dans la rivière.

Elle arqua les sourcils avec éloquence, attendant une réaction.

— Quoi ?

Rita pressa une main sur son cœur, l'air bouleversé.

— Quand est-ce arrivé ?

— Il y a deux jours. On en a parlé au journal télévisé. Il s'appelait Roger Minsk. Quand je pense qu'il se tenait exactement où tu es voilà encore quelques jours…

— Non ! s'écria Rita. C'est vrai ? Que faisait-il ici ? Je pensais que c'était un homme d'affaires.

Isla sourit, savourant son moment de gloire.

— Il était riche, c'est certain. C'était un promoteur. Il voulait acheter les docks.

— Oh ! J'espère qu'on va enfin faire des travaux. Il y a si longtemps que tout est à l'abandon…

— Je n'ai pas dit ça, rectifia Isla, triomphante. Roger agissait pour le compte d'une société qui avait fait une offre pour les docks. Il a rencontré le maire plusieurs fois, ce qui est assez étrange parce que c'est le gouverneur qui s'occupe de ce genre de choses.

— Tu penses que le gouverneur est venu ici ?

— Aucune idée. Ce type est une vraie anguille…

Isla jeta un coup d'œil de côté, s'intéressant de nouveau à Cole.

— Je peux vous aider, monsieur ? susurra-t-elle.

La brochure qu'il avait prise au hasard proposait des sorties de pêche à la mouche.

— Je voulais juste voir ce que votre petite ville a à proposer.

— Eh bien, je ne suis pas une adepte de la pêche, mais je devine qu'un homme comme vous n'aurait aucun mal à attraper de jolies prises par ici, minauda-t-elle.

— Merci.

Cole reposa la brochure et en choisit une autre sur les églises locales.

Isla fronça les sourcils.

— Enfin, reprit-elle plus bas, s'adressant à Rita. Je ne connais pas les détails de ces réunions, mais en tout cas, le maire restait tard ces jours-là, et il partait dans une grosse berline noire qui n'était pas la sienne. Je l'ai vu un soir que je dînais au café d'en face avec Cyndi. On s'est demandé s'il avait loué cette voiture pour aller dans un endroit où il n'aurait peut-être pas dû aller, comme un club de gentlemen, et qu'il ne voulait pas qu'on voie la sienne garée devant.

Elle arqua un sourcil.

— Il ne m'était pas venu à l'esprit que ça puisse être la voiture du gouverneur, et je vois mal pourquoi il viendrait à Shadow Point en secret pour assister à une réunion, mais qui sait ?

— Tout cela sent le scandale, commenta Rita.

— C'est justement ce que je me disais, s'écria Isla, l'air tout excité.

Cole soupçonnait que « scandale » était un de ses mots favoris. Il remit le magazine sur le présentoir et salua l'employée d'un signe de tête en quittant le bureau. Il ne s'était que trop attardé. Mieux valait qu'il attende Rita dans un endroit discret.

Quelques instants plus tard, Rita sortit à son tour, après avoir raconté à Isla qu'elle allait tâcher d'obtenir le numéro de téléphone du séduisant touriste qui venait de s'en aller.

Elle se hâta vers l'escalier, le cœur battant et les oreilles bourdonnantes. Cole avait-il aperçu le tueur ? L'avait-il poursuivi au-dehors ? Avait-il été pris par surprise et enlevé sous la menace d'une arme ?

Une seconde plus tard, elle le vit au rez-de-chaussée, négligemment adossé au mur, ses yeux bleus rivés sur elle. Il ne la quitta pas des yeux tandis qu'elle traversait le hall et ressortait au soleil. Elle sentait son regard brûlant sur elle.

Il la suivit sur le parking d'un pas tranquille, assez proche pour la protéger au cas où, et assez loin pour feindre de ne pas être avec elle, du moins jusqu'à ce qu'ils atteignent la voiture.

Lorsqu'elle arriva à hauteur du pick-up de West, il actionna la télécommande et lui offrit sa main pour l'aider à monter.

— C'était terrifiant, lâcha-t-elle en laissant tomber les dossiers à ses pieds. Isla est sûrement déjà en train de téléphoner à Cyndi pour lui raconter que je suis allée la voir, et Cyndi va sans doute le répéter à mon chef avant même que j'aie fini cette phrase. Si je ne suis pas virée pour avoir fait l'école buissonnière, ce sera un miracle.

Cole ferma sa portière, fit le tour du véhicule pour s'installer au volant et démarra en souriant.

— Si Cyndi est aussi curieuse qu'Isla, elle ne va pas te dénoncer avant de savoir si tu as eu mon numéro.

Rita parut sidérée.

— Comment sais-tu que j'ai parlé de ça ?

Il se mit à rire.

— Je me doutais qu'Isla avait remarqué que je t'observais de très près, et qu'elle allait forcément te le dire dès que j'aurais le dos tourné.

Rita lui rendit son sourire, mais leur bonne humeur fut de courte durée. Au croisement suivant, Cole pâlit brusquement.

— Ne te retourne pas, mais nous sommes suivis. Par une berline noire.

Aussitôt, Rita scruta les rétroviseurs.

— Où ?

— La troisième voiture derrière nous.

Cole avisa une place de stationnement vacante le long du trottoir et attendit.

— Pas de plaque d'immatriculation à l'avant. Les vitres sont teintées.

Il attrapa son téléphone portable et tapota l'écran.

— Nous allons le laisser nous dépasser et le suivre. Voir où il va. Je vais faire venir un véhicule de patrouille pour le harceler un peu.

La berline ralentit et s'arrêta au beau milieu de la route, trente mètres derrière eux. Les deux voitures qui les séparaient passèrent à vive allure. La berline resta où elle était.

Le cœur de Rita cognait contre ses côtes.

— Qu'est-ce qu'il fabrique ?

Elle ferma les yeux, refoulant une vision du conducteur

qui descendait l'arme au poing et se mettait à tirer sur eux. Elle était avec Cole. Il savait quoi faire. Il savait comment gérer cette situation.

Elle était en sécurité.

Le rugissement d'un moteur la fit tressaillir. Elle rouvrit les yeux, juste à temps pour voir la berline faire demi-tour dans un hurlement de freins et disparaître à l'horizon.

Cole remit le téléphone sur son socle.

— Je suppose qu'il n'avait pas envie de nous doubler.

Rita descendit sa vitre et inspira à fond. Elle avait désespérément besoin d'air.

Le téléphone de Cole sonna, rompant le silence.

— Garrett.

— Salut, lança West. Où êtes-vous ?

— Dans Maple. Rita et moi venons de quitter l'hôtel de ville. Une berline nous suivait mais elle a fait demi-tour. Je t'expliquerai en arrivant.

West émit un grognement.

— Tu as du nouveau ? demanda Cole.

— J'ai une bonne nouvelle et une mauvaise.

Rita se pencha vers la console.

— Donnez-nous la mauvaise d'abord. Et la bonne ensuite, pour amortir le coup.

— Eh bien, à vrai dire, c'est une seule et même chose. Bonne nouvelle pour vous, mauvaise pour Cole.

Ce dernier, qui savait apparemment lire les pensées de son frère, se massa la nuque et lâcha un juron.

— Laquelle ?

— J'ai un faux stylo et assez d'hommes pour vous couvrir au parc si vous êtes toujours prête à tenter le coup.

Rita leva les yeux, croisa le regard méfiant de Cole, et une vague de doute déferla en elle, menaçant sa détermination.

Était-ce de la folie de se rendre dans un parc où l'attendait l'homme qui avait essayé de la tuer ?

Elle prit une profonde inspiration et relâcha son souffle. Elle ne devait pas oublier ce qui était en jeu. Si l'assassin pouvait être capturé, Ryan serait définitivement hors de danger.

— C'est d'accord.

17

Les jambes en coton, Rita se laissa tomber sur le canapé de Cole. C'était tout juste si elle avait réussi à rester debout lorsqu'ils étaient allés chercher le faux stylo au bureau de West. Elle avait l'estomac noué à la perspective de ce qu'elle allait entreprendre, d'autant plus que la réplique de la clé fournie par le shérif ne ressemblait guère à l'original. Elle n'avait plus qu'à espérer que le tueur n'ait pas vu l'objet, sinon il comprendrait tout de suite qu'il s'agissait d'un piège.

— Tu n'es pas obligée de faire ça, déclara Cole pour la énième fois.

Il s'était changé, et avait enfilé un jean et un T-shirt gris qui épousait les muscles de son torse.

— Tu sais bien que si, répondit-elle en s'obligeant à détourner les yeux.

Il vint s'asseoir à côté d'elle, les poings crispés sur ses genoux.

— Tu as déjà fait plus que ta part.

— Tout ira bien, affirma-t-elle. Soit le tueur sera capturé, soit il va envoyer un acolyte que nous pourrons suivre jusqu'à lui.

Enfin, à supposer que la chance tourne en sa faveur…

Cole fit craquer les jointures de ses doigts, une technique à laquelle Rita avait souvent recours pour évacuer le stress.

— Le fait que la propriété appartienne à l'Etat me perturbe, avoua-t-il.

— Moi aussi.

— Et la présence possible du gouverneur me met mal à l'aise. Les politiciens corrompus sont les pires criminels qui soient. Ils ont assez de pouvoir et d'influence pour mener à bien leurs combines et s'acheter des alibis. Toute cette histoire sent mauvais.

— Isla se trompe peut-être à propos du gouverneur. Il ignore peut-être tout de l'existence de Minsk.

Cole la regarda.

— Il y avait trois millions de dollars en jeu, et l'intermédiaire est mort. Quand les gens dépensent une somme pareille et n'obtiennent pas ce qu'ils veulent, ça m'inquiète.

Elle se laissa aller contre lui et posa une main hésitante sur son bras. Il frémit à son contact, et un millier de papillons s'envolèrent dans l'estomac de Rita. Elle lui caressa le bras et noua ses doigts aux siens.

— J'aimerais qu'on puisse savoir si le gouverneur est réellement en ville, murmura-t-elle en nichant la tête contre son épaule.

Elle était à la fois émerveillée et stupéfaite qu'ils soient si à l'aise ensemble. En l'espace de quelques jours, il avait cessé d'être un inconnu. Elle avait appris à reconnaître sa voix, à sentir sa présence n'importe où. Comme s'il faisait partie d'elle-même.

Cole se pencha, captura les mollets de Rita dans ses mains et les posa sur ses cuisses, la faisant pivoter vers lui.

— J'ai des amis qui pourront me renseigner sur ses déplacements aux dates où Minsk a rencontré le maire, dit-il en lui massant doucement ses muscles noués.

Rita sentit la chaleur monter en elle.

— C'est frustrant d'avoir tous ces dossiers sur la clé

USB et de ne rien pouvoir en tirer, reprit-il. Qu'est-ce qui nous a échappé ?

Elle passa mentalement les documents en revue.

— Ils doivent être compromettants pour quelqu'un, sinon il ne serait pas si déterminé à les récupérer.

Les mains de Cole s'immobilisèrent, une sur le genou de Rita, l'autre un peu plus haut.

— Ça ne me plaît pas de t'envoyer là-bas sans savoir à quoi nous avons affaire. À vrai dire, ça ne me plairait pas même si nous le savions.

— Tout ira bien, répéta-t-elle, priant pour que ce soit vrai.

— Le problème…

Il leva vers elle un regard suppliant.

— Le problème, c'est que je ne veux pas que tu sois séparée de moi.

Le souffle coupé, Rita acquiesça.

— Alors, reste avec moi.

Il hocha imperceptiblement la tête. Ses yeux songeurs semblaient lui dire autre chose, mais elle ne savait pas quoi.

Le téléphone de Ryan vibra dans sa poche. Un nouveau texto de Stacy, le troisième depuis qu'ils avaient quitté l'hôpital.

Rita le parcourut, soulagée.

— Pas de changement, mais c'est plutôt une bonne nouvelle.

Elle posa l'appareil sur la table avec un soupir.

— Je préférerais qu'il se réveille, mais l'important c'est que son état reste stable et qu'aucun forcené ne lui ait rendu visite en notre absence.

— Elle te tient régulièrement au courant, observa Cole. C'est gentil de sa part. Ryan doit compter pour elle.

Rita mâchonna sa lèvre inférieure. La question de Cole lui rappelait celle qui l'avait taraudée toute la journée.

— Qu'est-ce qui va se passer quand le tueur aura été arrêté ? demanda-t-elle, la gorge nouée. Je n'aurai plus besoin d'un garde du corps.

La surprise se peignit sur les traits de Cole.

Il avait compris le sens de sa question.

Un léger sourire se dessina sur ses lèvres.

— Pas besoin de garde du corps ? Tu en es sûre ?

— Eh bien, je n'ai jamais eu besoin de protection jusqu'ici, murmura-t-elle, troublée par l'intensité de son regard.

— Même pas contre moi ?

Rita prit une brève inspiration.

— Je ne veux pas qu'on me protège contre toi.

Le regard de Cole se posa sur ses seins.

— Tu en es sûre ?

— Oui.

Il se pencha plus près, glissant sa paume large sous le T-shirt de Rita et déployant les doigts sur la peau nue de son dos. Instinctivement, elle s'arqua à sa rencontre.

— Tu ne voulais pas qu'on nous voie main dans la main. Tu avais peur pour ta réputation, non ?

De sa main libre, il effleura ses côtes. Rita sentit ses mamelons se durcir contre le tissu mince. Elle rougit tandis que le désir enflammait les yeux de Cole.

— Je connais ta réputation, murmura-t-elle, luttant pour ne pas s'abandonner au plaisir que lui procuraient ses caresses.

— Et tu as peur que je ne m'en aille parce que c'est ce que je fais d'habitude, devina-t-il. Tu crois que mon intérêt pour toi ne sera que de courte durée.

— J'ai peur qu'on pense que je suis une idiote d'avoir espéré davantage, avoua-t-elle.

Le regard de Cole se souda au sien. Sa mâchoire se crispa. Ses mains s'immobilisèrent.

— Tu ne m'as pas l'air d'être une idiote. Tu m'as l'air d'être tout ce que je voulais sans le savoir.

— Embrasse-moi, chuchota-t-elle. S'il te plaît.

Si leur relation ne devait pas durer, elle voulait profiter des derniers moments qu'elle partageait avec l'homme le plus merveilleux qu'elle ait rencontré.

En un instant, Cole fut étendu sur elle. Tout en continuant à couvrir de caresses ses seins implorants, il déposa une traînée de baisers sur le visage de Rita avant de capturer ses lèvres lentement. Enivrée de sensations, elle baissa la main et effleura le renflement de son sexe, dressé sous le tissu de son jean.

— Ça va ? demanda-t-il en s'écartant.

— Oui. Tu es… impressionnant.

Une lueur de compréhension traversa le regard intense de Cole. Il lâcha un soupir.

— J'ai du mal à croire ce que je suis en train de dire, mais peut-être que le moment est mal choisi.

Sa voix était sourde et voilée par le désir, mais résolue.

— Nous pouvons prendre tout le temps que tu voudras, ajouta-t-il.

Du bout de la langue, il traça le contour de son oreille. Elle plaqua ses hanches contre les siennes.

— On peut continuer encore un peu ? Tu veux me montrer comment te caresser ?

Cole lui prit les poignets et les fit passer par-dessus sa tête.

— Pas ce soir.

Sur quoi il lui couvrit le cou et les épaules de baisers, puis, lâchant ses poignets, il repoussa son T-shirt et le lui retira. Sa bouche brûlante se posa sur l'endroit où la pointe du sein tendait le soutien-gorge, et il leva vers elle un regard interrogateur en même temps qu'il glissait un doigt sous le tissu mince.

Rita crispa les doigts dans les cheveux de Cole en gémissant.

— S'il te plaît.

En un éclair, il défit l'attache du soutien-gorge et l'écarta pour prendre ses seins à pleines mains. Il captura un des boutons gonflés dans sa bouche et l'aspira tendrement.

En proie à un feu d'artifice de sensations, Rita replia les genoux autour des hanches de Cole et s'arqua vers lui, frémissante.

— Cole…

À son tour, il retira son T-shirt et le laissa tomber sur la pile de vêtements sur le sol. Sa chaleur, l'odeur fraîche de son savon et le contact de sa peau brûlante sur la sienne faillirent avoir raison d'elle.

— Encore, gémit-elle, s'accrochant désespérément à lui.

La main de Cole se promena sur son ventre, puis descendit plus bas jusqu'à disparaître sous le tissu soyeux de sa petite culotte.

— Oh !

Ses genoux s'écartèrent tandis qu'il explorait sa féminité. Lentement d'abord, avant d'accélérer le rythme. Un raz-de-marée de plaisir déferla en Rita. Elle laissa échapper un long gémissement d'extase, puis ouvrit les yeux, savourant les picotements de plaisir sur sa peau moite.

Cole prit possession de ses lèvres dans un baiser qui acheva de l'étourdir.

— Encore, souffla-t-elle.

Cole se redressa avec un sourire satisfait.

— Mon chou, ce n'est qu'un début.

Cole avait vu la tension quitter le visage de Rita, remplacée par une explosion de surprise et d'émerveillement. « C'est fantastique », avait-elle murmuré, le souffle coupé par l'orgasme. Absurdement, il avait éprouvé une bouffée de fierté. Elle lui avait livré les clés de son corps et en échange il lui avait offert son premier et son deuxième orgasme entre les bras d'un homme.

Il lut et relut le plan de West concernant la remise du stylo pendant que Rita dormait paisiblement sur le canapé. Elle avait à peine fermé l'œil à l'hôpital et il s'était appliqué à l'épuiser avant de s'esquiver pour aller leur chercher un verre d'eau glacée. À son retour, elle s'était déjà assoupie.

Il lui répugnait de la déranger, mais ils allaient bientôt devoir partir pour le parc. À regret, il se pencha vers elle et la réveilla d'un tendre baiser.

— Rita ?

Elle ouvrit les yeux et une légère rougeur se répandit sur ses joues.

— Oui ?

Il s'assit contre elle, veillant à ne pas faire tomber la couette dont il l'avait recouverte.

— L'équipe sera en place d'un moment à l'autre. Je ne peux vraiment pas te persuader de renoncer à cette entreprise ?

Elle se redressa, tirant la couette sur elle.

— À propos de tout à l'heure..., commença-t-elle.

Il tendit la main et caressa ses joues en feu.

— Nous devrions sans doute parler, c'est ça ?

Ils en avaient parlé, au sens où elle avait quémandé ses caresses et qu'il avait dit oui chaque fois, tout en veillant à ne pas franchir la ligne. Pas aujourd'hui. Il était résolu à ne pas la bousculer.

Il réprima un sourire de fierté.

Elle évita son regard.

— Je n'ai pas pour habitude de faire ce genre de choses. Je veux dire, nous nous connaissons depuis si peu de temps... Nous ne sortons même pas ensemble.

Elle se mordit la lèvre et ferma les yeux.

— Avec toi, je suis incapable de réfléchir…

Il savait exactement ce qu'elle voulait dire.

— On peut parler tout de suite, si tu veux, suggéra-t-il, s'efforçant de ne pas penser à la manière dont elle avait prononcé son nom quelques instants plus tôt.

— Non.

Rita se leva d'un bond, serrant la couette contre ses courbes sexy, et recula à petits pas.

— Il faut que j'aille prendre une douche.

Cole la suivit.

— Quelque chose ne va pas ?

— Non.

— Je te mets mal à l'aise ?

— Non.

— Tu en es sûre ? Parce qu'on a l'impression que tu prends la fuite.

Elle secoua la tête avec vigueur.

— Non.

Perplexe, Cole plissa le front, cherchant mentalement une explication à ce brusque changement d'humeur.

— Tu es gênée ?

— Je n'en ai que pour une minute, murmura-t-elle avant de s'engouffrer dans la salle de bains.

Elle avait disparu. Et pour la deuxième fois en deux heures, il avait manqué une occasion rêvée de lui dire qu'il était tombé amoureux d'elle.

Le jardin public était bondé. Des couples déambulaient, des enfants s'amusaient sur les balançoires, on voyait partout des cerfs-volants et des balles lancées en l'air. Des joggeurs. Des cyclistes. Toute la ville semblait de sortie pour profiter des derniers rayons du soleil.

Au-dessus d'eux, le ciel bleu pâle, traversé de longs

nuages blancs, se teintait peu à peu des riches couleurs du crépuscule.

Rita tira nerveusement sur la ceinture de son manteau en laine. Ses épais cheveux roux étaient rassemblés en un chignon lâche. Pour sa part, Cole avait rabattu le capuchon de son sweat-shirt de façon à dissimuler son visage tout en préservant sa vue des environs.

Avec un peu de chance, ils ressemblaient à un couple normal en promenade.

Un bras enroulé autour du dos de Rita, Cole lui parlait tout bas.

— Tu vois l'homme avec le gros chien noir ? C'est Lomar. Et celui qui lit le journal sur le banc ? C'est Franks, un autre adjoint. Tu es en de bonnes mains, ajouta-t-il en plantant un baiser sur sa joue. Le grand type là-bas, celui qui fait semblant de parler au téléphone, c'est mon frère, Blake. C'est un agent du FBI. Il ne peut pas résister à l'envie d'attraper un méchant.

— Agent du FBI ? Vous êtes tous des représentants de la loi ?

— Comme je te le disais, on a ça dans le sang. Blake a épousé une photographe de la ville et s'est installé ici l'an dernier.

Cole sourit. Blake et West étaient tombés amoureux récemment, et cela avait bouleversé leurs vies. Il les avait taquinés sans merci à ce propos, mais maintenant, il projetait de suivre leur exemple et d'épouser Rita si elle le lui permettait.

Il la serra contre lui, résolu à parler avant qu'ils atteignent la boîte aux lettres.

Elle leva les yeux, visiblement surprise.

— Qu'est-ce que tu fais ?

— Je ne veux pas trouver une raison de remettre ce que j'ai à dire, déclara-t-il. Quoi qu'il arrive concernant l'enquête, je ne veux pas que notre relation cesse.

Elle esquissa un sourire.

— Moi non plus.

— Vraiment ?

Rita acquiesça.

La chaleur se répandit dans la poitrine de Cole. Il captura les poignets de Rita et les noua autour de son propre cou tout en l'attirant contre lui. Il avait séduit beaucoup de femmes qui n'avaient jamais compté à ses yeux. Celle-ci comptait, et le sentiment qu'il éprouvait était enivrant.

— Pendant que tu es de si bonne humeur, reprit-il, je serais heureux si tu voulais de moi. De moi seul.

Il l'avait vue s'abandonner entre ses bras quelques heures plus tôt, et ce spectacle avait à jamais détruit l'intérêt de toute autre femme. Il ne voulait pas qu'un autre homme voie Rita ainsi. Ces moments-là lui étaient réservés.

Un sourire se forma sur les lèvres de Rita.

— Et inversement.

Elle lui donna un baiser rapide, puis se dégagea et recula, lui offrant une poignée de main pour sceller leur accord.

Cole se mit à rire, acceptant les termes sans discuter et réprimant un sourire niais pendant que Rita se baissait pour déposer le stylo à côté de la boîte aux lettres. Ses collègues n'avaient pas fini de le chambrer à propos de la scène qui venait de se dérouler.

Rita se releva, satisfaite.

— C'est fait.

— Bien. Allons-nous-en.

Il prit sa main délicate dans la sienne et ils repartirent dans la direction d'où ils étaient venus.

Un éclair de lumière figea Cole sur place.

— Tu as vu ?

— Vu quoi ?

Il pivota sur lui-même, parcourant du regard le sommet des immeubles et les coins sombres.

— Une sorte d'éclair. Comme le reflet de la lumière sur un…

Une détonation déchira les airs, noyant ses paroles. Aussitôt, des cris s'élevèrent, des pleurs, tandis que les gens s'éparpillaient autour d'eux.

Cole lâcha un juron.

— À terre ! À terre ! ordonnaient les voix de ses collègues.

Il saisit Rita par le bras.

— Vite !

Ils se mirent à courir à toute allure, les mains nouées.

— Au pick-up ! cria-t-il par-dessus le vacarme.

Un nouveau coup de feu retentit. Plus proche, cette fois. La balle se ficha dans une touffe d'herbe devant eux.

Rita hurla et se figea momentanément, l'air aussi hébété que lorsque la bombe avait explosé à bord du yacht.

— Tu peux le faire, chuchota-t-il, et elle se remit à courir.

Cole s'accablait de reproches. Il avait été aveugle. Il n'avait songé qu'à la sécurité de Rita et à ses sentiments envers elle. Il n'avait pas pris le temps d'analyser la situation. S'il l'avait fait, il aurait compris que c'était un guet-apens.

— Il ne s'agissait pas du stylo, lâcha-t-il, envahi par la terreur et la frustration alors que femmes et hommes se ruaient dans tous les sens autour d'eux.

Dans la pagaille ambiante, il ne distinguait aucun des membres de son équipe. Il ne pouvait qu'espérer qu'un des leurs les couvrait.

Non, ce n'était pas la clé USB qui importait aux yeux des coupables. Après tout, aucun des documents qui y figuraient ne désignait un coupable précis.

Quelqu'un avait voulu attirer Rita en terrain découvert.

Et éliminer l'unique témoin.

18

Les tempes bourdonnantes, Cole démarra en trombe et s'éloigna du jardin public. Comment avait-il pu être naïf au point de ne pas soupçonner une embuscade ?

Les hurlements des sirènes et les lumières clignotantes des gyrophares semblaient emplir l'air. Des ambulances arrivaient de toutes parts en direction du parc.

— Quelqu'un a alerté les secours, murmura Cole alors qu'un camion de pompiers les croisait à toute allure.

Peut-être un citoyen ordinaire, qui ne pouvait pas savoir que la plupart des représentants de l'ordre de la ville étaient déjà sur place. En revanche, si l'appel était venu de West ou d'un adjoint, cela ne pouvait signifier qu'une chose : quelqu'un avait été blessé.

Il tira son appareil de sa poche et composa le numéro de son frère.

Ils avaient parcouru plusieurs kilomètres et rien ne suggérait qu'ils aient été suivis. Le moment était venu de reprendre contact.

— Ça va ? demanda West aussitôt.

— Oui. Toi ?

— Oui. Rita ?

Cole la regarda. Elle tremblait, mais elle était indemne.

— Oui, ça va aller. On a vu les ambulances. Il y a des blessés ? Dis-moi que vous avez attrapé ce type.

— Non, malheureusement, grogna West. Il s'est

volatilisé. On s'est éparpillés pour essayer de le retrouver, mais en vain. Par chance, personne n'a été blessé, mais on ne pourra pas éviter une conférence de presse.

Cole relâcha sa pression sur la pédale d'accélérateur.

— « Tireur au jardin public », soupira son frère. Ça va faire mauvais effet. Bon sang, je déteste les journalistes. On a de la chance que l'équipe soit saine et sauve.

Était-ce de la chance ? Dans la mesure où leur présence massive sur les lieux n'avait pas suffi à empêcher une fusillade, on pouvait au contraire qualifier l'opération d'échec retentissant. Cole grimaça. West allait sans doute en entendre parler jusqu'à la fin de son mandat.

Il inclina la tête d'un côté, puis de l'autre, étirant les muscles noués de ses épaules et de son cou.

— Aucun signe du tireur ?

— Non.

Rita se pencha vers le téléphone, les poings serrés sur les manches de son manteau.

— Et le stylo ?

— Envolé.

Déjà pâle, elle devint blême.

— A-t-il ouvert le feu parce qu'il s'est aperçu de la substitution ?

Elle jeta à Cole un regard terrifié.

— Ne vous blâmez pas, répondit West fermement. Vous n'avez rien à vous reprocher. Le stylo était toujours à sa place la première fois qu'il a tiré. On l'a perdu de vue ensuite, le temps qu'on éloigne le public. Quand on est revenus, il avait disparu. Il est possible que les coups de feu aient été tirés dans le but de faire diversion, justement.

Cole prit la main de Rita dans la sienne.

— Et s'il ne s'agissait pas du stylo ? Si le but de l'opération avait tout simplement été d'éliminer Rita ?

La seule personne qui puisse identifier les deux hommes qu'elle a vus sur les docks.

Elle secoua la tête.

— Je n'ai pas vu les deux hommes. Seulement celui qui m'a poursuivie.

— Ils ne savent pas cela, objecta Cole. D'après ce que tu nous as dit, ils n'ont pas la moindre idée de ce que tu as vu. Tu aurais pu être là avant eux et assister à toute la scène.

Rita se laissa aller contre son dossier avec un soupir accablé. Cole devina qu'elle était submergée de remords.

— Rien de tout cela n'est ta faute, affirma-t-il en lui pressant la main.

Les yeux noisette de Rita brillaient de larmes.

— Crois-moi, l'implora-t-il.

— Mais si je n'avais pas insisté pour venir…

— Non.

La voix de West résonna dans l'habitacle, prenant Cole par surprise. Il avait oublié que son frère était encore à l'autre bout du fil.

— Vous n'avez rien à vous reprocher, répéta-t-il. Absolument rien. Les actes de ce psychopathe relèvent de ses choix. Vous n'êtes pas responsable de ses crimes, même si votre conscience déforme les faits. Vous comprenez ? Je veux que vous m'écoutiez. Que vous compreniez bien ce que je vous dis.

Cole sourit. Ce n'était pas la première fois qu'il entendait West sermonner quelqu'un, mais cela ne le rendait pas moins impressionnant. Son frère savait mettre les gens à l'aise sans se montrer familier pour autant. Il faisait son travail. Tout son travail. Et il était respecté pour cela.

Rita expira à fond.

— Vous avez raison. Il faut que je reste concentrée.

— C'est bien, dit West, radouci. Cole, si tu emmenais

Rita en lieu sûr pendant que nous terminons ici ? Je veux jeter un coup d'œil dans les immeubles environnants au cas où le tireur aurait pris position dans l'un d'eux.

Cole hocha la tête, songeur.

— J'ai vu un scintillement juste avant le premier coup de feu. Ç'aurait pu être le soleil qui se reflétait sur la lunette d'un fusil.

— Où ?

— À l'est de la boîte aux lettres, en direction du parking. On retournait au pick-up.

— Bien, commenta West, un soupçon de fierté dans la voix. C'est exactement le genre d'indice qu'il nous faut. Je t'appelle dès qu'on a du nouveau.

Rita pivota vers Cole, le visage tendu.

— Je peux voir Ryan ?

Cole s'arrêta à l'intersection, attendant la réaction de West. Pour sa part, il était absolument opposé à une visite à l'hôpital, mais c'était au tour de son frère d'annoncer la mauvaise nouvelle.

Rita l'enveloppa d'un regard suppliant.

— Je ne veux pas qu'il soit pris pour cible de nouveau à cause de ce que je viens de faire. Le message exigeait que j'apporte le stylo. J'ai désobéi. J'ai apporté un faux. On me demandait de venir seule. Là encore, j'ai désobéi. Tous les adjoints du shérif étaient sur place. Ryan est sans connaissance, seul et sans défense. Il faut que je le voie.

— Vous pouvez attendre un peu ? suggéra West. La société chargée de la sécurité à l'hôpital a bloqué l'accès à l'étage de Ryan, et ses employés sont des gens sérieux. J'ai confiance en eux. Je préférerais que vous remettiez votre visite à plus tard, quand un adjoint pourra vous escorter.

— Hé, protesta Cole, le regard rivé sur le pare-brise,

s'attendant à demi à voir surgir une berline noire. Je suis là.

— Oui, et quand as-tu dormi pour la dernière fois ?

Cole serra les dents.

— Cette nuit.

— Pendant combien de temps ?

Cole pinça les lèvres et resta silencieux.

— Pas très longtemps, j'imagine, poursuivit West. Et sauf erreur de ma part, c'était après avoir été assommé lors de l'explosion du yacht. Je me trompe ? ajouta-t-il, détachant ses mots. J'ai entendu l'oncle Henry t'ordonner de te reposer et de prendre des calmants contre la douleur. Tu l'as fait ? Tu as changé tes pansements ?

— Tu parles sérieusement ? riposta Cole, furieux. Je suis parfaitement capable de faire mon travail.

— Bien sûr que oui, admit West, sur un ton non moins exaspéré. Je le sais. Mais ça ne veut pas dire que tu devrais. Et c'est un fait que la fatigue émousse les réflexes. Voudrais-tu que quelqu'un d'autre dans le même état de fatigue que toi soit chargé de protéger Rita et son frère ? Ou vas-tu mettre de côté ton amour-propre, cesser d'essayer de prouver quelque chose à tout le monde tout le temps et attendre qu'un adjoint qui a dormi plus de quatre heures soit disponible ?

Cole lâcha la main de Rita et crispa les poings autour du volant. Il répugnait à l'admettre mais le raisonnement de West était solide.

— Je ne cherche pas à prouver quoi que ce soit, grogna-t-il, déjà vaincu.

— Si, répondit West doucement. Tu l'as toujours fait, et tu n'as pas besoin de le faire. Rends-moi service en tant que frère. Emmène Rita au chalet de grand-père, ferme la porte à clé et repose-toi. J'ai besoin que tu sois en forme et prêt à l'action. On ne pourra pas réussir sans toi.

— À tes ordres, murmura Cole, la gorge nouée par l'émotion.

Il coupa la communication et remit l'appareil dans le porte-gobelet, incapable de regarder Rita. À près de trente ans, il était toujours incroyablement sensible à l'approbation de son aîné.

Rita posa la main sur la sienne.

— C'était un compliment.

Cole émit un petit rire.

— Oui, c'est vrai.

— Il est fier de toi.

Cole s'éclaircit la voix.

— Nous irons voir Ryan dès que tu y seras prête. Je te laisse décider.

Elle secoua la tête.

— Non. West a raison. Cela peut attendre. J'ai son téléphone et Stacy m'envoie des messages régulièrement. Je sais qu'il est en sécurité. Son état est stable et il est en de bonnes mains. Je ne veux pas l'exposer à des risques supplémentaires en allant le voir. À quelle distance se trouve le chalet de ton grand-père ?

— Il est à une trentaine de kilomètres d'ici. Environ quarante minutes de trajet sur de petits chemins, pas forcément en bon état. Je n'y suis pas allé depuis des années, mais il est isolé. À vrai dire, peu de gens savent qu'il existe.

Il prit à droite à l'intersection suivante, s'éloignant des maisons et des magasins pour emprunter une voie plus étroite.

— Parfait. J'appellerai Stacy dès que nous serons arrivés pour lui dire que nous viendrons ce soir à moins qu'elle n'ait besoin de nous avant. J'aimerais bien lui parler aussi, l'entendre me dire que tout va bien.

Cole l'observa alors qu'elle pivotait de nouveau pour faire face au pare-brise. Avait-il tort d'éprouver tant de fierté à la connaître ? Il admirait sa force de caractère. Son attachement à sa famille. Avait-il tort de vouloir qu'elle fasse définitivement partie de sa vie, le plus vite possible ?

Elle leva la tête et lui sourit. Tout allait s'arranger.

— Cole !

Les yeux de Rita s'étaient écarquillés. Il se tourna vers la portière au moment même où un pick-up percutait celle-ci de plein fouet dans un hurlement de métal froissé. Une pluie d'éclats de verre déferla sur eux. Déséquilibré, leur véhicule vacilla sur deux roues avant de retomber lourdement sur la chaussée.

La violence de l'impact avait projeté Cole vers Rita. Il se redressa tant bien que mal, bataillant avec le volant et la pédale d'accélérateur pour échapper à leur agresseur. Peine perdue.

L'engin métallisé recula, puis revint à la charge en rugissant, ses larges pneus noirs rampant vers eux tel un prédateur.

Ce monstre allait les écraser. Cole s'acharna sur le démarreur.

— Rita ?

Elle était affaissée contre sa portière, immobile, recouverte de fragments de verre.

— Rita !

Le couinement furieux des pneus noya ses paroles. Le pick-up fonçait de nouveau sur eux.

Puis ce fut le noir.

Quand Rita reprit conscience, la douleur lui vrillait le crâne et son épaule la lançait affreusement. Ses bras pendaient au-dessus de sa tête dans le véhicule renversé sur le flanc. Une seconde, elle regarda sans comprendre la scène qui l'entourait.

Puis la mémoire lui revint subitement. L'accident !

À côté d'elle, Cole était immobile, sa ceinture de

sécurité encore autour de lui, ses doigts reposant contre le plafond. Des filets de sang coulaient sur son nez et ses yeux fermés jusqu'à son front.

— Cole !

Elle tendit les bras vers lui, en vain, trop loin pour le toucher. Sa ceinture de sécurité la maintenait impitoyablement en place. Des éclairs fulgurants de douleur lui transperçaient les tempes.

Soudain, sa portière s'ouvrit en gémissant.

— Aidez-le d'abord, cria-t-elle. Le conducteur. Il ne bouge pas. Il saigne !

Un homme en uniforme d'adjoint s'accroupit devant la portière ouverte.

— Salut.

— Cole !

Rita hurla, mais déjà le tireur la maintenait en place d'une main gantée de noir, tout en cisaillant sa ceinture à l'aide d'un énorme canif.

Les paupières de Cole frémirent quand le tissu céda, lâchant Rita qui tomba comme une masse sur le tableau de bord.

— Rita, murmura-t-il avec difficulté.

Les larmes montèrent aux yeux de Rita. Il ne pouvait pas l'aider. Tout était fini. Le tireur avait gagné.

Cole tendit le bras vers elle et lâcha un cri de douleur.

— Non !

L'homme en uniforme saisit Rita par les bras et la tira sans ménagement vers lui.

— C'est le moment de vous dire au revoir, ironisa-t-il.

Affolée, Rita tenta en vain de s'agripper à quelque chose, mais des éclats de verre s'enfonçaient dans sa peau au moindre geste.

— Rita !

Derrière elle, Cole se débattait en jurant pour défaire sa propre ceinture.

— Je vous tiens.

Le tireur avait pris Rita à bras-le-corps et la traînait sur la route, en direction de la berline noire garée non loin.

Un camion de dépannage était arrêté à côté du pick-up de Cole, dont le pare-chocs gisait sur la chaussée. Au loin, elle aperçut un homme en salopette qui montait dans un autre véhicule.

— Combien êtes-vous ? demanda Rita sidérée. C'est vous qui avez failli tuer mon frère ? Qui avez laissé le message à l'hôpital ?

Il resserra sa prise autour d'elle tandis que, de sa main libre, il actionnait l'ouverture du coffre de la berline. Les armes et le sang n'étaient plus là, mais l'intérieur était tapissé d'une épaisse bâche en plastique noir.

— Je ne vais pas monter là-dedans, s'écria-t-elle.

Les techniques d'autodéfense que lui avait enseignées son père surgirent dans sa mémoire. Elle tenta de résister, mais ses membres engourdis refusèrent de coopérer. Il la poussa brutalement en avant, de façon à la coincer entre lui et le coffre.

— Non !

Il se pressa davantage contre elle, l'obligeant à se pencher en arrière. L'instant d'après, il l'avait bâillonnée de sa main gantée. Elle était acculée, et suffoquait.

— Montez.

L'haleine chaude et aigre de l'homme flottait sur son visage. Envahie par la nausée, Rita s'efforça de ne pas penser à l'assaut que subissait son corps.

— Non !

D'une brusque poussée, elle se retrouva allongée sur le dos dans l'espace exigu. Une odeur de désinfectant assaillit ses narines. Elle s'agrippa aux gants et à la veste de son agresseur, espérant capturer son ADN ou au moins quelques fibres qui suffiraient à le condamner après qu'elle aurait été repêchée morte dans la rivière.

L'homme se dégagea brutalement, lui coupant le souffle. Puis il referma le couvercle.

19

Une chaleur étouffante régnait dans le coffre. Prisonnière des ténèbres dans l'espace exigu qui sentait le renfermé et les produits chimiques, Rita avait l'impression que son crâne allait exploser. Elle traça d'une main tremblante le contour du couvercle à la recherche du bouton d'ouverture de secours, mais eut vite fait de constater qu'il avait été désactivé. Elle ne put s'empêcher de se demander si Minsk avait accompli le même trajet avant sa mort. Si oui, comment pouvait-elle espérer survivre alors qu'il n'avait pas été épargné ?

Pour comble de malheur, le coffre ne contenait aucun objet qui puisse lui servir d'arme lorsque la voiture s'arrêterait enfin. Il n'y avait qu'elle et le plastique, lisse sous ses paumes moites.

Réfléchis. Elle pressa les doigts sur ses tempes et ferma les yeux. Quand le véhicule s'immobiliserait, elle pourrait appeler à l'aide, tambouriner sur le toit dans l'espoir que quelqu'un l'entende, peut-être un automobiliste ou un joggeur. Mais jusqu'alors, la voiture n'avait pas ralenti.

Elle roula sur elle-même et se mit dans la position du fœtus, luttant contre la panique qui la gagnait. Comme quelque chose lui pinçait la hanche, l'espoir resurgit en elle. Le téléphone de Ryan ! Son esprit terrifié, embrouillé, avait oublié le plus évident des outils.

Elle se tortilla pour le sortir de sa poche, balaya l'écran et cligna des yeux, éblouie par la brusque lueur. Le cœur battant, elle composa le 911.

Une femme à la voix rauque lui répondit.

— Police secours, j'écoute.

— Je m'appelle Rita Horn, dit-elle dans un sanglot. Je suis dans le coffre d'une voiture. J'ai été enlevée après un accident. Cole Garrett a été blessé.

Ses pensées désordonnées jaillissaient en vrac sur ses lèvres.

— Madame, coupa la voix. Je vous entends mal. Répétez, s'il vous plaît.

Rita ravala un gémissement, son espoir presque envolé.

— J'ai été enlevée ! cria-t-elle. Aidez-moi !

— Mademoiselle Horn ? reprit la voix, plus animée. Mademoiselle Rita Horn ?

— Oui ! Oui, c'est moi. Nous avons eu un accident. Je ne sais pas où je suis.

— Je vous passe le shérif.

Rita s'essuya les yeux. Une odeur d'essence et de pot d'échappement s'ajoutait à celle du désinfectant, lui retournant l'estomac.

— Rita ?

La voix de West grésillait à l'autre bout du fil.

— Oui !

Les Garrett allaient la sauver. C'était des superhéros. Elle allait s'en sortir. Tout allait s'arranger.

— Je ne vous entends pas, dit-il sur un ton frustré. Vous m'entendez ?

— Oui !

— Si oui, restez en ligne. Je ne vais pas raccrocher. On va tracer l'appel. Cole est en route pour l'hôpital.

La voix de West s'éteignit. Seuls lui parvenaient un bruit de fond et le souffle du vent.

— West ?

Elle écarta l'appareil de son oreille et le fixa, incrédule.

Les secondes s'égrenaient toujours sur l'écran. L'appel se poursuivait, mais elle avait perdu toute possibilité de communiquer.

Des larmes roulèrent sur ses joues.

Cole était en route pour l'hôpital. Était-il grièvement blessé ? Aurait-il des séquelles à vie, ou pire ?

Au bout d'un moment, le bourdonnement régulier des pneus sur la chaussée se mua en crissement sec. Ils roulaient sur une piste gravillonnée, au relief inégal.

Ballottée d'un bout à l'autre du coffre, Rita serra les dents contre la douleur. Enfin, le véhicule ralentit, s'arrêta, et le moteur se tut. Une portière s'ouvrit et claqua, des pas résonnèrent au-dehors et un petit bip retentit, précédant l'ouverture de sa prison.

Rita glissa le téléphone dans sa manche et enroula ses doigts autour, puis ferma les yeux, feignant l'inconscience.

La lumière du soleil s'abattit sur son visage, tel un coup de marteau sur son crâne douloureux.

— Réveillez-vous, grogna l'homme.

Rita resta immobile. Un poids mort était plus lourd à porter, et il ne pourrait pas la forcer à marcher si elle était sans connaissance.

— Allons !

Des mains furieuses se refermèrent sur ses bras, essayant de la redresser. Résolue à jouer la comédie, elle laissa retomber sa tête contre son épaule. Avec un peu de chance, il la jetterait à l'eau sans l'avoir abattue. Au moins aurait-elle une mince possibilité de s'en sortir.

L'homme se pencha plus prêt et lui tapota la joue d'un geste sec.

— Bon !

Il lui enfonça son coude dans les côtes et la jeta sur ses épaules tel un vulgaire sac de pommes de terre. Rita jura intérieurement, comprenant que son plan avait échoué. Elle était trop menue pour qu'il ait du mal à la porter.

Plan B. Elle se mit à donner coups de pied et coups de poing tout en hurlant aux quatre vents.

— Hé ! Arrêtez ou je vous assomme.

Rita se figea, au comble du désespoir. West l'entendait-il toujours ? Combien de temps pouvait-elle s'accrocher à son téléphone avant que son ravisseur le lui prenne ?

Elle ferma les yeux et pria silencieusement, puis recommença à le bourrer de coups de pied, profitant de cette diversion pour lancer l'appareil en direction de la berline.

Il tomba sur le gravier et rebondit sous la voiture.

— Qu'est-ce que vous fabriquez ?

L'homme la fit descendre, lui attrapa le bras et le tira en arrière si brutalement qu'elle en eut les larmes aux yeux.

— Avancez !

Ils étaient sur un chemin de terre entouré de champs en friche et de collines ondoyantes. Rita scruta les environs, mais la rivière était invisible. Un épouvantail manchot pendait de travers sur un poteau en bois, ne gardant plus rien que le vent depuis bien longtemps.

Ils n'étaient pas au bord de l'eau. Ils étaient au milieu de nulle part.

Une vieille grange délabrée se dressait à l'horizon, ses bardeaux noircis par le temps et le manque d'entretien. Le toit concave était crevé, le trou assez grand pour laisser passer un tracteur.

Elle planta ses pieds dans la terre durcie.

— S'il vous plaît ! Vous n'êtes pas obligé de faire ça.

Sans répondre, il l'obligea à avancer par des poussées brutales, jusqu'à ce qu'elle franchisse le seuil de la bâtisse.

À l'intérieur, elle cilla et s'efforça d'accoutumer ses

yeux à la semi-pénombre. Le ciel couchant baignait l'espace de mauve et d'écarlate, projetant de longues ombres sur le sol et illuminant les moutons de poussière en suspension dans l'air : on aurait dit des braises prêtes à mettre le feu à l'univers.

Des restes de foin tournoyaient sur le plancher, poussés par la brise venant du champ. L'air sentait le moisi et la mort. L'homme sortit un pistolet de sa poche et désigna à Rita une chaise en bois branlante.

— Asseyez-vous.

Rita s'immobilisa.

— Cole va me retrouver, lança-t-elle sur un ton de défi.

Elle n'en doutait pas une seconde. La question était de savoir si elle serait encore en vie à ce moment-là.

— Ça m'étonnerait, rétorqua-t-il.

Il abattit avec force une paume sur son épaule, lui arrachant un cri et l'obligeant à plier les genoux. La chaise vacilla sous son poids.

— Il n'était pas très en forme la dernière fois que je l'ai vu.

— Dans ce cas, le shérif me trouvera, ou un autre adjoint, un autre Garrett, mais quelqu'un viendra, et vous paierez pour tout ce que vous avez fait.

Un courage neuf naissait en elle, jaillissait librement de ses lèvres. Elle n'avait plus rien à perdre, et gagner du temps lui sauverait peut-être la vie.

Il s'agenouilla à côté d'elle, un rouleau de corde à la main.

Rita jaugea la distance qui la séparait de la porte, l'esprit assailli de questions auxquelles il était impossible de répondre. Pourrait-elle courir plus vite que lui ? L'abattrait-il si elle essayait ?

— Vous devriez me libérer et vous enfuir avant qu'on vienne vous arrêter. Vous n'avez vraiment rien de mieux à faire que de tuer une simple employée de bureau ?

— Il faut croire que non. Les mains derrière le dos, ordonna-t-il. À moins que vous ne vouliez finir avec un trou dans la tête, comme les autres.

Les autres. Minsk et sa malheureuse femme de ménage.

Rita laissa tomber son bras le long de son corps.

— Mon épaule, grimaça-t-elle, en se mordant la lèvre. Je crois qu'elle est démise. Je ne peux pas la bouger davantage.

Il la lui remit en place sans ménagement.

Elle poussa un cri de douleur. De petits points noirs dansaient devant ses yeux, une bouffée de nausée monta en elle.

— Je vais vomir.

— Ça ira mieux dans un moment, déclara-t-il sans s'émouvoir.

Sur quoi il lui ligota les poignets, avec des gestes rapides et précis.

— Pourquoi faites-vous ça ?

Il se leva et la dévisagea, impassible, pendant quelques longues secondes.

— Pour ma famille.

Ma famille ? Que voulait-il dire par là ?

— Eh bien, rien ne vous y oblige. On se sert de vous et vous pouvez tout arrêter. Les Garrett vous aideront.

L'homme cilla, le remords soudain peint sur ses traits.

— Personne ne peut m'aider.

Une longue ombre s'étira entre eux.

— Laissez-nous seuls.

L'accent traînant du nouvel arrivant donna la chair de poule à Rita.

— Nous faisons enfin connaissance, reprit-il.

Le ravisseur rangea le pistolet dans son étui et sortit sans un mot.

Rita se raidit, à la fois curieuse et méfiante. Le nouveau venu était grand, bien bâti, son visage invisible dans le contre-jour. La lumière déclinante accompagnait chacun de ses pas, éclairant peu à peu ses chaussures noires impeccablement cirées, et une chemise qui fit battre plus vite le cœur de Rita et confirma ses pires cauchemars. C'était l'homme qu'elle avait vu sur les docks, celui à la chemise couverte de sang.

— Enchanté, mademoiselle Horn, lâcha-t-il en inclinant la tête.

— Vous !

C'était lui qui tirait les ficelles. Lui qui avait commandité l'accident de son frère.

— Qui êtes-vous ?

Ce n'était ni le maire ni le gouverneur. Elle aurait reconnu l'un ou l'autre aisément.

— Que voulez-vous de moi ?

— J'ai essayé de vous faire peur. J'ai tout essayé, mais vous avez volé des preuves, vous avez alerté le shérif. Vous avez cessé d'aller travailler, de rentrer chez vous. Si seulement vous aviez coopéré…

Rita fixa l'inconnu. Il y avait quelque chose de familier chez lui. L'avait-elle déjà vu ?

— Vous ne savez vraiment pas qui je suis ?

— Un malade ?

Il eut un haut-le-corps, l'air contrarié par sa réponse.

— Réfléchissez bien, mademoiselle Horn. Vous travaillez à l'hôtel de ville, non ?

Elle resta bouche bée, aussi choquée que si elle avait reçu un coup de poing dans le ventre.

— Sénateur Sayers ?

Elle était passée devant son portrait, accroché à côté

de celui du Président et du gouverneur, de nombreuses fois par jour depuis plusieurs années.

Il sourit.

— Vous voyez. Je savais que vous étiez intelligente.

Ainsi, ils avaient eu raison de soupçonner une affaire de corruption politique. Seulement, ils n'avaient pas imaginé qu'elle puisse remonter aussi haut.

Rita rassembla son courage, priant pour paraître plus calme qu'elle ne l'était. Elle avait la nette impression que le sénateur n'aurait guère de patience envers une femme affolée, en larmes, qui le suppliait de lui accorder son pardon.

— Pourquoi faites-vous ça ?

— Vous ne comprendriez pas.

— Peut-être que si.

Rita refoula la bile qui lui montait à la gorge. Etourdie de peur, de douleur et de nausée, elle était sur le point de s'évanouir.

La tuerait-il pendant qu'elle était sans connaissance ?

Le sénateur s'esclaffa. Les mains derrière le dos, il jeta un bref regard vers le plafond, comme s'il cherchait par où commencer.

— Je suis sûre que vous n'avez pas toujours été comme ça, murmura-t-elle d'une voix incertaine.

— J'ai pris une mauvaise décision voilà dix ans, dit-il, comme s'il s'adressait à lui-même. Parfois, il est impossible de mettre quelque chose derrière soi.

— Quel genre de mauvaise décision ? hasarda-t-elle, espérant retarder l'inévitable.

Prête à tenter le tout pour le tout, elle remuait les poignets contre ses liens pour les desserrer. Mieux valait mourir en prenant la fuite qu'assise sur une chaise.

— Qu'est-ce qui vous hante, sénateur ?

Il se tourna vers elle, un sourire triste sur les lèvres.

— Il n'y a pas si longtemps, j'étais comme vous. Un

avenir radieux s'offrait à moi. Je débutais en politique, plein de rêves et d'ambitions. En revanche, je n'avais pas d'argent, soupira-t-il. J'ai accepté un financement en échange d'une seule promesse. Je devais faire en sorte que les docks restent à l'abandon, et que personne ne les achète. Il fallait que je me serve de ma situation pour les maintenir en l'état. À l'époque, cela m'a paru simple.

— Vous deviez bien soupçonner que c'était louche, murmura Rita.

Il grimaça.

— Il est difficile de dire à présent à quoi je pensais. Peut-être voulais-je croire que c'était de l'argent facile. Peut-être étais-je naïf. Quoi qu'il en soit, j'ai accepté l'argent et les conditions, je me suis installé à Francfort et j'ai oublié l'existence de cette petite ville insignifiante. La société qui m'avait financé a continué à m'envoyer des fonds régulièrement.

— Gray Line, devina Rita.

Le sénateur parut surpris.

— Oui. En fin de compte, j'ai demandé à en savoir davantage. Quand j'ai compris ce dont il s'agissait, j'ai réclamé plus d'argent.

Il secoua la tête.

— Ils m'ont menacé. Ils ont menacé ma famille. Ma carrière. Tout mon univers.

Rita continuait à batailler avec ses liens en dépit de la douleur qui lui transperçait l'épaule au moindre mouvement.

— Et ensuite, Gray Line a tenté d'acheter les docks.

— Entre-temps, j'avais compris que si l'État les leur vendait, ils y installeraient un entrepôt d'armes. Le revenu potentiel de l'opération allait tripler, et le problème ne serait plus limité à des échanges discrets.

Le crime serait à nos portes, et si quelqu'un venait à découvrir le pot aux roses, tout retomberait sur moi.

— Par conséquent, vous avez fait tuer Minsk ? Il n'était qu'un intermédiaire.

— Il m'a entendu encourager le gouverneur à rénover les docks. Je m'étais dit que, puisque Gray Line refusait de me payer davantage, j'allais les forcer à partir et faire pression sur le gouverneur pour qu'il tienne ses promesses de campagne et redynamise la zone. Et puis Minsk a débarqué en affirmant qu'il avait un acheteur potentiel. Je savais pour qui il travaillait. Il fallait que je l'élimine. Qu'aurais-je pu faire d'autre ?

— Vous auriez pu avertir les autorités. Tout avouer.

Le sénateur devint cramoisi.

— Ce n'est pas si simple !

Sa voix résonna dans la grange vide, effrayant des oiseaux jusque-là dissimulés dans l'ombre.

— Si j'avais avoué, Minsk aurait pu me faire abattre ou me dénoncer auprès de mes électeurs. J'avais permis à des trafiquants d'armes d'utiliser nos docks pendant des années.

Il serra les poings, l'air soudain bouleversé.

— Le meurtre de Minsk aurait dû me donner le temps de réfléchir. Au lieu de quoi, vous avez tout gâché. La clé USB que vous avez volée contenait des documents qui me compromettent. Je sais que vous l'avez remise au shérif, et j'imagine qu'il l'aura fait examiner par des techniciens. Par conséquent, j'ai demandé à mon contact au FBI de la récupérer. Il va déclarer que l'affaire relève de leur juridiction et détruire les preuves. Il ne me reste plus qu'à éliminer le témoin problématique.

— Peut-être vous et moi pouvons-nous conclure un marché, suggéra Rita, tout en luttant de plus belle pour se libérer des cordes qui s'effilochaient. Si vous me laissez la vie sauve, je vous promets de ne jamais rien révéler de ce que vous venez de me dire.

— Je crains qu'il ne soit trop tard.

Il porta deux doigts à sa bouche et siffla.

Le tireur réapparut sur le seuil, sa silhouette se détachant sur le ciel du crépuscule, l'ombre de son pistolet étirée sur le sol.

20

— Attendez ! cria Rita au sénateur qui s'éloignait. Vous pouvez encore dire la vérité !

Elle se démenait sur la chaise, priant pour que ses liens cèdent enfin.

— Revenez !

Il sortit de la grange sans se retourner. Le tireur s'était approché.

— Fermez les yeux.

La lèvre inférieure de Rita frémit, mais elle redressa le menton. Elle décelait les différences entre l'uniforme factice et le vrai, maintenant. Elle planta son regard dans celui de l'homme qui allait être son bourreau.

— Pourquoi vous êtes-vous déguisé en adjoint ? À quoi cela vous sert-il ? Si vous vouliez essayer de passer inaperçu, pourquoi ne pas porter quelque chose d'un peu moins voyant ?

Il sourit.

— Au contraire. Personne ne regarde les représentants de l'ordre. Je peux aller où je veux sans que quiconque me pose de questions. Les gens s'écartent et me laissent faire.

Le son d'une portière qui se refermait résonna dans la nuit, suivi par le ronronnement d'un moteur. Apparemment, le sénateur n'allait pas rester pour son exécution.

Le tireur prit position.

— Maintenant, fermez les yeux.

— Non.

Il pencha la tête d'un côté, l'air exaspéré.

— Écoutez. Personnellement, je n'ai rien contre vous. Si vous coopérez, je vous promets d'épargner votre frère. Il pourra se rétablir et vivre sa vie comme si rien ne s'était passé.

Rita étouffa un sanglot et laissa ses paupières s'abaisser. Ses mains se crispèrent dans son dos, la corde lui mordit la peau. C'était fini.

— Pardon, murmura-t-elle, s'adressant à ceux qu'elle avait déçus.

Elle aurait voulu voir Ryan vieillir. Voir justice rendue pour tous ceux qui avaient souffert à cause de l'égoïsme du sénateur. Surtout, elle aurait voulu pouvoir dire à Cole Garrett qu'elle l'aimait.

Elle revit son visage, son sourire chaleureux, imagina ses bras protecteurs autour d'elle alors qu'elle attendait la mort.

Le coup de feu résonna tel un grondement de tonnerre, lui coupant le souffle. La terreur déferla en elle, mais la douleur ne vint pas.

Un bruit sourd lui fit rouvrir les yeux.

Le tireur gisait à ses pieds, une flaque de sang sur sa veste.

— Rita !

Cole Garrett se ruait vers elle en boitant, un bras en écharpe et un pied dans le plâtre.

— Ça va ?

— Oui, sanglota-t-elle, en jetant un dernier regard à l'homme étendu sur le sol. Oh ! Cole, tu es blessé ! Ça va ? West m'a dit que tu allais à l'hôpital.

Cole s'agenouilla à côté d'elle. Au loin, des sirènes mugissaient, venant dans leur direction.

— Je vais bien. On a tracé ton appel.

Il coupa rapidement les cordes et libéra les poignets de Rita, puis les massa doucement entre ses mains. Elle ne put retenir un gémissement. Des larmes roulèrent sur ses joues.

— J'ai l'épaule démise, murmura-t-elle à regret, voulant rester forte pour lui, qui avait toujours été fort pour elle.

— Tiens.

Il retira l'écharpe qu'il portait autour du cou et la fit passer par-dessus sa tête, glissa le bras meurtri dedans et ajusta la longueur.

— L'oncle Henry est en route.

— Merci.

Elle pressa la joue contre la sienne, incapable de retenir les pleurs tandis que Cole lui caressait les cheveux.

— Tu es en sécurité à présent, et je ne laisserai personne te faire du mal de nouveau.

Rita se cramponna à lui pour ne pas s'effondrer.

— Je ne sais pas ce que j'aurais fait si je ne t'avais pas retrouvée à temps, avoua-t-il.

— Je t'aime, balbutia Rita. Je sais que c'est trop tôt, que c'est idiot, mais c'est vrai, et je voulais que tu le saches.

Cole recula légèrement, une expression curieuse dans les yeux.

— Ah oui ?

Non loin d'eux, quelqu'un se racla la gorge.

Rita pivota et vit West à l'entrée de la grange. Il tenait le sénateur par le coude. Les mains du politicien étaient liées dans son dos.

— Désolé de vous interrompre, mais j'espère que Mlle Horn peut nous fournir une déposition concernant les agissements du sénateur Sayers.

Cole s'interposa entre Rita et les nouveaux venus.

Il agita la main en arrière, balayant d'un geste l'intervention de son frère.

— Tu as dit que tu m'aimais ?

— Oui.

Il se pencha et déposa une traînée de baisers sur le nez et les joues de Rita, souriant entre chacun d'eux.

— Je t'aime aussi.

— C'est vrai ?

— Oui.

Il lui entoura les épaules de son bras valide et se tourna vers la porte.

— Tu veux qu'on s'en aille ? Qu'on aille à l'hôpital, peut-être ?

Elle rit. Ensemble, ils se dirigèrent clopin-clopant vers les gyrophares clignotants. Une ambulance s'arrêta à leur hauteur.

— Peut-être que l'oncle Henry pourra nous déposer, suggéra Cole.

— Très bien. Du moment que je ne voyage pas dans un coffre.

Des flocons de neige voltigeaient dans l'air, et de la musique de Noël s'échappait de la maison de Rita. L'allée était pleine de voitures, ainsi que la moitié de la rue. Cole ajusta sa veste avant de toquer à la porte. Il n'avait pas vu Rita depuis près de vingt-quatre heures, et il lui tardait de la retrouver.

Elle allait être radieuse ce soir. Ryan était enfin sorti de la maison de convalescence où il avait passé trois semaines de rééducation et de remise en forme. D'après Rita, il comptait reprendre les cours immédiatement après les vacances de Noël.

Rita ouvrit la porte, laissant échapper une multitude

d'arômes plus appétissants les uns que les autres. Elle l'accueillit avec un sourire et un baiser.

— Entre, dit-elle en le prenant par la manche avec enthousiasme. Il y a une foule de gens ici. Je ne les connais même pas tous. Je crois que la plupart sont des Garrett.

Après avoir volé un nouveau baiser, Cole la suivit et parcourut du regard la pièce bondée. Les voisins de Rita occupaient la table de cuisine, riant et bavardant autour de tasses fumantes et d'assiettes bien remplies. Plusieurs employés de l'hôtel de ville discutaient avec animation dans un coin. Blottis l'un contre l'autre sur le canapé, chacun un chat sur les genoux, Ryan et Stacy bavardaient avec un homme d'âge moyen, dont les yeux noisette ressemblaient à ceux de Rita.

— C'est ton père ? souffla Cole, stupéfait.

Lorsqu'il avait enfin téléphoné à Rita, son père avait affirmé qu'il allait rentrer à la maison, mais seul Ryan l'avait cru sur parole.

— Eh bien, je suis heureux qu'il soit venu, déclara-t-il.

— Moi aussi. Il dit qu'il va prendre sa retraite, expliqua Rita. Je le croirai quand je le verrai, mais jusqu'ici, il a l'air d'essayer de rattraper le temps perdu. Il s'est même excusé d'avoir choisi le devoir plutôt que nous trop souvent. J'avoue que cela m'a fait plaisir de l'entendre.

— Je suis sûr que oui.

Cole passa un bras autour de ses épaules et déposa un baiser sur son front.

— Pour moi, tu passeras toujours avant tout.

Le sourire de Rita illumina la pièce. Cole regarda autour de lui. Ainsi que Rita l'avait dit, la plupart des invités étaient des Garrett.

— Ils sont venus fêter le retour de Ryan, murmura-t-elle, en portant une main à son cœur. C'est dingue, non ? C'est comme ça, d'avoir une grande famille ? J'adore ça. Ton père a invité Ryan à aller à la pêche avec lui. Ta mère a apporté assez de plats pour toute une semaine.

Elle essuya des larmes du bout du pouce.

— Ma mère me manque tellement…

— Je sais.

Noël était une période difficile pour ceux qui étaient seuls au monde, mais si tout se déroulait comme Cole l'espérait aujourd'hui, Rita ne serait plus jamais sans famille. Il l'entoura de ses bras et lui caressa les cheveux, encore émerveillé par le bouleversement qu'elle avait provoqué dans sa vie.

— Te voilà, lança West d'une voix sonore.

Après avoir déposé un baiser sur la tête de sa femme, il se fraya un chemin vers son frère.

— C'est le moment des annonces ?

Rita fronça les sourcils.

— Quelles annonces ? Vous avez du nouveau concernant le sénateur ?

West tapa sa fourchette contre son assiette.

— Silence ! cria-t-il. J'ai des nouvelles qui vont faire plaisir à beaucoup d'entre vous.

Peu à peu, le calme se fit dans la pièce. Tous les regards convergèrent sur lui.

— Tout d'abord, je voudrais remercier Rita de nous accueillir chez elle aujourd'hui. Ensuite, on m'a appris aujourd'hui que le sénateur Sayers va rester en prison jusqu'à son procès. On lui a refusé une sortie sous caution tant les preuves accumulées contre lui sont accablantes.

Il se tourna vers Rita.

— Apparemment, la clé USB a fourni assez d'informations aux enquêteurs pour qu'ils puissent procéder à de multiples arrestations au sein de Gray Line, une organisation qui se livre au trafic d'armes et que le FBI avait dans le collimateur depuis plus de deux ans.

De plus, grâce à votre témoignage, l'employé du FBI qui était à la solde du gouverneur a pu être interpellé.

— Fantastique ! s'écria Rita, ravie.

Cole se mit à applaudir, bientôt imité par toute l'assemblée.

Isla se leva à son tour.

— J'ai une bonne nouvelle aussi, lança-t-elle en venant rejoindre West devant les invités. Le maire a annoncé aujourd'hui que le gouverneur va saisir les fonds récupérés et s'en servir pour réhabiliter les docks !

Rita resta bouche bée.

— Et ce n'est pas tout, ajouta Isla, qui savourait son heure de gloire. Il a été si ému par ton action pour les chats errants qu'il a promis d'y ouvrir un refuge pour animaux abandonnés !

— C'est merveilleux ! murmura Rita, au comble de l'émotion. Merci !

Après un dernier sourire à la foule, Isla se retira, visiblement fière d'elle. Le cœur de Cole cognait à toute allure contre ses côtes. Les annonces avaient été faites. Rita était radieuse. Il ne restait plus qu'une seule chose à faire.

— Rita Horn, commença-t-il, la gorge nouée. Ma rencontre avec toi a changé ma vie, mon univers et mes rêves.

West réclama le silence de nouveau.

— Ça vient !

Cole l'ignora et sortit un petit anneau en or de sa poche. Le regard soudé aux yeux noisette de Rita, il posa lentement un genou à terre.

Elle se mit aussitôt à hocher la tête.

— Attends, ordonna Cole en souriant, la poitrine comprimée de bonheur, je ne t'ai encore rien demandé.

— C'est oui !

Tout le monde éclata de rire et Rita leva les yeux vers

la foule. Hilare, Ryan leva le pouce en signe d'approbation. Au comble de l'émotion, elle se retourna vers Cole.

— Oui.

Cole prit ses mains tremblantes dans les siennes.

— Je sais que nous nous connaissons depuis peu, mais je veux passer ma vie à apprendre à te connaître.

— Oui ! répéta-t-elle, les larmes roulant sur ses joues.

Il se releva et lui tendit son mouchoir.

— Épouse-moi.

Rita se haussa sur la pointe des pieds et, indifférente aux regards, planta ses lèvres sur les siennes. Autour d'eux, ce fut une éruption de rires, sifflets et acclamations.

Quant à Cole, il était convaincu qu'aucun homme sur Terre n'était plus heureux que lui à cet instant.

BARB HAN

Retour à Cattle Barge

Traduction française de
VÉRONIQUE MINDER

BLACK ROSE

HARLEQUIN

Titre original :
BULLETPROOF CHRISTMAS

1

Patience. Silence. Détermination.

Telle était la devise de Rory Scott depuis qu'il était pisteur et traquait les braconniers dans cette partie du Texas. Et comme il venait de repérer une tente et un feu de camp, il s'en approcha en rampant et, grâce à ses jumelles de vision nocturne, évalua la situation.

La tente, une 4 saisons à deux places autoportante, s'élevait à une dizaine de mètres de l'endroit où il se trouvait à présent. Cette tente était dotée d'un double toit polyester probablement enduit de polyuréthane et de silicone hautement imperméables, ainsi que de coutures étanchéifiées par bandes thermocollantes. Sans doute provenait-elle de l'un de ces magasins d'articles de sport qui vendaient, à prix d'or, du matériel à des citadins en mal d'air pur et leur promettaient, par la même occasion, de devenir des sportifs aguerris sitôt qu'ils en auraient la panoplie.

Les flammes du feu de camp perçaient l'obscurité et montaient dans cette nuit de décembre plutôt froide pour le Texas où les hivers étaient réputés doux.

Première conclusion, ces campeurs ne s'inquiétaient pas de se faire repérer, bien qu'ils se soient installés sur une propriété privée. D'un autre côté, à une heure aussi tardive et par ce froid, qui aurait mis le nez dehors ?

Les Butler, propriétaires de ces terres, comptaient

parmi les rares ranchers qui vivaient bien de leur bétail – un succès qui leur évitait de louer une partie de leurs terres à des chasseurs et leur permettait par la même occasion d'en préserver la tranquillité. Pour tout dire, les Butler faisaient partie des familles les plus riches du Texas.

Dans un premier temps, songea Rory, ces campeurs se rendaient coupables de violation de propriété et étaient donc en infraction. Mais n'y avait-il que cela ?

S'agissait-il de braconniers ?

Ceux-ci ne respectaient rien, ni les interdictions ni personne, et encore moins les bêtes sauvages, ce qui les rendait particulièrement dangereux. Quoi qu'il en soit, Rory ne les craignait pas et était même prêt à tout pour faire respecter la loi. Il aimait le risque car il était intrépide de nature, et aussi parce que ses émoluments croissaient de façon exponentielle avec la dangerosité de ses missions. De plus, personne n'attendant son retour, il disposait de tout son temps. Il vivait en effet seul, parfois même dans l'isolement complet, mais ça ne le dérangeait pas. Il appréciait cette vie-là et n'aurait voulu en changer pour rien au monde.

Après avoir constaté l'infraction et envisagé la possibilité que les campeurs soient des braconniers, il se demanda s'il n'avait pas tout simplement affaire à deux amoureux ayant décidé de passer une nuit romantique sous la tente. Les tentes 4 saisons comme celle qu'il avait sous les yeux étaient conçues pour affronter l'hiver, voire destinées à de longues expéditions polaires ou d'altitude. Pour certains originaux, ce genre d'abri sommaire et cependant sophistiqué équivalait peut-être à un nid douillet… Il y avait une troisième éventualité qu'il n'excluait pas : les individus avaient peut-être été envoyés en repérage par les braconniers.

Continuant à scruter les alentours, il remarqua un

sac-poubelle attaché à un arbre, à une bonne dizaine de mètres du bivouac. Tout campeur expérimenté savait qu'il fallait procéder ainsi afin de ne pas attirer les animaux sauvages en quête de nourriture. Donc, en dépit de son équipement flambant neuf qui évoquait le bobo citadin prêchant un retour à la nature, l'individu n'était pas un amateur. Cela dit, un randonneur et campeur expérimenté ne s'installait pas non plus sur une propriété privée. Et surtout pas si près de la maison Butler, une imposante demeure qui ne se dressait qu'à quelques centaines de mètres de là.

Il baissa ses jumelles et inspira profondément l'air vivifiant. Cinq mois plus tôt, il avait quitté Cattle Barge et le Texas pour le Wyoming, avec l'intention d'oublier une femme, faisant sien l'adage « Loin des yeux loin du cœur ». À cette pensée, il soupira. Loin des yeux loin du cœur ? Faux ! En fait, il aurait pu s'installer aux antipodes et y passer l'éternité qu'il n'aurait pu oublier Cadence, la benjamine de la fratrie Butler.

La veille, Dade, l'un des frères de Cadence, l'avait contacté pour solliciter son aide en tant que meilleur pisteur du Texas. Après avoir dans un premier temps refusé, il s'était ravisé aussitôt après avoir raccroché. Ensuite, il avait quitté le Wyoming pour le Texas afin d'accomplir la mission qu'avait voulu lui confier Dade, mais sans avertir ce dernier de son revirement. Bien sûr, il avait conscience de son comportement contradictoire et illogique qui reflétait tant son désir de revenir à Cattle Barge que ses appréhensions.

À cause de ses relations avec Cadence Butler.

Relations ?

Non. Ils n'avaient pas été assez longtemps ensemble pour qu'il qualifie cela de la sorte, se dit-il, réfléchissant à un terme plus approprié. « Liaison » surgit dans son esprit. Oui, c'était ça. Une liaison passionnée qui lui avait fait perdre l'esprit et, surtout, le sens des réalités. Jamais il n'aurait dû céder à son attirance pour Cadence Butler, qui était l'une des héritières de l'immense fortune familiale.

Dade l'aurait-il contacté s'il avait su qu'il avait eu une liaison avec Cadence ? Pas sûr. Dade aimait farouchement sa petite sœur et s'érigeait en protecteur avec elle. C'est pourquoi Cadence avait voulu garder le secret. Seul son père n'avait pas été dupe, et d'ailleurs il l'avait confronté à ce sujet.

Il ne pouvait se souvenir de cette scène sans une sensation de malaise et de culpabilité. Quoi qu'il en soit, le grand, le charismatique Maverick Mike Butler avait eu raison : sa fille n'était pas pour lui. Point.

C'est donc le cœur serré par les souvenirs qu'il était revenu au Texas. De toute façon, ses pensées n'avaient jamais été loin de Cattle Barge ; il s'était tenu informé de tout ce qui s'y passait. Ainsi avait-il appris la terrible tragédie qui avait frappé la famille Butler, durant l'été, à savoir le meurtre toujours non élucidé de Mike Butler. La terrible nouvelle l'avait affecté, car il respectait Mike Butler, lui vouait une immense reconnaissance, et le considérait même comme un père d'adoption. Celui-ci l'avait pris sous son aile alors qu'il était livré à lui-même et complètement démuni.

À son arrivée au ranch Hereford, il avait tout juste quinze ans. Mike Butler l'avait embauché en tant qu'apprenti, mais en y mettant une condition : il devait terminer ses études secondaires. Il le lui avait promis. Mike Butler avait assisté à sa remise de diplôme et, fier de lui, l'avait chaleureusement félicité.

Oui, Mike Butler l'avait apprécié, mais n'en avait pas moins désapprouvé sa liaison avec Cadence. C'était justifié : le bonheur de Cadence n'était pas compatible avec son existence nomade et solitaire.

La seule perspective de devoir changer de vie, précisément de devenir sédentaire, le faisait frémir. S'il possédait une maisonnette, enfin plus exactement un modeste chalet avec cuisine séjour et chambre isolé dans la forêt non loin de Cattle Barge, il vivait les trois quarts du temps dans son Grand California 600, un VW 4x4 camper. Cela lui suffisait amplement.

Même si les paroles dures de Mike Butler l'avaient ébranlé, il ne s'était pas pour autant départi de l'affection et du respect qu'il lui portait. Il avait été profondément attristé par sa mort brutale, violente et injuste ; il avait compati de tout cœur avec la famille Butler. Au cours de ces derniers mois, il s'était souvent demandé comment Cadence faisait front.

Oui… Être revenu à Cattle Barge, c'était revenir dans son passé, raviver le souvenir de sa jeunesse au ranch Butler et, par la même occasion, de ses parents.

Cet ensemble fait de bons et mauvais moments lui pesait, d'autant que Noël approchait.

Un Noël qu'il passerait seul cette année…

Il pensa à Renee, sa sœur aînée, la seule autre personne saine d'esprit dans sa famille, et qu'il avait perdue de vue. Elle avait quitté la maison quelques mois avant lui, à l'âge de dix-sept ans. Resté seul avec ses parents, il l'avait vite imitée.

Où vivait Renee, maintenant ? Était-elle heureuse ?

Refoulant les émotions que suscitaient ces questions, il remonta le col de sa veste de chasse. À quoi bon penser à un passé révolu ? À sa sœur dont il était sans nouvelles, ou à Noël ? N'avait-il pas choisi sa vie ? N'était-il pas heureux ?

Bien sûr que si. Mais les fêtes de fin d'année étaient toujours propices aux bilans, et aux accès de nostalgie.

Il secoua la tête avec vigueur comme si, par ce mouvement, il pouvait se libérer l'esprit, et reporta son attention sur le bivouac. Puis il chercha des yeux les campeurs. La tente était en effet inoccupée s'il en croyait la porte, entrouverte et agitée par le vent. Il s'approcha, toujours furtivement, et constata que deux matelas Therm-A-Rest et deux sacs de couchage se trouvaient côte à côte à l'intérieur de la tente.

Destinés à deux amoureux ?

Des originaux assurément. Encore une fois, c'était une drôle d'idée de vouloir camper fin décembre, et de surcroît d'être en balade au lieu de se tenir au chaud devant ce feu ou dans la tente.

Par un curieux enchaînement de ses pensées, il fut reporté à une nuit qu'il avait passée avec Cadence dans l'une des granges du ranch, et qui lui avait révélé l'intensité de ses sentiments pour elle.

Cette nuit-là, ils n'avaient pourtant fait que parler. C'était bien la première fois de sa vie qu'il passait une nuit entière à parler avec une femme ! Mais Cadence était spirituelle ; elle alliait à la perfection subtilité, intelligence, audace et humour. Elle était vive, spontanée, généreuse et entière. À s'énumérer ses qualités, il se sentit de nouveau nostalgique, et presque oppressé.

Cadence et lui, c'était fini. Il ne devait plus y penser

Tout cela, c'est du passé. Cadence Butler appartient au passé, se dit-il.

Il devait regarder vers l'avenir, au lieu de sans cesse se retourner sur ce qui n'était plus et ne serait plus jamais. Les regrets et la mélancolie étaient vains.

Une bûche craqua, envoyant une gerbe d'étincelles dans les airs. Il tressaillit.

Mais bon sang, où pouvaient bien être les occupants de cette tente ?

S'il s'agissait de campeurs amoureux et amateurs, donc inexpérimentés – il en doutait, sans pour autant écarter cette éventualité –, peut-être ne s'étaient-ils pas rendu compte qu'ils s'étaient installés sur une propriété privée. Les terres des Butler étaient en effet immensément vastes et, par endroits, n'étaient pas clôturées ou surveillées, même si le dispositif de sécurité s'était considérablement renforcé après le meurtre de Mike Butler.

Rory recula, longea silencieusement les arbres au bord du lac, s'accroupit derrière un mesquite et, de nouveau aux aguets, attendit.

Il était 21 heures, le vent se levait. Demain, s'il fallait en croire le dernier bulletin météo, les températures allaient chuter. Cette vague de froid, inhabituelle pour la région, coïnciderait avec les fêtes de Noël dans trois jours.

Ce n'était rien comparé aux températures dans le Wyoming où, en hiver, 4° équivalaient à une vague de chaleur. Cependant, après une vingtaine d'heures passées sur la route, il était moulu et courbatu. La fatigue ajoutée au froid amoindrissait ses réflexes, il en était conscient, mais il devait rester vigilant malgré tout.

Protéger cette propriété était sa priorité, une nécessité absolue tant pour des raisons professionnelles que purement affectives ou sentimentales.

Il considérait la famille Butler comme sa vraie et seule famille. Accueilli au ranch avec chaleur, il avait passé toute sa jeunesse avec les jumeaux, Dalton et Dade, ses meilleurs amis.

Oui, il se sentait redevable envers les Butler, et d'autant plus qu'il se sentait coupable d'avoir séduit Cadence, de l'avoir caché à Dade et à Dalton, d'avoir déçu Mike Butler. Quitter le Wyoming au pied levé et rouler pendant des heures pour revenir à Cattle Barge pour rendre service à Dade était sa façon d'exprimer sa reconnaissance.

Il remua la tête pour dénouer les tensions dans sa

nuque. Il se reposerait plus tard, une fois qu'il aurait mis la main sur ces campeurs, braconniers ou pas. Quand il aurait le fin mot de cette histoire.

À cette heure et par ce froid, pourquoi ne s'étaient-ils toujours pas repliés dans leur tente ? se demanda-t-il de nouveau tandis qu'une bourrasque le faisait frissonner.

Soudain, il entendit un bruit du côté où il s'était tenu un peu plus tôt. Il se plaqua au sol sans quitter le bivouac des yeux. Quelques instants plus tard, un homme apparut à la lueur des flammes.

L'individu devait mesurer un mètre soixante-dix, donc presque une vingtaine de centimètres de moins que lui. L'inconnu portait un bonnet polaire, un pantalon thermique, de grosses chaussures de marche et une veste Hardshell à capuche. Un jeune chien, un beagle, trottinait derrière lui. A priori, il ne s'agissait pas d'un braconnier. Ceux-ci s'embarrassaient rarement de chiens susceptibles de les trahir. Toutefois, la présence du beagle, une race réputée pour son odorat particulièrement développé, le contrariait. L'animal allait vite le repérer, d'autant que le vent soufflait dans leur direction.

Pour éviter d'être découvert, il décida de prendre les devants. Se relevant, il avança, sans chercher à se montrer discret afin d'attirer l'attention de l'homme.

— Salut l'ami ! lança-t-il lorsqu'il ne fut plus qu'à quelques mètres de lui. Vous allez peut-être pouvoir m'aider… J'ai perdu mon couteau de chasse cet après-midi ! C'était un cadeau de ma petite amie, et comme tout n'est pas au beau fixe entre nous depuis quelque temps, j'aimerais autant ne pas rentrer sans ! Dites, vous ne l'auriez pas vu, par hasard ?

Maintenant qu'il était proche de lui, il remarqua que l'homme arborait une barbe de trois jours et portait une coûteuse montre GPS de randonnée. Il avait décidément l'attirail parfait du campeur dans des conditions extrêmes.

Surpris, l'homme avait tressailli. Soit il n'avait pas la conscience tranquille, soit il avait vraiment eu peur, ce qui pouvait se concevoir. Quant à savoir s'il s'agissait d'un braconnier… Ceux-ci se montraient en général beaucoup plus discrets ; il fallait parfois plusieurs jours, voire des semaines, pour les débusquer. De plus, ils bivouaquaient rarement si près d'une habitation et, la plupart du temps, étaient armés jusqu'aux dents. L'inconnu ne semblait pas en être un.

Qui était-il ? Et que faisait-il là ?

L'homme s'était vite ressaisi. Il se pencha pour attraper son beagle par le collier et s'accroupit à côté de lui.

— Il est comment, le couteau que vous cherchez ? demanda-t-il.

— À peu près grand comme ça.

Rory tendit les bras, écartant les mains d'une bonne vingtaine de centimètres. Son geste était surtout destiné à montrer qu'il ne tenait pas d'arme. Il portait cependant un pistolet dans son holster de cheville.

— Qu'est-ce qui vous fait croire que vous l'avez perdu par ici ? demanda l'inconnu avec un regard méfiant.

Il se releva et, en même temps, tira son bonnet polaire bas sur son front.

— D'après mon GPS, j'étais dans cette zone-là plus tôt dans la journée, répondit Rory, en espérant que l'homme lui révélerait quand il s'était installé sur ces lieux.

— Nous sommes arrivés avant la nuit tombée, dit ce dernier en haussant les épaules. Je n'ai rien vu.

— Je me présente : Rory.

— Et moi…

L'inconnu hésita à peine, si bien que Rory crut avoir été victime de son imagination.

— Dexter. Mais tout le monde m'appelle Dex. Et voici Boots.

Sur ces mots, il se baissa de nouveau pour gratter le chien derrière les oreilles.

Dex… Était-ce sa véritable identité ?

— Enchanté de vous rencontrer, Dex, dit seulement Rory. Et de rencontrer Boots.

Il fit mine d'examiner le sol avec la torche de son téléphone portable, en se demandant comment soutirer davantage d'informations au nommé Dex sans éveiller sa méfiance.

— Je suis vraiment stupide ! soliloqua-t-il donc. Comment ai-je pu perdre un couteau de près de vingt centimètres sans m'en apercevoir ?

Et il secoua la tête puis soupira.

— Tombé de votre besace peut-être, suggéra Dex. Ça peut arriver à n'importe qui, vous savez.

— Sans doute. C'est encore plus stupide de vouloir le retrouver dans le noir !

— Il va vous falloir de la chance, remarqua Dex sans le quitter des yeux.

Sa méfiance devenait perceptible. Rory hocha la tête et soupira de nouveau.

— Vous venez souvent dans le coin avec Boots ? demanda-t-il, l'air de rien.

— Non. C'est exceptionnel. Je suis avec ma petite amie, Lainey. On a décidé de passer une nuit romantique et de fêter Noël avant l'heure.

— D'habitude, les températures sont clémentes, mais elles vont chuter dans les heures à venir. Vous n'avez pas de chance.

— Oh ! vous savez, on est bien équipés ! J'ai acheté le nec plus ultra du matériel de camping ! Cette tente a un équilibre de température incroyable de + 25 °C à l'intérieur par - 30 °C à l'extérieur ! On a matelas gonflable spécifique réalisé par Therm-A-Rest, un liner synthétique qui sert de barrière à l'humidité et à la condensation, des sacs de couchage…

— Ah, je vois, fit Rory pour couper court à cet inventaire qui évoquait plus un trek dans l'Himalaya qu'une nuit sous les cieux texans. Mais c'est une idée romantique plutôt insolite, pas vrai ?

— Oui. Cela dit, je me demande si ma petite amie le pense toujours. Elle ne va peut-être pas tarder à m'abandonner pour filer dans le motel le plus proche !

Dex ponctua ces mots par un rire qui parut forcé.

— Je plaisante. Justement, vous ne l'auriez pas croisée, par hasard ? reprit-il. Elle était un peu gênée, parce qu'elle avait besoin d'aller au petit coin, vous voyez ce que je veux dire ? C'est une jolie rousse avec une grosse doudoune et des bottes de neige. Elle porte un bonnet norvégien avec cache-oreilles et des motifs de rennes rouge et vert. Ainsi que de grosses moufles en peau d'agneau retournée. Elle a un petit anneau en argent à la narine.

Une fois de plus, Dex donnait beaucoup trop de détails, songea Rory. Parce qu'il était nerveux ? Parce qu'il mentait, ou tout simplement parce qu'il était vraiment inquiet pour sa petite amie ?

— Non, je ne l'ai pas vue et je m'en félicite, parce que je lui aurais sûrement fait peur. C'est pourquoi, d'ailleurs, je vais rester jusqu'à ce qu'elle revienne, afin de ne pas l'effrayer si je la croisais en repartant, dit Rory. Vous allez bivouaquer longtemps dans le coin ?

Dex lui répondit, le visage baissé vers le chien qu'il continuait de caresser.

— Non. Juste une nuit, lâcha-t-il d'un ton bref.

— Ah ! le voilà ! s'exclama Rory.

Il se pencha, ramassa un objet métallique et jura.

— Zut ! C'est juste une canette de soda aplatie.

— Ouais. Pas de chance…, fit Dex.

Un silence tomba.

— Il faudrait un miracle pour remettre la main sur ce couteau dans cette nuit ! conclut Rory, qui continuait de faire la conversation dans l'espoir que Dex se remette à parler et, le cas échéant, se trahisse.

Car il ne croyait pas une seconde à son histoire de nuit romantique sous la tente avec une petite amie étrangement invisible.

Dex était là pour une raison bien précise… Mais laquelle ? se demanda Rory, tournant avec inquiétude les yeux vers la maison Butler.

Là-dessus, il reporta son attention sur Dex qui restait silencieux et l'observait. Son visage éclairé par les flammes exprimait la défiance, puis il se redressa lentement.

Comme un félin prêt à bondir, songea Rory qui se tendit, prêt à l'offensive.

En proie à un terrible sentiment de tristesse et de vide, Cadence Butler referma doucement la porte de sa chambre.

Elle était de retour à la maison mais, depuis le meurtre de son père, rien n'était plus comme avant.

Dans la grande demeure familiale pourtant si douillette, elle avait perdu la sensation de sécurité.

Elle avait quitté le ranch familial cinq mois plus tôt, n'y avait fait qu'un bref passage au cours de l'été, un séjour qui lui avait d'ailleurs valu des problèmes avec la justice : intimider sa demi-sœur Madelyn pour l'obliger à quitter Cattle Barge avait en effet été puéril et stupide. Elle en était consciente et, encore maintenant, regrettait amèrement son erreur de jugement.

Elle poussa un gros soupir, posa la main sur son ventre,

un geste qui lui était devenu habituel, ces derniers temps. Désormais enceinte de six mois, elle avait l'impression – non, la certitude – d'être « absolument énorme ». Cette tendance à l'exagération était typique des femmes enceintes, avait souligné sa gynécologue. Elle n'était pas énorme du tout, au contraire, lui avait-elle ensuite dit, surtout sachant qu'elle attendait des jumelles.

À la pensée que ses filles ne connaîtraient jamais leur grand-père, elle sentit les larmes lui monter aux yeux.

— J'ai hâte de vous voir, toutes les deux…, chuchota-t-elle en caressant son ventre. De vous tenir dans mes bras. De vous voir jouer dans ce ranch, comme moi, il n'y a pas si longtemps…

Un nouveau soupir lui échappa. Elle était épuisée et, en même temps, soulagée d'avoir pu rentrer sans croiser personne.

Elle savait que, dès demain matin, elle devrait subir des questions sur sa grossesse, que tout le monde au ranch ignorait encore. Elle devrait révéler sa liaison avec Rory, qu'elle avait tenu à garder secrète. Alors qu'il avait voulu mettre Dade et Dalton, ses meilleurs amis, dans la confidence, elle l'avait convaincu de n'en souffler mot.

Dans quelques heures, elle dirait la vérité à sa sœur et à ses frères.

Elle se serait volontiers épargné cette épreuve, mais elle n'avait pas le choix. Impossible de différer plus longtemps son retour au ranch, les dispositions testamentaires de son père devant être lues le 24 décembre, à savoir dans trois jours, devant la fratrie au grand complet.

Là-dessus, elle repensa aux braconniers qui sévissaient sur leurs terres depuis le meurtre de son père, profitant ainsi du désordre qui s'était ensuivi. Une juste colère l'envahit à l'idée que ces individus profitaient sans vergogne de la tragédie qui avait frappé leur famille.

La gestion du ranch représentait un véritable défi mais, du vivant de son père, tout semblait aller de soi parce que tout le monde redoutait et respectait ce dernier. Même les braconniers. Ceux-ci avaient manifestement décidé, dans la situation actuelle, de s'octroyer certaines libertés.

Là-dessus, ses pensées se tournèrent vers le meilleur pisteur du pays.

Rory Scott.

Rory, parti pour le Wyoming cinq mois plus tôt, après avoir mis fin à leur liaison.

Après lui avoir brisé le cœur.

Pas un jour ne se passait sans qu'elle y pense, et chaque fois elle souffrait autant que ce jour-là.

Elle avait perdu Rory, et ensuite son père. C'est pour ces raisons qu'elle avait quitté le ranch et le Texas. Y vivre sans eux était insupportable.

Toujours triste et accablée, elle sentit de nouveau les larmes lui piquer les yeux mais s'efforça aussitôt de se ressaisir, car elle savait le stress néfaste à ses bébés.

Cherchant à se distraire de sa mélancolie, elle s'assit au bord du lit et observa sa chambre, dans laquelle rien n'avait changé. Personne ne la verrait avant demain matin, pas même lorsqu'elle irait faire sa toilette, car l'accès de la salle de bains attenante à sa chambre lui était réservé. Elle avait la nuit pour se préparer aux retrouvailles, pour trouver comment elle expliquerait à sa sœur et à ses frères qu'elle était enceinte des jumelles de Rory Scott.

La pensée d'un petit déjeuner avec Ella, Dade et Dalton dans la grande cuisine familiale amena un petit sourire sur ses lèvres.

Cette maison et ses terres lui rappelaient aussi de

bons moments finalement, se dit-elle avec nostalgie. Des souvenirs qui lui faisaient regretter de ne pas avoir profité davantage de son père…

Son père qu'elle n'avait pas toujours compris, mais qu'elle aimait et aimerait toujours.

Elle se leva et alla jusqu'à la fenêtre. Comme elle jetait un regard dehors, elle se figea tandis qu'un frisson courait le long de sa colonne vertébrale.

Son imagination lui jouait-elle des tours ou voyait-elle un feu de camp, à quelques centaines de mètres ?

Sa lueur vive évoquait celle d'un phare.

Seule sa fenêtre donnait sur cette partie des terres.

L'épiait-on ?

Non, c'était absurde.

Elle se montait la tête.

N'empêche, un feu, à quelques centaines de mètres de la maison, sur une propriété privée et par une nuit de décembre, ce n'était pas banal…

Il n'y avait pas de hasard, conclut-elle en frissonnant de plus belle. Elle n'oubliait pas que, au cours de ces derniers mois, chaque membre de sa fratrie avait été en danger.

Menacé de mort.

2

— Dites, j'espère qu'il n'est rien arrivé à votre amie, reprit Rory à la hâte, opposant un air débonnaire à la défiance de Dex.

En même temps, il ne cessait de se poser des questions.

Qui était Dex ?

Quel but poursuivait-il ?

Était-ce un braconnier ?

Était-il de passage ? Venu en éclaireur ? Pourquoi son bivouac n'était-il qu'à une centaine de mètres du ranch ?

Dex s'était relevé et l'observait comme s'il se sentait deviné et s'interrogeait sur la conduite à tenir.

— Camille n'est pas très à l'aise à l'idée de camper ici, dit-il enfin, lui adressant un clin d'œil, apparemment inconscient de l'erreur qu'il venait de commettre.

Tout à l'heure, sa petite amie s'appelait Lainey, nota Rory.

Il constata que Dex restait impassible. Soit il ne s'était pas rendu compte de sa bévue, soit il s'était ressaisi et donnait le change. Dans ce cas, chapeau. Ce devait être un bon joueur de poker.

— Il vaut mieux que je vous laisse, conclut Rory. Je vais retourner sur mes pas pour ne pas risquer de croiser et d'effrayer votre amie. Excusez-moi encore de vous avoir dérangé.

Soudain, en effet, il était pressé d'en finir. Il en avait assez vu et entendu pour savoir qu'il devait garder Dex à l'œil. Ce type était indiscutablement impliqué dans quelque chose d'illégal mais, pour le moment, tout ce qu'on pouvait lui reprocher, c'était de camper sur une propriété privée.

Au même instant, une pensée le frappa : et si c'était un journaliste ? Certes, l'intérêt des médias s'était calmé depuis le meurtre de Mike Butler qui avait fait grand bruit dans la région, mais ne se ravivait-il pas à la perspective de la prochaine lecture de son testament ?

— Pas de problème, répondit Dex, l'air désinvolte.

— Alors bonne soirée.

Rory lui tendit la main. Dex la lui serra et Rory sentit la moiteur de sa paume. C'était le signe d'une grande nervosité. Pourtant, Dex n'en avait rien laissé paraître au cours de leur échange.

Il s'en alla avec l'impression, plutôt la certitude, que Dex le suivait des yeux. Il prêta l'oreille, prêt à faire volte-face au cas où il lui emboîterait le pas pour l'attaquer par surprise.

Quand il eut regagné son point d'observation, il se remit à l'affût.

Il ne vit pas Lainey, ou Camille, revenir. Évidemment. Elle n'avait jamais existé que dans l'imagination de Dex.

À moment donné, Dex attacha Boots à un tronc, et se dirigea vers le nord, précisément, dans la direction opposée à la propriété Butler.

Pourquoi ? Bon sang, où allait-il donc ? Sans le beagle ? Sans éteindre son feu de camp ?

Rory l'observa avec ses jumelles à vision nocturne, jusqu'à ce qu'il le perde de vue, après quoi il vérifia l'heure.

21 h 45.

Que faire ?

Il hésita. Avertir le shérif Sawmill de la présence d'un intrus et de son installation sur une propriété privée ? Le bureau du shérif enregistrerait la plainte pour violation de propriété, promettrait d'enquêter, et les choses s'arrêteraient là.

Sawmill et ses adjoints n'avaient pas de temps à perdre avec un individu douteux et pour ce seul motif. Les forces de l'ordre de Cattle Barge étaient en effet débordées par l'enquête sur le meurtre de Mike Butler. À ce propos, Rory n'arrivait pas à croire que le shérif n'ait toujours pas arrêté son assassin.

Après cet événement tragique, la couverture médiatique avait été incessante – vingt-quatre heures sur vingt-quatre, sept jours sur sept pendant des semaines. Comme il se tenait au courant de la situation jour après jour, il avait ainsi appris l'arrestation de Cadence puis sa libération suite à ses tentatives d'intimidation sur une jeune femme qui prétendait être sa demi-sœur et qui, finalement, l'était bel et bien. Il avait peine à imaginer le désarroi de Cadence après cette erreur de jugement.

Il aurait tant voulu la réconforter… Être auprès d'elle au moment de la mort de son père qu'elle adorait. Mais après avoir rompu avec elle, il avait ressenti l'impérieuse nécessité de partir loin et, ensuite, de rester à l'écart.

Penser à Cadence provoqua en lui cette bouffée de nostalgie et de désir si familière.

Au cours des cinq derniers mois, aucune femme n'avait réussi à se substituer à Cadence Butler si belle et sexy. Intelligente, drôle et extravertie, même ses maladresses avaient du charme et…

Stop. Ça suffit !

Son cœur se serra.

Il devait éviter de penser à elle.

Il se le répétait au moins vingt fois par jour depuis des mois.

Son retour à Cattle Barge réveillait comme jamais ses souvenirs, et c'était bien normal, se dit-il. D'un autre côté, cela ne justifiait pas de se complaire dans le passé et de ruminer toutes les raisons pour lesquelles elle lui manquait.

En cédant à son attirance pour Cadence, il avait oublié leurs différences qui, un jour ou l'autre, les rendraient malheureux et, pire, les conduiraient à se rendre mutuellement malheureux. Comme ses parents, conclut-il, pensant à leurs relations toxiques.

Pour couper court à ses pensées, il consulta sa montre.

Vingt minutes venaient de s'écouler, Dex n'était toujours pas revenu. Le beagle attaché au tronc s'était assoupi.

Rory attendit encore, bien que certain que cette surveillance était désormais vaine. À l'évidence, Dex n'avait rien emporté de son coûteux matériel de camping.

Était-il parti en reconnaissance ? Pour relayer des informations à d'éventuels braconniers ?

Finalement, il se rapprocha de la tente, prêtant l'oreille, guettant Dex et cherchant à le repérer dans la nuit. Une montée d'adrénaline fit accélérer son pouls. Il se baissa, sortit son Walther P99 de son holster de cheville, et se tint prêt à tirer.

En temps normal, cette montée d'adrénaline l'aurait revivifié. Au lieu de cela, il se sentit presque terrassé par un sentiment de lassitude.

Bon sang, c'est quoi ton problème, Scott ?

« Cadence ! Cadence Butler ! » répondit une petite voix entêtante. Cadence, présente comme jamais dans son esprit maintenant qu'il était revenu sur les terres de son père dont elle allait hériter avec ses frères et sa sœur. Cadence, qui avait désormais une demi-sœur, Madelyn Kensington, et un demi-frère, Wyatt Jackson, dont l'existence avait provoqué la stupeur, lorsqu'ils s'étaient présentés au ranch, après le meurtre de Maverick Mike.

Rory ne savait rien d'eux mais, d'après les médias, Maverick Mike Butler était bel et bien le père biologique de Madelyn et de Wyatt.

« Allons, ce ne sont pas tes affaires », lui souffla la petite voix de la raison. Mais la voix de son cœur protestait, affirmant que tout ce qui concernait Cadence le concernait au premier chef !

Encore une fois, il était la proie de ses contradictions, la cause en étant la passion toujours intacte qu'il vouait à Cadence malgré ces cinq mois de séparation. Il sentait son cœur battre plus fort chaque fois qu'il pensait à elle.

Et il pensait sans cesse à Cadence.

Il se savait ardent et passionné. Excessif comme ses parents ? Avec un soupir, il songea à son père et à sa mère, et à sa fuite de la maison, à quinze ans, parce qu'il ne supportait plus de les voir se disputer. Dieu sait combien de fois il avait supplié sa mère de quitter son père alcoolique, et le domicile conjugal, pour recommencer ailleurs une nouvelle vie. Sa mère avait toujours refusé au prétexte qu'elle aimait et voulait soutenir son père. Encore maintenant, après toutes ces années, il ne comprenait toujours pas comment l'amour pouvait s'accommoder de la violence.

Les accès de jalousie et de colère de son père étaient quotidiens, se remémora-t-il avec un frémissement d'horreur. Sur le moment, sa mère criait et pleurait, la situation était infernale et intenable. Mais, dès le lendemain, dès la crise passée, elle prenait sa défense, répétant avec insistance qu'elle l'aimait et le soutenait.

Rory serra les poings. Penser à ses parents le mettait toujours en colère. Il leur gardait rancune de leur manque d'amour envers Renee et lui, leur reprochait d'avoir gâché leur enfance et une partie de leur adolescence.

Le reste, à savoir les bons moments – si tant est qu'il y en ait eu —, il les avait oubliés.

Le vent le souffletant, il revint à la réalité. Il était conscient que si ses pensées s'étaient évadées, c'était parce que Dex n'était toujours pas revenu et que le bivouac restait complètement silencieux.

Où était ce type ?

Pourquoi était-il parti sans prendre ses affaires et en abandonnant son chien ? se demanda-t-il de nouveau.

Il s'approcha. Boots dormait. Même s'il se réveillait, peut-être n'aboierait-il pas, puisqu'il le connaissait. Et, de toute façon, les hurlements du vent masqueraient ses éventuels aboiements. Comment distraire son attention ? Il se souvint de la barre de céréales au beurre d'arachide au fond de sa poche.

Il franchit à la hâte les derniers mètres le séparant du bivouac. Il marchait contre le vent qui, ainsi, ne transportait pas son odeur dans la direction du beagle et, de plus, couvrait les bruits de ses pas. Mais ce vent froid traversait sa veste de chasse et le faisait frissonner.

Tout en marchant, il regardait autour de lui avec attention, à la recherche d'indices d'un crime que Dex aurait pu commettre. Par exemple, un corps qu'il aurait traîné sur le sol. Celui d'une éventuelle petite amie avec qui il se serait disputé ?

Ce n'était pas si absurde, et ce ne serait pas la première fois qu'une telle tragédie se produirait dans la région. Depuis dix ans qu'il était pisteur, il avait souvent été témoin de situations similaires, voire pires, et toujours incroyables. Il avait affronté tous les cas de figure, même les plus improbables, et fait face à des criminels endurcis, à des petites frappes cupides ou à des trafiquants – d'humains et de bêtes sauvages –, mais il avait toujours eu le dessus et réussi à les faire arrêter. Il aimait le risque, l'aventure et l'adrénaline qui leur était associée. Rien ne valait cette diversité, et il appréciait par-dessus tout les repas en solitaire préparés sur un feu de bois qui donnait aux aliments un goût incomparable.

Malgré tout, il reconnaissait en son for intérieur que cette vie de dilettante, en marge de la société, avait beaucoup perdu de son attrait récemment… Même l'adrénaline avait perdu sa saveur…

La raison ? Ces élans de nostalgie inextinguibles, des aspirations inattendues, du moins des rêves déraisonnables. Par exemple, le désir de se fixer. D'avoir une vraie maison.

Depuis quelque temps, sa solitude ne le satisfaisait plus autant, il avait des hauts et des bas, se dit-il avec irritation. À cause de ses pensées qui s'égaraient vers Cadence. Et vers leurs conversations, toujours passionnantes.

Il ne put s'empêcher de sourire.

Cadence Butler, si originale.

Son sourire… éblouissant.

Cadence, si délicieuse, ensorceleuse.

Puis il se rembrunit.

Cadence qui avait droit à une autre vie que celle qu'il pouvait lui offrir. N'était-ce pas au nom du bonheur de Cadence qu'il avait rompu ? Elle aurait vite compris qu'ils n'étaient pas faits l'un pour l'autre. Ça n'aurait été qu'une question de temps…

Il avait beau se féliciter d'avoir été rappelé à l'ordre par Mike Butler, il se sentait comme en convalescence, et parfois très déprimé.

Pour la centième fois en l'espace de ces cinq derniers mois, il se répéta que la rupture avait été la seule décision possible, voire un service qu'il rendait à Cadence.

Une fois qu'il aurait arrêté le braconnier dont Dade lui avait parlé, si ce n'était pas Dex en personne, il quitterait le Texas, cette fois définitivement, pour le Wyoming et le ranch SJ, d'où il s'était absenté pour raisons personnelles.

Il avait hâte de regagner ses chères montagnes. Il aimait cette vie-là. Non, il n'aurait échangé sa situation pour rien au monde ! se répéta-t-il avec force pour mieux ignorer ses hésitations et ses contradictions.

D'ici là, il reverrait peut-être Cadence.

Cette seule pensée lui fit battre le cœur avec une violence à peine imaginable.

Il se ressaisit pour se concentrer sur le présent, le bivouac, et la fouille de la tente. Le souffle retenu, il continua de s'approcher, sortant de sa poche la barre de céréales qu'il destinait au beagle.

Sa vie en solitaire lui avait appris à faire face à toutes les situations et à devenir un maître de l'improvisation, de la débrouillardise.

Alerté, Boots ouvrit les yeux et leva la tête. Rory s'accroupit à côté de lui.

— Chut, tout va bien, Boots, lui murmura-t-il.

Il lui offrit des morceaux de sa barre de céréales tout en regardant autour de lui, afin d'éviter d'être surpris par un retour inopiné de Dex.

Lorsqu'il se releva et s'approcha de la tente il vit, derrière, ce que Dex avait réussi à masquer à sa vue.

Un fusil avec une lunette de visée, sur un trépied, dirigé vers le ranch.

Il s'accroupit de nouveau pour déposer les derniers morceaux de sa barre de céréales devant Boots qui agita joyeusement la queue. Ensuite, il reprit ses jumelles de vision nocturnes pour balayer les environs à la hâte et vérifier que Dex n'arrivait pas.

L'obscurité l'enveloppait comme un épais brouillard. Sans un bruit, il s'approcha du fusil dont la présence menaçante contrastait avec le calme ambiant. Il se baissa pour examiner l'arme sans la toucher.

C'était une carabine Mossberg 308 W, modèle Patriot Night Train, destinée au tir sportif longue distance, équipée d'une lunette 6-24x50 et d'un chargeur amovible 4 coups. Lorsqu'il se pencha pour jeter un œil dans la lunette afin de voir sur quoi le fusil était braqué, un juron lui échappa. Il aurait reconnu cette fenêtre entre toutes.

C'était celle de la chambre de Cadence Butler.

3

Rory recula et tira son portable de sa poche pour appeler le shérif Sawmill.

— Ici Rory Scott. Je voudrais vous signaler un problème sur les terres Butler, lui annonça-t-il.

Il perçut la frustration du shérif au lourd soupir qu'il poussa.

— Où précisément ?

— Je vais vous envoyer mes coordonnées GPS.

— Écoutez, Scott, à une heure pareille, je n'ai personne sous la main. Ça devra donc attendre demain matin. À moins que ce ne soit d'une urgence cruciale ?

— Je pense que oui, shérif. Les Butler sont en danger de mort.

Le shérif soupira de nouveau avec lassitude.

— Eh bien… Ce ne sera que la énième fois depuis ces derniers mois. Bon, je m'en occupe. Avant toute chose, je vais contacter l'équipe de sécurité du ranch. Envoyez-moi vos coordonnées GPS. Surtout, ne touchez à rien, Scott ! Compris ?

Rory savait que le shérif manquait de moyens et qu'il était débordé depuis le meurtre de Mike Butler. Au fil des mois, la pression s'était accrue sur lui et, à l'évidence, le stress subi l'avait épuisé.

Quand il eut raccroché, Rory regarda autour de lui, bien qu'il soit désormais certain que Dex ne reviendrait pas. Leur rencontre, pour le moins inattendue, avait évidemment éveillé sa méfiance et lui avait fait prendre la fuite, abandonnant ses biens et son arme derrière lui. Sans doute avait-il été assez prudent pour ne pas laisser d'empreintes sur sa carabine, songea-t-il, fataliste.

Le feu, maintenant, s'était presque éteint. Rory frissonna et tourna les yeux vers le jeune chien qui lui aussi frissonnait. Il ne pouvait l'abandonner, donc il le souleva et le mit sous sa veste pour le réchauffer.

Si Dex pensait avoir été le plus malin en s'éclipsant, il se trompait. Il le retrouverait et lui ferait avouer ses funestes projets ! se dit-il avec détermination.

Le beagle contre lui, il regagna son 4x4 camper avec l'intention de se rendre immédiatement au ranch pour prévenir la fratrie Butler du danger.

Noël et la lecture du testament de Mike Butler approchant, Cadence était-elle déjà de retour après avoir passé ces derniers mois dans le Colorado ? Probablement. Sinon, Dex n'aurait pas déjà surveillé la fenêtre de sa chambre. À moins qu'il n'ait été en train de guetter son retour qu'il savait imminent ? Soudain, il se figea. Et si Dex s'était rapproché de la maison, et était maintenant sur le point de s'y introduire ?

Cette pensée lui fit battre le cœur plus fort et presser le pas. Il monta dans son 4x4 à la hâte, déposa le beagle sur le siège passager et prit la route. Il attirerait bien sûr l'attention des ouvriers du ranch qui, chargés de sa surveillance, faisaient des rondes. Heureusement, il les connaissait tous et ceux-ci le reconnaîtraient.

Sans quitter la route des yeux, il sortit son téléphone portable pour appeler Cadence afin de l'avertir en personne des derniers événements. Un message enregistré l'informa que son numéro n'était plus en service.

Quand en avait-elle donc changé ? s'étonna-t-il. Elle avait le même depuis le lycée !

Puis il se souvint que Dade, Dalton, et Ella Butler, harcelés par les médias, avaient décidé de changer de numéro de téléphone. Il espérait que c'était pour cette seule raison que Cadence l'avait fait elle aussi, et non à cause de leur rupture. D'un autre côté, ça n'aurait pas dû le déranger car, après tout, c'était fini et bien fini entre eux.

Puis, mû par une inspiration, il s'arrêta pour consulter le journal de ses appels. Dade l'ayant contacté récemment, son nouveau numéro devait y figurer. Il le trouva, le sélectionna et aussitôt l'appela. Au moment où il tomba sur sa boîte vocale, il se rendit compte qu'il avait retenu son souffle. Frustré, il reprit la route, accéléra, en espérant ne pas arriver trop tard.

Il n'était plus très loin quand il repéra, dans le faisceau de ses phares, six ouvriers armés qui entouraient Terrell Landry. Ce dernier braqua le fusil qu'il tenait vers son 4x4.

Il freina puis s'arrêta, et leva les mains afin que les hommes puissent constater qu'il n'était pas armé et aient le temps de l'identifier. Enfin il ouvrit prudemment sa portière et descendit du 4x4 en veillant toutefois à laisser ses mains bien en vue.

— Rory Scott, laissa tomber Terrell.

— En personne, répondit Rory, intrigué par son ton qui n'était ni amène ni hostile. Je peux m'approcher ?

— Bien sûr, lâcha Terrell en baissant son arme. C'est bon, les gars, ajouta-t-il, s'adressant aux autres hommes.

Puis il reprit à son intention.

— Quel bon vent, Scott ? Je croyais que tu avais refusé le boulot !

— Simple malentendu, fit Rory, souriant, en rejoignant le responsable de la sécurité du ranch.

Il connaissait en effet Terrell depuis toujours.

— Content de te voir, dit celui-ci, la main tendue.

Rory la lui serra pendant que les autres ouvriers s'approchaient et l'entouraient.

Quelques secondes plus tard, il se retrouva plaqué au sol, le souffle coupé tant par la stupéfaction que par la violence du choc.

— Bon sang, tu es devenu complètement fou, Landry ? s'écria-t-il quand il fut en mesure de parler.

— Désolé, Rory, mais j'ai des ordres, répondit Terrell, l'air contrit. Seules les personnes autorisées peuvent pénétrer sur les terres du ranch.

— C'est ridicule ! Dade m'a appelé pour me proposer une mission, comme tu viens toi-même de le dire.

— Mission que tu as refusée, Scott, lui rappela Terrell.

— Ce n'est pas une raison ! Tu me connais ! Je ne suis pas un intrus !

— Désolé, mais ce sont les ordres de Cadence Butler.

Là-dessus, Terrell lui lança un autre regard contrit.

— Elle ne veut plus que tu remettes les pieds dans le ranch. Tu es désormais persona non grata. Désolé, mon vieux. Désolé, moi j'obéis.

— Cadence est de retour ? coupa Rory qui n'avait retenu que cela.

— Pas que je sache. Mais elle m'a contacté.

Cadence avait-elle appris que Dade voulait faire appel à lui ? se demanda Rory, encore étourdi. Était-elle en colère contre lui au point de lui interdire l'accès du ranch ?

Vingt minutes plus tard, sous la surveillance de Terrell, il pénétrait dans la vaste entrée de la maison Butler, les poignets entravés par des serre-câbles en nylon, Boots trottinant près de lui.

À sa vue, Dade, qui avait manifestement été tiré du lit, se précipita

— Bon sang ! Je suis désolé, Rory !

Il jeta un regard noir à Terrell.

— Mais qu'est-ce que ça signifie, Landry ?

Au même moment, il remarqua les serre-câbles.

— Bon sang ! Mais tu es tombé sur la tête ! Libère Rory immédiatement ! s'exclama-t-il, furieux.

Terrell obtempéra sans discuter. Rory frotta ses poignets endoloris.

— Je suis désolé pour ce malentendu stupide ! répéta Dade avec un geste fataliste vers ses poignets.

Ce n'était pas un malentendu, mais les ordres de Cadence, faillit répondre Rory qui jugea cependant plus sage de passer cela sous silence afin de ne pas devoir expliquer les raisons de son hostilité.

— Je viens de repérer un individu au comportement suspect sur vos terres. Il a une carabine à lunette braquée sur la fenêtre de la chambre de Cadence, annonça-t-il.

Dalton entra alors dans le grand hall. Il paraissait épuisé, et Rory s'en voulut d'avoir à lui annoncer de mauvaises nouvelles.

— Où ? demanda aussitôt Dalton.

— Pas très loin, au nord.

Puis, après une hésitation, il reprit.

— Cadence est revenue ?

— Je ne l'ai pas encore vue. Mais elle devait arriver en début de soirée. Enfin, je crois, dit Dade.

— Cadence est dans sa chambre, l'interrompit Ella qui entrait à son tour.

— Rory, tu veux que je m'occupe du chien ? intervint Terrell en désignant Boots.

— Il est à toi ? lui demanda Dade.

— Maintenant, oui.

— Terrell va s'en occuper pendant qu'on parle, conclut Dade.

— Parfait. Mais avant toute chose, il faut avertir Cadence qu'elle est en danger.

Rory se félicitait d'avoir été présent sur les terres

Butler ce soir, d'avoir repéré Dex et ajourné ses sinistres projets, mais il restait inquiet.

— Tout de suite ! insista-t-il lorsque Terrell eut disparu avec Boots.

— Allons-y, proposa Dalton.

Dade acquiesça et s'effaça pour lui donner accès au couloir qui desservait les chambres de cette immense maison cossue. Rory la connaissait dans ses moindres détails, si bien qu'il aurait pu s'y déplacer sans la moindre hésitation les yeux fermés.

— Attendez ! les rappela soudain Ella. Cadence ne veut parler à personne. Et surtout pas à Rory.

— C'est pourtant nécessaire ! insista de nouveau Rory, agacé.

Ella secoua la tête avec obstination.

— Écoute, Rory, nous comprenons qu'il se passe quelque chose de très grave, et nous le prenons très au sérieux. Mais ma sœur n'a rien à te dire.

— C'est une question de vie ou de mort ! s'exclama-t-il en se dirigeant d'un pas résolu vers la chambre de Cadence.

Cette fois, Ella le dépassa, se campa devant lui et, bras croisés, le défia du regard. Étonné, il hésita puis se figea, décontenancé par cette attitude frondeuse inhabituelle de la part de l'aînée des Butler.

— Que se passe-t-il, à la fin ? demanda Dade, lui aussi interloqué.

— J'aimerais moi aussi comprendre ! renchérit Rory, les yeux fixés sur Ella. Cadence doit m'écouter !

Soudain, la voix de Cadence s'éleva depuis sa chambre.

— Pour qui te prends-tu, Rory Scott ? Je n'ai d'ordres à recevoir de personne, et surtout pas de toi. Va-t'en ! Je ne veux pas te voir !

Bien sûr, Cadence avait le droit d'être mortifiée ou fâchée contre lui, mais de là à le faire arrêter comme un vulgaire criminel par des hommes qu'il connaissait depuis une dizaine d'années et de surcroît lui interdire l'accès de sa chambre ? C'était mesquin.

— Tu as entendu, Rory ? lança Ella toujours plantée devant lui.

— Je pense qu'il vaut mieux qu'on ne s'en mêle pas, Ella, intervint alors Dade.

Rory lui adressa un regard surpris. Avait-il deviné la nature de ses relations avec Cadence ?

Puis il reporta son attention sur Ella, s'attendant à ce qu'elle riposte et continue de soutenir Cadence, mais elle soupira et haussa les épaules.

— Tu as raison, Dade... Restons en dehors de cette histoire.

Et elle ajouta à l'intention de Cadence :

— Désolée, Cadence, mais Rory a le droit de savoir.

Cette fois, Cadence garda le silence.

— Je suis sincèrement désolée, Rory..., conclut Ella d'un air contrit tandis que Dalton et Dade déjà, s'éloignaient.

Désolée ? Pourquoi ? Et le droit de savoir quoi, au juste ? se demanda Rory, confondu par la tournure inattendue que prenaient les événements.

Pour en avoir le cœur net, il alla frapper à la porte de Cadence.

— Cadence ? Tu n'as pas envie de me voir, d'accord. Mais ce que j'ai à te dire est très important, sinon je ne serais pas là à insister. Ouvre, s'il te plaît !

— Pas question ! Va-t'en Rory ! Je ne veux ni te parler ni te voir !

De l'autre côté de la porte, Cadence sentait son cœur battre avec une violence inouïe. Ce n'était pas ainsi qu'elle avait prévu d'annoncer à Rory qu'il allait devenir père. Elle comptait attendre le bon moment, mais comme celui-ci ne s'était pas encore présenté, elle avait décidé d'attendre la naissance des jumelles pour l'informer. Ou plus tard.

Car, à la vérité, elle ne savait pas très bien si elle avait envie de le mettre au courant. À quoi bon, après tout ? Qu'est-ce que cela changerait entre eux ? Rien du tout ! Qu'attendait-elle de sa part ? Qu'il contribue aux frais d'éducation de ses jumelles ? Qu'il lui verse une pension alimentaire ? C'était bassement matériel… Une demande en mariage ? Lier Rory à elle ? Mon Dieu, c'était tellement incongru qu'elle aurait pu en rire. Rory était libre et indépendant, ne le lui avait-il pas assez fait comprendre ?

Lorsqu'il avait rompu et était sorti de sa vie, elle avait nourri l'espoir que si elle lui laissait assez de temps, il lui reviendrait. Il finirait forcément par comprendre qu'ils étaient faits l'un pour l'autre, non ?

Hélas ! Elle s'était bercée d'illusions…

Il l'avait oubliée alors qu'elle souffrait toujours autant de leur rupture.

Seule sa sœur aînée était au courant de sa grossesse, Ella l'avait découverte quelques minutes plus tôt, car elle était entrée sans prévenir dans sa chambre.

La voix de Rory s'éleva de nouveau.

— Ne t'approche surtout pas de ta fenêtre, Cadence. Tu es la cible d'un criminel.

Elle se souvint du feu qu'elle avait vu au loin. Rory ne plaisantait pas. Il ne cherchait pas à l'impressionner ou à lui faire peur. De toute façon, il n'aurait pas osé user d'un subterfuge aussi grossier pour obtenir son attention.

— OK. Merci. J'ai compris, répondit-elle d'un ton plus conciliant.

Il y eut un silence.

— Écoute, Cadence, je suis désolé pour ce qui s'est passé entre nous, reprit Rory de cette belle voix grave qui l'avait toujours fait frémir.

Et qui lui avait fait tellement mal quand il lui avait dit qu'ils n'avaient pas d'avenir, se remémora-t-elle, de nouveau amère.

— Oui, j'ai bien entendu. Maintenant que tu m'as avertie du danger, tu peux partir. Adieu, Rory.

Elle savait qu'elle aurait dû en profiter pour lui annoncer qu'il allait devenir père, mais elle ne pouvait lui dire cela à travers une porte. Quant à ouvrir… Au même instant, elle eut une contraction qui la fit vaciller. Elle parvint à gagner son lit, s'y assit, et se cramponna au matelas en serrant les dents.

Elle avait souvent des crampes, des contractions, mais sa gynécologue l'avait rassurée, lui expliquant que celles-ci étaient fréquentes chez les femmes enceintes.

Relevant les yeux, elle vit la poignée de la porte bouger, et s'exclama :

— Non, Rory ! N'entre pas !

Trop tard.

— Cadence, je voulais te dire…

À l'instant où son regard se posa sur son ventre, il s'interrompit et resta bouche bée.

Sur la défensive, elle posa les mains sur son ventre, comme pour le protéger.

Rory était muet, immobile.

Quelques secondes s'écoulèrent avant qu'il se ressaisisse et retrouve sa voix.

— Quand avais-tu l'intention de me dire que tu étais enceinte ? demanda-t-il enfin.

La déception et le sentiment de trahison transparaissaient dans sa voix et sur son visage.

— J'aimerais te dire que ça ne te regarde pas, mais

c'est faux, puisque c'est toi le père, lâcha-t-elle en le dévisageant intensément.

Rory la scrutait maintenant comme s'il voulait pénétrer jusqu'aux tréfonds de son esprit. Il serra et desserra les dents à plusieurs reprises, comme s'il se contenait ou cherchait les mots.

Enfin il releva le menton et lui lança un regard de défi :

— Épouse-moi !

4

— T'épouser ? Rien que ça, vraiment ? répliqua froidement Cadence.

Cinq mois plus tôt, elle aurait accepté une demande en mariage de la part de Rory sans la moindre hésitation et avec la plus grande joie.

Plus maintenant.

Car cette proposition impérieuse était bien entendu motivée par la nécessité de « réparer », l'obligation « d'assumer ses responsabilités ». Le mariage, une solution pour elle et les bébés ?

Certainement pas !

Du moins, pas dans ces conditions-là !

Son propre père avait épousé sa mère parce qu'elle était enceinte de sa sœur aînée, Ella. Et, à l'évidence, sa mère avait ensuite été si malheureuse qu'elle avait fini par prendre la fuite, abandonnant son mari et leurs quatre enfants en bas âge – Cadence n'était alors qu'un bébé.

— Pourquoi t'épouserais-je ? demanda-t-elle, provocante, espérant, au fond, une déclaration plus romantique.

Rory la dévisagea un instant avec étonnement et fronça les sourcils.

— Parce que tu es enceinte, répliqua-t-il, carrant

les épaules. Et parce que je suis un homme digne de ce nom.

— Nous en avons fini avec cette conversation ! coupa-t-elle, fâchée et blessée par cette réponse pour le moins insatisfaisante.

Elle aurait tellement préféré une tirade passionnée et brûlante à ces paroles raisonnables ! Parce qu'elle aimait toujours Rory, le père de ses filles.

— Non, Cadence. On n'en a certainement pas fini ! Loin de là !

— Laisse-moi tranquille et repars d'où tu viens, Rory. Dans ton Wyoming ! Je sais que tu en meurs d'envie ! riposta-t-elle. Ah ! l'appel du large ! Il n'y a vraiment que ça qui compte pour toi ! acheva-t-elle, amère.

Elle le connaissait depuis longtemps et savait qu'il aimait trop son indépendance pour s'engager et se lier à une femme, voire fonder une famille. Mais c'était précisément parce qu'il était épris de liberté et inaccessible qu'elle l'aimait.

En son for intérieur, elle avait toujours comparé Rory à un cheval sauvage, farouche et indomptable. Et elle n'aurait jamais eu le cœur d'essayer de le dompter ou de chercher à le priver de sa chère liberté, qu'il aimait manifestement plus qu'elle.

Pour autant, elle appréciait les défis. Et Rory en représentait un de taille.

Comme sa grossesse. Se découvrir enceinte l'avait d'abord consternée. Après quelque temps, elle s'était ressaisie, l'avait acceptée et s'en était réjouie, surtout lorsqu'elle avait senti ses bébés bouger dans son ventre pour la première fois.

Le meurtre de son père et les dangers que ses frères et sa sœur avaient courus, au cours de ces derniers mois, lui avaient fait comprendre à quel point le bonheur pouvait être fragile. Ainsi avait-elle appris à chérir la vie qui croissait en elle.

— Ce doit être insupportable pour toi d'être entre ces quatre murs, pas vrai ? ajouta-t-elle, ironique.

Elle soupira.

— Décidément, rien n'a changé…

Elle avait conscience que seules la mauvaise foi, la déception et la frustration lui faisaient tenir de tels propos.

Car, bien sûr, elle avait changé. C'était même toute son existence qui avait changé. Et son corps. Elle posa de nouveau les mains sur son ventre en un geste de protection qui, de plus, avait le pouvoir de la tranquilliser.

— Arrête, Cadence. S'il te plaît.

— Écoute, Rory, je suis désolée que tu aies découvert ma grossesse de cette manière. J'ai été aussi surprise que toi quand j'ai appris que j'étais enceinte. Quoi qu'il en soit, cela fait de nous des parents. C'est la réalité. Il va falloir s'en accommoder !

Cette scène était désastreuse parce que leurs émotions étaient exacerbées, se dit-elle, affligée. Elle se sentait prête à exploser et savait cette tension nerveuse néfaste.

— Je crois que j'ai besoin d'un verre, murmura-t-elle en se passant la main sur le front.

Rory lui jeta un regard qui la mettait au défi de boire de l'alcool.

— Un verre d'eau, précisa-t-elle donc en se levant.

Elle sortit de sa chambre, remonta le couloir pour se rendre à la cuisine. Arrivée là, elle ouvrit le réfrigérateur et en sortit une bouteille d'eau pendant que Rory, qui l'avait suivie, se servait une tasse de café.

— Pourquoi es-tu revenu ? demanda-t-elle après s'être désaltérée. Je sais parfaitement que ce n'est pas pour moi que tu es là.

— Tu es en danger, biaisa-t-il.

— Ça ne répond pas à ma question. Tu ne pouvais pas savoir que j'étais en danger avant ce soir, non ?

— Dade m'a contacté. Il m'a proposé une mission.

— Je sais. Et tu l'as refusée.

— Je me suis ravisé.

— D'accord. Mais ça ne répond toujours pas à ma question.

À cet instant, Dalton et Dade entrèrent dans la cuisine et, à la vue de Cadence, se figèrent.

— Oui, je suis enceinte ! dit-elle face à la surprise des jumeaux.

— Enceinte…, répéta Dade qui, manifestement, essayait d'assimiler l'information.

Il ne lui fallut cependant pas longtemps pour faire les déductions qui s'imposaient.

— Et le père, c'est Rory, n'est-ce pas ? acheva-t-il en les dévisageant l'un après l'autre.

Cadence le vit aussi échanger un regard avec Rory.

Ah ! la connivence proverbiale de ses frères et de Rory ! fulmina-t-elle. Rory avait le même âge que les jumeaux, qui étaient ses meilleurs amis. Ses frères de cœur, en quelque sorte.

Voilà pourquoi elle avait voulu que leur liaison reste secrète, à l'époque. Elle n'avait pas besoin que les jumeaux, très proches de Rory, lui donnent leur avis sur sa vie amoureuse. Il avait voulu les en informer, mais elle lui avait opposé un refus catégorique. Et maintenant, en voyant la culpabilité sur le visage de Rory et le malaise chez ses frères, elle le regrettait.

— Je n'étais au courant de rien jusqu'à il y a dix minutes, mais j'en assume l'entière responsabilité ! dit Rory avec vivacité, fierté et contrition.

C'était tout à son honneur, songea-t-elle en lui coulant un regard en biais. Elle était toutefois assez réaliste pour se rendre compte qu'un mariage fondé sur la raison ne les rendrait pas heureux. Elle savait ce qui arrivait lorsque deux personnes qui ne s'aimaient pas se mariaient « pour les enfants ». Tôt ou tard, la séparation survenait. La preuve ? Ses parents !

— J'ai demandé à Cadence de m'épouser, elle a refusé, conclut-il.

— Pourquoi ? demanda Dalton, tournant les yeux vers elle.

— Oui, pourquoi ? enchaîna Dade.

— Ma vie privée ne vous regarde pas ! s'exclama-t-elle, exaspérée.

Dade allait riposter, mais Dalton l'en empêcha d'un geste.

— Plus tard. Pour l'instant, nous avons un problème plus urgent à régler.

Ella entra à son tour dans la cuisine, et jeta un regard contrarié sur elle. Ella contrariée ? s'étonna Cadence qui savait sa sœur incapable de porter un jugement moral sur qui que ce soit.

Puis elle soupira. Dalton avait raison. Il y avait un problème plus urgent à régler.

— D'abord, pourquoi as-tu changé d'avis sur la mission ? Et pourquoi ne nous en as-tu pas informés ? demanda Dalton, se rapprochant d'elle avec Dade, comme pour la protéger et faire front.

Face à l'attitude protectrice de ses frères, elle se tendit. C'était aussi pour cette raison qu'elle avait quitté Cattle Barge pour le Colorado. Pour enfin vivre sa vie ! En adulte, et non comme la petite dernière de la fratrie. Sans Dalton, Dade et Ella qui la surprotégeaient. Leur comportement avec elle était d'autant plus insupportable que, maintenant, elle était une adulte ! Et bientôt mère.

— Je me suis ravisé, expliqua Rory avec simplicité. Vous savez très bien que jamais je ne laisserai tomber un membre de la famille Butler. Mais les braconniers connaissant ma réputation, j'ai préféré ne pas ébruiter mon retour. Ça m'a semblé plus stratégique.

Malgré elle, Cadence le dévorait des yeux. Rory était là, devant elle, dans la cuisine familiale et, bon sang, il était toujours aussi… attirant ! Elle se sentait fondre. Elle ne se lassait pas d'admirer son visage harmonieux avec cette barbe de deux jours, si sexy. Son abondante chevelure noire. Et ses yeux noirs brillants. Rory, ou le charisme…, songea-t-elle. Si intense et si passionné. Surtout quand il lui faisait l'amour…

Des souvenirs d'une impitoyable et délicieuse précision lui revenaient soudain à l'esprit.

Elle les refoula aussitôt et écouta Rory expliquer les événements de ces dernières heures.

— La carabine était dirigée vers la maison, pointée exactement sur la fenêtre de la chambre de Cadence, conclut-il.

Tout en parlant, il se dirigea vers la double porte qui donnait sur la galerie et en ferma les volets.

Dalton l'imita.

— C'est donc une carabine à longue portée, dit Dade après un silence, en allant fermer les volets de la grande salle à manger.

— De quoi atteindre une cible, même éloignée, sans difficulté, précisa Rory.

Ella, restée dans la cuisine, fixait pensivement le comptoir de granit.

— Nous devons informer Terrell et les ouvriers qui assurent la sécurité du ranch de la situation pour qu'ils redoublent de vigilance, lâcha-t-elle. Et aussi contacter le shérif.

— C'est déjà fait, intervint Rory. Il a averti l'équipe de surveillance du ranch, et je lui ai envoyé les coordonnées GPS du bivouac.

— Et l'individu ? Tu pourrais le reconnaître ?

demanda Cadence qui commençait à prendre conscience de l'horreur la situation.

— Oui.

Rory en fournit une description sommaire.

— Ça vous évoque quelqu'un ? demanda-t-il ensuite à la ronde.

— A priori non, répondit Cadence, quoique avec hésitation.

Elle n'était plus sûre de rien, tout à coup.

— En clair, Cadence ne doit plus sortir de la maison, conclut Dalton.

Puis, la regardant, il ajouta :

— Nous sommes bien d'accord, Cadence ?

— Mais avons-nous la certitude que cet individu en a après moi ? insista-t-elle.

Ses frères et sa sœur avaient eux aussi été menacés et en grand danger après le meurtre de leur père. La lecture de son testament, imminente, pouvait susciter de nouvelles menaces à l'encontre de l'ensemble de la fratrie.

— L'arme visait ta chambre, Cadence, insista Rory à son tour.

— Mais pourquoi me menacer ?

— Quelle que soit la raison, le danger est réel ! coupa Ella. Je vais donner à Terrell la description que Rory vient de nous faire, pour qu'il puisse alerter les autres ouvriers et accroître sa vigilance.

Déjà elle composait un SMS.

— Il faut sérieusement renforcer la surveillance des alentours de la maison et en limiter au maximum l'accès, précisa Rory.

— Oui, tu as raison ! renchérit Ella.

Cadence eut soudain un vertige et fut prise de nausées. La fatigue ? La faim ? Le trop-plein d'émotions ?

Elle venait de passer plusieurs mois paisibles dans le

Colorado et n'était revenue au Texas que pour la lecture du testament de son père, prévue dans trois jours, à la veille de Noël. Après cela, elle retournerait dans le Colorado. À bien y réfléchir, peut-être même s'y installerait-elle définitivement. Cattle Barge, décidément, était dangereuse pour un Butler ! Mais elle informerait ses frères et sa sœur de ses intentions plus tard.

Elle se rendit compte qu'elle se caressait machinalement le ventre. Ce geste était devenu une habitude très douce et, en même temps, apaisante.

— Ce qui m'intrigue, c'est que je suis arrivée il y a quelques heures à peine. Personne n'est au courant, lâcha-t-elle.

— Cet individu n'en surveille pas moins la maison et a un fusil braqué dessus. Précisément, sur ta fenêtre, lui dit Rory. Soit il est déjà au courant de ton retour, soit il l'attend et le guette. Tout le monde sait que tu dois être présente à la lecture du testament le 24 au soir.

Tiendrait-il encore à elle ? se demanda-t-elle en frémissant sous son regard si intense. Se pouvait-il qu'il lui ait gardé un peu d'affection ?

Elle se reprit. Sans doute était-il seulement inquiet de son sort parce qu'elle était enceinte de son enfant. Le moment ne semblait pas idéal pour lui apprendre qu'elle attendait des jumelles.

Rory ne lui avait jamais caché qu'il n'était pas de l'étoffe dont on fait un mari sédentaire ou un père de famille nombreuse.

Elle soupira. Malgré tout, elle avait laissé libre cours à son attirance pour lui, ne se souciant que du présent. Maintenant, la dure réalité les rattrapait tous les deux.

Non seulement ils devaient trouver une solution pour leurs bébés, mais sa vie était en jeu.

*
* *

— Quel type de carabine avait cet individu ? demanda Dalton.

— Une Mossberg 308 W, modèle Patriot Night Train, répondit Rory sans hésiter. Une arme destinée au tir sportif longue distance, par-dessus le marché équipée d'une lunette 6-24x50. Bref, un petit bijou pour qui aime les armes. Et est bon tireur.

Tout en parlant, il sentait sur lui le regard de Cadence. Surtout, il percevait son amertume.

En même temps, il croyait de nouveau entendre la voix de Maverick Mike.

« Tu n'es pas l'homme qu'il faut à ma fille Cadence, Rory. »

Il avait alors eu un éclair de lucidité, et était revenu à la réalité. C'était évident, il ne serait jamais l'homme que Cadence voulait qu'il soit.

Donc, il avait rompu.

Lors de cette scène de rupture dont il n'aimait pas se souvenir, Cadence lui avait paru indifférente, sans doute par fierté. En tout cas, maintenant, il voyait la douleur au fond de ses yeux. Il comprenait qu'elle contenait sa colère et sa frustration.

Elle souffrait à cause de lui.

Cadence, si jolie et si bien dotée, aurait pu d'un claquement des doigts avoir tous les hommes de la région à ses pieds. Alors pourquoi lui ? Et, au fait, pourquoi le rejet spontané et sans ambiguïté de sa demande en mariage ? Il soupira. Dût-il vivre cent ans qu'il ne comprendrait jamais Cadence…

C'était un fait, il n'avait pas de bien ou de fortune personnelle. Mais était-ce une raison pour refuser de l'épouser avec cette impétuosité et ce… ce mépris somme toute ? Pourquoi l'avait-elle repoussé alors qu'elle était actuellement si vulnérable ? Fragile. À peine cette pensée l'eut-elle effleuré qu'il eut envie de rire. Cadence Butler fragile ? Elle avait toujours été une force de la nature ! Vibrante. Intense. Plus encore maintenant qu'elle portait son enfant.

Son enfant…

Il n'avait pas encore eu le temps d'assimiler la nouvelle, donc de se faire à l'idée qu'il allait devenir père… Une fois le danger écarté et la fratrie en sécurité, il pourrait s'appesantir sur sa future paternité. Sa capacité de concentration et sa pondération, exceptionnelles, faisaient son succès et lui permettaient de débusquer les braconniers. Il ne devait donc pas s'en départir pour le moment, d'autant que c'était Cadence qui était en danger.

Cependant, dès à présent, une joie et un bonheur timides l'envahissaient à la pensée de devenir bientôt père. Avec un peu d'appréhension, aussi, en raison de ses antécédents familiaux. Il n'avait pas eu les meilleurs modèles du monde sous les yeux, avec ses parents qui se disputaient sans cesse. Son seul réconfort, il le trouvait auprès de sa sœur qu'il n'avait pas revue depuis plus de quinze ans. À l'époque, il n'y avait pas encore de réseaux sociaux et, de toute façon, ça n'aurait rien changé. Il ne possédait toujours pas d'ordinateur ou de tablette, et n'avait qu'un téléphone portable où il n'avait pas installé de boîte mail ou d'accès Internet. Il ne ressentait pas la nécessité d'être joignable à tout instant ni d'avoir le monde à portée de main.

Il ne passait pas son temps le nez sur un écran, pas plus qu'il ne s'intéressait aux réseaux sociaux. Il leur préférait de loin le spectacle de la nature et souvent n'éprouvait pas le besoin de parler ou, pire, de parler pour ne rien dire.

Le cercle de ses proches lui suffisait. Dade et Dalton, qu'il considérait comme des frères et qu'il avait l'impression d'avoir toujours connus. La famille

Butler était liée à ses meilleurs souvenirs de jeunesse, ce qui lui avait presque donné envie de fonder un jour sa propre famille. Il s'était fait des illusions, bien sûr. Les amours n'étaient heureuses et ne se terminaient bien que dans les contes.

Et les contes, c'était seulement pour les enfants.

Il glissa un regard en biais vers Dade et Dalton, qui semblaient blessés par son silence sur sa liaison avec Cadence. Plus que jamais, il s'en voulait d'avoir trahi leur amitié en la leur taisant.

Puis il revint à la réalité, lorsqu'il entendit ces mots : « Et si c'était le même homme ? ».

— Après tout, notre père a été tué par une carabine à longue portée, dit Ella.

Puis elle regarda Cadence sans aménité.

— Ne le prends pas mal, mais j'espère que tu n'as pas encore fait des tiennes, récemment, en t'attirant la colère, ou la haine, de je ne sais qui !

Cadence croisa les bras d'un air de défi.

— Bon sang, Ella ! Tu as vu dans quel état je suis ? Tu me crois capable d'avoir assez d'énergie pour faire autre chose que dormir et manger ?

Ella soupira et reprit à l'adresse de Rory.

— Je suis sincèrement désolée pour ce qui s'est passé tout à l'heure.

— Disons que c'était une mesure de prudence, commenta-t-il sobrement.

— De prudence envers toi, Rory ? Toi que nous connaissons depuis toujours ? Nous n'avons aucune raison de nous méfier de toi, s'exclama Ella. Cadence n'aurait jamais dû s'en mêler et contacter Terrell !

Rory balaya la remarque d'un geste de la main.

— Ce n'est rien.

— Quels sont tes projets ? poursuivit Ella à son intention.

— Tu vas rester ici, au ranch ? Ton retour au Texas est définitif ?

Cadence grogna.

— S'il reste, moi je pars !

— Toi tu n'iras nulle part ! répliqua Ella.

Et elle poursuivit avant que Cadence, prête à riposter, n'objecte.

— Nous avons besoin de Rory !

Cadence tenta de reprendre la parole, mais Ella lui jeta un regard sévère.

— La lecture du testament a lieu dans trois jours à peine. La ville commence déjà à s'enflammer et parie sur des révélations spectaculaires ! Il est aussi possible que l'individu qui te menace justement les redoute, ces éventuelles révélations. Nous devons rester en alerte maximum jusqu'à l'ouverture du testament.

Ella se dirigea vers la machine à café.

— Je doute pouvoir dormir, avec tous ces événements…, soliloqua-t-elle. Bon, je vais refaire du café.

Elle regarda à la ronde.

— Quelqu'un a faim, peut-être ? Je pourrais cuisiner quelque chose ou…

— Sans moi, dit Rory. Je vais aller dormir dans mon ancienne chambre du dortoir, si elle est disponible. Avec les autres. Histoire de retrouver les bonnes habitudes.

— Ah non, pas question ! protesta Ella. Nous allons te préparer une chambre d'amis.

Cadence de nouveau exprima sa désapprobation par un murmure inaudible. Témoin de sa frustration croissante, il eut soudain envie de rire. Il se contint néanmoins, certain qu'un accès d'hilarité n'arrangerait pas l'humeur pour le moins chagrine de Cadence.

— Reste, Rory. Tu dois nous aider à mettre au point une stratégie, insista Ella.

Au cours des dernières minutes, Dade et Dalton étaient demeurés silencieux, comme partagés ou perplexes.

Autrefois, ils rabrouaient souvent Cadence, la petite sœur ennuyeuse et collante, tout en prenant très au sérieux leur rôle de grands frères. Peut-être, s'ils l'avaient acceptée dans leur trio et leurs jeux, Rory aurait-il fini par la considérer comme sa propre petite sœur, ce qui aurait désamorcé toute attirance lorsque Cadence était devenue une adolescente gracieuse, puis une belle jeune femme.

Si Mike Butler, assez sévère avec ses filles, veillait à ce qu'elles ne fréquentent pas les ouvriers du ranch, il encourageait l'amitié de ses deux fils avec ceux-ci. Repensant à leur complicité de tous les instants, Rory ressentit encore plus de culpabilité à leur égard.

Même envers Cadence.

Maintenant, elle aurait préféré qu'il soit au diable, s'il en croyait les éclairs dans les regards qu'elle lui lançait et ses poings serrés. Mais Ella avait raison : il ne quitterait pas le ranch tant qu'il n'aurait pas la certitude qu'elle y était en sécurité.

Et que son enfant le serait, par la même occasion.

Bon sang, il allait devenir père !

À cette pensée, il sentit son cœur se gonfler sous l'effet d'une indicible émotion.

— D'un autre côté, si c'est moi la cible, peut-être devrais-je plutôt quitter le ranch pour assurer votre sécurité à tous ? dit Cadence au même instant. Parce que si cet individu nous confondait, Ella et moi, et s'il lui arrivait malheur… par… par ma faute… Oh ! mon Dieu ! Je ne me le pardonnerais jamais…, acheva-t-elle avec des larmes dans la voix.

— Ça n'arrivera pas, murmura Ella.

Pourtant, Cadence avait raison, se dit Rory de plus en plus soucieux. Peut-être n'était-elle pas en sécurité, au ranch. Certes, des mesures avaient été prises, mais contre des braconniers, pas des criminels. Pour autant, cela n'avait pas empêché Dex de s'installer à son aise sur ces terres. Et il ne fallait pas oublier non plus que la fratrie Butler avait été en danger de mort à plusieurs reprises, au cours de ces derniers mois. Ella, Dalton et Dade avaient eu de la chance, jusque-là. Cette chance persisterait-elle ? Enfin, et surtout, Mike Butler avait été assassiné sur ses propres terres, dans la grange mitoyenne du dortoir, et son meurtrier courait toujours.

Cadence semblait avoir pris la mesure de la situation, désormais. Sourcils froncés, elle réfléchissait et sans doute envisageait-elle toutes les possibilités.

— Quitter le ranch ? Pour aller où, Cadence ? lui demanda-t-il donc.

— Dans le Colorado.

— Le Colorado ? Pourquoi ?

— Parce que j'y ai été en sécurité pendant ces derniers mois, depuis que… que papa…

Sa voix se brisa ; elle ne put achever.

— Là-bas, personne n'a essayé d'attenter à ma vie. La menace semble circonscrite à Cattle Barge, insista-t-elle.

— Cet individu attendait ton retour, prévisible et imminent puisque la lecture du testament, qui fait grand bruit, va se dérouler dans trois jours, martela-t-il. Il va continuer de tenir le ranch à l'œil. Une fois qu'il t'aura repérée, il ne te quittera plus et te suivra même jusque dans le Colorado.

— Nous ne sommes que le 21 décembre, lâcha Cadence. L'ouverture du testament n'aura lieu que le 24, à minuit. J'aurais aussi bien pu rentrer demain, voire après-demain.

— Peut-être a-t-il été informé de ton retour. Qui était au courant ?

— Dalton, Dade et Ella. Ed Staples, notre avocat. Et May, répondit Cadence. J'ai une confiance absolue en eux !

Ed Staples faisait partie de la famille, au même titre que May, la gouvernante, qui avait été une mère de substitution pour les quatre enfants de Mike Butler.

— Et les ouvriers ?

— Ils n'étaient pas au courant.

— Tu en es sûre ? Tu as demandé à Terrell Landry de m'interdire l'accès au ranch.

— J'ai appelé du Colorado dès que j'ai appris que Dade voulait te contacter. Mais je ne lui ai rien dit, concernant mon retour.

Rory se mit à arpenter la cuisine.

— On pourrait tendre un piège à cet individu.

— Un piège, mais…, intervint Ella.

— Laisse-le finir, coupa Dalton avec impatience.

— Oui, mais…, objecta à son tour Cadence.

— Faites-lui confiance, à la fin ! s'exclama Dale.

C'était le premier signe de solidarité à son égard de la part des jumeaux depuis leurs retrouvailles de ce soir.

— Peut-être pourrions-nous mettre en évidence ton retour à Cattle Barge, reprit Rory. Par le biais d'une petite fête familiale, par exemple. Ce serait un piège car, bien sûr, tu n'y assisterais pas : je me chargerais au préalable de t'exfiltrer du ranch.

— On pourrait organiser quelque chose en prévision de la naissance du bébé, enchaîna Ella.

Après une pause, elle reprit.

— Pourquoi pas une réception prénatale ?

— C'est en effet une possibilité, répondit Dalton. Dès qu'il s'agit des Butler, les nouvelles vont vite, à Cattle Barge. Donc tout le monde sera très vite au courant de la grossesse de Cadence, s'y intéressera, et ne s'étonnera pas qu'une petite fête soit organisée.

— C'est une bonne idée, dit Ella.

Elle jeta à Cadence un regard soucieux.

— Mais tu dois quitter le ranch au plus vite, pour ta sécurité, ajouta-t-elle à son intention. De plus, tu dois éviter de grandes émotions, dans ton état.

— Je suis d'accord avec ce projet seulement si c'est Rory qui le met à exécution et se charge ensuite d'assurer la sécurité de Cadence, intervint Dade.

— Vous avez déjà tout décidé sans me demander mon avis, c'est incroyable ! s'exclama Cadence exaspérée. Je suis quand même assez grande pour savoir ce qui est le mieux pour moi, et j'espère que…

— Moi, j'espère surtout que tu ne mettras pas ta vie ou celle de ton enfant en danger en refusant notre aide à tous ! Et celle de Rory en particulier, coupa Dade sèchement.

Rory vit Cadence se hérisser.

Empourprée, elle serra les poings, prête à riposter. Rory la dévisagea avec inquiétude, conscient que ce stress n'était pas bon dans son état. Il décida de se montrer conciliant le temps qu'elle recouvre son calme.

— Je suis d'accord pour mettre ce plan à exécution, mais seulement si Cadence l'accepte, dit-il d'un ton posé, bien que convaincu d'avoir non seulement le devoir mais aussi le droit de protéger *son* enfant et la mère de celui-ci. Ces retrouvailles sont un peu agitées pour des raisons évidentes, mais nous devons être raisonnables et avant tout penser à l'intérêt de Cadence et du bébé.

Cadence lui adressa un regard plein de méfiance, comme si elle cherchait à deviner ses véritables intentions. Mais il avait été sincère. Il voulait vraiment assurer sa protection et s'en savait capable.

— La dernière chose dont j'ai besoin, c'est d'un

baby-sitter ! rétorqua-t-elle dans le silence qui venait de retomber.

Il y avait sûrement un moyen de la faire changer d'avis.

Malheureusement, pour le moment, il était à bout d'arguments.

5

Cadence avait l'impression d'être reportée à l'époque où ses frères, qui pendant sa petite enfance l'avaient écartée de leurs jeux, avaient soudain décidé de se mêler de sa vie avec une obstination contrariante et d'être omniprésents.

Elle repensa en particulier à ce jour où, avec Granger Peabody, elle jouait au méchant et à la demoiselle en détresse. Ignorant que ce n'était qu'un jeu et donc se méprenant tant sur ses cris prétendument désespérés que sur l'attitude qui se voulait menaçante de Granger à son égard, Dade et Dalton s'étaient littéralement jetés sur lui, sans écouter ses explications effrayées et avaient ensuite formellement interdit au malheureux de l'approcher. Granger, alors âgé de dix ans, avait été traumatisé et n'avait plus voulu jouer avec elle après cet épisode pour le moins humiliant. Il avait même répandu la rumeur selon laquelle les frères de Cadence étaient de « vrais dingues ». Elle s'était donc sentie seule jusqu'à la fin de l'année scolaire.

Ce n'avait été que le début d'une longue série d'interventions intempestives, car ses frères, lancés, avaient ensuite terrorisé le premier garçon qui l'avait embrassée, quand elle était en cinquième. Cela dit, elle ne l'y avait pas autorisé non plus, mais elle n'avait pas eu besoin de Dalton et de Dade pour le repousser.

En définitive, ses frères, au lieu d'être ses sauveurs, étaient devenus deux cauchemars vivants. Par leur faute, elle avait été la cible de moqueries parce qu'elle avait acquis la réputation d'être une froussarde incapable de se débrouiller seule ou d'affronter certaines situations, voire de mener ses propres batailles. C'était l'une des raisons pour lesquelles elle envisageait de s'exiler dans le Colorado. Certes, de cœur, elle serait toujours attachée à la terre familiale, à cette région du Texas, mais là-bas, au moins, elle n'était plus « la petite dernière ». Personne ne ressentait le besoin de la prendre en charge ou de la défendre contre de supposés ennemis. Dans le Colorado, elle était libre, et non sous la coupe de frères farouchement attachés à sa sécurité. Il n'en restait pas moins que le nom de Maverick Mike Butler et sa réputation étaient connus au-delà du Texas, et qu'il était difficile de sortir de son ombre. Malgré tout, elle avait été tranquille dans le Colorado.

La vie à Cattle Barge deviendrait vite impossible. Une fois qu'elle serait mère, de surcroît mère célibataire, ses frères la surprotégeraient plus que jamais et, par-dessus le marché, se mêleraient de l'éducation de ses jumelles.

Elle n'oubliait pas non plus que Dade et Dalton s'étaient invités – non, imposés – à son premier vrai rendez-vous amoureux. C'était au cinéma. Ils s'étaient assis à côté d'elle, l'encadrant, et l'éloignant ainsi de Rickie Hampton. Que redoutaient-ils ? Que Rickie l'embrasse ? Et alors ? Ça faisait des mois qu'elle rêvait de ce baiser ! Le rendez-vous avait déjà mal commencé car Rickie, en venant la chercher, avait été fouillé par les ouvriers du ranch, sous le regard goguenard de ses frères ! Autant dire que c'était sa mise à mort sur le plan social, avait-elle alors pensé, consternée et humiliée.

Les gens considéraient que les Butler étaient arrogants. L'attitude toute-puissante de Dalton et Dade n'avait fait que le confirmer, malgré la gentillesse et le bénévolat infatigables d'Ella. Les années passaient, les gens restaient campés sur leur position en dépit des efforts faits pour contrebalancer leur opinion.

Et ce n'était pas tout.

Quand les gens ne critiquaient pas les Butler, ils les enviaient et cherchaient à profiter de leur situation et de leur fortune. Elle l'avait aussi appris à ses dépens. Ses rares amis s'étaient servis d'elle. Au collège, puis au lycée, elle s'était sentie très seule, contrairement à Dade et à Dalton qui, jumeaux, étaient unis comme les doigts de la main.

Sa famille certes l'aimait, l'avait protégée, surveillée, couvée avec les meilleures intentions du monde, mais cette affection débordante l'avait souvent étouffée.

Sa fratrie s'était augmentée d'une demi-sœur, Madelyn, et d'un demi-frère, Wyatt. Par chance, Madelyn lui avait pardonné son comportement puéril après avoir été convoquée à Cattle Barge par l'avocat de la famille.

— Il y a un problème avec ce plan, dit-elle, décidée à ne pas lâcher prise facilement.

— Lequel ? demanda Ella.

— Personne ne croira qu'une réception prénatale va être organisée en un tournemain, dans quelques heures à peine. Tout le monde sait que ça se prépare des semaines à l'avance !

Rory hocha la tête.

— Cadence a raison.

— Nous avons une solution toute prête à portée de main, répliqua Ella. C'est la lecture du testament de papa à laquelle Cadence ne peut se soustraire.

— Lors de sa lecture, le 24 décembre, vous serez tous au même endroit au même moment. Donc, cet individu vous atteindra sans mal, remarqua Rory. Et Cadence ne sera peut-être pas sa seule victime.

Ella arpenta la cuisine pendant que les jumeaux opinaient.

— Mais si on annonçait que le testament sera lu demain soir, au lieu du 24 ? suggéra-t-elle tout à coup.

— On aura le temps de s'organiser ? demanda Cadence.

— Encore une fois, rien de plus facile. Nous allons répandre l'info sur Internet : elle sera reprise partout et considérée comme parole d'Évangile, lâcha Ella observant ses frères et Cadence tour à tour. Vous savez bien que tout ce que nous faisons et disons est répété, même déformé.

— Ça pourrait fonctionner, reconnut Dade. Ella, je te laisse informer la presse.

— Le moment venu, Cadence sera déjà loin, intervint Rory.

— Et personne n'aura besoin de le savoir, conclut Ella. Cadence, bien sûr, tu es d'accord ?

Cadence savait que Rory, ses frères et Ella avaient raison, tout comme elle savait qu'elle ne pourrait résister plus longtemps. Plus vite le shérif confondrait l'individu qui la menaçait, ou les menaçait, plus vite elle pourrait passer à autre chose, à savoir annoncer son projet de s'installer définitivement dans le Colorado. Elle se savait impulsive et prenait souvent dans le feu de l'action des décisions qu'elle regrettait par la suite, mais elle était franche et n'avait jamais aimé les secrets. Si elle avait demandé à Rory de garder le silence sur leur liaison, c'était de peur que ses frères, de nouveau, n'interviennent et gâchent tout. D'un autre côté, elle était heureuse que la fratrie fasse front et se serre les coudes depuis le meurtre de leur père.

Son père.

Elle ne pouvait penser à lui sans avoir la gorge serrée. Elle aurait tant aimé lui apprendre qu'elle était enceinte de jumelles et voir sa réaction. À cette pensée, elle caressa son ventre.

Maverick Mike Butler avait été célèbre pour ses frasques, sa fougue, son énergie et son audace, mais avec l'âge il s'était assagi. Vieillir lui allait bien, tant sur le plan physique que sur le plan moral. Il était même devenu plus indulgent et attentif à autrui. Elle se souvint qu'il lui avait confié qu'il se préparait à faire une annonce importante à toute la famille.

Peu après cette conversation avec lui, elle avait déjà eu l'intention de partir dans le Colorado. Elle regrettait de ne pas lui en avoir parlé… C'était bizarre d'autant souhaiter avoir reçu son approbation. Sa bénédiction, en quelque sorte.

— Si nous voulons que notre plan fonctionne, nous devons bien entendu mettre Ed Staples dans la confidence, reprit Ella, qui continuait d'arpenter la cuisine.

— C'est juste, renchérit Cadence.

Dade regardait Dalton qui préparait à son tour une nouvelle tournée de café.

— Il nous reste à peaufiner notre plan dans ses moindres détails, dit-il en sortant son smartphone. Pour commencer, à quel journaliste annoncer que la lecture du testament a été avancée ?

— Inutile de chercher loin ! s'exclama Ella en claquant des doigts. Au journaliste de *NewsNow !*, Cameron. Il ne nous a quasiment pas lâchés d'une semelle depuis ces derniers mois. Je ne peux aller nulle part sans le rencontrer.

— Ne va-t-il pas mettre en doute l'authenticité de cette histoire ? demanda Dade perplexe.

— Ça m'étonnerait ! fit Ella. Il ne mettra pas

l'information en doute puisqu'elle viendra directement de l'un de nous.

Dalton acquiesça avec une expression de mépris.

— Je vois. Cadence, j'ai maintenant une question à te poser.

Il marqua un silence et reprit.

— Qui pourrait te menacer ?

— Je n'en ai malheureusement pas la moindre idée.

— Tu ne vois vraiment personne ?

Il se versa une tasse de café et en offrit une à Rory.

— Non. Personne. J'ai quitté Cattle Barge après le meurtre de papa, et j'ai fait profil bas, dans le Colorado. Comme j'y ai été en sécurité, je doute qu'on m'y ait suivie. À l'évidence, personne ne savait où j'étais.

Rory émit un grognement.

— Qu'est-ce que c'est censé vouloir dire ? demanda Cadence en lui lançant un regard noir.

— Eh bien moi, je savais où tu étais…, dit-il d'une voix sourde. Je sais aussi quand tu as quitté Cattle Barge.

Il se tut, manifestement gêné d'avoir ainsi révélé qu'il ne l'avait pas perdue de vue.

— Nous savons que tu excelles dans ton travail de pisteur, alors bravo, Rory ! Pour autant, tu n'as pas découvert que j'étais enceinte, donc…

Elle se tut, regrettant déjà ses mots.

— Excuse-moi, Rory, je… Ce n'est pas ce que je voulais dire… Ce que je voulais…

Trop tard. Rory était sorti de la cuisine en claquant la porte derrière lui.

— Ce n'est pas ce que je voulais dire ! répéta Cadence qui était sortie à sa suite.

Rory se figea puis revint vers elle en scrutant les environs plongés dans une nuit d'un noir d'encre. La seule source de lumière venait de la lampe au-dessus de la porte de la grange et de celle à l'arrière de la véranda.

— Rentre tout de suite, Cadence ! Tu es complètement folle ! Tu ne vois pas que tu te mets en danger ?

— Quoi ? fit-elle l'air troublé.

— N'importe qui peut se cacher tout près, avec cette obscurité. Rentre immédiatement !

Elle parut sur le point de riposter, mais elle regarda autour d'elle et, à sa grande surprise, obtempéra. Il la suivit.

La cuisine était à présent déserte, constata-t-il avec soulagement. Il ne voulait pas que les frères et la sœur de Cadence, si proche fût-il d'eux, entendent ce qu'il avait maintenant à dire.

— Il s'est passé beaucoup de choses en l'espace de ces dernières heures, tu devrais te reposer, commença-t-il avec précaution.

Et, avant qu'elle s'indigne, il leva les mains en signe d'apaisement et ajouta :

— Je ne te dis pas ce que tu dois faire, Cadence. Parce que tu fais ce que tu veux, en définitive. C'est une simple suggestion.

— Je n'avais pas l'intention de protester, répondit-elle avec un mince sourire

Elle n'avait pas pris la mouche pour une fois, et c'était un progrès.

Il décida de faire lui aussi preuve de bonne volonté.

— Nous partirons au petit matin, donc dans quelques heures, ajouta-t-il en la regardant poser la main sur son ventre. Je vais tout organiser avec tes frères. Qu'en penses-tu ?

Il luttait contre le désir de s'approcher d'elle, de la prendre dans ses bras, comme si, par ce seul geste, il pouvait la protéger du reste du monde. Mais il n'osait pas car il était certain qu'elle se rebifferait et le repousserait. Elle détestait qu'on la couve.

— Je suis d'accord, lâcha-t-elle à mi-voix.

Il eut du mal à cacher sa surprise. Cadence Butler de nouveau d'accord avec lui ? À moins que ce ne soit une stratégie pour mieux le prendre à revers à l'instant où il s'y attendrait le moins ?

— Je ne sais pas ce que tu envisages, pour notre bébé, reprit-il. Mais je t'en prie, promets-moi que nous en parlerons tranquillement.

Elle soupira.

— Contrairement à ce que tu sembles penser, je n'ai pas l'intention de rendre cette situation plus difficile qu'elle l'est déjà, Rory.

— Tu acceptes donc d'évoquer tes projets avec moi ?

Elle leva un sourcil interrogateur et Rory, qui ne la quittait pas des yeux, fut transporté par sa beauté vibrante. Elle était encore plus belle que dans ses souvenirs. Rayonnante. Épanouie. Était-ce la grossesse qui la rendait aussi éblouissante ?

De nouveau, son cœur se serra de la plus vive émotion à l'idée qu'elle portait *son* enfant. Et, pour Cadence et son bébé, il était prêt à donner sa vie.

— Tu as le droit de savoir, répondit-elle avec simplicité après un silence.

Il aurait eu le droit d'être informé de sa grossesse sitôt qu'elle l'avait apprise, acheva-t-il en son for intérieur. Mais elle ne la lui avait révélée qu'à la dernière extrémité, et parce qu'elle n'avait pas eu d'autre choix. Sans ces retrouvailles, il l'ignorerait encore, songea-t-il, affligé. Puis il se ressaisit. Ce n'était pas le moment de s'apitoyer sur son sort. Le plus important, c'était de trouver un refuge pour Cadence et de mettre la main sur Dex.

— Tout à l'heure, Dalton t'a demandé si tu connaissais

quelqu'un qui pourrait t'en vouloir pour telle ou telle raison, continua-t-il. Tu ne vois toujours personne ? L'homme que j'ai rencontré tout à l'heure m'a dit s'appeler Dex, mais je ne suis pas certain que ce soit son vrai nom. À moins que, pris au dépourvu, il m'ait dévoilé sa véritable identité.

Quoi qu'il en soit, Dex avait été le plus malin parce qu'il avait réussi à lui échapper avec maestria.

— A priori, le seul fait de porter le nom de Butler suffit à me mettre en danger…, lâcha Cadence avec un froncement de sourcils ombrageux. Mais j'ai beau chercher, non, je ne vois vraiment personne qui pourrait en vouloir à ma vie…

— D'accord, fit-il, conscient de sa frustration. Jusqu'à ce qu'on le découvre, tu devras faire profil bas.

— Compris.

Elle marqua un silence.

— Et ce chien ? Boots, c'est comme ça qu'il s'appelle ? demanda-t-elle, contre toute attente. Que va-t-il devenir ?

— Comment es-tu au courant ?

— Par Ella. Qu'est-ce qui va lui arriver ?

Il haussa les épaules.

— À mon avis, personne ne le réclamera. Je ne sais même pas si ce beagle appartenait à Dex.

— J'aimerais le garder. Enfin, si tu n'en veux pas.

Il ne s'était même pas posé la question, car un chien et la traque de braconniers étaient incompatibles. Il suffisait d'un aboiement malvenu pour se faire repérer et se mettre en danger. Dans ces conditions, à quoi bon s'embarrasser d'un chien, de surcroît si jeune ?

Autant le laisser à Cadence, puisqu'elle le désirait.

— D'accord, si ça peut te faire plaisir, dit-il enfin.

Soudain, la pensée de renoncer à Boots creusa en lui un vide qui l'étonna. Pourquoi ? Il n'avait pas le temps de dresser un chien, ou de s'en occuper. Bien sûr, Boots était mignon, mais il n'était pas possible qu'il se soit attaché à lui en si peu de temps. Au même instant, un souvenir venu de très loin émergea de sa mémoire : enfant, il avait désiré un chien de toutes ses forces, et ce rêve ne s'était jamais réalisé. Cela expliquait sans doute cette subite mélancolie à l'idée de laisser Boots à Cadence.

Dans le silence qui était retombé, il dévisagea Cadence qui, de son côté, l'observait avec attention, comme si elle cherchait à deviner le cours de ses pensées.

Leur conversation de ces dernières minutes était un premier pas, conclut-il sans la quitter des yeux. Il en fut soulagé, car il n'avait d'autre désir que de trouver un terrain d'entente avec elle. Un sentiment de culpabilité l'envahit à la pensée qu'elle avait été seule, sans lui à ses côtés, depuis le début de sa grossesse.

Le silence planait toujours entre eux quand Ella revint dans la cuisine. En les voyant, elle s'immobilisa un instant, comme si elle avait l'impression d'arriver à un moment inopportun.

— J'ai passé quelques coups de fil, annonça-t-elle en jetant un coup d'œil à l'horloge murale. Vu l'heure tardive, j'ai réveillé pas mal de monde, mais tout est prêt. La lecture du testament prétendument avancée est prévue à midi.

Rory jeta lui aussi un coup d'œil à l'horloge puis, de nouveau, riva son regard à celui de Cadence. Dans le silence qui était retombé, des souvenirs plus intimes lui remontèrent à la mémoire.

Sa peau, si douce, sous ses lèvres. Ses gémissements, sous ses caresses.

Gêné par l'intensité de ces évocations, il baissa les yeux et toussota pour dissiper sa gêne. Lorsqu'il releva la tête, il constata que Cadence, de son côté, s'était empourprée. Parce que le cours de ses pensées suivait le sien ? Non. Certainement pas. Il se faisait des illusions, bien sûr !

— Je pense que tu devrais aller te coucher, dit-il enfin, la voyant bâiller. En attendant, je vais tout organiser avec tes frères. Demain matin, je te raconterai notre plan.

Pour toute réponse, Cadence se contenta d'opiner et sortit en étouffant un autre bâillement.

— Fatiguée ? demanda-t-il à Ella.

— Oui. Mais je ne réussirai jamais à fermer l'œil, répondit-elle avec un soupir. L'inquiétude me stresse, et puis je ne veux pas réveiller Holden.

Holden, le mari d'Ella.

— Félicitations, commença-t-il. J'ai appris que Holden et toi vous vous étiez mariés à Thanksgiving.

Ella lui sourit largement, puis ouvrit le réfrigérateur et en sortit un soda au gingembre.

— Oui. Merci. Tu ne le verras pas, car Holden retourne en Virginie dès demain. Pour ses affaires.

— Dommage. J'aurais aimé le rencontrer.

— Lui aussi, sans doute, dit Ella dont le visage exprimait la félicité.

Tout le monde trouvait le bonheur, sauf lui. Mais ce bonheur-là résultait du désir de se marier et de fonder une famille. Avait-il ce désir-là ? se demanda-t-il. Il ne savait plus.

Il eut tout à coup du mal à respirer et ouvrit le bouton de son col. Ce fut vain, il étouffait vraiment. De plus en plus oppressé, il regarda autour de lui, égaré, certain que le thermostat du chauffage avait été monté.

— Ça va, Rory ?

Inquiète, Ella s'approcha de lui.

Non ça n'allait pas.

Il savait que la cause de cet étrange étourdissement

n'était pas la chaleur ambiante mais la perspective de devenir bientôt père de famille.

— Ça va…

— Mes frères t'attendent dans le salon.

— Très bien.

— Tu as tout ce dont tu as besoin ? demanda Rory.

Cadence garda le silence. Elle prenait la mesure de la situation.

Elle était menacée de mort. Une carabine avait été braquée sur *sa* fenêtre. Un inconnu voulait lui ôter la vie.

Six mois plus tôt elle aurait été inquiète. Désormais enceinte et bientôt mère, elle était terrorisée. L'idée qu'il puisse arriver malheur à ses bébés lui coupait le souffle.

Soudain, la panique céda la place à une violente colère qui lui fit serrer les poings. Elle comprit que, au cours de ces derniers mois, ses instincts protecteurs s'étaient développés. Sans doute se renforceraient-ils, une fois ses jumelles nées. À propos, était-ce le moment d'annoncer à Rory que sa grossesse était gémellaire ? se demanda-t-elle, le dévisageant. Non. Pas maintenant. Elle redoutait sa réaction.

Fuirait-il ? La délaisserait-il ?

Les protégerait-il ? Ou encore, se battrait-il pour obtenir la garde de *ses* enfants au motif de son immaturité et de ses erreurs de jugement, notamment envers sa demi-sœur Madelyn. Utiliserait-il ces arguments contre elle devant un tribunal ?

— Cadence ?

Il claqua des doigts devant ses yeux ; elle sursauta.

— Quoi ?

— De quoi encore as-tu besoin ? insista-t-il d'un air inquiet.

— Oh ! ah… Excuse-moi, j'étais perdue dans mes pensées.

Elle secoua la tête comme pour conjurer ses craintes.

Il ne leur fallut pas longtemps pour préparer ses affaires vu que, à peine arrivée au ranch, elle n'avait pour ainsi dire encore rien déballé. Elle ne choisit que quelques vêtements de rechange et les produits de toilette indispensables, que Rory mit dans un sac à dos qu'il avait trouvé au fond de son armoire.

— Quel est le plan, au juste ? demanda-t-elle avec curiosité.

— L'arrivée d'Ed Staples, prévue vers 11 h 45 fera diversion. Nous sortirons par-derrière. Nous nous joindrons aux ouvriers qui, en 4x4, vont vérifier les clôtures.

— Ça semble facile, dit comme ça.

— Ça ne le sera pas, Cadence. Il ne faut surtout pas se faire repérer. Ensuite nous couperons par des sentiers de forêt pleins d'ornières. J'espère que tu ne souffriras pas trop des secousses.

Elle caressa son ventre.

— Je l'espère aussi.

— Malgré tout, je roulerai aussi doucement que possible. Et une fois sur la Route 12, nous prendrons un autre véhicule. De là, nous continuerons. Enfin nous nous réfugierons…

Il hésita.

— Tu verras, je n'en dis pas plus.

— Et Dex ? La tente ? La carabine ?

— Le shérif et ses adjoints s'en occupent. Moi, j'assure ta sécurité en t'éloignant du ranch.

Sur ces mots, il ferma le sac à dos.

— Il ne reste que quelques heures avant notre départ. Repose-toi encore un peu. Les jours à venir risquent d'être éprouvants.

Cadence ne répondit pas. Elle regardait autour d'elle,

désemparée. Le ranch familial à l'approche de Noël. Un Noël sans son père. Des retrouvailles houleuses avec Rory. Les menaces de mort.

Mais que lui réservait donc l'avenir ?

Les quelques heures qui s'écoulèrent jusqu'au départ lui parurent une éternité. Elle tua le temps en dévorant des barres de céréales. Elle avait sans cesse faim, et c'était logique : ne mangeait-elle pas pour trois ?

Enfin, le moment venu, Rory et elle se joignirent, sans les avertir et discrètement, au groupe d'ouvriers du ranch qui, chaque jour, sortaient en 4x4 pour vérifier les clôtures et surveiller le bétail. Ils restèrent en queue de convoi jusqu'à ce que, une fois éloignés de la maison, tous les véhicules prennent des directions différentes.

Allongée sur la banquette arrière, Cadence avait les nerfs à vif. Elle redoutait que Dex, ou ses complices, les guettent et les attendent aux abords des terres de sa famille. Ceux-ci n'auraient aucun mal à leur tendre une embuscade, malgré les précautions de Rory.

De plus, la proximité de Rory la troublait. Elle avait beau s'exhorter à la raison, elle ne cessait de se remémorer les instants passés, et surtout passionnés, qu'ils avaient vécus ensemble. Surtout, depuis qu'elle était enceinte, sa sensualité avait explosé et, une fois les nausées matinales passées, elle avait très souvent envie de faire l'amour. C'était réjouissant et déconcertant à la fois.

Et ses retrouvailles avec Rory lui rappelaient à quel point elle avait aimé faire l'amour avec lui, à quel point elle avait tout simplement aimé être avec lui… Aimé son corps et sa vigueur. Et elle les aimait toujours… Elle avait aussi trouvé exaltant de garder leur liaison secrète. Cela avait été une façon de la pimenter davantage, et d'en préserver tant la pureté que la passion… Et, pour une fois, ses frères ne s'en étaient pas mêlés !

Bien sûr, son père aurait désapprouvé… Il désapprouvait que ses filles, qu'il entourait d'un soin jaloux, fréquentent les ouvriers du ranch.

Les souvenirs toujours plus voluptueux remontaient, et d'autant plus qu'elle était seule avec Rory dans ce véhicule. Elle était submergée par des images, amplifiées par sa proximité et son odeur.

Elle les revoyait, en prise à des corps-à-corps sensuels entre les draps froissés, croyait de nouveau entendre leurs gémissements et halètements, ainsi que leurs soupirs. Elle revivait ce bonheur qui avait alors paru coïncider avec l'éternité.

Et ce n'était pas tout. Il y avait aussi eu ces conversations à perdre haleine, ardentes et si exaltantes. Ces réveils tendres au petit matin, dans les bras de Rory.

Quand elle y repensait, elle se disait que, oui, décidément, elle avait vécu avec lui les plus beaux moments de sa vie.

Elle avait été follement heureuse avec Rory Scott, et c'est pourquoi elle avait tant souffert de la rupture, qu'il avait initiée.

De son rejet, plutôt.

Et elle en souffrait encore et toujours.

— Tu peux me dire où on va, maintenant ? demanda-t-elle alors qu'il s'engageait sur l'autoroute.

— Chez moi. Mon chalet au fond des bois. Nous y serons en sécurité, lâcha-t-il.

Considérant cette petite maison comme son havre de paix personnel, il n'y avait jamais invité personne. À vrai dire, Cadence Butler n'était pas « personne » ! Elle était la mère de son enfant, lui rappela une petite voix sentencieuse. Mais l'endroit était si modeste qu'il n'avait jamais voulu lui y donner rendez-vous quand ils étaient devenus amants. Par pudeur.

Comme elle ne faisait aucun commentaire, il en déduisit que la surprise la rendait muette.

Le reste du trajet se déroula dans une tension que, mal à l'aise, il compara en son for intérieur à l'atmosphère qui précède un gros orage.

Que pensait Cadence de cette cabane perdue au fond des bois ? Inquiet, Rory la suivit des yeux dès qu'ils y furent entrés. Il la regarda passer du séjour-salon-cuisine à sa chambre. Était-elle déçue ? Difficile à dire. Son expression restait indéchiffrable.

Il savait parfaitement que sa maisonnette était trop petite et pas assez confortable pour Cadence qui avait toujours vécu dans un ranch immense, cossu, où s'activait du personnel. Elle ne cuisinait pas et sans doute n'avait-elle jamais fait le ménage. Il continuait de l'observer, la frustration l'envahissant, car elle restait silencieuse.

— Tu n'as qu'une seule chambre ? demanda-t-elle enfin un peu sèchement.

— Je n'ai pas besoin de plus, répliqua-t-il d'un ton guindé. Ça suffit pour une seule personne.

Il regretta sa réponse, trop rapide, en regardant le ventre de Cadence. Il allait devoir agrandir cette maison, ou peut-être en louer une plus spacieuse une fois que, le danger écarté, il évoquerait avec Cadence leur prochain rôle de parent.

Soudain, elle sourit et se détendit, puis s'assit sur le canapé.

— Bon. Alors ? lâcha-t-il d'une voix plus forte et plus impatiente qu'il l'aurait voulu.

Le fait que l'approbation de Cadence compte autant l'agaçait.

— Alors quoi ? répondit-elle, étonnée.

— Ça ne te plaît pas ?

Elle haussa les épaules.

— Je ne savais même pas que tu avais une maison, biaisa-t-elle.

Il ne put s'empêcher de sourire.

— Je ne suis pas un sauvage. Comme tu peux le constater, j'ai quatre murs, un toit et même de la vaisselle. Sans oublier les couverts ! enchaîna-t-il d'un ton plaisant.

— Et des oreillers. Des couvertures, renchérit-elle sur le même mode avant de bâiller à s'en décrocher la mâchoire.

Elle était épuisée, constata-t-il.

— Oui. Et un bon lit aussi. Je te laisse ma chambre, si tu veux faire une sieste. Et cette nuit, je dormirai ici. Le canapé est très confortable, j'y serai bien, ajouta-t-il.

— Si c'est ce que tu veux…

Il s'approcha et lui tendit la main.

Elle l'ignora, et se leva sans son aide.

6

Cadence était surprise que la maison de Rory, si petite fût-elle, soit aussi confortable et chaleureuse. Elle aimait la cheminée d'angle en pierre de taille qui se trouvait dans le salon. Au lieu de l'écran plat et du fauteuil télé que chaque célibataire semblait posséder, Rory avait des étagères couvertes de livres et un canapé confortable.

Cet endroit lui ressemble tellement, constata-t-elle, étonnée aussi de s'y sentir aussi à l'aise. Car cette maison était conçue pour un célibataire solitaire et indépendant qui, de surcroît, n'y passait guère de temps. Solitude et liberté. Tels étaient les deux mots qui définissaient le mieux Rory Scott.

Il l'avait sans doute aimée, mais l'amour de Rory pour la liberté serait toujours le plus fort. Et soudain elle sentit un rire irrésistible et sans doute nerveux lui monter aux lèvres en imaginant Rory Scott sur le pas d'une maison familiale avec son jardin pimpant et sa barrière blanche.

— Appelle si tu as besoin de quoi que ce soit, lui dit-il avant de refermer la porte de la chambre sur elle.

— D'accord.

Avec un soupir d'aise, elle retira ses ballerines, songeant au poids que ses chevilles portaient maintenant. Bon sang il suffisait qu'elle mange une seule chips pour que ses chevilles gonflent !

Elle se blottit sous la couette avec bonheur. Ce n'était que le début de l'après-midi, mais elle se sentait tellement fatiguée... Le bon sommeil et la grossesse n'allaient pas vraiment de pair, surtout couplés à la nervosité de ces dernières heures. Sans même s'en rendre compte, elle sombra dans le sommeil.

Une voix douce et cependant impérieuse lui parvint alors qu'elle avait l'impression qu'elle venait tout juste de s'endormir.

Elle fit un gros effort pour émerger de son brouillard douillet et ouvrir les yeux, mais c'était impossible. Son sommeil était si profond et bienheureux... Elle fut donc contrariée d'entendre de nouveau cette voix et, en même temps, de sentir une main sur son épaule. Elle fit un geste pour l'écarter mais elle était comme paralysée. La main, cette fois, la secoua. Alors, pour en finir, elle fit un ultime effort et ouvrit les yeux. Penché sur elle, Rory l'observait avec une expression à la fois inquiète et sérieuse.

— Réveille-toi, Cadence ! répéta-t-il avec plus de force.

Il était en colère ? Pourquoi ?

— Que se passe-t-il ? demanda-t-elle égarée.

— On a été suivis, grommela-t-il. Il y a deux hommes qui arrivent. Il faut prendre la fuite. Tout de suite !

Aussitôt, elle se redressa. Au même instant, elle entendit du bruit dehors et remarqua la chaise que Rory avait placée sous la poignée de la porte pour bloquer l'accès à la chambre. Tandis qu'elle enfilait sa veste en laine, il l'aida à mettre ses ballerines.

— Lève-toi et suis-moi en faisant le moins de bruit

possible, lui intima-t-il à voix basse tout en ouvrant la fenêtre.

La peur l'envahit quand elle entendit le plancher craquer dans la pièce voisine. Son pouls s'accéléra, et ses mains se mirent à trembler. Rory la prit par la main pour la conduire vers la fenêtre grande ouverte.

À l'idée de fuir dans cette forêt, elle fut saisie de panique.

Pour aller où ? Se cacher où et comment, en plein jour ?

Rory lui fit franchir le cadre de fenêtre et vite l'enjamba à son tour. Le voyant si agile et rapide, elle se rendit compte avec consternation qu'elle allait considérablement les ralentir. Lui reprenant la main, il se mit à courir vers la partie la plus épaisse de la forêt qui entourait sa cabane.

— Tu peux aller plus vite ? lui demanda-t-il, alors qu'elle entendait les intrus entrer avec fracas dans la chambre qu'elle occupait quelques minutes plus tôt.

Combien étaient-ils ?

Une voix d'homme au même instant lui parvint.

— Ils sont là ! Vite !

Terrorisée, elle n'osa risquer un regard en arrière, de peur de trébucher ou de perdre du temps. Avec ses ballerines qui n'avaient pas de prise sur le sol, elle avait les pires difficultés à suivre Rory.

Une autre voix d'homme s'éleva, et de nouveau elle frissonna. Ils étaient au moins deux. Ils allaient les rattraper sans mal ! Sous l'effet de la panique, elle redoubla d'efforts, ignorant la douleur partout dans son corps. Mais, soudain, elle heurta un rocher, dérapa et se tordit la cheville. La douleur fut si vive qu'elle vacilla et tomba. Sa première pensée fut pour ses bébés. Déjà, Rory l'aidait à se relever.

Il ne prit pas le temps de regarder sa blessure, ils

repartirent, elle sans sa ballerine droite, qu'elle avait perdue dans sa chute. Seuls Rory, la peur et l'adrénaline, qui masquait sa douleur, lui donnaient la force de continuer. Elle n'en sentait pas moins, avec une étrange acuité, les aspérités du terrain, chaque caillou et brindille qui meurtrissaient son pied nu.

Elle aurait voulu examiner sa cheville et évaluer la gravité de sa foulure d'autant qu'elle sentait maintenant le sang tiède couler et la faire glisser, mais elle redoutait de perdre un temps précieux.

Elle désespérait quand elle sentit la main de Rory serrer la sienne plus fort.

— Ça va ?

— Ça va aller. Continue ! lui dit-elle d'une voix suppliante, haletante.

Elle avait tellement peur qu'ils soient rattrapés !

Lorsqu'ils furent au milieu de la forêt, elle s'affola. Rory sans doute la connaissait par cœur et, sans doute aussi, la considérait-il comme le meilleur refuge mais leur sécurité et leur fuite étaient compromises, car ralenties tant par sa blessure que par l'itinéraire de Rory, étonnamment en zigzag. Elle avait l'impression qu'ils tournaient en rond et redoutait qu'ils reviennent à leur point de départ lorsque, tout à coup, un des hommes surgit devant eux.

Elevée avec deux garçons qui aimaient chahuter, Cadence était dotée de bons réflexes et n'avait pas froid aux yeux. Elle leva le bras pour se défendre et réussit à frapper son agresseur en plein visage. Ce dernier d'abord surpris se ressaisit et la saisit à bras-le-corps pour l'immobiliser. Elle échappa à son étreinte en pivotant sur elle-même et en se laissant tomber.

Rory aussitôt se jeta sur son assaillant, qu'il déséquilibra.

— Cours, Cadence ! lui cria-t-il ensuite.

Elle eut un bref moment d'hésitation. Se séparer de Rory ? Courir ? Pour aller où ? Et puis sa cheville foulée lui faisait terriblement mal.

Rory la regardait toujours, maintenant son agresseur au sol.

— Vite, Cadence !

Alors elle se releva, et rassembla ses dernières forces pour se remettre courir.

Au même instant, un deuxième individu, un vrai colosse celui-là, surgit et se jeta sur Rory. Rory recula sans pour autant se dérober à l'assaut. Cadence serra les poings d'impuissance et de colère. Si elle n'avait été enceinte, de surcroît blessée, elle aurait vraiment pu se jeter dans la bataille et lui prêter main-forte, mais elle savait que sa priorité était sa sécurité et celle de ses bébés.

Et tel était, bien sûr, le raisonnement que tenait Rory lui aussi. Elle courut donc, sourde aux bruits de lutte et aux ahanements qui s'estompaient à mesure qu'elle s'enfonçait dans cette forêt. Elle courait aussi vite qu'elle le pouvait, malgré l'épuisement et sa cheville blessée.

Quand enfin elle parvint à un ruisseau, elle était à bout de forces et avait de plus en plus de peine à prendre appui sur son pied. L'adrénaline s'épuisait, la douleur devenait infernale et elle n'avançait plus qu'en boitillant, s'agrippant aux branches à sa portée ou s'appuyant aux troncs.

Elle se laissa tomber au bord de l'eau et y trempa son pied blessé avant de retirer la ballerine qui lui restait pour y baigner son autre pied. L'eau très froide lui fit du bien et soulagea un peu sa cheville enflée. Malgré tout, elle ne pensait qu'à Rory et à ses bébés.

Après quelques instants, elle observa les alentours. Elle était complètement seule dans cette forêt inconnue.

Blessée. Livrée à elle-même. Comment sortir de là ? Comment Rory réussirait-il à la retrouver ?

En contrebas, l'eau du ruisseau s'accumulait, formant un petit bassin. Cadence y jeta un coup d'œil méfiant, redoutant des mocassins d'eau. Ces serpents, appelés aussi « bouches de coton », étaient venimeux et agressifs, et occupaient chaque point d'eau au Texas.

Elle était de plus en plus consciente de sa vulnérabilité absolue face aux serpents et à des agresseurs susceptibles de la retrouver. Il fallait qu'elle se relève, qu'elle se remette en route. Mais pourrait-elle marcher ? Et dans quelle direction ? Elle avait besoin de quelque chose qui lui serve de canne et d'arme.

Une branche bien solide.

Cadence savait qu'elle devait trouver rapidement une solution, sans quoi elle n'aurait bientôt plus la force de se relever et de repartir. Rester là, c'était s'exposer au danger. Surtout, mettre ses bébés en danger. À cette pensée, elle sentit les larmes lui monter aux yeux. Ses bébés n'étaient pas encore nés qu'elle n'était pas capable de les protéger… Serait-elle une bonne mère ? Pas sûr, d'autant qu'elle n'avait pas eu non plus l'exemple de sa propre mère.

Peut-être ne vivrait-elle pas assez longtemps pour le savoir…, conclut-elle, accablée.

Son regard se posa sur une grosse branche qu'elle tira laborieusement vers elle, en grimaçant de douleur. Chaque mouvement la faisait souffrir, après l'incroyable effort qu'elle venait de fournir.

Tout à coup, une main se posa sur son épaule. Affolée, elle se retourna.

— Rory !

Son soulagement fut tel que des larmes roulèrent sur ses joues.

— Il faut repartir ! l'exhorta-t-il.

Alors qu'il lui tendait la main pour l'aider à se relever, il baissa les yeux vers sa cheville.

— Tu as perdu tes chaussures ?

— Il ne m'en reste qu'une…

Elle lui montra sa ballerine gauche.

— Attends.

Il retira ses baskets et les lui fit mettre.

— Elles sont trop grandes, dit-elle d'une voix faible. Et puis, avec ma cheville…

Rory opina et ôta ses chaussettes, et les lui enfila, puis remit ses baskets.

Il terminait quand des craquements de branches et des voix leur parvinrent.

— On doit y aller, Cadence, murmura-t-il d'une voix pressante.

Elle lut sur ses traits un désespoir et une impuissance qu'elle n'y avait jamais vus.

C'était sa faute ! Elle n'était qu'un poids, pour lui. Oh ! il n'avait pas besoin de le lui dire, cela se voyait à son expression.

Il l'aida à se lever, et lui entoura la taille du bras.

— Appuie-toi sur moi. Passe ton bras autour de mes épaules.

En dépit de la douleur, de la fatigue et de la peur, elle fut parcourue par un doux frisson au contact de son corps tiède et vigoureux.

— Ça va aller ? demanda-t-il.

— Oui. Allons-y ! répondit-elle bravement.

À vrai dire, ça n'allait pas, mais avait-elle le choix ? Non ! Rester là, revenait à se condamner.

Serrant les dents, elle s'efforça de ne pas penser à la douleur et à la fatigue pour ne se concentrer que sur leur progression dans cette forêt. Elle puisait sa force dans son contact avec Rory. Son odeur, la sensation de son corps contre le sien. Malgré l'adversité, elle ne pouvait s'empêcher de songer, de nouveau, aux moments qu'ils avaient passés ensemble. À cette passion qui leur avait fait concevoir les jumelles, le plus beau cadeau que la vie lui avait fait. Malheureusement, Rory avait rompu. Il ne voulait pas se marier ni fonder une famille. S'ils étaient parfaitement compatibles sur le plan de l'alchimie sexuelle, ils ne l'étaient plus dès qu'ils sortaient des limites de la passion et de la sensualité… Mais la vie, ce n'était pas seulement des ébats amoureux et satisfaisants. À quoi bon des relations seulement physiques, même explosives, si elles ne se conjuguaient pas avec du concret, par exemple une existence à deux et des projets d'avenir ?

Rory était un homme proche de la nature, qu'il connaissait parfaitement, avec laquelle il était en symbiose. De nouveau elle en avait eu la preuve lorsque, tout à l'heure, il s'était approché d'elle au bord de l'eau sans qu'elle l'entende. Il ne faisait qu'un avec cette forêt… L'enchaîner à une famille, ce serait comme le priver de l'air qu'il respirait.

Elle ignorait depuis combien de temps ils fuyaient. Tout ce qu'elle savait, c'était qu'elle avait mal partout et, surtout, que les hommes qui les pourchassaient semblaient avoir disparu.

— On peut s'arrêter un instant ? demanda-t-elle donc, haletant.

— Non. Pas encore.

Rory, lui, n'était même pas essoufflé. C'était incroyable.

Après ce qui lui parut une éternité, il s'arrêta enfin et posa un doigt sur ses lèvres. Elle opina seulement, et retint son souffle de son mieux. Jamais elle n'avait été une sportive émérite, et elle ne faisait plus d'exercice depuis des années. Par-dessus le marché, elle était enceinte de six mois. Certes, grâce à la vie au grand air, au ranch, elle était endurante. Mais cela n'avait rien à voir avec une course éperdue à travers bois pour échapper à des criminels.

Elle reprenait son souffle tant bien que mal quand Rory s'accroupit et tendit l'oreille. Fascinée par ses mouvements, elle ne le quittait pas des yeux. Elle l'imita, mais comme elle était essoufflée, elle n'entendit que sa propre respiration.

Son regard tomba sur ses pieds, sur sa cheville gonflée précisément, et aussitôt elle ressentit plus vivement la douleur. Elle aperçut aussi que de multiples égratignures sanguinolentes s'étaient ajoutées aux premières. De nouveau elle se sentit déprimée. Elle n'avait aucune idée de l'endroit où Rory et elle se trouvaient, et ne savait pas non plus comment ils allaient sortir de ce bois.

Et puis il y avait cette douleur pulsatile qui montait le long de sa jambe, jusqu'à la hanche. L'adrénaline s'étant épuisée, la fatigue la faisait maintenant trembler.

Rory releva la tête et la dévisagea, l'air sombre.

En colère ?

Pourquoi ?

Rory était furieux contre lui-même. À quoi lui servaient toutes ses compétences s'il était incapable d'assurer la sécurité de Cadence et de son bébé.

Il examina sa cheville et son pied, conscient de la douceur de sa peau, rappelé à des souvenirs pour le moins agréables. Pourtant, ce n'était vraiment pas le moment ! Il devait les sortir de cette forêt, et non se laisser aller à des évocations sensuelles.

Mais faire l'amour avec Cadence avait été unique. Exceptionnel. Prodigieux. Comme Cadence, d'ailleurs. Si primesautière, légère et heureuse.

Une petite voix lui rappela que Cadence Butler avait toutes les raisons d'être insouciante. Grâce à la fortune de son père, elle n'avait jamais eu de soucis d'argent et avait toujours été préservée du malheur.

Au fond, il savait qu'il était injuste, mais tant pis ! Il n'était pas d'humeur à être de bonne foi.

Il s'arracha à ses pensées pour revenir au présent.

À la sécurité de Cadence et de leur enfant.

Son enfant.

Il n'avait pas encore l'habitude…

— Tu vas pouvoir continuer ? Je vais te soutenir, d'accord ?

— D'accord.

Elle grimaça en se levant, et il se sentit coupable. Rien de tout cela n'aurait dû arriver… Bon sang ! Il avait accumulé les erreurs, manqué de vigilance. Il n'avait pas repéré de véhicule les suivant jusque chez lui. Et maintenant, ils étaient piégés dans cette forêt, et n'avaient de surcroît ni provisions ni eau.

Dans l'urgence, il n'avait même pas pensé à prendre son fusil de chasse ou son pistolet. Il n'avait aucune excuse, même si la proximité de Cadence, son contact et, en somme, ces retrouvailles avec l'annonce de sa future paternité l'avaient sérieusement perturbé.

Qui était aux trousses de Cadence ? Et, bon sang, pourquoi ?

Avec ces derniers événements il avait au moins acquis la certitude que Cadence était bel et bien en danger de mort.

Ils repartirent. Cadence s'appuyait sur lui, avançant du mieux qu'elle pouvait. Au bout d'une demi-heure de marche, elle se plia soudain en deux et prit une brève inspiration.

— Que se passe-t-il ? lui demanda-t-il, inquiet.

— J'ai une contraction…, lâcha-t-elle avec du désespoir dans la voix.

— Tu en as déjà eu ?

Elle opina et se laissa aller contre lui.

— Que dois-je faire ? demanda Rory.

Jamais encore il ne s'est senti aussi impuissant.

Cadence prit une grande inspiration, et il l'aida tandis qu'elle tombait à genoux. Elle se tint le ventre à deux mains et devint cramoisie.

— Prends ton téléphone… Il y a du réseau, ici ? souffla-t-elle.

Il obtempéra.

— Non. Pas de réseau. Je ne capte rien.

De toute évidence épuisée, elle souffrait mais ne se plaignait pas.

Son courage le bouleversait.

— Je veux… aller aux urgences…, haleta-t-elle.

Désespéré, il orienta son portable en tous sens. Toujours aucun signal.

Une chouette au même instant hulula. Il se souvint que, pour de nombreuses tribus amérindiennes, le cri de la chouette était un présage de mort.

La colère l'envahit.

Non, Cadence ne mourrait pas ! Et certainement pas sous sa surveillance !

Rory avait appris que la détermination, la volonté de vivre étaient souvent la ligne de démarcation entre la vie et la mort dans les situations extrêmes. Et il connaissait bien Cadence. Courageuse, elle se battrait jusqu'au bout ! Sa pugnacité était l'une des nombreuses raisons pour lesquelles il avait été attiré par elle. Attiré seulement ? Non, pas seulement, se corrigea-t-il sans toutefois mettre de mot sur ce qu'il avait ressenti et que peut-être, sans doute, il ressentait encore. Il avait décidément l'art de temporiser, de biaiser, sitôt qu'il s'agissait de traduire ses émotions ou ses sentiments avec des mots.

Sa vie de pisteur n'était pas vraiment compatible

avec une authentique relation amoureuse, se répéta-t-il. L'élan qui l'avait fait succomber à Cadence, six mois plus tôt, l'avait surpris. Il la connaissait depuis l'enfance et, à l'évidence, l'affection amusée, un peu condescendante, qu'il lui avait naguère vouée s'était muée en amitié.

En amitié seulement ?

En amour ?

Non. Impossible. Il se protégeait farouchement de tout sentiment amoureux.

Quoi qu'il en soit, il avait vite opéré une retraite. Pour plusieurs raisons, dont une qu'il n'aimait pas se remémorer. À savoir l'intervention de Mike Butler.

La chouette hulula de nouveau l'arrachant à ses pensées et lui faisant reporter son attention sur Cadence.

— Comment as-tu fait pour fuir et leur échapper, tout à l'heure ? lui demanda-t-elle.

Il lui adressa un demi-sourire.

— J'ai l'art de l'esquive. De plus, je connais parfaitement cette forêt. Ce qui m'a donné un avantage de poids.

Malgré cela, ces inconnus devaient sans doute toujours être à leurs trousses, songea-t-il avec inquiétude. En train de fouiller ces bois. Ce n'était qu'une question de temps avant qu'ils réapparaissent.

Qui étaient ces hommes ?

— Tu as reconnu le type du bivouac, parmi eux ? reprit Cadence au même instant.

— Non.

Ni l'un ni l'autre n'était en effet Dex.

Étaient-ils ses complices ? Et si le danger qui menaçait Cadence était lié au meurtre de son père ?

Il se promit d'évoquer la question avec le shérif Sawmill.

Scrutant les alentours, il chercha un arbre assez haut

pour y grimper et survoler les environs du regard pour éventuellement localiser les deux hommes.

Il était inquiet. Pas pour lui, non. Pour Cadence, enceinte, épuisée, et désormais blessée, affaiblie.

Bon sang ! Il n'était même pas capable de protéger la mère de son enfant ! Il avait commis trop d'erreurs et, par sa faute, Cadence et son bébé étaient en plus grand danger.

Son enfant n'était pas né qu'il était déjà un père indigne !

7

— La voie est libre, annonça Rory dans un murmure, après être redescendu de l'arbre où il était monté pour faire le guet.

Il l'aida à se relever.

— Encore quelques pas, et nous arriverons dans une clairière, poursuivit-il d'un ton encourageant.

Cadence avait compris qu'il était frustré et se sentait impuissant. Elle ne s'inquiétait donc plus de le voir aussi tendu et fermé. En revanche, elle s'inquiétait de ses contractions, de ses blessures, et craignait que ses plaies s'infectent. Surtout, elle redoutait qu'ils ne puissent sortir de cette forêt avant la nuit. Mais Rory semblait savoir exactement où ils se trouvaient, et ce qu'ils faisaient, ce qui était rassurant.

À moment donné, elle s'était dit qu'ils tournaient en rond. En réalité, Rory avait suivi un itinéraire précis. Elle était consciente du fait que ses blessures et son épuisement les ralentissaient considérablement et les mettaient en danger. Elle priait pour que leurs assaillants se soient égarés, aient perdu leur trace, aient renoncé ou soient désormais loin derrière. Si jamais ils les retrouvaient, Rory débordé ne pourrait faire face seul à la situation. Dans son état, elle ne lui serait d'aucune aide.

Au contraire.

— Il y a une petite grotte où tu vas te cacher, le temps que je m'organise avec tes frères pour récupérer mon 4x4 et mon pistolet, lui annonça Rory, sortant de son silence. Je répugne à te laisser seule, mais on n'a pas le choix. Le côté positif, c'est que tu auras au moins un répit. Ensuite, nous irons aux urgences.

La seule perspective de se retrouver seule dans une grotte, même avec l'assurance d'y être en sécurité et d'avoir un peu de répit, suffit à la glacer d'horreur. Elle détestait les araignées, les serpents. Dieu sait quelles horribles bestioles pouvaient se tapir dans un endroit aussi sombre, froid et humide. Vu la situation, cette répugnance était certes pusillanime, mais elle sentit de nouveau tout courage l'abandonner…

Un frisson involontaire la secoua, et elle eut la bouche sèche en songeant au sumac vénéneux, auquel elle était allergique. En toucher, c'était provoquer une dermatite de contact susceptible de se surinfecter. Elle se souvenait encore de ce qu'on lui avait dit et répété au cours de son enfance : « Si tu vois trois feuilles au bout d'une tige, méfie-toi, ne touche pas ! »

Mais si elle voulait que Rory les sorte de là et puisse ensuite la conduire à l'hôpital, elle devait faire face à ses peurs.

Ses contractions étaient douloureuses, ininterrompues, et s'ajoutaient à la pulsation lancinante de sa cheville droite. Surtout, elle ne sentait plus les bébés bouger, ce qui l'effrayait plus que la souffrance et la fatigue conjuguées. Par le passé, elle avait déjà eu des contractions mais, cette fois, elle avait l'impression que celles-ci étaient différentes. Plus intenses. À cause de la fatigue ? Du stress ? De l'effort qu'elle venait de fournir ? Sans doute, se dit-elle sans pour autant être rassurée.

Elle retint des larmes de frustration et de faiblesse.

Tout ce qu'elle aurait voulu, c'était rentrer au ranch, prendre un bain chaud et aller se coucher. Fatiguée comme elle l'était, elle s'endormirait vite, et elle savait qu'une bonne nuit de sommeil faisait des miracles, après une très mauvaise journée. Mais elle restait menacée de mort pour une raison encore inconnue. La vie de ses bébés était donc aussi en danger. Le sommeil lui ferait un temps oublier la traque et le péril, mais ceux-ci n'en demeureraient pas moins réels.

S'énerver ou crier sa rage et son impuissance serait vain et surtout puéril. Elle se résigna donc et ravala ses plaintes.

— Il n'y aura pas de bestioles dans cette grotte, j'espère ? demanda-t-elle, essayant d'avoir l'air aussi courageuse que possible.

— Non. Je ne crois pas. Je vais vérifier, si ça peut te rassurer.

La voix de Rory, posée, était étonnamment réconfortante, et eut sur elle un effet calmant.

— Je n'arrive pas à croire que j'ai perdu une de mes ballerines…, lâcha-t-elle tout à coup. Je suis désolée d'avoir été aussi maladroite…

— Cesse de dire des bêtises, Cadence ! Tu as été incroyablement courageuse, tu devrais être fière de toi : tu as pris la fuite d'un seul élan pour sauver ta vie et celle de notre enfant ! dit-il avec de l'admiration dans la voix.

La culpabilité envahit Cadence. Elle ne lui avait toujours pas dit qu'elle était enceinte de jumelles. Le lui annoncer maintenant le distrairait de sa tâche. Alors pas question, se dit-elle. Pour sa part, n'avait-elle pas eu un choc, lorsque le médecin le lui avait appris ? Elle imaginait sans peine la réaction de Rory.

Il la soutint jusqu'à une petite colline toute proche au pied de laquelle se trouvait l'entrée de cette grotte dont il lui avait parlé. De nombreux buissons épais et des arbres la rendaient quasiment invisible. Il y entra après l'avoir fait asseoir sur une grosse roche. Était-ce un repaire de coyotes ? se demanda-t-elle avec un frisson. De loups ? Ou d'autres horribles bêtes ? Et elle soupira, consciente que son imagination s'enflammait.

Pour avoir grandi dans un ranch texan, elle avait souvent vu des scorpions et des serpents mais jamais elle n'avait pu se départir de la peur qu'ils lui causaient. Ses frères s'étaient maintes fois amusés à l'effrayer en brandissant des araignées devant elle. Ils avaient grandi, depuis, et leurs facéties appartenaient désormais au passé, mais elle n'en frémit pas moins à ce souvenir et eut même l'impression qu'une centaine de fourmis de feu l'assaillaient.

Elle prit une grande inspiration.

Pour protéger ses bébés, elle était capable de tout, et même d'affronter ses pires craintes. Aussi se leva-t-elle, prête à entrer dans la grotte. En dépit de sa cheville blessée, elle réussirait à couvrir les derniers mètres qui l'en séparaient ! se dit-elle bravement, posant la main sur un tronc pour prendre appui. Le souffle retenu, elle fit un pas hésitant, mais grimaça et s'arrêta pour inspirer et expirer.

Rory sortit de la grotte au même instant.

— Rien d'effrayant là-dedans, annonça-t-il, regardant derrière lui.

— Tant mieux.

— Qu'est-ce que tu fais ? Attends ! s'exclama-t-il au même instant, se précipitant.

— Je vais y arriver ! répliqua-t-elle.

Elle tenait à relever ce défi. N'avait-elle pas passé ces derniers mois à attendre que les événements décident pour elle ? Parce qu'elle avait peur de l'avenir, de devenir mère. Maintenant, elle voulait se prouver qu'elle n'avait pas peur. Pas plus de la douleur que de l'avenir !

Rory la soutint. Renonçant à protester et acceptant son aide, elle entra dans la grotte. Dès qu'elle fut à l'intérieur, elle s'exhorta au calme et à la raison.

— Tu ne risques rien, lui dit Rory de sa voix chaude si rassurante.

Confiante, elle opina.

— Je reviens le plus vite possible, ajouta-t-il avant de disparaître.

Pour toute réponse, elle hocha la tête et tendit l'oreille sitôt qu'il fut sorti, mais elle n'entendit pas de cailloux rouler ou de brindilles se briser sous ses pas.

Rory se déplaçait en silence, avec une aisance qu'elle n'avait certes pas, songea-t-elle. En attendant son retour, elle décida de s'occuper l'esprit en récapitulant les derniers événements.

Pour commencer, il y avait au moins deux hommes à ses trousses. Trois, en comptant Dex.

À ses trousses pourquoi ?

Pour la énième fois, elle fouilla dans ses souvenirs. Qu'avait-elle bien pu faire pour se mettre en danger de mort ? Certes, elle était une Butler et cela faisait d'elle une cible de choix, surtout depuis l'assassinat de son père dont le meurtrier courait toujours. Ses frères et sa sœur avaient eux aussi été en danger, au cours des derniers mois. Ils avaient eu de la chance ; ils avaient frôlé la mort et leurs agresseurs avaient été arrêtés.

Elle avait bien eu des désaccords avec sa demi-sœur, Madelyn, après quoi elle était retournée dans le Colorado où elle avait repris le cours d'une vie paisible. Le danger coïncidait avec son retour à Cattle Barge. Donc, fort logiquement, elle devait se concentrer sur les personnes qu'elle connaissait dans la région.

Des bruits de pas, à l'extérieur, l'arrachèrent à ses pensées.

Ce ne pouvait pas être Rory.

Elle se figea et prêta l'oreille. Une voix d'homme s'éleva.

— Aucun signe d'elle là-bas ?

— Non.

Au même instant, elle eut une contraction et se mordit la lèvre pour ne pas crier. Elle osait à peine respirer…

La terreur la saisit. Et si ces deux hommes avaient capturé Rory ?

Non. Impossible ! Rory était prudent, vigilant. Il avait certainement effacé leurs traces. C'était grâce à lui si ces hommes ne les avaient toujours pas retrouvés.

Elle tendit l'oreille et entendit ces derniers fouler le sol si bruyamment que les animaux et les oiseaux des alentours se dispersèrent.

— Hé ! Viens donc par ici, et regarde ça ! lança l'un des hommes.

Le cœur de Cadence se serra. Qu'avait-il vu ? L'entrée de cette grotte pourtant si bien dissimulée ? Oh ! non ! Proche de la panique, elle regarda autour d'elle, cherchant une pierre ou une branche susceptibles de lui servir d'arme. Mais elle n'y voyait goutte, il faisait si sombre ! Sentant quelque chose passer sur sa main gauche, elle tressaillit et se mordit la lèvre au sang.

Ne crie pas ! Surtout ne crie pas !

Aucune douleur, aucune peur ne valait qu'elle mette ses filles en danger ! Elle se concentra et s'efforça de respirer lentement, calmement, inspirant par le nez, expirant par la bouche, comme elle avait appris à le faire l'année précédente en cours de yoga.

Quelques minutes s'écoulèrent avant qu'elle se rende compte que le silence était retombé. Toujours immobile, elle resta néanmoins à l'écoute, sans cesser ses exercices de respiration. Depuis combien de temps était-elle dans cette grotte ? La nuit était-elle tombée ? Quelle heure pouvait-il bien être ? Depuis qu'elle avait un téléphone portable, elle ne portait plus de montre. Et, sans son smartphone resté dans la maison de Rory, elle se sentait perdue. De nouveau la nervosité la gagna.

Soudain, la voix de Rory s'éleva.

— Ne t'inquiète pas, Cadence. C'est moi, dit-il depuis l'entrée de la grotte.

Elle ne l'avait pas entendu arriver. Le soulagement lui fit monter les larmes aux yeux.

— Ces hommes étaient ici..., balbutia-t-elle en saisissant la main qu'il lui tendait pour l'aider à sortir. Tout près... Ils... ils ont failli me trouver...

À peine dehors, elle lui jeta les bras autour du cou et se pressa contre lui. Elle tremblait de peur, de froid. Le contact de son corps chaud lui fit du bien, mais elle était tellement fatiguée...

Rory murmura quelques mots qu'elle n'entendit pas. Le timbre de sa voix l'apaisa cependant, et bientôt son cœur retrouva un rythme moins rapide.

— Il va bientôt faire nuit, reprit-il. Nous devons partir tout de suite. Comment vas-tu ? Et tes contractions ?

— Ni mieux ni pire... Il y a de l'espoir, non ?

Bien sûr, cette question de pure forme était destinée à le détendre. Or, elle constata qu'il paraissait encore plus soucieux. Cela lui fit chaud au cœur. Elle aimait que Rory s'inquiète pour elle et déploie tous ses talents pour les protéger, elle et ses bébés. Elle aurait aussi aimé que l'amour seul explique sa sollicitude, plutôt que le sens du devoir..., conclut-elle à regret.

Si seulement Rory pouvait l'aimer !

Elle s'appuya sur lui de tout son poids pendant qu'il l'aidait à monter dans son 4x4 garé non loin et caché par les arbres.

Quand elle y fut installée, elle soupira d'aise.

— Il y a des provisions, de l'eau et de l'ibuprofène sur le siège arrière, dit Rory en se mettant au volant.

— De l'eau, je veux bien.

Il lui tendit la bouteille d'eau puis entra sur le GPS les coordonnées de l'hôpital le plus proche.

— J'espère que personne ne m'y reconnaîtra, murmura-t-elle.

Le plus vif soulagement l'envahit quand, enfin, ils prirent la route et s'éloignèrent de cette maudite forêt où elle avait failli perdre la vie. Maintenant que le danger était écarté, du moins temporairement, les émotions montaient, se libéraient sous forme de grosses larmes brûlantes. Gênée, elle tourna le visage vers la vitre passager pour les cacher à Rory.

— Ne te fais pas de souci, la rassura-t-il. Les infirmières et les médecins sont tenus par le secret médical. Ils ne divulgueront rien.

— Tu as raison. Et aller dans cet hôpital inconnu devrait m'épargner le cauchemar des journalistes, ajouta-t-elle. Je suis sûre qu'il y en a à demeure à l'hôpital ou au funérarium, et même dans tous les restaurants de Cattle Barge !

— Il n'y a jamais eu de photos récentes de toi, et personne n'est au courant de ta grossesse, mis à part Ella, Dalton et Dade, souligna Rory.

Elle sourit.

— Si jamais les journaux publient de nouveau une photo de mon annuaire du collège, ou du lycée…

Elle s'interrompit.

— Tu y es pourtant mignonne, avec tes couettes ! s'exclama Rory.

Et, sur ces mots, il éclata de rire.

Cadence rit aussi au travers de ses larmes, puisant un vrai soulagement dans cet accès d'hilarité. Elle ressentait du plaisir à dérider Rory, si bien qu'elle oublia presque ses contractions.

Puis, l'instant passé, elle s'assombrit.

Rory Scott la trouvait seulement « mignonne » ?

Seuls les chiots étaient « mignons » ! Elle aurait préféré être magnifique à ses yeux. Ne s'était-elle pas sentie magnifique au cours de leur liaison ? Rory l'avait adulée et si bien su l'aimer, se souvint-elle avec nostalgie.

— Une fois aux urgences, je contacterai le shérif Sawmill, reprit-il après un silence.

— Tu es d'accord si je donne un faux nom, à l'hôpital ? demanda-t-elle, mue par une inspiration.

— Pourquoi pas ? Je te propose d'être ma cousine Hailey de l'Oklahoma.

— Tu as une cousine ?

— Oui, répondit-il, un peu sur la défensive.

Elle l'ignorait. Il ne parlait jamais de sa famille.

— Du côté de ma mère, ajouta-t-il. Je ne la voyais que pendant les vacances.

— Pourquoi as-tu quitté ta famille si jeune ? reprit-elle avec le plus vif intérêt.

Rory serra les dents, fixant obstinément la route.

— Il n'y a rien à dire, lâcha-t-il sèchement après un long silence.

Il mit son clignotant pour changer de voie.

— Je suis donc Hailey de l'Oklahoma, soliloqua Cadence. Il faut que je m'habitue, conclut-elle pour plaisanter en le regardant.

Ce dernier s'était rembruni. Elle le connaissait depuis une bonne dizaine d'années, mais jamais il n'avait évoqué son enfance ou ses parents. Ils avaient été très intimes, pourtant. C'était étrange, non ? Était-il possible de connaître une personne sans rien savoir de son passé ?

Rory restant tendu et sur la défensive, elle comprit

qu'il s'agissait d'un sujet très sensible et estima préférable de ne pas insister.

Pour le moment, du moins.

Puis une autre pensée la frappa.

— Comment allons-nous faire, pour l'assurance, à l'hôpital ?

— Nous dirons la vérité, à savoir que nous n'avons pas d'assurance, répondit-il aussitôt. Je mettrai la facture des soins à mon nom.

— Ah non. Tu n'as aucune raison de faire ça, répliqua-t-elle. Je peux payer.

Elle avait de l'argent et, de plus, allait hériter d'un sixième de la fortune de son père. Elle était donc riche. Il n'était pas nécessaire que Rory prenne des frais exorbitants à sa charge. Étonnée qu'il ne réagisse pas, elle tourna les yeux vers lui. Il avait serré les dents et fronçait les sourcils.

À l'évidence, il était en colère.

À cause de ce nouvel imprévu ? Ou se considérait-il comme insulté parce qu'elle avait refusé qu'il assume les frais d'hospitalisation ?

— Tu sais que la facture peut être très élevée, même pour de simples soins, reprit-elle.

Un autre regard sur Rory lui prouva qu'elle s'enferrait.

Pourquoi était-il si difficile de lui parler ?

Lorsque Cadence fut installée dans sa chambre d'hôpital, Rory la laissa se reposer et sortit dans le parking. Il contacta le shérif pour lui rapporter les derniers événements et, ensuite, fit les cent pas.

Il avait besoin de réfléchir.

Ne pas avoir d'assurance médicale, donc ne pas être en mesure de payer des soins nécessaires à Cadence et à son bébé, lui pesait. Certes, il avait travaillé dur et réussi à économiser, mais son épargne était insuffisante pour élever un enfant. Et une fois devenu père, il ne pourrait plus prendre autant de risques. À la pensée que sa vie était sur le point de changer, Rory était presque paralysé.

Non, il n'était pas encore prêt à être père et à assumer la charge d'une famille…

Il avait oublié de demander à Cadence la date de l'accouchement. Il n'avait pas non plus pensé à lui poser d'autres questions qui, pourtant, allaient de soi. Il avait seulement réussi à évaluer qu'elle était au moins enceinte de cinq mois.

Comment était-ce arrivé ?

Il s'était toujours montré prudent, et avait utilisé des préservatifs pour ne pas se retrouver dans cette situation.

Maintenant qu'il y réfléchissait mieux, il se rendait compte que ce n'était pas cette grossesse imprévue qui le rendait anxieux, mais plutôt l'attitude de Cadence à son égard. Elle lui avait sciemment caché sa grossesse. Il n'en devait la découverte qu'au hasard de leurs retrouvailles. Bien sûr, c'était lui qui avait rompu et mis fin à leur liaison. Mais était-ce une raison pour lui cacher une nouvelle aussi importante ?

La plupart du temps, il n'avait pas eu de réseau dans les montagnes du Wyoming, mais ce n'était pas non plus une excuse, d'autant qu'il savait Cadence débrouillarde. Si elle avait voulu le joindre, elle y serait parvenue d'une façon ou d'une autre.

En conclusion, elle n'en avait pas ressenti le désir ou la nécessité.

Puis il se souvint qu'il avait été très clair lors de leur rupture : c'était fini et bien fini entre eux, lui avait-il asséné. Il avait besoin d'air et d'espace. Les injonctions de Mike Butler l'avaient fait revenir à la réalité et l'avaient fait rompre avant que leur liaison devienne plus sérieuse. Il n'était pas l'homme qu'il fallait à Cadence Butler. Il ne pouvait lui donner la vie qu'elle méritait et à laquelle elle était habituée.

Bref, il n'avait rien à lui offrir.

Et puis il avait eu sous les yeux l'exemple lamentable de ses parents. Une pensée en amenant une autre, il se demanda si, après tout ce temps, ils étaient toujours ensemble. Le jour où il avait décidé d'imiter Renee et de partir, sa mère, que son père venait de pousser rudement, avait brandi le lampadaire du salon comme elle l'aurait fait d'une batte de base-ball. Elle avait raté son père mais pas le mur, une mince cloison qui s'était fendue sous la violence du choc. Les cadres avec les photos, dépourvus de leur verre déjà brisé que sa mère n'avait pas pris la peine de remplacer, sachant qu'ils ne résisteraient pas à une nouvelle bagarre avec son mari, avaient dégringolé.

Mais le pire, en définitive, n'avait pas été d'être témoin de cette dispute-là. Le pire, c'était que ses parents refusaient d'admettre que leur couple était dysfonctionnel. Son père buvait, sa mère l'excusait toujours en vertu de l'amour infini qu'elle lui portait et qui, selon ses propres mots, lui faisait tout accepter.

Rory avait compris très jeune à quel point cette logique était à la fois retorse et perverse. À de nombreuses reprises, il avait essayé de raisonner sa mère. Toujours en vain. Elle lui répétait, avec de la condescendance, qu'il était trop jeune pour comprendre et qu'il avait encore beaucoup à apprendre sur les relations homme-femme.

Surtout sur l'amour.

Sa sœur Renee, qui avait deux ans de plus que lui, l'avait protégé de son mieux de la violence ambiante. Et quand, à dix-sept ans, elle était partie pour suivre son petit ami musicien à travers le pays, Rory esseulé n'avait plus eu aucune raison de rester à la maison.

Travailler au ranch Butler et avoir une chambre dans le dortoir des ouvriers lui avait sauvé la vie, en quelque sorte. Comme à l'époque il était mineur, Mike Butler s'était occupé de régulariser sa situation. Ensuite, il y avait eu son amitié avec Dade et Dalton – une vraie bouée de sauvetage. Et lui, comment avait-il remercié Mike Butler de sa générosité ? En séduisant sa benjamine, la prunelle de ses yeux, et en l'abandonnant alors qu'elle était enceinte de lui. Certes, il ignorait la grossesse de Cadence au moment de leur rupture, et elle certainement aussi, mais il avait des principes et ne se pardonnait pas son attitude.

Bien joué, Scott.

À quoi bon être cynique ?

Il serra les poings à plusieurs reprises. Quoi qu'il en soit, il agirait en homme responsable envers Cadence et son enfant. Il trouverait le moyen de s'entendre avec elle.

Il fit encore quelques allées et venues dans le parking pour se débarrasser de son trop-plein d'énergie et s'éclaircir les idées afin de pouvoir réfléchir calmement.

Il conclut que, pour avoir un terrain d'entente avec Cadence, la première chose à faire était d'établir une solide relation de confiance entre eux.

Or, Cadence ne lui faisait plus confiance, et c'était sa faute. Il avait rompu, l'avait abandonnée, et elle était sur la défensive. Tout à l'heure, tandis qu'ils étaient sur la route, elle s'était intéressée à ses parents et à son passé. Il était resté silencieux. Pourtant, il aurait voulu lui raconter son histoire familiale, pour se libérer de la frustration que celle-ci lui inspirait. Mais il avait aussi eu honte et, n'en ayant jamais parlé, n'avait su trouver les mots.

Quoi qu'il en soit, il allait répéter à Cadence qu'il avait l'intention de faire partie de la vie de son enfant.

La passion qui les avait unis pouvait-elle se muer en amitié ? *En amour ?* souffla une petite voix insidieuse. Non. Et puis, il redoutait de devenir comme son père. Pourtant, il ne touchait pas à l'alcool et n'avait jamais porté la main sur une femme.

Il poussa un gros soupir. Chaque fois qu'il essayait de s'ouvrir à Cadence, il le faisait maladroitement et elle se mettait aussitôt sur la défensive. Alors il se fermait, car il n'avait pas envie de se disputer avec elle. Il y avait cependant eu un progrès tout à l'heure sur la route au moment où ils avaient ri de concert. Pendant un moment, il avait retrouvé leur intimité de naguère.

En définitive, il avait l'impression d'être séparé de Cadence par une large rivière. Il y avait forcément un moyen de construire un pont pour l'enjamber et se rencontrer, ne serait-ce que pour le bien de leur enfant.

Il était conscient que ces retrouvailles et la grossesse de Cadence avaient ravivé ses sentiments pour elle. Une attirance qui n'avait jamais disparu, à vrai dire… N'avait-il pas sans cesse pensé à elle depuis leur séparation ? Tenter de l'oublier avait été aussi inutile que vouloir panser une jambe de bois.

Il réétudia de nouveau la question sous un angle purement pratique. Sur le plan financier, sa situation était assez viable. Il avait souvent pris des risques, dans son métier, ce qui lui avait valu de recevoir de belles primes. Régler les factures des soins hospitaliers de Cadence et de leur bébé jusqu'à l'accouchement et après allait certes largement entamer ses économies, mais il assumerait ses responsabilités jusqu'au bout.

Après avoir pris plusieurs grandes inspirations, il se répéta son mantra préféré : patience, silence, détermination. Se sentant plus calme après cette mise au point, il décida de retourner au chevet de Cadence.

Il arrivait près de sa chambre quand des voix lui parvinrent, dont une, masculine, qu'il reconnut. C'était celle du médecin qui avait examiné Cadence à leur arrivée.

Ne voulant pas imposer sa présence, il recula mais prêta tout de même l'oreille dans l'espoir d'entendre les dernières nouvelles sur l'état de Cadence. Son expression et ses traits creusés, quand elle lui avait parlé de ses contractions, lui avaient en effet fait craindre un problème qui mettait la vie de son enfant en danger.

La voix du médecin s'éleva, plus nette.

— Je sais que vous étiez inquiète parce que vos bébés ne bougeaient plus, mais je vous assure que les deux vont bien…

Les deux ?

Cadence était enceinte de jumeaux ?

Comment avait-elle pu le lui cacher ?

Une colère sourde gronda en lui.

Cadence l'avait trahi par deux fois.

D'abord en lui cachant sa grossesse, puis en lui cachant que cette grossesse était de surcroît gémellaire.

Il se rendit compte que sa soudaine agitation avait attiré l'attention d'une infirmière qui l'observait d'un air méfiant. Il s'éloigna donc et monta à l'étage supérieur, afin de se calmer et d'évacuer sa frustration. Il ne voulait pas la faire subir à Cadence déjà éprouvée.

Une bonne dizaine de minutes plus tard, après s'être ressaisi, il redescendit l'escalier pour revenir à l'étage où se trouvait Cadence.

Alors qu'il poussait la porte palière, celle-ci heurta un aide-soignant qui s'apprêtait justement à l'ouvrir.

— Désolé, lâcha Rory.

L'homme, tête baissée, agita la main et s'engouffra dans l'escalier.

Son attitude fuyante alerta Rory.

Et son instinct très sûr l'avertit qu'il se passait quelque chose d'anormal.

Cadence !

8

Bon sang ! Comment avait-il pu la laisser seule ? Il aurait dû rester à son chevet pour veiller sur elle !

Rory se précipita.

Il entra dans sa chambre au moment où une infirmière s'apprêtait à faire une injection dans la perfusion de Cadence.

— Stop ! s'exclama-t-il. Éloignez-vous ! Et reposez immédiatement votre seringue !

L'infirmière se figea et pâlit. Un éclair de peur passa dans son regard.

— Je suis désolée, monsieur, mais je dois vous demander de sortir, dit-elle néanmoins d'une voix mal assurée.

Il se précipita vers l'infirmière qui recula, et jeta un coup d'œil à Cadence.

— Arrache cette perfusion ! lui ordonna-t-il.

Complètement paniquée, elle se redressa et obtempéra.

Rory saisit le poignet droit de l'infirmière, et lui prit la seringue.

— Appelle à l'aide ! lança-t-il à Cadence.

— Je viens d'appuyer sur le bouton d'appel.

Au même instant, il entendit le son d'une alarme s'élevant du bureau des infirmières.

— Et maintenant ? fit Cadence, livide.

— Tu peux t'habiller ? demanda-t-il sans lâcher l'infirmière.

— Oui…

Tremblante, elle se leva avec précaution et alla prendre ses vêtements posés sur une chaise. Il constata qu'elle portait désormais une chevillère de compression qui lui permettait de se tenir debout.

C'était sa faute, si elle était de nouveau en danger ! se répéta-t-il. Blessée, elle avait besoin de son soutien et de sa force. Or, il n'était que colère et frustration. Il était comme ses parents, en fin de compte, il laissait la colère l'emporter sur toute pensée rationnelle.

Il reporta son attention sur l'infirmière.

— Expliquez-vous !

Au même instant, une autre infirmière passa la tête à la porte.

— Que se passe-t-il, Anna ? Tu as besoin de…

Elle s'interrompit en voyant la main de Rory nouée fermement autour du poignet de sa collègue dont le visage était d'une pâleur de cire. Aussitôt, elle referma la porte et disparut. Cadence de son côté le dévisageait, l'air impuissant. Ce n'était qu'une question de temps avant que la sécurité de l'hôpital intervienne, songea Rory.

— Qu'est-ce qu'on fait ? lâcha Cadence, proche de la panique.

— On doit partir.

Sortant de son immobilité, l'infirmière commença à se débattre. Rory lui posa vite la main sur la bouche, de peur qu'elle se mette à crier.

— Qu'est-ce que vous alliez injecter dans la perfusion ? lui demanda-t-il.

Des larmes jaillirent des yeux d'Anna. Elle secoua la tête sans répondre.

Au même instant, Rory entendit des bruits de pas précipités dans le couloir.

— Anna, dites-moi ce qui s'est passé ! Nous ne porterons pas plainte contre vous et l'hôpital, ajouta-t-il d'un ton pressant. N'oubliez pas que nous avons votre seringue comme pièce à conviction.

Dès que l'administration de l'hôpital aurait enquêté et découvert la nature du produit qu'elle se préparait à injecter dans la perfusion de Cadence, elle aurait sans doute de gros ennuis.

— Au mieux, vous risquez de perdre votre emploi, insista Rory. Au pire, vous risquez la prison. Alors parlez !

Anna ouvrit de grands yeux.

— Rory... Je t'en prie... Partons... J'ai peur, intervint Cadence d'une voix tremblante.

— Nous sommes en sécurité, ne t'inquiète pas. C'est elle qui devrait s'inquiéter.

Il riva son regard à celui de l'infirmière.

— Vous pouvez encore éviter les ennuis. Pour cela, vous devez vous décider très vite.

Elle sembla faiblir.

— Sinon, je porterai plainte, poursuivit Rory implacable. L'analyse du contenu de la seringue confirmera mes dires. Vous le savez parfaitement.

Le regard de l'infirmière vacilla, son menton trembla. Rory vit de la panique dans ses yeux, puis quelque chose d'autre, aussi.

De l'impuissance ? Du désespoir ?

— Je suis désolée..., murmura-t-elle enfin.

Son regard alla de Cadence, qui entrait dans la salle de bains pour s'habiller, à lui. Elle se passa la main sur le front, comme si elle prenait enfin conscience de la gravité de sa situation.

— Mon Dieu... Mais qu'est-ce que j'ai fait ? reprit-elle à mi-voix.

— Vous n'avez rien fait, justement, parce que je vous en ai empêchée au dernier moment, dit Rory.

— Écoutez… Je… Je suis mère célibataire… Et ce… Cet homme a dit qu'il s'en prendrait à mes enfants si je ne faisais pas cette injection. Il a même cité leurs noms et l'adresse de l'école qu'ils fréquentent…

Elle tremblait ; des larmes coulaient sur ses joues.

— Je sais que ce n'est pas une excuse, mais j'ai eu si peur…

— Cet individu vous a-t-il donné le nom du produit à injecter ?

— Non. Et je ne lui ai pas demandé. Du moins, je n'en ai pas eu le temps. Tout est allé si vite… J'étais paniquée… Je ne pensais qu'à mes enfants… Je…

Elle se tut et secoua la tête, l'air à la fois consterné et contrit. La culpabilité et la peur se lisaient sur son visage.

— Vous comprenez ? insista-t-elle.

Rory acquiesça. Il savait qu'il pouvait, d'un mot, mettre fin à la carrière de cette infirmière mère célibataire. Il pouvait aussi s'abstenir de porter plainte. Cette femme avait été menacée, sans quoi jamais elle n'aurait agi de la sorte.

Là-dessus, la porte de la chambre s'ouvrit de nouveau. Un homme entre deux âges, en uniforme d'agent de sécurité, fit irruption.

Rory leva les mains en un geste conciliant.

— Tout va bien.

— Ce n'est rien, Robert, renchérit l'infirmière en jetant un regard vers Rory. Ce monsieur est très inquiet pour Hailey, sa compagne, et m'a assaillie de questions sur son état.

— Mais…, intervint sa collègue qui se tenait derrière l'agent de sécurité.

— C'est bon, Meredith, insista Anna. Tu sais

comme sont les futurs papas : souvent très angoissés et nerveux…

Elle avait prononcé ces mots avec simplicité. Mais Meredith, l'air perplexe, ne la croyait visiblement pas.

— Tu es sûre que ça va ? insista-t-elle, le sourcil levé, cherchant le regard de sa collègue.

— Je veux partir ! coupa Cadence en sortant de la petite salle de bains.

— Vous avez besoin de repos, Hailey, soyez raisonnable, dit Meredith.

— Non ! Je veux qu'on s'en aille tout de suite ! insista Cadence avec des larmes dans la voix.

— Où peut-on signer la décharge pour quitter l'hôpital ? intervint Rory.

— Vraiment, je vous le déconseille ! reprit Meredith avec autorité.

— Nous partons quand même ! insista Cadence.

Meredith l'observa.

— Vous voulez vraiment risquer la vie de vos bébés, Hailey ?

Cadence se ressaisit et la toisa.

— Vous devriez assurer la sécurité de vos patients au lieu de m'adresser des reproches ! Un étranger est entré dans ma chambre et a cherché à trafiquer ma perfusion, avant l'arrivée de votre collègue et le retour de mon compagnon.

Elle s'interrompit.

— Analysez le contenu de cette seringue ! ajouta-t-elle en la montrant. Moi, je ne veux pas rester une minute de plus dans cet hôpital ! Je ne m'y sens pas en sécurité, et mes bébés ne le sont pas non plus.

Elle jeta un regard furtif vers Rory, qui y vit une lueur d'émotion.

De la culpabilité.

Parce qu'elle lui avait menti.

Construire un pont entre les rives qui les séparait semblait décidément insurmontable, songea-t-il avec regret, mais ce n'était pas le moment de se morfondre. Avant toute chose, ils devaient quitter cet hôpital.

— Elle ne mettrait jamais ses bébés en danger ! dit-il à l'infirmière, qui recula, manifestement impressionnée par sa virulence.

Cadence lui avait caché la vérité, mais personne n'était en droit de la culpabiliser ou de dire qu'elle ne serait pas une bonne mère. Surtout pas des inconnus.

Il s'approcha de Cadence, l'aida à enfiler les pantoufles qui lui avaient été données à leur arrivée, puis tous deux sortirent dans le couloir sans que l'agent de sécurité ou les deux infirmières cherchent à les retenir. La soutenant par la taille, il se dirigea vers l'ascenseur.

Une fois à l'intérieur, il appuya sur le bouton du rez-de-chaussée.

— Merci pour tes derniers mots, Rory, murmura alors Cadence. Merci du fond du cœur.

Elle marqua un silence.

— Tu pensais vraiment ce que tu as dit, au moment de sortir de ma chambre, ou c'était pour qu'ils nous laissent tranquilles ?

— Les deux.

Ils gagnèrent le parking sans encombre. Après l'avoir fait monter dans son 4x4, il se mit au volant qu'il serra de toutes ses forces, contenant sa colère.

Il prit une profonde inspiration.

— Quand comptais-tu me dire que tu étais enceinte de jumeaux ? lâcha-t-il enfin.

— Plus tard. Quand j'aurais été sûre que tu étais prêt, répondit Cadence.

Elle s'interrompit et se mordit la lèvre. Elle savait qu'elle avait eu tort, qu'elle aurait dû le lui dire dès leurs retrouvailles de la veille. N'ayant aucune autre réponse ou justification à lui fournir, elle soupira, laissa sa tête aller sur l'appuie-tête puis se pinça l'arête du nez pour tenter de conjurer son mal de tête naissant.

Le froid l'avait saisie pendant qu'ils traversaient le parking pour aller jusqu'au 4x4 de Rory mais, au moins, elle était rassurée sur son sort, et ne souffrait presque plus, grâce aux soins et à la chevillère de compression. Elle avait refusé les analgésiques, bien que le médecin lui ait assuré qu'elle pouvait en prendre une faible dose sans danger.

— « Prêt » ? Explique-toi.

La voix grave de Rory vibrait de colère contenue.

— Moi-même, je ne sais si je suis prête, avoua-t-elle à voix basse. Parce que, pour tout dire, je ne sais pas comment je vais faire, avec deux bébés.

Elle s'interrompit.

— Écoute, Rory, je suis sincèrement désolée de ne pas te l'avoir dit, mais…

— Non ! Cette fois, ça suffit ! répliqua-t-il. Si nous ne sommes pas honnêtes l'un envers l'autre, si nous n'arrivons pas à établir un rapport de confiance, nous ne réussirons jamais à trouver un terrain d'entente. Et c'est nécessaire pour nos deux bébés !

Il avait raison.

Elle soupira de nouveau.

— Nous avons pris un mauvais départ…

— Il n'est pas trop tard pour rectifier le cap.

Oui. Là encore, il avait raison.

— Pour nos bébés, renchérit-elle

Parviendraient-ils à s'accorder ? À rétablir la confiance ? La complicité ?

— Quel est le sexe des bébés ? demanda-t-il.

Il marqua une pause.

— Du moins, si tu le connais…

— Ce sont des filles.

— Des filles…

Il y eut un silence.

— Et pour quand est prévu l'accouchement ?

Sa voix, maintenant, ne trahissait plus ses émotions. Mais tel était Rory. Pudique. Il lui fallait un peu de temps pour digérer tout cela.

— Théoriquement, au mois de mars prochain, mais selon ma gynécologue, mon accouchement pourrait avoir lieu plus tôt.

À présent qu'elle lui avait tout dit, elle se sentait soulagée. Le fait de partager ces nouvelles, et de surcroît avec le père de ses bébés, la déchargeait d'un poids.

— C'est pour bientôt…, commenta-t-il à mi-voix.

Cadence avait plutôt l'impression du contraire mais, à la différence de Rory, elle avait eu ces derniers mois pour s'habituer à l'idée de devenir mère. Même si elle ne se sentait pas prête pour autant.

— Des filles…, murmura de nouveau Rory.

Dans sa voix perçait une émotion qui l'attendrit et lui fit plaisir.

— Oui, des filles, fit-elle en écho.

— As-tu déjà pensé aux prénoms ?

Mais il leva la main.

— On en parlera plus tard. Pour l'instant, nous devons reprendre la route et trouver un endroit où nous cacher jusqu'au 24.

Elle acquiesça d'un hochement de tête, et le silence retomba.

Sans doute Rory se posait-il encore de nombreuses questions. Sans doute lui gardait-il rancune de son silence, mais un progrès venait d'être fait. Surtout, elle se sentait apaisée de lui avoir parlé de leurs filles, même brièvement.

— Donne-moi ton portable, dit-elle quand ils eurent

quitté le parking. Il faut que je contacte Ella ou les jumeaux pour prendre des nouvelles.

— Non, pas mon portable. Avec ce qui vient de se passer, je ne veux plus l'utiliser. Je vais acheter un téléphone à carte prépayée. C'est plus sûr.

Un peu plus loin, il s'arrêta à un petit centre commercial, où il acheta un téléphone à carte prépayée. Il le lui donna sitôt qu'il fut remonté dans son 4x4.

Elle appela sa sœur. Cette dernière ne décrocha pas.

— C'est parce qu'elle ne reconnaît pas le numéro, expliqua-t-elle. Ella redoute les journalistes qui n'ont cessé de harceler ma famille depuis le meurtre de mon père.

L'appel bascula sur la boîte vocale. Elle laissa un message.

— Je suis sûre qu'Ella va l'écouter et vite nous rappeler.

— En attendant, je peux te demander quelque chose ?

Rory était si sérieux qu'elle se tendit.

— Tout ce que tu veux, Rory, répondit-elle avec une assurance qu'elle était pourtant loin de ressentir.

9

— Pourquoi ne m'as-tu pas contacté dès que tu as appris que tu étais enceinte ? demanda-t-il d'une voix très calme qui ne laissait rien transparaître de ses émotions.

La formulation, très simple, lui serra le cœur. Devait-elle lui révéler à quel point elle avait eu le cœur brisé lorsque, dans un premier temps, il avait rompu avec elle et ensuite quitté la région ? À quel point elle avait été dévastée, au fil des jours, des semaines, et enfin des mois, face à son silence persistant ? Et désespérée de se découvrir enceinte ?

À quoi bon lui confier tout cela maintenant ? C'était du passé.

Cadence soupira.

Elle était tombée amoureuse de Rory Scott le jour où il s'était présenté au ranch Butler pour y travailler. Elle le revoyait encore, à peine arrivé et attendant devant la grange par un froid matin d'octobre.

Elle se rappelait avoir passé l'été suivant à essayer d'attirer son attention par tous les moyens possibles et imaginables. À l'époque, il avait quinze ans, et elle seulement douze. Elle se souvenait qu'elle avait fumé, pour paraître plus âgée. Et quand il le lui avait vertement reproché, lui affirmant que fumer était mauvais pour la santé, elle avait aussitôt éteint sa cigarette.

Une autre fois, elle s'était ridiculisée en essayant de l'embrasser dans la grange. Il l'avait repoussée, et elle s'était sentie humiliée. Après cela, elle avait pour un temps abandonné ses entreprises de séduction. À quoi bon s'entêter ? Rory ne lui accordait aucune attention particulière, il était seulement gentil avec elle comme, d'ailleurs, les autres ouvriers du ranch.

Mais sa seule affection ne lui suffisait pas.

Après le lycée, elle était partie étudier à l'université. Rory, pour sa part, était devenu pisteur et traquait les braconniers. Il revenait rarement au ranch et, les fois où son retour coïncidait avec le sien, sa seule vue lui faisait battre le cœur très fort. Sans doute en souvenir du bon vieux temps… De son béguin d'antan, s'était-elle dit alors, plus amusée qu'émue.

Et à la fin du printemps dernier, ils avaient enfin eu une liaison. Cela avait été… incroyable. Une folle passion, comme dans les romans. Et soudain il avait rompu et quitté le Texas pour le Wyoming. Il était revenu à Cattle Barge et au ranch hier, seulement parce que l'un de ses frères avait sollicité son aide.

— Pour commencer, quand j'ai appris que j'étais enceinte, je n'avais aucune idée de l'endroit où tu te trouvais, dit-elle avec hésitation.

C'était la vérité. Cela dit, elle aurait probablement pu retrouver sa trace sans peine. Ses frères n'avaient manifestement pas eu de difficulté à le contacter.

Il lui jeta un regard sceptique.

— Honnêtement, si j'avais demandé à te revoir sans t'en donner la vraie raison, aurais-tu accepté ? reprit-elle, agacée.

Il resta silencieux.

Parce que la réponse était non ?

Ils se seraient revus contraints et forcés, tout aurait été d'emblée faussé.

Sa grossesse changeait la nature de leurs relations…

Dans le cas présent, Rory était revenu au ranch pour quelques jours, et dans le cadre d'une mission. Si elle n'avait pas été en danger, serait-il toujours à Cattle Barge ? Ce n'était pas sûr !

Malgré tout, elle avait une certitude : Rory ne l'abandonnerait pas, pas plus qu'il n'abandonnerait ses enfants.

Soudain le téléphone portable sonna. Ella avait donc écouté son message. Son appel arrivait à point pour rompre la tension.

Cadence décrocha. Aussitôt la voix affolée de sa sœur s'éleva.

— Cadence ? Ça va ?

— Oui. Maintenant, ça va. Mais nous avons frôlé le pire. Rory est avec moi, et nous sommes en sécurité pour le moment.

— Où êtes-vous ? demanda Ella.

Elle s'interrompit :

— Non. Ne me le dis pas. Je suis contente d'avoir de vos nouvelles. Je me suis fait un sang d'encre pour toi et le bébé quand Rory a demandé l'aide de Dade et Dalton pour récupérer son 4x4 en fin d'après-midi. Le bébé va bien ?

Cadence évita de regarder Rory dont elle entendit le soupir ostensible. Ce n'était pas le moment d'annoncer à Ella qu'elle était enceinte de jumeaux.

Sa sœur paniquait, non sans raison. Chaque membre de la fratrie Butler avait en effet été la cible de menaces de mort de la part d'individus tous suspects dans l'affaire du meurtre de leur père.

Et ce n'était pas tout.

Ella, Dalton, Dade et elle avaient découvert des douzaines de procès qui leur étaient intentés de la part d'inconnus qui revendiquaient leurs terres et la fortune de leur père. C'était à croire que le monde était devenu fou, incontrôlable depuis son meurtre. Étourdie par tout cela, elle avait eu l'impression d'être privée de la possibilité de faire son deuil. C'est pourquoi sa fuite dans le Colorado avait été salvatrice, même si sa grossesse, et ses malaises du premier trimestre, l'avaient distraite de la pensée de son père qu'elle adorait. À moins qu'elle ne soit pas capable d'accepter qu'il ne soit plus…

— Je vais bien et le bébé aussi.

C'était grâce à Rory.

— Pourquoi n'as-tu pas répondu à mes appels ou à mes SMS ? reprit Ella.

— Parce que j'ai laissé mon sac à main avec mon smartphone chez Rory. Et au ranch, comment ça va ? Le stratagème de la lecture du testament avancée n'a manifestement pas fonctionné, n'est-ce pas ? demanda Cadence, rappelée au souvenir de la veille de Noël de plus en plus proche.

Le premier Noël sans leur père.

De nouveau affligée à la pensée que ses bébés ne connaîtraient jamais leur grand-père, elle caressa son ventre. Une larme lui échappa, et elle ravala un sanglot. L'explosion soudaine de ses émotions ne la surprit pas ; elle savait que les changements hormonaux dus à la grossesse les exacerbaient.

— On dirait bien que non, en effet, admit Ella après un long silence.

— Je n'aime pas ce qui se passe, intervint Rory dans un murmure.

Cadence soupira et hocha la tête. Elle était de son avis. Pourquoi le stratagème avait-il échoué ? Y aurait-il eu des fuites ? De la part de qui ? D'un ouvrier qui aurait guetté son retour pour la lecture du testament et remarqué son arrivée, pourtant discrète, au ranch ? Le dénommé Dex était-il son complice ?

L'ouverture de ce testament était le grand événement

de cette fin d'année, attendu par tout le monde dans la région. Un ouvrier du ranch vraiment ? Non ! C'était impossible ! Du moins, c'est ce qu'elle voulait croire.

Pourtant, c'était l'explication la plus simple et la plus logique.

Dans cette éventualité pourquoi l'un de ces ouvriers, qu'elle connaissait depuis l'enfance, s'en serait-il pris à elle ? C'était inconcevable.

— Et Ed ? reprit-elle, mentionnant l'avocat de la famille.

— Ed est à Amarillo. Il s'y est rendu après avoir quitté le ranch dans l'après-midi.

— Recommande-lui d'être très prudent. Il se peut qu'on l'épie lui aussi, intervint Rory.

— Tu as raison, dit Ella. Je l'appellerai dès qu'on aura raccroché.

Un bruit de klaxon résonna derrière eux. Affolée, Cadence sursauta et regarda autour d'elle. Ce n'était qu'un conducteur qui attendait leur place de parking et s'impatientait. Le soulagement l'envahit. Bien sûr, les individus à ses trousses ne se manifesteraient pas de façon aussi ostensible.

— Il faut que je te laisse, dit-elle à sa sœur.

— Rory ? fit Ella. Prends bien soin de ma petite sœur surtout !

Cadence sourit, touchée par ces mots, et coula un regard vers Rory. Elle aimait qu'il la protège. Certes, il était en colère contre elle, blessé parce qu'elle lui avait caché sa grossesse, mais il n'en était pas moins prêt à tout pour assurer sa protection. Elle ne remettait pas en question sa loyauté envers elle et envers les bébés.

Elle raccrocha. Rory quitta le parking et s'engagea dans la circulation.

— Maintenant, on doit trouver un refuge jusqu'à la lecture du testament, lâcha-t-il.

Elle ne doutait pas qu'il trouverait. Il connaissait cette région du Texas comme sa poche. Même mieux que les Butler.

Une fois de plus, elle revit son arrivée au ranch avec une étonnante netteté. Rory avait tout juste quinze ans, des cheveux bouclés un peu trop longs et en désordre, et un regard brillant, très intense. Il lui avait rappelé le quarter horse que son père avait acheté pendant sa phase « courses de chevaux ». Ce quarter horse était aussi farouche que Rory, avec le même regard sombre, intense et brillant.

Son père avait dit, avec une émotion rare chez lui, que Rory lui rappelait l'adolescent qu'il avait été, se souvint-elle, le cœur serré. Elle en avait été étonnée car, en ce qui la concernait, elle n'avait en effet vu aucune ressemblance entre son père et Rory.

Redoutant que Rory Scott tourne mal s'il restait livré à lui-même, son père l'avait pris en charge, s'occupant de régulariser sa situation, et l'obligeant à terminer sa scolarité tout en poursuivant un apprentissage au ranch.

En fait, Rory était entré dans sa vie et en même temps dans son cœur, songea-t-elle. À l'époque elle n'était qu'une fillette, la petite sœur énervante de Dade et de Dalton. À douze ans, une différence d'âge de trois ans, ça comptait beaucoup.

À quoi bon sans cesse se remémorer leur première rencontre ? Cela appartenait au passé, elle n'avait plus aucun pouvoir dessus. Le présent était plus important, et elle pouvait encore agir sur le cours des événements avec Rory.

— Rory… Un type est vraiment entré dans ma chambre, un peu avant l'infirmière. Un aide-soignant. Il avait l'air bizarre…

— Tu as vu son visage ?

— Non. Il avait la tête baissée.

Elle se pinça l'arête du nez, essayant de rassembler ses souvenirs.

— C'est sans doute lui qui a donné la seringue à cette infirmière. Ensuite, tout s'est passé très vite, presque simultanément… L'arrivée de l'infirmière, prête à faire l'injonction, puis la tienne.

— Réfléchis encore, Cadence. Décris-moi cet individu.

— Plus petit que toi et mes frères, reprit-elle. À vue de nez un mètre soixante-dix. Il portait un pantalon de jogging et une blouse. Aucun signe particulier.

— Je l'ai croisé. Appelle ça un sixième sens, mais je me suis aussitôt méfié de lui. Son attitude était fuyante. C'est pour cette raison que je me suis précipité dans ta chambre.

— Tu crois que c'était Dex ? demanda-t-elle d'une voix tremblante.

— Je n'en suis pas certain.

— Mais… Comment pouvait-il connaître la situation familiale de l'infirmière ?

— C'est assez facile : il suffit d'observer le bureau des infirmières, répondit Rory. On y voit de nombreuses photos de famille. Et puis, te sachant blessée, Dex et ses deux complices ont sans doute écumé les hôpitaux des environs, à la recherche d'une femme correspondant à ton signalement. Enceinte. Blessée.

Il se tut un instant.

— Une chose est sûre, ajouta-t-il, cet individu est prêt à tout pour arriver à ses fins.

— Le pourchasser, c'est comme traquer les braconniers, n'est-ce pas ?

Rory savait en effet réfléchir de la même façon que ces individus. Mais serait-ce suffisant pour les protéger, elle et les bébés ?

*
* *

Après deux heures de route, Rory s'engagea dans un sentier pour gagner un site qui lui était familier et, surtout, éloigné de tout. Presque personne ne le connaissait, c'est pour cette raison qu'il l'appréciait. Après avoir rompu avec Cadence, il y était venu pour faire le point et, de là, avait décidé de partir pour le Wyoming.

— Nous allons rester ici jusqu'au 24, annonça-t-il en coupant le contact.

— Dans ce 4x4 ? Au milieu de nulle part ? Avec ce froid ? demanda-t-elle, horrifiée.

Il contint un rire.

— D'accord, les nuits sont froides, mais nous sommes au Texas, pas au Wyoming ! lâcha-t-il. Ne t'inquiète pas. Et tu oublies que c'est un 4x4 camper ! Aménagé à l'arrière. Confortable. Cuisine, salle de bains, lit.

— Tu veux dire, kitchenette, mini-coin toilette et couchette dans un mouchoir de poche ! corrigea-t-elle.

— Un vrai 4 étoiles ! Je te le garantis !

Il sourit.

— Idéal pour les aventuriers comme moi. Tout-en-un. Tu me fais confiance ou pas ? De toute façon, nous n'avons pas le choix. Disparaître, nous isoler dans mon 4x4 au milieu de nulle part, c'est la meilleure façon de déjouer les plans des types à tes trousses. Et tu peux me croire quand je te dis que personne ne connaît cet endroit !

Il souriait toujours, pour alléger la tension et remettre la situation en perspective.

Patience, silence et détermination.

Des qualités exigées par cette vie qu'il aimait tant.

Cependant, il devait reconnaître que cette existence avait perdu pas mal de son attrait depuis qu'il avait rompu avec Cadence.

Ne cessant de penser à elle au cours de ces derniers

mois, il avait fini par perdre de sa capacité de concentration. Leur liaison avait finalement tout compliqué… Et maintenant, il était conscient de devoir faire face à un choix : vivre sans entraves, libre, dans cette montagne, au sein de la nature, avec sa maison sur le dos en quelque sorte, ou changer radicalement de vie pour assumer ses responsabilités de père dans une relation encore mal définie avec Cadence.

Il sortit de son 4x4 et prit une grande inspiration. Quand il se retrouvait en pleine nature, loin des bruits de la ville, il respirait toujours mieux.

D'habitude.

Soudain, il se dit que sa vie sans Cadence n'avait ni sens ni intérêt.

Il avait cru qu'en retrouvant son activité préférée, sa chère nature, sa solitude et ses montagnes, il comblerait le vide créé par la rupture. Les premiers temps, cela avait presque fonctionné.

Il aimait tant sentir le soleil, la légère brise ou le vent sur son visage, et jouir du silence ambiant ! Il était alors en paix avec lui-même, et il chérissait cette sensation après avoir vécu entre ses parents et au rythme des conflits qui les opposaient.

Oui, jusqu'à ce qu'il succombe à son attirance pour Cadence, tout allait bien. Tout était très simple.

Sa liaison avec la benjamine des Butler n'avait pas seulement bouleversé sa vie, mais lui aussi par la même occasion.

Comme il savait mieux que personne à quel point l'amour pouvait être toxique, il avait toujours redouté l'investissement amoureux.

Ses parents en étaient la vivante illustration. Bien sûr, au début, ils ne s'étaient probablement pas disputés. Sans doute avaient-ils même vécu une lune de miel.

À quand remontait leur première altercation ? À la naissance de Renee ? À la sienne ?

À la pensée de sa sœur, il éprouva une bouffée de nostalgie et se demanda où elle pouvait bien être en ce moment. Toujours sur les routes, avec le même petit ami qu'autrefois ? Piégée dans une relation toxique ? Mariée ? Mère de famille ? Heureuse ? Malheureuse ? Il se souvenait encore des mots qu'elle avait prononcés, le jour où elle avait quitté la maison : Plutôt mourir que d'avoir la vie de nos parents !

Il le pensait aussi.

La voix de Cadence l'arracha à ses pensées.

— Alors ? Tu me fais les honneurs de tes somptueux appartements ?

Il sourit, et la prit spontanément par la main pour la faire monter dans le camper. Ce contact provoqua une décharge d'électricité qui le fit tressaillir. Cadence en fut-elle consciente ? se demanda-t-il en lui coulant un regard en biais.

— Il fait bon, ici, dit-elle en se frottant les mains, une fois à l'intérieur. Et tu as raison, ce n'est pas mal du tout. Petit, mais douillet, ajouta-t-elle avec un regard vers la couchette.

— J'ai des provisions d'eau, des plats lyophilisés et des fruits secs, annonça-t-il. Ce n'est pas grand-chose mais, au moins, nous ne mourrons pas de faim. Et tu vas pouvoir te reposer au calme, et au chaud, ce qui est l'essentiel.

— Parfait. Et justement, j'aimerais boire quelque chose de chaud.

Quelques minutes plus tard, il lui tendit une tasse de verveine.

— Comme tu aimes, précisa-t-il.

— Merci. Je suis impressionnée !

Puis elle regarda de nouveau autour d'elle.

— Je comprends que tu apprécies ta solitude, dans de telles conditions.

— Pourtant, la solitude a aussi ses inconvénients : elle ne m'a pas rendu particulièrement sociable ni conciliant. Je suis parfois un vrai sauvage.

Et il allait devoir apprendre à faire des concessions pour partager ses futures responsabilités parentales avec elle.

— On fait tous de notre mieux, non ? dit Cadence d'un ton paisible.

Apaisé ?

Tant mieux. Car le stress qu'elle avait subi au cours des dernières heures lui avait sans doute été néfaste.

Il revint en pensée sur les événements qui s'étaient déroulés à l'hôpital. En particulier sur l'aide-soignant qui avait surgi dans la chambre de Cadence, et qu'il avait ensuite croisé.

Était-ce Dex ? L'un de ses complices ?

Comment le débusquer ? Était-il de mèche avec les braconniers de la région ?

Il observa Cadence qui s'installait confortablement sur sa couchette. Non, décidément, cette vie si rudimentaire ne lui correspondait pas, conclut-il. Elle avait le teint si clair, les mains fines et les ongles manucurés. De plus enceinte, elle avait besoin d'un maximum de confort.

Quoi qu'il en soit, étant donné le contexte, se cacher ici, dans cet endroit complètement isolé, était la solution idéale dans l'immédiat.

Ou pas ?

Le doute l'envahit tout à coup… En dépit de ses récents efforts pour assurer la sécurité de Cadence, le drame avait été évité de justesse. Une bouffée de colère et de frustration le souleva.

— À quoi penses-tu ? demanda Cadence, le tirant de ses pensées.

— À notre folle équipée en cette fin d'après-midi.

— Moins folle que la perspective de passer la nuit au milieu de nulle part dans cette maison de poupée ? plaisanta-t-elle.

Il ne put s'empêcher de sourire. Son sens de l'humour lui avait manqué, se dit-il avec un petit soupir. Son sourire aussi, mais ce n'était pas le moment de dresser la liste de ses attraits.

— Tu n'as pas peur ? lui demanda-t-il donc, revenant à la réalité.

Elle secoua la tête.

— Non.

De nouveau, elle sourit.

— Tu te souviens du jour de ton arrivée au ranch ? J'étais dans la grange, et j'ai vu un rat. J'étais absolument terrifiée, dit-elle, avant de boire une gorgée de sa tisane à la verveine.

— Oui, je me souviens ! Tu m'as demandé d'aller chercher ton père, enchaîna-t-il en se mettant à rire. Tu hurlais. Tu as même essayé de grimper à l'une des poutres ! Comme si tu pouvais gagner la charpente et te réfugier là !

— C'était bien mon intention ! Mais tu te souviens de ce que tu m'as dit, alors ?

Il réfléchit.

— Aucune idée. Sans doute quelque chose de stupide… Comme que tu ne devais pas bouger jusqu'à ce que j'aie réglé le problème ?

Cadence riva au sien ce regard intense qui lui donnait toujours l'impression qu'elle lisait dans ses pensées.

— Non, Rory. Tu m'as d'abord dit que je portais ta couleur préférée. Bleu. Bleu ciel.

Elle fit une petite grimace, comme si elle était vexée qu'il l'ait oublié.

— Et tu m'as aussi dit que je devrais me concentrer

sur la couleur bleue plutôt que sur la peur, pendant que tu t'occupais de cette horrible bestiole.

— Tu as suivi mon conseil ? demanda-t-il, à la fois étonné et amusé.

— Oh oui ! Et ça a calmé ma panique. Depuis, je pense à la couleur bleue quand j'ai peur ou quand je panique. En particulier au ciel bleu du Texas et, franchement, ça m'apaise.

— J'étais tout de même arrogant, à l'époque, reprit-il après un silence. Je me souviens, tu as ensuite raconté à ton père ce qui s'était passé. Il m'a donné une grande tape dans le dos en me félicitant, parce que, je le cite, j'avais fait un sacré bon boulot. Oui, ce sont ses propres mots, ajouta-t-il avec un soupir.

— Ne sois pas modeste, Rory. Tu excelles dans tout ce que tu fais, murmura-t-elle en rougissant.

Pensait-elle à leurs baisers et à leurs ébats ? se demanda-t-il, le cœur battant soudain plus fort.

Il y eut tout à coup tellement d'électricité entre eux qu'il crut en entendre les crépitements. Il se rapprocha, comme aimanté. Cadence sentait si bon ! Comme les arbres fruitiers au printemps.

L'émotion qui l'envahit alors dépassait toute mesure, toute logique. Et il se pencha vers elle, jusqu'à ce que leurs lèvres se rencontrent. Il était incapable de lutter contre la force qui le poussait vers elle.

Il l'embrassa d'abord précautionneusement, avec prudence, mais très tendrement.

Elle s'offrit à son baiser, entrouvrant les lèvres et accueillant sa langue presque avec timidité. Sa bouche avait un goût sucré, comme dans ses souvenirs, songea-t-il, transporté. Au cours de ces derniers mois de solitude en montagne, il n'avait cessé de se remémorer leurs baisers, ces instants magiques, passionnés, sensuels de leur liaison.

Très vite, il s'enhardit et posa la main sur sa nuque. Il sentit son pouls battre vite, sous ses doigts. Ce rythme qui s'accélérait épousait le sien au fur et à mesure que le désir montait. Il était conscient de commettre une erreur en cédant à son élan. Car ce baiser, si bon fût-il, ne ferait que compliquer leur situation et, de plus, le pousserait à vouloir davantage.

À désirer l'impossible.

Pour le moment, ça lui était égal ; il ne voulait vivre que l'instant présent, ni plus ni moins.

Cadence venait d'enfouir les mains dans ses cheveux, et l'attirait à elle pour approfondir leur baiser. Leurs respirations s'accélérèrent alors qu'elle se pressait contre lui.

Rory laissa tomber ses mains sur ses hanches, désormais plus rondes et si douces. Ce contact lui rappela qu'elle était enceinte.

Alors il hésita.

Laisser naguère libre cours à ses émotions au lieu de raison garder l'avait mis dans la situation impossible dans laquelle il se trouvait aujourd'hui. Et l'intensité renouvelée de ses émotions le faisait paniquer plus que n'importe quelle menace physique à laquelle il avait pu être confronté.

Cadence représentait tout ce qu'un homme pouvait désirer au monde. Et il la désirait. Il avait envie de lui faire l'amour, et de succomber complètement.

— Cadence…, murmura-t-il, le souffle court, sa bouche contre la sienne.

Elle recula et appuya son front contre le sien.

— Oui ?

— Est-ce une bonne idée ?

Elle poussa un gros soupir.

— J'en doute.

Le silence se posa entre eux, épais, empreint de cette

indicible et pourtant si explicite tension sexuelle. C'était si bon de la garder dans ses bras sans plus bouger ! Cadence soupira de nouveau comme si, cette fois, elle venait de prendre une décision. Et sans doute s'était-elle exhortée à la raison, car elle recula lentement, presque à regret.

Dès que le contact fut rompu, il frissonna comme si de l'air froid s'était introduit dans le camper. Mais il savait que ce n'était qu'une illusion, due à la déception et à la frustration. Il n'en vérifia pas moins toutes les ouvertures du véhicule.

Il avait laissé libre cours à ses émotions, et ne pensait plus qu'à ce baiser. Et il comprit que Cadence lui avait manqué encore plus qu'il l'avait pensé.

Peut-être devrait-il prendre d'autres dispositions pour sa protection ? se demanda-t-il alors très sérieusement. Car il était beaucoup trop investi sur le plan émotionnel pour bien assumer sa mission. Sa proximité le troublait en effet à tel point qu'il perdait toute vigilance et toute prudence.

D'un autre côté, il se sentait absolument incapable de confier la sécurité de la mère de ses bébés à autrui puis de reprendre le cours de son existence comme si de rien n'était.

Comment rester proche de Cadence sans subir son magnétisme ?

Sans plus l'embrasser ?

Tout en la protégeant du danger ?

Dans ce 4x4 camper grand comme un mouchoir de poche selon les propres mots de Cadence ?

10

Demain c'était le 24 décembre. La veille de Noël.

Un Noël sans son père.

Cadence tressaillit comme chaque fois que cette pensée l'effleurait. Elle lui causait une vraie douleur physique.

Cette année, tout serait différent.

En moins de six mois, c'était toute sa vie qui avait basculé.

D'instinct, elle posa la main sur son ventre. L'année prochaine, ce serait le premier Noël de ses jumelles, se dit-elle. Ses filles étaient devenues réelles depuis qu'elle avait senti l'une lui donner un coup de pied. Avant cela, elle avait plutôt eu l'impression de souffrir de quelque maladie mystérieuse et n'avait donc pas réussi à imaginer qu'elle était enceinte. Elle avait passé les premiers mois à avoir des nausées puis, l'appétit revenu, à s'efforcer de limiter sa consommation de nourriture.

— Bonjour, lui lança Rory, comment va ta cheville ?

Elle ne l'avait pas entendu sortir, ni même revenir, d'ailleurs. Mais quand elle avait ouvert les yeux, quelques minutes plus tôt, elle avait constaté qu'il était parti.

— Ça va.

Elle s'étira et grimaça en sentant ses muscles raides et douloureux. Le gonflement de sa cheville avait diminué.

Elle ne souffrait plus et s'en réjouissait comme s'il s'agissait d'un miracle.

— Quelle heure est-il ? demanda-t-elle en bâillant.

Sans son smartphone, elle était plus perdue que sans son confort habituel !

— 10 heures et demie, répondit Rory en lui tendant une tasse de verveine. Tu as bien dormi ?

— Oui. Il fait froid, dehors ?

Après leur baiser de la veille, ils n'avaient presque pas parlé. Ensuite, l'heure étant tardive, elle s'était vite couchée. Rory lui avait laissé l'espace couchette pour faire des rondes et surveiller les alentours. Sans doute avait-il à peine fermé l'œil.

Elle avait toujours admiré Rory Scott qui, à ses yeux, incarnait la liberté et ne comptait que sur lui-même. Elle aimait son esprit d'indépendance au moins autant que son charme.

Et ses baisers.

Au souvenir de son dernier baiser, elle sentit ses lèvres picoter.

— Assez, oui.

Il sourit, de ce sourire sexy qui relevait un coin de sa bouche et qui, chaque fois, faisait palpiter son cœur.

— Je regrette d'avoir sous-estimé Dex et ses complices. Nous avons failli y perdre la vie, reprit-il redevenant sérieux. Nous venons d'avoir plusieurs heures de répit, mais demain c'est le 24, et nous devons nous rapprocher du ranch.

— Nous avons réussi à les esquiver par deux fois. Tout va bien, Rory.

— Pour le moment. Mais je ne dois en aucun cas me départir de ma vigilance. N'oublie pas que mes erreurs ont failli t'être fatales ! lâcha-t-il avec sévérité.

Son regard lançait des éclairs, et il serrait sa tasse si fort que ses articulations blanchirent.

Consciente qu'elle ne pourrait lui faire entendre raison, elle n'insista pas.

Elle le savait très exigeant avec lui-même. À cet instant, un souvenir remonta à sa mémoire. Environ six mois après son arrivée au ranch, Rory avait, par erreur, donné de l'eau froide à des chevaux aussitôt après l'entraînement. Ceux-ci avaient été malades et deux avaient failli mourir.

Carl Hambone, ou Bony Carl, comme tout le monde le surnommait au ranch, lui avait passé un terrible savon. Elle s'était arrêtée, interloquée, devant la grange en l'entendant hurler et agonir Rory de reproches. Bony Carl était l'un des plus anciens ouvriers du ranch, plutôt calme et assez philosophe, il en fallait vraiment beaucoup pour le mettre en colère.

Bony Carl avait ensuite couvert Rory et endossé la responsabilité de l'incident. Convoqué par son père, il avait prétendu avoir été tellement distrait par un veau malade qu'il avait donné de l'eau froide aux chevaux après leur entraînement. Rory avait dû apprendre ce que Bony Carl avait fait car, le lendemain matin, il avait bouclé son sac. À part quelques vêtements, il ne possédait pas grand-chose. Sa vie entière remplissait à peine son vieux sac à dos en denim, se souvenait Cadence qui était arrivée au moment où il sortait de sa chambre du dortoir. Elle entendait en effet lui demander des comptes.

Il lui avait annoncé qu'il partait, parce qu'il avait commis une terrible erreur et qu'il devait passer à autre chose.

Elle lui avait barré le passage puis, les poings sur les hanches, l'avait défié du regard.

— Tu vas reconnaître tes erreurs, Rory Scott !

— Reconnaître mes erreurs ? avait-il demandé, un peu étonné mais aussi amusé.

— Oui ! Tu dois les assumer, sinon elles te poursuivront et t'obséderont pendant toute ta vie ! avait-elle dit avec virulence. Il ne faut *jamais* se dérober à ses responsabilités !

— Parce que, selon toi, je fuis les miennes ? Je me dérobe à l'autorité du propriétaire du ranch ? De ton père ? En laissant quelqu'un d'autre s'accuser à ma place ?

Il avait posé son sac et la dévisageait avec intérêt.

— Oui ! Exactement ! avait-elle riposté, forte de ses certitudes.

— Eh bien tu te trompes, Cadence. Je viens de dire à ton père que le seul responsable, c'était moi.

— Ah bon ? Et… Que s'est-il passé ?

— Je me suis fait virer, avait-il avoué avec simplicité.

La stupéfaction l'avait rendue muette.

— Ah non ! s'était-elle ensuite exclamée. Je vais aller lui dire qu'il ne peut pas…

— De toute façon je serais parti, l'avait-il interrompue. Et ton père fait ce qu'il veut, Cadence.

Il avait jeté son sac à dos sur son épaule et s'était approché.

— Je peux ? avait-il alors lâché en se penchant vers elle.

Et parce qu'elle s'était convaincue que, par ces mots, il lui demandait s'il pouvait l'embrasser, elle avait opiné, jeté les bras autour de son cou, fermé les yeux et lui avait tendu les lèvres.

Elle n'aurait pu plus mal interpréter sa question. Le souvenir, ainsi que l'embarras qui l'accompagnait toujours, même après toutes ces années, la firent rougir.

Rory avait tourné la tête, se dérobant à son baiser, lui avait saisi les poignets avec douceur, puis avait reculé. Elle avait alors ouvert les yeux et était devenue cramoisie.

— Tu veux vraiment me causer plus de problèmes que je n'en ai déjà ? lui avait-il demandé, incrédule.

— Mais non ! s'était-elle défendue.

— Écoute-moi bien, Cadence. Tu as douze ans. Il n'est pas question que j'embrasse une petite fille, avait-il continué.

Plusieurs années plus tard, quand ils avaient échangé leur premier baiser, un vrai baiser, elle lui avait fait remarquer qu'elle l'avait attendu pendant des années.

— Eh bien, c'est beaucoup de pression, fut son seul commentaire.

Puis il l'avait embrassée jusqu'à ce que son cœur s'emballe, jusqu'à ce qu'elle soit hors d'haleine.

Elle était désormais une jeune femme, et lui un homme viril. Leur différence d'âge, si perceptible autrefois, à l'orée de l'adolescence, n'existait plus. Elle avait vingt-sept ans, et lui trente.

Et maintenant…

Elle soupira. Elle avait passé cette nuit seule dans l'espace couchette et s'était dit, avec tristesse, que tous les deux c'était fini, et bien fini. La passion avait laissé place au stress, à l'inquiétude… Son sommeil avait été agité, elle avait si peur que Dex et ses complices les retrouvent, en dépit des assurances de Rory.

Pourtant, elle ne cessait de penser à leur dernier baiser.

Rory devant le camper 4x4 regardait avec attention autour de lui. Cette nuit avait à la fois été un bonheur et un supplice parce qu'il savait Cadence proche mais en était resté éloigné, en dépit de son désir pour elle, ranimé par le baiser qu'ils avaient échangé.

Il s'efforça une fois de plus de refouler le souvenir de ses lèvres roses si veloutées s'entrouvrant sous les siennes. Il avait beau faire, c'était impossible. Il suffisait que Cadence parle pour qu'il fixe cette bouche délicieuse. De plus, elle était sa seule interlocutrice, ils étaient au milieu de nulle part dans l'espace restreint de ce camper. Ainsi, chaque nouvelle tentative pour s'exhorter à la raison se soldait par un échec et ne faisait au contraire que provoquer, renforcer, le désir et la frustration.

Sa mission consistait à protéger Cadence pendant que le shérif traquait les criminels qui la pourchassaient, et non à se laisser aller à fantasmer ! se répéta-t-il.

Il restait très inquiet. Cadence n'avait toujours aucune idée de l'identité de ses assaillants et des raisons pour lesquelles ils la menaçaient.

Dans vingt-quatre heures, le testament de son père serait ouvert et lu.

Il soupira à la vue de Cadence qui le rejoignait.

— J'aurais tellement voulu assurer mieux ta sécurité, lui dit-il.

— C'est ta façon de voir les choses, répondit-elle, impétueuse. Moi, je sais que tu m'as protégée, et que tu as protégé nos bébés. Je n'ose penser à ce qui se serait passé, sans toi. Quoi que tu en dises, tu m'as sauvé la vie !

Sur ces mots, elle baissa les yeux. Il eut l'impression qu'elle ravalait ses larmes et se sentit consterné.

— Excuse-moi, Rory, c'est l'émotion à l'idée de rentrer au ranch, reprit-elle. Demain soir, c'est le 24. La veille de Noël. J'ai les nerfs à fleur de peau. À cause des épreuves de ces derniers jours, de ces derniers mois… Parce que mon père n'est plus là… Parce que, demain, nous saurons enfin ce que contient son testament.

Après une hésitation, Rory reprit la parole.

— Je ne crois pas te l'avoir déjà dit, mais je suis vraiment désolé pour ton père. C'était quelqu'un de bien. J'avais beaucoup d'estime pour lui.

Cadence soupira.

— Quelqu'un de bien, dis-tu ? Pas tout à fait. Je l'aimais de tout mon cœur, mais je sais aussi que ce n'était pas un saint.

— Il n'était pas parfait, j'en conviens. Il a commis des erreurs, mais nous en commettons tous. Et les erreurs sont aussi l'apanage de la jeunesse, tu ne crois pas ?

— Tu appelles des « erreurs » les enfants qu'il a eus avec différentes femmes à peu près au même moment ? Mon père a cumulé les liaisons ; il a été un homme infidèle, même avec ses maîtresses, d'ailleurs. J'ai toujours eu le sentiment que ma mère l'avait quitté, et nous avait quittés par la même occasion, à cause de ses infidélités répétées…

Elle s'interrompit quelques instants avant d'ajouter, à voix plus basse :

— À moins que ma mère se soit sentie incapable de nous aimer.

Elle balaya cet argument d'un geste impatient, soupira et conclut :

— N'oublie pas non plus que tout le monde n'estimait pas mon père, puisqu'il a été assassiné.

Émue, elle lui déroba de nouveau la vue de son visage.

— Pleure si tu en ressens le besoin, Cadence, murmura-t-il. Ta mère vous a quittés, mais ce n'est sûrement pas à cause de toi ou de tes frères et de ta sœur, poursuivit-il après un silence. Et pas, non plus, par manque d'amour ! Je n'y crois pas une seconde. Il y a une autre raison.

— J'aimerais bien savoir laquelle ! Car enfin, quelle mère abandonne quatre enfants dont l'un est encore un bébé ? s'exclama Cadence, soudain cramoisie et manifestement hors d'elle.

Il en resta sans voix. Jamais il n'avait mesuré l'impact que cet abandon avait eu sur Cadence ainsi que sur l'estime qu'elle se portait. En fait, il n'y avait jamais pensé. Il avait toujours considéré la fratrie Butler comme privilégiée et particulièrement gâtée par la vie. Certes, il n'était pas naïf au point de croire que la vie d'Ella, Dalton, Dade et Cadence Butler était absolument parfaite, mais leur existence était tout de même nettement plus agréable que la sienne. Il avait d'autant plus sous-estimé leur souffrance suite à la désertion de leur mère qu'ils n'en parlaient jamais.

Le désarroi de Cadence, caché mais bien réel, ressemblait au sien, finalement. Il était dû pour elle à l'absence de sa mère et, pour lui, à la toxicité de la relation de ses parents.

— Je comprends ce que tu ressens, dit-il donc pour la réconforter.

Un sanglot échappa à Cadence, qui enfouit son visage entre ses mains.

— Quelle sorte de parents allons-nous être, Rory ? lui demanda-t-elle ensuite, l'air affligé. Moi je n'ai pas eu de mère, toi tu as quitté ta famille. Surtout, on n'arrête pas de se disputer !

— On pourrait tirer profit des erreurs de nos parents. Après tout, ils ne définissent pas ce que nous sommes ou ce que nous serons… On est capables de s'émanciper de nos modèles familiaux, tu ne crois pas ?

— Tu le crois vraiment ? Je t'ai quand même caché ma grossesse, et je crains que tu ne me fasses plus confiance…

Il était prêt à protester, mais elle leva une main impérieuse et continua.

— Je le sais parce que je te connais bien, Rory. Tu accordes une telle valeur à la confiance…

Elle soupira.

— Mais quelle sorte de parents serons-nous ? répéta-t-elle d'une voix plus basse.

Elle ne lui reprochait pas d'avoir rompu, puis fui, loin, par peur de l'engagement. Quoi qu'il en soit, encore maintenant, il restait convaincu d'avoir fait le bon choix, si douloureux que cela ait été et l'était encore. Et malgré la nostalgie qu'il avait éprouvée au cours des derniers mois.

C'était pour cette raison qu'il avait, depuis le Wyoming, gardé un œil sur Cadence Butler. Seul son bon sens l'avait retenu et empêché de retourner vers elle, de céder à son attirance et à des sentiments naissants.

Il se répéta une fois de plus que Cadence méritait un homme qui s'engagerait, lui offrirait une vie paisible, dans une jolie maison avec un beau jardin. Un homme qui, tous les soirs, regagnerait son foyer. Ses jumelles aussi méritaient cette existence paisible.

Lui, il ne pouvait être cet homme-là.

Et, de toute façon, Cadence n'envisageait pas de l'épouser et d'élever leurs enfants avec lui. N'avait-elle pas rejeté sa demande en mariage ?

Cependant, l'idée d'un autre homme partageant l'existence de Cadence et élevant ses filles le remplissait de colère et d'une immense frustration.

Il savait que ses raisonnements étaient illogiques, embrouillés, mais il savait aussi que logique et passion ne faisaient pas bon ménage.

— Il y a deux choses dont je suis certain, commença-t-il avec force. D'abord, et c'est le plus important, que tu seras une mère exceptionnelle.

Cadence le dévisagea, les yeux écarquillés. Il sentit son cœur palpiter quand il poursuivit.

— Ensuite, que nous trouverons une solution, pour nos filles. Nous ferons des erreurs, mais nous ne ferons pas les mêmes que nos parents. Je peux te le garantir !

— Certes, mais comment les éviter ? lui demanda-t-elle, avec une lueur à la fois d'effroi et de défi dans le regard.

En gardant raison…, se dit-il alors qu'il sentait la tête lui tourner tant il avait envie de l'embrasser.

Et il céda à son désir et se pencha vers elle.

— Ce n'est pas une réponse, tant s'en faut, murmura-t-il, sa bouche tout près de la sienne. Mais rien d'autre ne me vient à l'esprit.

Sauf l'envie de te faire l'amour, Cadence, acheva-t-il en pensée.

Mais le craquement d'une brindille le ramena à la réalité.

11

Rory la prit par la main pour la faire monter dans le 4x4. Sentant de nouveau la tension et l'angoisse la gagner, Cadence s'inquiéta pour ses bébés. Elle avait subi beaucoup trop de stress, récemment, entre le meurtre de son père, la découverte de sa grossesse gémellaire, et enfin ces menaces de mort.

Elle posa une main protectrice sur son ventre. Quoi qu'il se passe entre elle et Rory dans le futur, elle était contente, soulagée, qu'il soit à ses côtés. Certes, il avait été sous le choc en apprenant qu'il allait devenir père et c'était compréhensible, mais c'était un homme d'honneur. Il la protégerait et protégerait leurs filles au péril de sa vie.

Une minute plus tard, ils quittaient les lieux. Rory lui dit qu'il avait l'intention de rouler pendant plusieurs heures, en attendant le moment de se rapprocher de Cattle Barge.

Dans le silence qui suivit, Cadence repensa au baiser qu'ils avaient failli échanger, un souvenir tout récent qui faisait battre son cœur trop fort.

Elle devait se contenir et maîtriser ses sentiments, incontrôlables, pour Rory. Qu'allait-elle devenir, avec cette attirance qui semblait ne pas vouloir disparaître ? se demanda-t-elle.

Rory et elle n'avaient besoin que de trouver un terrain

d'entente, d'entretenir des relations raisonnables pour le bien de leurs filles, et c'était tout. Elle se promit de se montrer conciliante et de faire preuve de bon sens.

— Je ne t'ai pas assez remercié pour tout ce que tu as fait pour moi et les bébés depuis ces derniers jours, commença-t-elle après un long moment. Pour le temps que tu nous as consacré, acheva-t-elle, se félicitant de son ton posé et sincère.

— C'est normal, Cadence.

Il hésita et ajouta.

— Tu es la mère de mes enfants…

Elle fut touchée par la douceur de sa voix, sa franchise et sa spontanéité.

Tel était Rory Scott. Il assumait ses responsabilités et donnait le meilleur de lui-même, comme si rien n'était plus normal. Il avait un code d'honneur, comme tout cow-boy qui se respecte. Rory Scott était vraiment unique. Elle n'avait jamais rencontré un homme aussi perfectionniste, aussi exigeant avec lui-même et autrui.

— Encore une fois, je suis sincèrement désolée de ne pas t'avoir appris que j'étais enceinte, poursuivit-elle. À ma décharge, j'ai vraiment été désemparée en le découvrant. De plus j'ai été malade, au cours du premier trimestre.

Il acquiesça seulement.

— Sans compter le fait que j'ai été terrifiée en apprenant que ma grossesse était gémellaire… Avec le recul, je m'en veux. J'aurais dû mieux gérer la situation. Je regrette de ne pas avoir eu la force de te retrouver, de t'informer…

Elle remarqua non sans inquiétude qu'il regardait sans cesse dans le rétroviseur pour s'assurer qu'ils n'étaient pas suivis. Sa vigilance la fit revenir à la réalité.

Le danger persistait.

— Quelles ont été les premières conclusions de Sawmill après le meurtre de ton père ? demanda-t-il.

Pourquoi avait-il soudain changé de sujet ? Bien qu'étonnée, elle décida de poursuivre sur ce thème.

— Un meurtre passionnel par un mari ou un ex-petit ami jaloux, commença-t-elle avec hésitation. Le shérif Sawmill a cherché dans l'entourage proche de mon père. Il a été assassiné dans sa chambre de la grange. Donc, c'était forcément quelqu'un qui savait qu'il lui arrivait de dormir là. Mon père n'aimait pas amener ses… conquêtes à la maison, à cause de nous. Il était discret. Même les ouvriers ne savaient rien de sa vie privée, enfin je veux dire de ses liaisons. La maison principale était destinée à la famille. Quant à sa chambre dans la grange…

— Et les gars du ranch n'ont repéré personne de suspect ?

Rory réfléchissait à voix haute, comme d'habitude quand il était face à un problème.

— Non.

— Qui le shérif a-t-il suspecté, au début ? insista Rory.

— Un ex-petit ami de Ruth. Ruth, avec qui papa allait bientôt annoncer ses fiançailles. Mais, manifestement, elle n'était pas au courant de ses intentions. Il a été assassiné avant d'avoir pu lui demander sa main. Elle nous a toutefois confié qu'il avait beaucoup changé, avant le meurtre. Il avait cependant laissé entendre qu'il s'apprêtait à faire une annonce de première importance.

— Des fiançailles et un prochain mariage…, murmura Rory. Je ne vois pas de plus grande annonce ou de plus grand changement de vie que l'annonce d'un bonheur à venir.

— L'engagement et le mariage, un bonheur ? Ai-je bien entendu, Rory ? ironisa-t-elle, s'emportant soudain.

Est-ce toi qui viens de prononcer ces mots ? Si mes souvenirs sont bons, il y a cinq mois, tu as formulé très clairement ton opinion sur l'amour, le bonheur, et l'engagement qu'ils impliquent !

Elle se tut et regretta ses mots sitôt qu'elle les eut prononcés.

— Je parle de ton père, Cadence ! Pas de moi ! Sa quête de bonheur était tellement évidente… Il n'aimait pas parler de sa vie privée, mais nous savions qu'il voulait être heureux, vivre en couple !

Elle haussa les épaules.

— Certains pensaient que papa allait annoncer qu'il allait se retirer des affaires, de la gestion et de la direction du ranch, reprit-elle d'une voix plus douce.

— En tout cas, je suis surpris qu'il n'y ait eu aucun indice sur la teneur de cette fameuse grande nouvelle. Une facture de bague de fiançailles, par exemple.

— Le shérif n'a rien découvert au cours de son enquête. Et, franchement, je n'en suis pas surprise. Mon père était tellement secret, même envers l'avocat qui gère nos affaires…

Elle marqua une pause.

— Nous ne savions même pas que nous avions un autre frère et une autre sœur jusqu'à leur arrivée au ranch, par l'entremise d'Ed. Imagine un peu ! Nous avons ignoré l'existence de Wyatt et de Madelyn jusqu'à ces derniers mois ! Papa a gardé ses secrets pendant toute sa vie, et c'est au moment où il était prêt à révéler l'un d'eux qu'il a été assassiné.

— Je suppose donc que le shérif Sawmill n'a rien trouvé d'inhabituel ou de suspect dans les activités commerciales de ton père ? demanda Rory.

— Non. Du moins, rien pour l'instant.

Cadence hocha la tête avec fatalisme.

— Tu le connaissais, Rory. Ses affaires, comme sa vie, étaient à la fois compliquées et très privées.

— Un homme n'amasse pas une aussi grande fortune sans avoir une personnalité ou une vie complexe. À vrai dire, ton père était l'opposé de la simplicité. Mais c'était aussi un communicateur hors pair. Un vrai leader. Charismatique.

Le père de Cadence avait été son modèle, poursuivit-il en pensée. Il avait rêvé de lui ressembler, même sachant qu'ils étaient dissemblables.

— Surtout un homme secret, insista Cadence. Ed a vérifié toutes les demandes de reconnaissance en paternité qui ont été déposées depuis sa mort. Et je t'assure qu'il y en a un paquet !

Il remarqua que Cadence n'avait pu prononcer le mot « meurtre ».

— Résultat ?

— Aucun. Seulement de nouvelles impasses ou imbrications. Sawmill a interrogé tout le monde, au ranch, il a fait subir un véritable enfer aux ouvriers. Carl et Dale y travaillent depuis le plus longtemps, c'est donc eux que la mort de mon père a le plus affectés. Anthony et Rupert ont été embauchés l'année dernière ; ce sont les derniers arrivés, mais ils ont été eux aussi très affectés. En fin de compte, et comme tu le constates, personne ne sait rien, personne n'a rien vu. Et comme de juste, chacun a un avis sur le meurtrier et le motif.

Elle se tut et soupira.

— Mon père, un homme bien ? conclut-elle. Je n'en suis pas sûre, Rory. S'il l'avait été, il n'aurait pas été tué. Il n'y aurait jamais eu autant de fausses pistes, d'imbroglios et de secrets qui, d'ailleurs, sont loin d'être tous divulgués. Quelqu'un détestait mon père pour un motif précis, et a décidé de le supprimer. Tels sont les faits.

— Je doute que ce soit l'un de ses ouvriers, dit-il après quelques instants de réflexion. Je suis même convaincu du contraire.

— Pourquoi une telle certitude ?

— Parce que les ouvriers de ton père ont toujours été loyaux envers lui. Ils l'estimaient et le respectaient. Parce que ton père leur a donné du travail et, surtout, il les traitait bien. Il était sévère, mais juste avec eux. Je veux dire, avec nous.

— C'est vrai, fit-elle, le front plissé.

— Nous l'admirions. Tu n'as jamais admiré un de tes professeurs, à l'université ?

— Pas vraiment. Je me souviens en particulier de mon prof d'histoire : un type retors, de mauvaise foi, et imbu de lui-même.

Rory lui jeta un rapide coup d'œil avant de se concentrer de nouveau sur la route.

— Bref. Tout ça pour te dire que ton père avait bonne réputation dans la région. C'était le meilleur des ranchers.

— C'est vrai, papa a souvent donné leur chance à certains. À Rupert, par exemple, lâcha-t-elle pensive.

— À moi aussi.

— Il t'a tout de même viré pour avoir fait une erreur, à peine six mois après ton embauche, lui rappela-t-elle.

— Viré, oui. Mais je serais de toute façon parti après lui avoir dit la vérité. Je me sentais indigne de sa confiance.

Puis il sourit.

— Tu venais de quitter le dortoir et j'allais prendre la route quand il est venu à ma rencontre. Il m'a dit qu'il avait changé d'avis, qu'il avait apprécié mon honnêteté. Il m'a réembauché et m'a même augmenté.

— Et moi qui croyais qu'il t'avait réembauché grâce à moi ! Je l'avais accablé de reproches, ce soir-là ! s'exclama Cadence au comble de l'émotion.

— Désolé de te décevoir, Cadence, mais ton accès de juste colère n'a rien eu à voir avec son revirement ! dit-il avec un petit rire. Tu vois, ton père, c'était quelqu'un de bien. C'est lui qui m'a appris à être un homme !

Puis il ajouta :

— Contrairement au mien !

Ces derniers mots exprimaient un tel mépris qu'elle fut prise au dépourvu.

— Pourquoi détestes-tu autant tes parents, Rory ? Pourquoi t'es-tu enfui de chez toi ?

Il hésita.

— Mes parents se disputaient tout le temps, lâcha-t-il enfin, amer. Nous n'en pouvions plus.

— Nous ? Qui ça, « nous » ?

— Ma sœur et moi.

— Tu as une sœur ? demanda-t-elle, stupéfaite. Tu ne me l'avais jamais dit.

— Parce que je n'en ai jamais eu l'occasion.

— Et dire que je pensais bien te connaître ! Même mieux que personne…

Il poussa un gros soupir.

— Renee a deux ans de plus que moi. C'est ma seule sœur. Et comme tu le sais déjà, mes parents se disputaient sans arrêt. Plus exactement, ils s'agressaient. Et pas seulement verbalement…

Il s'interrompit, essayant de surmonter la douleur que lui causait le fait de mettre les mots sur son passé familial.

— Renee et moi avons à plusieurs reprises essayé de convaincre notre mère de quitter notre père.

— Et ?

— Elle a toujours refusé. Elle excusait son alcoolisme, et affirmait que leurs disputes affermissaient leur amour.

Il soupira de nouveau.

— Renee et moi étions les spectateurs impuissants de la situation. Et puis un jour, après une dispute particulièrement violente, Renee est partie avec un garçon qui jouait dans un groupe de musique. C'était son petit ami, à l'époque. Sans elle, je n'ai pas tenu longtemps. Je l'ai donc imitée peu après.

— Je suppose que vous vous êtes perdus de vue, ta sœur et toi.

— Oui…

Il haussa les épaules.

— Pourquoi ne l'as-tu pas cherchée ?

— À quinze ans, je n'avais pas d'argent, pas les moyens d'acheter un téléphone portable. Les réseaux sociaux n'étaient pas aussi développés qu'ils le sont à l'heure actuelle. De toute façon, je n'ai toujours pas d'ordinateur, même pas Internet sur mon smartphone.

— Toutes les conditions réunies pour la solitude et l'isolement, hein ?

— C'est ce qui me convenait, et tu le sais.

— Tu aurais tout de même pu entreprendre des recherches plus tard, insista-t-elle.

— Je pourrais dire la même chose pour Renee !

— Si ta sœur tient ce raisonnement, vous ne vous reverrez jamais… ! Elle te manque ?

— Nous étions proches, autrefois.

— J'en déduis donc qu'elle te manque. C'est facile de retrouver quelqu'un, de nos jours. Je peux te montrer comment faire.

— Inutile, Cadence. Je sais comment fonctionnent les réseaux sociaux. Mais quel intérêt, puisque Renee n'a pas non plus cherché à renouer ?

— Et si c'est justement parce que tu n'es pas facile

à retrouver ? Tu dis que tu n'as pas d'ordinateur, pas de compte sur les réseaux sociaux. Tu passes ton temps en pleine nature, à traquer des braconniers. Un travail qui consiste à te rendre invisible. D'un autre côté, tu reproches à ta sœur de ne pas avoir essayé de te retrouver ! Mais peut-être a-t-elle essayé. Franchement, tu es illogique.

C'est la vérité, reconnut-il in petto.

— À quoi bon se revoir ? lâcha-t-il cependant à mi-voix.

— Tu es sérieux ? demanda-t-elle, incrédule.

— Renee a rompu avec la famille, donc avec moi. Et moi aussi. Nous avons tourné la page.

Et c'était plus simple.

— À quoi bon se retourner sur des souvenirs douloureux ? interrogea-t-il.

— Mais ce n'est pas la question, Rory ! Moi, je te parle de lien fraternel. Dalton, Dade, Ella et moi, on a souvent été solidaires face à l'adversité ou à la dureté de mon père. Sans cela…

Elle s'arrêta et lui jeta un coup d'œil.

— Parlons d'autre chose, coupa-t-il, cette conversation devenant un peu trop intime à son goût.

— Écoute, Rory, je suis vraiment désolée pour tes parents. C'est injuste. Ta sœur et toi ne le méritiez pas, et…

— En parlant de sœurs, on devrait appeler la tienne, l'interrompit-il de nouveau.

12

— Tu as raison !

Cadence obtempéra. Ella décrocha à la première sonnerie. À l'évidence, elle attendait son appel.

— Cadence ? Comment vas-tu ? Où es-tu ? demanda-t-elle avec angoisse.

— Ça va, répondit Cadence, pressée de la rassurer. Rory s'occupe bien de nous, ajouta-t-elle.

Consciente de rougir, elle détourna les yeux. Pourquoi cette gêne ? De la pudeur ?

— Je comprends encore mieux pourquoi Rory est considéré comme le meilleur pisteur de la région, reprit-elle à mi-voix.

Ella soupira de soulagement.

— Je lui suis vraiment reconnaissante ! C'est vraiment quelqu'un de bien, Cadence. Tu as beaucoup de chance.

Comme elle ne voulait pas s'engager sur ce terrain, trop dangereux, Cadence ne renchérit pas.

— Comment ça va, au ranch ? demanda-t-elle plutôt en mettant l'appel sur haut-parleur.

— Les préparatifs sont en cours pour la lecture du testament qui aura lieu, comme tu le sais, demain soir à 23 h 30 conformément au désir de papa. Terrell et son équipe sont en état d'alerte maximale. Nous avons même recruté des hommes pour renforcer la sécurité autour du ranch, expliqua Ella.

— Qui ? intervint Rory. Je dois sûrement les connaître.

— En effet : ce sont les frères Janson, annonça Ella. Mais le shérif aussi envoie des hommes. Il y aura donc beaucoup de monde, aux abords de la maison dans les prochaines heures… Car, bien entendu, les journalistes seront fidèles au poste. Sinon, nous serons entre nous, car nous venons de donner congé à tous les employés pour les fêtes de Noël. À partir de ce soir, en effet, plus personne ne sera autorisé à pénétrer sur nos terres, et surtout dans la maison désormais protégée comme une forteresse. Sauf nous et May, bien sûr.

May avait passé toute sa vie au ranch, et avait été une véritable mère pour la fratrie. Sa présence, lors de la lecture du testament, allait de soi.

— Quelles ont été les réactions à ces dispositions ? demanda Cadence.

— De la surprise, naturellement. Puis à la surprise a succédé l'inquiétude… Car, tu t'en doutes, tout le monde se pose des questions et spécule. Et nos ouvriers se font du souci pour nous…, poursuivit Ella. Si bien qu'ils ne voulaient pas quitter le ranch. Ils étaient même prêts à renforcer les équipes de sécurité ! Ed a dû déployer tous ses talents pour les convaincre de rentrer chez eux pour les fêtes ! Leur disant qu'ils avaient le droit, le devoir de les passer en famille, avec les leurs.

Les habitants et les ouvriers du ranch Hereford formaient une vraie famille. Certains ouvriers y travaillaient depuis plus longtemps que Cadence ne pouvait s'en souvenir. Tel était l'empire de Mike Butler, bâti sur sa réputation, sa dureté et, en même temps, la confiance.

— Tout est organisé… Alors à demain soir, acheva Ella. Tu sais que ta présence est indispensable, sinon la lecture du testament n'aura pas lieu, et ce serait regrettable.

— Ça ira, intervint Rory d'une voix ferme. Cadence

sera là. Nous reviendrons au ranch sans nous faire remarquer.

Au ton de sa voix, Cadence comprit qu'il avait déjà une idée.

— D'accord. Je te fais confiance, Rory. Et, je t'en prie, informe-moi de la suite des événements, reprit Ella. Rendez-vous demain soir à 23 h 30 au ranch.

— Nous y serons. Je te le promets, Ella, conclut Rory.

Il allait raccrocher quand Ella ajouta :

— Rory… ? Merci de prendre soin de Cadence. C'est la petite dernière, tu imagines à quel point nous nous faisons tous du souci pour elle.

En toute autre occasion, Cadence se serait crispée en entendant ces mots, et ce ton de voix. Mais, pour une fois, elle appréciait d'être si bien entourée et protégée, et était reconnaissante de l'affection qu'on lui témoignait.

— Je t'aime, Ella ! dit-elle donc spontanément.

Elle ne l'avait pas assez souvent dit…, songea-t-elle ensuite à regret.

— Je t'aime aussi, sœurette, répondit Ella. Surtout, sois prudente…

Rory avait détourné la tête, constata Cadence. Parce qu'il était ému ? Parce qu'il pensait à Renee ?

— Bon et maintenant ? demanda-t-elle, une fois qu'elle eut raccroché. Où va-t-on ?

— On va se rapprocher de Cattle Barge, du ranch. On rentre au bercail, Cadence ! dit-il avec un sourire en coin.

— Tout de suite ? Vraiment ? s'enquit-elle, étonnée.

— Oui. C'est le dernier endroit où te chercher, tu ne crois pas ? Ella vient de nous annoncer que tous les ouvriers ont été renvoyés chez eux pour les fêtes de Noël. Le dortoir sera donc désert. Et je sais comment y aller sans être vu, sans se faire repérer. N'oublie pas que j'ai passé quinze ans de ma vie à sillonner ces terres ! En revanche, gagner la maison sera plus compliqué, avec les journalistes postés devant. Et les individus qui te menacent et vont sûrement guetter ton retour.

Il sourit.

— Mais nous trouverons un moyen. Un cheval de Troie, conclut-il.

— Alors d'accord. Allons-y…, lâcha Cadence avec une assurance qu'elle ne ressentait cependant pas.

Le dortoir des ouvriers, bâtiment mitoyen de la grange, comportait une salle de séjour et une cuisine communes avec plusieurs chambres à coucher. Chacune avait une porte munie d'une serrure que personne n'avait d'ailleurs jamais utilisée.

Pour y avoir passé presque la moitié de sa vie, Rory connaissait la disposition des lieux à la perfection.

Le ranch Hereford lui avait, littéralement, sauvé la vie. Il avait, envers le ranch et son propriétaire, une reconnaissance qu'une vie entière ne suffirait pas à épuiser. Quelle aurait été son existence, sans cela ? Que serait-il devenu si Mike Butler ne l'avait pas pris sous son aile ? Serait-il devenu un voleur, un criminel ? Serait-il en prison à l'heure actuelle ? Ou mort ?

C'est en vertu de cette immense reconnaissance qu'il devait oublier l'humiliation que le père de Cadence lui avait infligée, lorsqu'il lui avait signifié qu'il n'était pas « assez bien » pour sa fille.

Il le savait déjà, mais se l'entendre dire, et de la bouche de cet homme qu'il admirait, était une autre histoire. Cela dit, il n'arrivait toujours pas à comprendre pourquoi Cadence Butler avait jeté son dévolu sur lui alors que, d'un simple claquement de doigts, elle aurait pu avoir n'importe quel autre homme de la région, plus stable, et plus fortuné.

Il aurait ainsi pu donner le nom d'une douzaine de types qui l'auraient rendue heureuse, si du moins elle leur avait donné une chance. Tous avaient des métiers normaux, avec des horaires normaux, une vie sociale normale. D'un autre côté, il ne supportait pas l'idée que Cadence puisse être avec un autre.

Il était plus de minuit, et il faisait nuit noire quand il prit la clé de secours du dortoir, toujours cachée sous un gros caillou près de la galerie arrière. Les ouvriers de ranch étaient capables de surveiller du bétail, des troupeaux entiers, mais c'était trop leur demander de ne pas perdre un jeu de clés.

Après avoir déverrouillé, il fit entrer Cadence.

— N'allume pas la lumière, lui souffla-t-il. Nous nous contenterons de la lueur de la lune.

Manifestement épuisée, Cadence était restée silencieuse pendant tout le trajet. Pour regagner les terres du ranch, Rory avait emprunté une piste peu fréquentée, phares éteints. C'était le meilleur moyen d'accéder au bâtiment sans se faire remarquer. De plus, il s'était sans cesse assuré qu'ils n'étaient pas suivis, ni ne croisaient non plus les patrouilles de sécurité. Enfin, il avait garé son 4x4 dans la grange.

— Je sais qu'on a été constamment assis, mais mes jambes sont fatiguées…, dit Cadence à mi-voix. Une douche chaude et une bonne nuit de sommeil, c'est vraiment tout ce dont j'ai envie…

— La salle de bains de ma chambre est une pièce aveugle, et il n'y a pas de fenêtres dans ce couloir. Tant que les lumières resteront éteintes, ça ira.

Cadence sourit.

— Je me souviens encore de la construction du bâtiment. Je jouais sur la dalle de béton avant même que les murs soient élevés. Je le connais par cœur. Sois tranquille, je n'ai pas besoin de lumière.

Rory opina et fouilla un peu partout pour leur trouver des vêtements de rechange.

— Pour toi, j'ai un T-shirt propre et un pantalon de jogging, lui annonça-t-il en les lui donnant. Ils seront sans doute trop grands, mais faute de mieux…

Pendant que Cadence se douchait, il se prépara du café. Quand elle eut terminé, il alla rapidement se doucher à son tour puis la rejoignit dans le salon.

— C'est fou le nombre de produits de toilette en réserve dans la salle de bains, remarqua-t-elle.

— May gère les stocks avec sa vigilance légendaire. Laisse les gars s'en occuper, et ce serait pitoyable ! répondit-il en riant.

— Dommage qu'elle n'ait pas prévu des vêtements de femme, dit-elle, riant aussi.

Le sweat-shirt, trop grand, épousait ses courbes, si sexy. Il aurait dû en détourner le regard, mais c'était impossible. C'était plus fort que lui…

— Tu as soif ? demanda-t-il tout à trac.

— Oui. J'aimerais un verre d'eau.

Il se versa une autre tasse de café et lui apporta son verre d'eau.

— Fatiguée ?

Elle opina.

Dans le silence qui tombait, il la revit sur le seuil de cette pièce, lui demandant de prendre ses responsabilités alors que, ses aveux faits à son père pour disculper Bony Carl, il venait de boucler son sac après avoir passé seulement six mois au ranch. Le poing sur la hanche droite, la lèvre inférieure légèrement avancée, boudeuse, elle avait cet air déterminé qu'elle affichait quand elle était convaincue d'avoir raison. Elle avait gardé cette expression et le geste. Si c'était amusant chez une petite fille, c'était très sexy chez la jeune femme qu'elle était devenue.

Puis elle avait essayé de l'embrasser. Que cette gamine de douze ans se jette au cou d'un adolescent de quinze ans qui faisait deux têtes de plus qu'elle l'avait à la fois dérouté et amusé. Il sourit à ce souvenir touchant.

Cadence était adorable, à l'époque. Agaçante, oui, indiscutablement, et cependant si mignonne ! Il avait eu aussi l'impression d'être déjà un homme, à ses yeux. Elle n'était qu'une petite fille, dans sa robe bain de soleil verte et avec ses sandales assorties.

C'est également ici que, quelques mois plus tôt, ils avaient cédé à la passion, et avaient connu leurs ébats les plus brûlants.

Il y repensait trop souvent, surtout depuis leurs retrouvailles si récentes. Malheureusement, c'était au détriment de sa vigilance, donc de la sécurité de Cadence, et cela l'inquiétait.

Le danger que la fratrie Butler allait courir au cours des prochaines vingt-quatre heures était bien réel. Il devait absolument se ressaisir.

Et puis, de toute façon, une fois que tout serait terminé, il reprendrait la route, après avoir trouvé un arrangement avec Cadence. Repartir ne serait pas facile…

Quelques mois plus tôt, quitter le ranch avait déjà été une véritable épreuve. Maintenant, sachant Cadence enceinte et à trois mois d'accoucher, le départ serait encore plus douloureux.

À cette pensée, il sentit son cœur se serrer. Il se sentit même terriblement oppressé, si bien qu'il dut s'appliquer à contrôler sa respiration. Il s'obligea à penser qu'il avait un travail et une vie qui l'attendaient dans le Wyoming. Une vie en montagne qu'il aimait. Une vie qu'il allait devoir s'appliquer à rendre compatible avec ses prochaines responsabilités paternelles.

— Rory…, dit soudain Cadence.

Il sursauta, alarmé par son ton de voix très bas. Il

la dévisagea, soucieux, tandis qu'elle s'installait à côté de lui sur le canapé.

— Oui ?

— J'ai très peur…

En le voyant lever le menton en signe de défi, il comprit que cet aveu lui avait coûté.

— Moi vivant, il ne vous arrivera rien, ni aux bébés ni à toi ! lâcha-t-il avec assurance.

— Je sais. Je te fais confiance…

Elle hésita.

— Mais là n'est pas la raison de mon anxiété.

— Alors quelle en est la raison ?

— C'est à nos filles que je pense. Je veux vraiment qu'on trouve un accord pour les élever ensemble, et pour qu'elles soient heureuses entre nous deux. Je ne veux pas que nous soyons comme tes parents. Toujours en désaccord ou à nous disputer.

— Ça ne nous arrivera pas ! dit-il avec force.

— Pourquoi es-tu si sûr de toi ? demanda-t-elle avec étonnement.

Elle ne lui laissa pas le temps de répondre et reprit avec vivacité :

— Je sais que tu ne lèverais jamais la main sur moi, Rory. Mais je fais allusion aux mots qui peuvent faire autant de mal, sinon plus, que des coups. Des mots qui blessent les enfants qui les entendent de la bouche de leurs parents. Tu comprends ?

— Très bien. Nous trouverons une solution, Cadence. Fais-moi confiance.

À sa grande surprise, elle posa la tête sur son épaule. Et, sans doute parce qu'il était pris dans l'instant présent et qu'il voulait lui prouver son entière sincérité, il lui saisit le menton et le lui fit lever jusqu'à ce que leurs yeux se rencontrent.

Il ne parla pas. Le regard rivé au sien, il baissa la tête pour l'embrasser.

Cadence ferma les yeux, entrouvrit les lèvres pour s'offrir à ce baiser. Et Rory, sans hâte, introduisit sa langue dans sa bouche, savourant cette douceur indicible dont il ne pouvait se lasser. Immédiatement, il sentit un puissant désir monter en lui.

Toujours sans précipitation il l'attira sur ses genoux, et elle accompagna son mouvement avec un petit soupir d'aise qu'il recueillit sur ses lèvres, et qui le fit sourire. La passion pulsait au rythme de leurs souffles mêlés et brûlants.

Il la prit par les hanches pendant qu'elle se mettait cette fois à califourchon sur lui pour mieux se presser dans ses bras. Il sentit son érection durcir encore, lorsque, aventurant les mains sous son sweat-shirt, il découvrit qu'elle ne portait pas de soutien-gorge. Au même instant, elle se mit à onduler des hanches. Sans hâte, mais avec beaucoup de sensualité.

— Cadence…, murmura-t-il, le souffle court et conscient de son cœur qui s'emballait toujours plus.

Il leva une main qu'il posa sur sa nuque et, de l'autre, lui caressa tendrement la joue.

— Tu crois que c'est le moment de parler ? demanda-t-elle, haletante.

Elle se figea pour le regarder au fond des yeux. Dans l'obscurité, il vit ses prunelles étinceler tels deux diamants.

— Non…

— Alors très bien ! Parce que je veux que tu me fasses l'amour tout de suite, Rory Scott !

Il sourit. Il n'avait pas besoin de plus d'encouragements. Jusqu'à ce qu'il pense aux bébés. Il hésita.

— C'est que… Je ne veux pas te faire de mal… Enfin, tu vois…

— Je ne suis pas en porcelaine, tu sais ! Je ne risque rien, et les bébés non plus. Ils ne sont pas plus gros que le poing.

Sur ces mots, elle croisa les bras pour retirer son sweat-shirt, lui révélant ses seins plus généreux et opulents que naguère.

À leur vue, il laissa échapper un gémissement d'admiration et de plaisir mêlés, puis les caressa avec plus de tendresse que de passion tout en lui reprenant la bouche, cette fois avidement. Vite il s'enhardit, son baiser devenant impatient, tout comme ses caresses, surtout lorsqu'il fit rouler alternativement ses mamelons entre le pouce et l'index. Cadence gémit à son tour. Elle porta les mains à son jean, et tâtonna, fébrile, pour en trouver la fermeture Éclair. Elle dut se lever afin qu'il puisse le retirer et libérer son sexe en érection, et en profita pour retirer son pantalon de jogging et, en un instant, fut nue.

Dans toute sa splendeur…

Et une telle perfection…

Il n'était pas seulement séduit par sa beauté physique. Il l'était par elle tout entière. Car elle alliait courage, intelligence, et pétulance.

Il était fou d'elle.

Il n'avait cessé de l'être.

À peine furent-ils dévêtus que, de nouveau, elle le chevaucha.

Vite, très vite, car bien sûr n'y tenant plus, elle le guida en elle. Dès qu'il la posséda, Rory fut foudroyé par un tel plaisir qu'il faillit s'y abandonner, mais il parvint à se ressaisir et à se maîtriser.

— Tu ferais mieux de ralentir si tu ne veux pas que ça se termine trop… vite…, la prévint-il haletant.

Elle rit.

C'était un rire sexy, un rire de gorge heureux. Celui

d'une femme fière de son pouvoir de séduction. Il savait qu'elle adorait prendre l'initiative, surtout dans le domaine de la passion et des jeux de l'amour. Il ne l'avait pas oublié. Pas plus qu'il n'avait oublié la sensualité de Cadence et sa fougue.

— Si je me souviens bien, ton endurance n'a jamais été un problème…, répliqua-t-elle en pouffant.

— Il y a quelques mois, oui, mais… Mais depuis, tu m'as manqué, se défendit-il. À un point que tu ne peux même pas imaginer.

Il était soumis à sa volonté. Pris dans un maelström de sensualité et de volupté.

Si elle n'avait pas été la seule femme qu'il avait connue, elle était la seule à produire sur lui un tel effet. À lui faire perdre la tête. Et depuis elle, il n'y avait plus eu personne. Depuis, toutes les autres lui paraissaient insipides et n'avaient été, en définitive, que le révélateur de l'absence de Cadence Butler.

C'est avec Cadence qu'il avait découvert que parler toute une nuit, dans la pénombre complice et sans se toucher, pouvait être terriblement érotique. Ou que la tendresse, le silence, après l'amour, étaient aussi indispensables que l'expression d'une passion et d'une volupté torrides.

Au fond, il avait conscience que ce désintérêt envers les autres femmes avait une explication, une raison qui tenait en un mot bien précis. Il refusait cependant d'y penser pour le moment, car il ne voulait que s'abandonner à la sensualité de l'instant et à sa joie de retrouver Cadence aussi intimement après une si longue absence.

— Tu m'as manqué…, répéta-t-il avec ferveur.

— Tu m'as manqué aussi, Rory.

Cadence se redressa, s'agrippa à ses épaules, et ondula des hanches de plus belle.

La saisissant par les hanches, il imposa son rythme,

plus rapide, jusqu'à ce que la tension devienne insupportablement délicieuse. Et cette tension monta encore et encore, jusqu'au paroxysme.

Il sentit les muscles internes de Cadence se contracter davantage autour de son sexe lorsqu'elle jouit ce qui, à son tour, le propulsa vers le plaisir. Alors il eut l'impression que son corps n'était qu'impulsions électriques. Ainsi libéra-t-il toute la tension, l'attente et la nostalgie poignante qui l'avaient tenu emprisonné au cours de ces cinq derniers mois.

La bouche de Cadence trouva la sienne, et ils s'embrassèrent passionnément.

— Je t'aime, lâcha-t-il ensuite à voix basse.

Trois petits mots pour traduire l'immensité de ce qu'il ressentait pour Cadence.

Le plaisir ne lui troublait-il pas l'esprit ? Avait-il été bien raisonnable de succomber ? Était-ce le moment de s'adonner à la passion ? N'aurait-il pas mieux fait de trouver avec Cadence un compromis, un moyen, enfin une solution pour s'entendre raisonnablement sur la façon dont ils allaient élever leurs enfants, au lieu de céder au désir et au plaisir ?

Raisonnablement ?

À la vérité, il n'y avait rien de raisonnable entre eux.

Et Rory se souvint que la passion n'apportait que de la souffrance.

13

— Cadence ? Réveille-toi, ma chérie.

La voix de Rory s'éleva, doux murmure à l'oreille de Cadence. Elle cilla, ouvrit lentement les yeux et vit le visage de Rory. Aussitôt, elle lui sourit, le cœur bondissant d'allégresse.

Rory lui rendit spontanément son sourire mais, constata-t-elle, il avait le regard soucieux. Cela la ramena instantanément à la réalité. Si seulement elle avait pu oublier le danger qui la menaçait toujours, l'ouverture et la lecture du testament qui coïncidaient avec le premier Noël sans son père !

Cadence n'avait en effet d'autre envie que de préserver le bonheur qu'ils venaient de vivre.

Bien sûr, c'était impossible.

Elle s'étira et huma l'air.

— Qu'est-ce qui sent si bon ? demanda-t-elle à mi-voix.

— Des tacos.

— Des tacos ? Sérieusement, Rory ?

Des tacos après sa meilleure nuit de sommeil depuis des mois, après des ébats passionnés, ardents, et si satisfaisants ? Avec un soupir d'aise, elle consulta, sur la table de nuit, le réveil à cristaux liquides qui affichait la date et l'heure.

24 décembre, 13 h 30.

Le jour fatidique était arrivé. Encore quelques heures jusqu'à la réunion de famille…

— J'ai accommodé ce que j'ai trouvé dans le réfrigérateur.

Rory reculait déjà. Il ne l'avait pas embrassée, se dit-elle, dépitée. Son visage était même fermé. De nouveau il y avait un mur entre eux. À moins qu'il ne se concentre désormais sur les heures à venir, et sur la menace qui pesait sur elle ?

Il sortit de la chambre et revint deux minutes plus tard avec une assiette et un verre d'eau qu'il lui tendit avant de repartir dans la cuisine. Il en revint cette fois avec une tasse de café dont il but une gorgée avant de s'asseoir sur le bord du lit.

— Merci pour ce petit déjeuner. Enfin, je veux dire déjeuner impromptu, dit Cadence qui, aussitôt, se mit à manger avec appétit.

Le taco de Rory était délicieux. Il savait donc cuisiner ? Elle l'avait ignoré. Pourquoi ? La réponse était simple : parce qu'elle n'avait jamais eu l'occasion de le découvrir. Ils avaient déjà déjeuné ensemble autour de la grande table familiale du ranch, mais n'avaient jamais vécu à deux la vie quotidienne – ces derniers jours constituant à peine une exception. Ils n'avaient partagé que des moments de plaisir et de volupté, ainsi que des discussions sans fin.

— La saveur est encore meilleure que l'odeur… Bravo, chef ! ajouta-t-elle avec bonne humeur.

Rory ne sourit pas. Il évitait son regard et fixait le mur avec autant d'intérêt que si une carte au trésor y avait été punaisée.

— Rory ? Que se passe-t-il ? Tout va bien, j'espère ? reprit-elle, anxieuse cette fois.

Il resta silencieux. De quoi faisait-il donc mystère ?

— La complexité de nos rapports m'empêche d'être

vigilant à cent pour cent, répondit-il enfin. J'espère être à la hauteur de la mission que tes frères et ta sœur m'ont confiée. Les prochaines heures vont être cruciales.

— Je ne suis pas d'accord, Rory. Sans toi, je ne serais peut-être plus en vie, dit-elle doucement.

Sur ces mots, elle posa la main sur son bras, s'attendant presque à ce qu'il s'écarte et se referme. Il n'en fit rien.

Elle se souvint qu'il avait eu cette même expression lorsque, le jour de leur rupture, il avait prononcé ces mots fatidiques : « Si je pouvais m'investir, ce serait avec toi et seulement avec toi. Mais ce n'est pas possible… ». Ces propos n'avaient pas atténué la douleur de la rupture, au contraire.

C'était étrange, ces paroles lui revenaient précisément à cet instant. Jusque-là, elle ne s'était souvenue que de son désir de liberté.

Il tourna enfin la tête vers elle et la dévisagea longuement. Elle lut, dans ses yeux sombres et toujours si brillants, une émotion. De la contrition ? Parce qu'il était réellement convaincu de ne pas être à la hauteur ? Il était tellement exigeant avec lui-même.

— Rory, écoute-moi ! Tu es le meilleur pisteur que je connaisse. Ta réputation n'est plus à faire dans la région, dans tout le Texas, même. Cette mission est cependant différente de toutes celles que tu as eues. Normalement, tu es offensif et là, tu es en mode défensif.

Elle soupira.

— L'essentiel est que je suis toujours en vie. Et c'est grâce à toi. Nos bébés sont en sécurité grâce à toi. Leur père, insista-t-elle.

Elle posa une main protectrice sur son ventre.

— Le problème, c'est moi, reprit-elle. Je n'arrive pas à savoir qui pourrait m'en vouloir, et pourquoi…

De nouveau, elle soupira.

— Mais qu'ai-je donc fait pour provoquer tant de haine ? Cet acharnement ?

Rory l'écoutait avec attention, le regard toujours rivé au sien. Il semblait enclin au dialogue, ce qui était de bon augure pour l'avenir, se dit-elle. Ils parviendraient à s'entendre, au propre comme au figuré, à trouver une solution pour élever à deux leurs jumelles.

Alors elle lui sourit puis termina son taco. Malgré l'imminence de Noël sans son père, elle se sentait presque apaisée.

Grâce à Rory.

Elle venait de passer cinq mois déprimants, loin de lui, loin du ranch, à essayer de l'oublier. La perspective de partager l'éducation de leurs jumelles, sans pour autant vivre ensemble, était une demi-mesure qui ne la satisfaisait pas.

Parce que Rory Scott était l'homme de sa vie.

Elle l'avait toujours su, depuis le jour où, à douze ans, elle avait eu le coup de foudre pour cet adolescent au regard ardent sous ses cheveux en bataille. Elle avait aimé qu'il soit libre et n'aspire qu'à la liberté, sachant que c'était précisément son indépendance qui le rendait inaccessible et difficile à conquérir. Si l'amour d'une femme l'en privait, il serait certainement malheureux.

Personne avant Rory ne lui avait donné le sentiment d'être aussi exceptionnelle, intelligente, sexy et belle. Même maintenant, sans maquillage, blessée et vêtue sans élégance, et même enceinte de six mois, elle se sentait désirable, parfaite, sublime sous les mains, les yeux et les lèvres de Rory.

Les ébats de cette nuit ne se reproduiraient probablement pas, songea-t-elle avec tristesse. Sans doute avaient-ils été provoqués par l'exacerbation du danger, de la menace et de la fameuse date butoir du 24 décembre…

Les retrouvailles sensuelles de cette nuit avaient eu

lieu en souvenir du passé ; ils s'étaient retrouvés pour mieux se séparer. Un baroud d'honneur, en quelque sorte. Pour, d'amants oublieux du temps et de la réalité, devenir bons amis et bons parents, conclut-elle, affligée. Mais elle n'en avait pas moins envie de le toucher, de se blottir de nouveau dans ses bras, et de sentir son odeur.

De l'aimer.

Pour repousser ces pensées attristantes, elle s'excusa et se rendit à la salle de bains pour faire sa toilette.

Quand elle revint dans la chambre, Rory, penché vers l'avant, avait posé les coudes sur les genoux. Il leva sur elle un regard farouche. Il était ébouriffé, avait une ombre de barbe, et affichait un air déterminé.

— Rory ?

Elle s'approcha. Il prit ses mains dans les siennes et les serra très fort.

— Pour fuir le danger, il faudrait partir loin, loin de Cattle Barge, dit-il à voix très basse, presque suppliante.

— Je le voudrais aussi, mais tu sais bien que je ne peux pas. Si je ne suis pas présente à la lecture du testament de mon père, celle-ci n'aura pas lieu. Je n'ai pas le droit d'en priver mes frères et ma sœur.

Il lui adressa un sourire sans joie.

— Je sais, et je comprends. Mais j'appréhende de te faire entrer dans cette maison. Parce que je redoute qu'il y ait un piège dont je ne pourrai peut-être pas te sauver. Tu me comprends ? Ta sécurité, Cadence, est ma priorité absolue.

Elle hocha la tête en soupirant. Sous son regard intense, brûlant, il sentit son cœur battre plus fort, son émotion être à son comble.

— Je comprends, répondit-elle. J'ai moi aussi peur pour nos filles, mais je ne peux me dérober à mes responsabilités. Je suis une Butler, j'ai la charge du ranch avec Ella, Dalton, et Dade.

Un silence tomba.

— Tu crains vraiment que Dex ou ses complices passent de nouveau à l'action ce soir, n'est-ce pas ? reprit-elle à mi-voix.

— Oui. Seul ou avec ses complices, Dex va chercher à t'empêcher d'assister à la lecture du testament. Il sait que tu n'es pas encore au ranch… Il sait que tu dois y être ce soir. Il faudrait davantage de rondes sur ces terres, mais c'est impossible, elles sont immenses… Nous avons réussi à venir jusqu'ici sans nous faire repérer, mais il nous reste encore à aller à la maison. Tout peut arriver. Un imprévu, un dérapage… Un maximum de précautions ont été prises pour contrôler l'accès à la maison, mais une fois la cible localisée…

Il se tut.

— Et Dex étant sans doute un bon tireur…

À cet instant, son portable vibra. Il le sortit de sa poche et consulta l'écran.

— C'est le shérif Sawmill.

Il décrocha.

— J'ai des nouvelles ! lança le shérif sans préambule.

— Attendez, shérif, je vous mets sur haut-parleur afin que Cadence Butler puisse entendre.

— Écoutez attentivement, Miss Butler, reprit le shérif. Cela vous concerne au premier chef.

Le shérif prit une grande inspiration avant de continuer.

— Nous avons une première piste, grâce à la description que Rory Scott a donnée des deux hommes qui vous ont agressés dans la forêt avant-hier.

Il marqua une pause.

— Martin Jenkins ou Randol Fleming. Ces noms vous disent quelque chose, Miss Butler ?

Cadence parut fouiller dans sa mémoire, puis elle pinça les lèvres et regarda autour d'elle.

— Non. Je ne les ai jamais entendus.

— Ce sont les cousins d'un nouvel ouvrier du ranch. Un jeune homme. Un certain Rupert Grinnell. Vous connaissez ce nom, sans doute ?

Cadence pâlit.

— Rupert Grinnell ?

Sous le choc, elle déglutit.

— C'est en effet le dernier ouvrier qui a été embauché par papa, murmura-t-elle. Mais pourquoi m'en voudrait-il ? Je ne le connaissais pas avant son arrivée au ranch !

— J'ajoute qu'il y a de fortes probabilités pour que les menaces qui vous visent soient liées au meurtre de votre père, Miss Butler, fit le shérif d'un ton précautionneux.

— Mais après le meurtre, vous avez interrogé tous les ouvriers du ranch ! Rupert Grinnell compris !

— C'est juste. Quoi qu'il en soit, nous avons découvert que les cousins de Rupert Grinnell étaient associés à un certain David Dexter Henley, qui se fait parfois appeler Dex, poursuivit le shérif. Cet individu qui, précisément, vous a menacée de mort si nous en croyons le témoignage de Rory Scott.

Dex n'avait donc pas utilisé un faux nom, comme Rory l'avait d'abord pensé. La surprise lui avait fait donner sa véritable identité.

— Je résume : Rupert Grinnell est le cousin de Martin Jenkins et Randol Fleming, intervint-il.

— Les complices de Dex, précisa le shérif. Nous ne savons pas encore pourquoi ces individus menacent la vie de Miss Butler. Nous ne connaissons pas non plus les implications exactes de chacun d'eux. Mais, encore une fois, nous soupçonnons fortement que les menaces qui ciblent Miss Butler sont liées au meurtre de son père.

— Parce que Grinnell travaille au ranch ?

— Entre autres choses.

— Et il a pu renseigner Dex et ses cousins sur ce qui s'y passe, enchaîna Rory.

— C'est très vraisemblable, mais rien n'est sûr. À ce stade de l'enquête nous envisageons tous les cas de figure, commenta Sawmill sobrement.

— Penchez-vous plus particulièrement vers telle ou telle théorie ? demanda Cadence.

— Non. Pas encore, Miss Butler. J'espérais obtenir de votre part de nouvelles informations qui nous auraient permis d'y voir plus clair.

Au même instant, la radio du shérif Sawmill bipa et vibra en arrière-plan.

— Nous continuons d'enquêter, reprit-il. J'aurais aimé vous fournir des réponses plus précises mais au moins, nous avançons. Nous n'allons pas tarder à reconstituer les faits, à trouver des preuves et à procéder à des arrestations.

— Avez-vous interrogé Rupert ?

— Non. Nous ne savons pas où il est actuellement.

— Les informations sur les membres de sa famille et son adresse personnelle sont dans les dossiers d'embauche, expliqua Cadence de plus en plus nerveuse. Ed Staples, bien sûr, vous les fournira.

— Parfait. Et si vous vous souvenez de quelque chose, Miss Butler, n'hésitez pas à me contacter sur ma ligne directe.

— Vous pouvez compter sur moi !

Cadence marqua une pause.

— Shérif ? Je ne comprends pas pourquoi Rupert serait impliqué…, reprit-elle. Pour autant que je sache, nos entretiens d'embauche sont très rigoureux. Certes, Rupert a une histoire compliquée, mais il a l'air honnête.

— Certains sont prêts à tout pour travailler dans votre ranch, Miss Butler. Vous savez qu'il jouit d'une excellente réputation dans la région et même au-delà :

les ouvriers y sont bien payés et bien traités. Votre père, malgré sa réputation de dureté, sa rigueur implacable dans l'étude des candidatures, savait donner leur chance à certains. De plus, il ne restait jamais indifférent face à la détresse humaine.

Le shérif se tut avant de reprendre.

— Tout ce qu'il touchait se transformait en or. Cela dit, j'ai comme vous du mal à imaginer que sa confiance ait été trahie par l'un de ses hommes.

— En tout cas, merci pour vos efforts, shérif.

— Bon courage à vous, Miss Butler, conclut ce dernier.

Une fois que le shérif eut raccroché, Rory regarda Cadence très ébranlée par les dernières nouvelles.

— Quel âge a Grinnell au juste ? demanda-t-il.

— Il avait tout juste dix-huit ans quand il a été embauché. C'était il y a neuf mois. Je n'arrive pas à y croire... Je suis sûre qu'il a été manipulé !

— Il n'en a pas moins disparu... Avec les dernières nouvelles, le shérif va sans doute renforcer la surveillance autour de la maison dans les heures à venir.

Cadence hocha la tête.

— Je redoute l'ouverture du testament et sa lecture, murmura-t-elle.

Rory l'enlaça, elle s'appuya sur lui. Elle se sentit aussitôt réconfortée mais elle perçut sa tension. La cause en était-elle l'accélération subite des événements, l'imminence d'une soirée capitale ou encore la complexité de leurs relations et les incertitudes concernant l'avenir ?

Et si, en dépit de ses assurances, il se préparait déjà à l'inévitable séparation qui succéderait à la lecture du testament ?

Elle secoua la tête. Elle avait souffert une fois de leur rupture et de leur séparation, d'autant que Rory était homme à couper les ponts. Et elle avait la conviction absolue qu'il n'avait d'autre envie que retourner à ses chères montagnes, à sa chère solitude qu'il aimait tant.

Elle se ressaisit aussitôt. N'était-elle pas injuste ? Rory n'avait-il pas promis d'être présent dans la vie de ses bébés et d'assumer ses responsabilités paternelles ? Il n'avait pas parlé de séparation et lui avait même dit qu'il l'aimait. Peut-être l'avait-elle rêvé ? Elle désirait tellement entendre cela de sa bouche…

— Le shérif Sawmill a une piste et des noms, dit-il. Il va retrouver et interroger ces individus. Nous saurons bientôt le fin mot de l'histoire, Cadence. Ce n'est qu'une question de temps.

— Après le meurtre de mon père, le shérif nous avait expliqué que la plupart des actes criminels étaient motivés par la cupidité, la vengeance ou la colère, remarqua-t-elle en soupirant. La cupidité, car mon père était fortuné ? La vengeance d'un ex-petit ami ou d'un mari trompé ?

— Ou un acte non prémédité sur un coup de colère ? Tout bascule en un fragment de seconde, irrémédiablement…

— C'était un meurtre prémédité, de sang-froid, enchaîna-t-elle. Même si je n'arrive pas à y croire. Parce que *tout le monde* au ranch appréciait et estimait mon père. Et tous les ouvriers, sans exception, ont été interrogés pendant des heures par le shérif et ses adjoints. Les interrogatoires ont généré une pression énorme… Rupert aurait craqué et avoué avoir été complice de meurtre. Non, non et non. De plus, pour moi, il n'a pas le profil d'un criminel de sang-froid. S'il est réellement impliqué, c'est qu'il a été manipulé ! Le meurtrier se sera servi de lui pour s'introduire dans le ranch et dans la grange ! En lui faisant miroiter Dieu sait quoi ! Qu'en penses-tu ? Mais quel rapport avec moi ?

— Je n'en sais rien, Cadence. Parce que je ne connais

pas Rupert, ses cousins et Dex. Je n'ai pas eu le dossier relatif à l'enquête sur le meurtre de ton père en main. Pour l'instant, nous en sommes donc réduits aux seules suppositions. Ce que je sais, en revanche, c'est que tu es en danger de mort. Et que ce soir, ce sera le point d'orgue… Tu le seras plus que jamais.

Elle secoua obstinément la tête.

— Non…, pas Rupert, souffla-t-elle. Je ne peux pas y croire.

— Je sais que tu as du mal à faire face à cette réalité. C'est normal, pour quelqu'un comme toi.

— Comment ça, pour « quelqu'un comme moi » ? s'exclama-t-elle, surprise.

— Quelqu'un qui a grandi dans une grande et belle maison. Protégée.

— Quelqu'un qui est né avec une cuillère en argent dans la bouche ? s'emporta-t-elle. Surprotégée ?

— Ce n'est pas ce que j'ai dit !

— Mais c'est exactement ce que tu penses !

14

Vexée et furieuse, Cadence serra les poings.

— Cadence, calme-toi ! lui dit Rory d'un ton conciliant. Je ne comprends pas pourquoi tu te mets dans une telle colère ! Et je n'ai aucune envie de me disputer avec toi.

Elle soupira et se massa lentement les tempes du bout des doigts.

— Moi non plus.

Il lui adressa un demi-sourire.

— Essaie de voir le bon côté des choses, Cadence : les individus qui te traquent seraient liés au meurtre de ton père. Le shérif a des noms, donc des suspects. L'enquête est sur le point d'aboutir. L'assassin de ton père va être retrouvé, traduit en justice. Et, par la même occasion, l'homme qui te menace et ses complices aussi. Ce soir, vous allez enfin tous découvrir ce que contient le testament de ton père.

Il l'observa pendant quelques instants, puis son regard se posa sur son ventre.

— Je sais que tous les problèmes ne sont pas réglés pour autant, notamment en ce qui nous concerne. Nous avons encore un long chemin à parcourir, toi et moi… Je sais, c'est difficile et je ne veux pas que nos jumelles ressentent ton stress lorsque nous nous parlons. Nous ne devons penser qu'à leur bien-être. Et dès à présent.

Rory avait raison. Ses émotions étaient exacerbées, se dit-elle en se mordant la lèvre.

— Écoute, Rory, je te dois des excuses pour…

— Inutile, coupa-t-il.

— Laisse-moi finir, l'interrompit-elle à son tour avec impatience.

Il acquiesça.

— Je sais, ma vie paraît idyllique. Mais je n'ai pas connu ma mère, mes parents se sont séparés après ma naissance, et je ne sais toujours pas pourquoi, poursuivit-elle. Je ne sais même pas s'ils se sont disputés. Et, le cas échéant, à propos de quoi ? Mon père lui était-il déjà infidèle ? Je ne le sais pas non plus… De ma mère, je ne sais absolument rien ! On n'a jamais parlé d'elle, à la maison. C'était tacite, et je ne saurais dire pourquoi. Alors, d'accord, je suis peut-être née dans un beau ranch et j'ai été protégée des soucis d'argent, mais ce n'est pas une raison pour dire que ma vie est parfaite comme tu viens de le faire !

Cadence se tut, comme pour endiguer le flux de ses émotions et rassembler ses pensées.

— Toi et moi avons une chance de faire mieux que nos parents, ajouta-t-elle. Pour nos filles.

Elle marqua une nouvelle pause.

— Ce qu'on a fait hier soir, enfin cette nuit, était… déraisonnable. Parce que nous savons tous les deux à quel point ce… cette attirance physique complique notre situation et la rend explosive. Les choses sont déjà bien assez compliquées comme ça. Nous n'avons pas besoin de cela. Nos filles non plus.

Pour toute réponse, Rory se contenta d'acquiescer, mais elle vit quelque chose passer dans ses yeux sombres si brillants. Du regret ? De la tristesse ? Qu'importe… Ils savaient l'un comme l'autre qu'elle avait raison, n'est-ce pas ? D'ailleurs, pour preuve, Rory s'était d'instinct éloigné d'elle au cours des dernières heures, même s'il n'en avait peut-être pas pris pleinement conscience.

— Je tiendrai toujours à toi, Rory, conclut-elle avec élan. On se connaît depuis l'enfance, et rien, jamais, ne changera l'affection que je te porte. Mais soyons raisonnables.

— Tu as raison, nous devons contrôler nos pulsions, dit enfin Rory après un long silence. Faire preuve de bon sens. Je pense que nous serons beaucoup plus heureux si nous avons des relations simplement amicales…

— C'est juste ! Pour nos filles, nous y réussirons.

Leur priorité n'était-elle pas de devenir de bons parents ?

De nouveau, Rory regarda son ventre, et il lui sourit.

— Je crois que nous nous sommes particulièrement bien entendus le jour où nous les avons conçues, tu ne crois pas ?

Cadence ne put s'empêcher de sourire à son tour.

— Maintenant, nous devons nous concentrer sur les heures et les jours à venir, du moins jusqu'à ce que le shérif ait débusqué les criminels et découvert toute la vérité sur les menaces qui pèsent sur toi et sur le meurtre de ton père.

— Je suis d'accord. Je crois qu'il est temps d'aller retrouver ma sœur et mes frères, répondit Cadence avec un gros soupir.

Puis, mue par une inspiration, elle reprit :

— Et s'il y avait des indices dans le dortoir ? Dans les affaires de Rupert Grinnell ?

— Le shérif Sawmill a sans doute dû y penser et faire le nécessaire.

— Oui, mais ce serait intéressant d'y jeter un coup d'œil, lâcha-t-elle.

— Il vaut mieux ne toucher à rien. Ce n'est pas notre travail mais celui du shérif. Nous risquerions d'endommager les preuves éventuelles, ce qui nuirait à une enquête déjà bien assez compliquée.

Elle regarda dehors ; la nuit tombait.

— Je crois que le moment d'y aller approche, lâcha-t-elle.

En voyant Rory se figer, elle s'inquiéta. Avait-il peur ? Non. C'était impossible ! Rory ne connaissait pas la peur ! Lors de ses missions, il avait affronté la mort à de nombreuses reprises. Cela dit, les enjeux étaient radicalement différents, cette fois, songea-t-elle en caressant son ventre.

Dans le silence qui était retombé, Rory sortit son portable, pour appeler Dalton.

Celui-ci décrocha à la première sonnerie. Rory lui confirma d'abord que Cadence et lui étaient en sécurité et allaient bien.

— De notre côté aussi, tout va pour le mieux, répondit Dalton d'un ton retenu.

Face aux réticences évidentes de son frère à l'égard de Rory, Cadence se sentit coupable. C'était sa faute si les rapports de ses frères avec Rory étaient plutôt froids. Elle regrettait d'avoir autant insisté pour que leur liaison reste secrète. Ses frères et lui avaient été si complices… Le silence qu'elle avait exigé de la part de Rory, que ses frères mettaient sur le compte d'un manque de confiance, avait nui à cette complicité. Mais c'en était fini des secrets ! se dit-elle avec élan. Rory était le père de ses filles et il ferait partie, d'une façon ou d'une autre, de leur vie !

Elle se promit d'arranger la situation avec sa sœur, et surtout avec ses frères, une fois que tout serait terminé.

— Tu es au courant, pour Rupert Grinnell ? demanda Rory à Dalton.

Dalton poussa un lourd soupir.

— Oui.

— Sais-tu où il est ? intervint Cadence.
— Non. Et il a de la chance ! maugréa Dalton.
Rory jeta un coup d'œil à Cadence avant de reprendre.
— Où es-tu en ce moment, Dalton ?
— Je rentre au ranch. Pourquoi ?
— Et quelle est exactement la situation au ranch ?
— Cerné, encadré par les équipes de sécurité, et aussi assiégé par les journalistes. Attroupés sur la route devant la barrière du ranch. Pour avoir la certitude de photographier et de harceler quiconque y entre ou en sort !
— Je vois. Tu arrives de l'est ou de l'ouest ?
— Ouest.
— Deux passagers de plus et incognito, ça te dérange ? reprit Rory.
— Je vois : un cheval de Troie pour revenir au ranch ?
Rory sourit.
— Exact.
— OK. Où dois-je passer vous prendre ?
— Nous allons venir à ta rencontre, par l'ouest. Disons dans une vingtaine de minutes, répondit Rory. Je connais un sentier qui donne sur la Route 12. Il y a à l'entrée un panneau qui indique un chemin de randonnée. Tu vois où c'est ?
— Oui. À tout de suite, conclut Dalton.
Avant de raccrocher, il ajouta.
— Cadence… ?
— Oui, Dalton ?
— Je sais qu'on t'a souvent donné du fil à retordre, Dade et moi. Mais nous sommes vraiment très fiers de toi. On t'aime.
— Je vous aime moi aussi, murmura Cadence d'une voix tremblante d'émotion.
L'heure n'étant pas aux émotions mais plutôt à la concentration, elle se ressaisit rapidement.

— À tout à l'heure Dalton, conclut Rory. Dans environ vingt minutes, répéta-t-il.

— C'est bon.

Sur ces mots, Dalton raccrocha.

Cadence se rembrunit. Elle avait eu un mauvais pressentiment en entendant son frère lui dire qu'il l'aimait. Elle avait en effet perçu le regret dans sa voix, et eu l'impression qu'il redoutait de ne pas la revoir.

La nuit était noire d'encre, très nuageuse, et il faisait froid. Mais Cadence savait que, dans peu de temps, elle serait dans la maison familiale, avec les siens, devant un bon feu de cheminée.

Être dehors par ce froid lui rappela les moments passés autour d'un feu de camp avec elle et ses frères, et les guimauves qu'ils y faisaient griller. De fil en aiguille, d'autres souvenirs lui revinrent en mémoire. Elle revit le gros pneu qui faisait office de balançoire, dans un coin du jardin, son lieu de prédilection autrefois. L'été, elle y passait le plus clair de son temps à y paresser et à y rêvasser.

Elle avait eu une enfance si heureuse, au ranch… Elle y avait passé de bons moments avec ses frères et sa sœur ; elle s'était aussi disputée avec eux. Quoi qu'il en soit, l'affection qui les unissait restait présente, et indéfectible.

Les jours où elle n'avait pas envie d'être avec ses frères et sa sœur, elle allait voir les animaux. Jamais elle ne s'était ennuyée au ranch. Et jamais elle ne s'y était sentie seule. Elle avait toujours été entourée par ceux qu'elle aimait, et qui l'aimaient. Elle voulait que ses jumelles aient une enfance aussi protégée.

Cependant, la perspective de les élever sachant Rory au loin pendant des semaines, parfois des mois, la saisit d'angoisse. Le supporterait-elle ? Supporterait-elle cette solitude ? Elle aurait fort à faire pour s'occuper de leurs filles. Y parviendrait-elle ?

Elle ferait de son mieux, comme toutes les mamans du monde, lui souffla une petite voix rassurante. Mais sans avoir eu l'exemple de sa mère…

Avec détermination, elle refoula cette pensée. Ses frères et sa sœur seraient là. Elle avait cru gagner sa liberté dans le Colorado ; elle comprenait tout à coup que ce n'avait été qu'une fuite vers l'avant et, surtout, l'isolement loin des siens.

La vie de ses filles serait meilleure et plus heureuse au ranch. May serait présente, elle aussi. May qui ferait office de grand-mère après avoir été comme une mère pour elle. C'était d'autant plus précieux que Rory avait coupé les ponts avec sa propre famille. Maintenant qu'elle en connaissait les raisons, elle ne le pousserait pas à renouer avec ses parents. En revanche, comme il avait été proche de sa sœur, elle se promit de l'inciter à la retrouver.

Oui, elle avait vraiment envie d'être au plus près de sa famille. Les terres Butler étaient vastes, elle pourrait sans doute y faire construire une maison pour elle et ses filles. Elle voulait que ses bébés aient un bon départ dans la vie, dans un environnement protégé et privilégié.

Tandis que Rory et elle gagnaient à travers bois le lieu de rendez-vous avec Dalton, Cadence s'exhortait donc à l'optimisme avec ses projets d'avenir, au lieu de s'appesantir sur le danger qui rôdait.

Le froid était vif, mais ils avaient emprunté des vestes en mouton retourné dans les vestiaires du dortoir. Elle souffla sur ses mains, puis les frotta vivement pour les réchauffer.

Soudain, le téléphone portable de Rory sonna. Il en consulta l'écran. C'était Dalton.

— Plus vite. Il arrive. On y est presque ! fit Rory.

Malgré sa cheville encore fragile, elle marchait dans ses pas, aussi rapidement qu'elle le pouvait.

Peu après, alors qu'ils arrivaient à l'extrémité du chemin qui débouchait sur la Route 12, le ronronnement d'un moteur leur parvint, puis le faisceau de phares troua l'obscurité.

La vue du 4x4 de son frère l'envahit à la fois de joie et de nostalgie tandis que Rory la prenait par la main pour l'entraîner vers la voiture.

Vite il ouvrit la portière arrière et la fit monter.

— Content de vous revoir, leur dit Dalton en guise de salut.

La tension transparaissait dans sa voix.

— Surtout, restez baissés jusqu'à ce que nous ayons dépassé les journalistes et franchi la barrière. Cachez-vous sous les couvertures. Il fait tellement noir qu'on ne vous repérera pas.

— Merci, Dalton.

— Pas de quoi, petite sœur.

— Et merci aussi pour avoir toujours veillé sur moi, ajouta Cadence, mue par une inspiration.

Certes, elle n'avait pas toujours apprécié que ses frères se mêlent de ses affaires et même la surprotègent mais, rétrospectivement, elle se rendait compte qu'ils avaient toujours eu les meilleures intentions, même si leurs actions ou réactions avaient souvent été malavisées, voire très maladroites. Avec le recul, elle se disait aussi qu'elle les avait jugés avec trop de sévérité. La grossesse, puis le danger lui faisaient regarder d'un autre œil ses souvenirs et, surtout, la rendaient indulgente.

Elle se baissa et se recroquevilla de son mieux.

— Ça va aller ? demanda Rory, s'écartant pour lui laisser plus de place.

— Nous ne sommes plus très loin du ranch, ça ira, répondit-elle.

À présent, tout ce qu'elle pouvait faire, c'était espérer qu'ils y arrivent sans encombre. Bien sûr, ce n'était qu'une première étape.

Elle n'avait aucune idée de ce qui les attendait.

Ces quelques jours en huis clos avec Cadence avaient rappelé à Rory toutes les raisons pour lesquelles il était tombé amoureux d'elle.

Mais Cadence et lui ensemble, c'était un peu comme l'essence et le feu. Cela avait certes donné lieu à des conversations d'une intensité rare, à des ébats sexuels particulièrement exaltants, et surtout à la conception de deux bébés. Leurs relations explosives allaient toutefois devoir être tempérées, maintenant qu'ils allaient avoir à endosser le rôle de parents.

Rory aimait déjà ses filles et était prêt à tout pour les protéger. Depuis qu'il savait qu'il allait devenir père, il pensait à l'éventualité de changer de vie, du moins d'en profiter autrement. Se marier… ? Non seulement Cadence avait refusé sa demande en mariage, mais il redoutait de reproduire le schéma de ses parents. Et puis il y avait un dernier frein, et non des moindres ; chaque fois qu'il pensait à un éventuel avenir commun avec Cadence, il se remémorait les paroles de Mike Butler.

Il était certes le père de ses bébés, mais il n'était pas l'homme qui lui convenait. Cadence, si obstinée soit-elle, le découvrirait bien assez vite et peut-être le quitterait. Et le souvenir de ses parents, si mal assortis et n'étant pas destinés l'un à l'autre, ni à être heureux ensemble, se rappelait à lui.

Après avoir grandi dans ce qui évoquait plus une zone de guerre qu'un foyer digne de ce nom, il redoutait le mariage et la vie conjugale. Il était certes résolu à être présent pour ses filles et à les rendre heureuses, mais il ne savait pas comment.

Il avait vécu l'enfer en rompant avec Cadence et en partant pour le Wyoming. Mais l'enfer, c'était aussi de savoir qu'il était indigne d'elle.

15

Revenir au ranch sans se faire repérer par les journalistes fut finalement facile.

Rentrer à la maison pour une veille de Noël sans son père.

Puis un Noël sans lui…

Une violente émotion envahit Cadence attristée qui posa une main sur son ventre.

En entendant la porte du garage se refermer, elle poussa un petit soupir. Elle se sentait terriblement oppressée. Et lorsque, sortant du 4x4 de Dalton, elle vit le vieux pick-up de son père, elle se figea, frappée en plein cœur.

Puis elle sourit en se souvenant des fois où elle avait été assise à côté de lui, sur le siège passager, pendant qu'il parcourait leurs terres. Un jour, il lui avait même proposé de venir s'asseoir sur ses genoux, lui avait fait tenir le volant, après quoi il avait levé les mains en souriant pour la laisser conduire seule.

Ç'avait été un moment exceptionnel de complicité.

— C'est bon d'être de retour, dit-elle.

— C'est ici qu'est ta place, répondit Dalton.

Émue, elle sourit.

— Combien de temps avant la lecture du testament ? demanda-t-elle à son frère.

Il vérifia sa montre.

— Dix minutes.

Elle regarda Rory qui lui sourit. Et, avec simplicité, il posa ses lèvres sur les siennes. C'était tendre et doux et, bizarrement, presque aussi intime que de faire l'amour avec lui.

— Tu vas y arriver, Cadence, lui assura-t-il. Dalton et ta famille seront à tes côtés.

Là-dessus, il s'éloigna.

— Rory ! Tu ne viens pas ? demanda-t-elle, inquiète.

— Non. Je vais assurer la surveillance, mais je ne serai pas loin, promit-il.

Puis il s'adressa à Dalton.

— Je vous dois, à toi et à Dade, des excuses pour avoir gardé le secret sur mes relations avec votre sœur. J'espère que tu sais que je ferai le nécessaire, pour Cadence et nos bébés.

— Comment ça, *des* bébés ? fit Dalton interloqué.

— Oui. Cadence est enceinte de jumelles, expliqua Rory. Mais ne t'inquiète pas, j'ai l'intention d'assumer mes responsabilités.

Dalton lui sourit.

— Je n'en ai jamais douté.

Il se tut.

— À propos, Ed Staples nous a donné des instructions très claires te concernant. Notre père a exigé que tu sois présent ce soir.

Rory fronça les sourcils.

— Ah bon ? Pourquoi ?

— Je n'en sais pas davantage. Tu sais comment était mon père, dit Dalton en haussant les épaules. Mystérieux. Inattendu. Secret.

— D'autres ouvriers du ranch doivent aussi être présents ? demanda Rory.

— Non. Pas à ma connaissance, sinon nous l'aurions

su à temps pour ne pas les renvoyer chez eux pour les fêtes, répondit Dalton.

— Je préférerais quand même assurer la surveillance, marmonna Rory perplexe.

— Désolé, mais tu n'as pas le choix, mon vieux. La stipulation est claire. Si tu n'es pas là, l'enveloppe qui t'est adressée ne sera pas ouverte. Ed devra la détruire, précisa Dalton. N'es-tu pas curieux de prendre connaissance du message que notre père te destine ?

Cette fois, Rory resta silencieux. Il y avait une telle émotion sur ses traits que Cadence eut le cœur gros. Elle savait à quel point son père avait compté pour Rory. Il avait été son mentor et son modèle, et il voulait certainement savoir quel message il lui avait laissé. D'un autre côté, il se faisait de souci pour sa sécurité et celle des bébés, et voulait se joindre aux ouvriers et aux hommes du shérif qui assuraient la surveillance de la maison. Elle savait qu'il ne se le pardonnerait jamais si quelque chose lui arrivait au cours des prochaines heures.

— La lecture peut-elle cependant commencer sans moi ?

— Je pense, oui. Ed va commencer par le testament de notre père. Ensuite, il te remettra le pli qui t'est destiné.

— Tu viendras, Rory, n'est-ce pas ? demanda Cadence.

— Je promets que je serai là ! lui répondit-il.

Elle lui sourit avec effort, et le suivit des yeux tandis qu'il s'en allait. Elle ne devait pas s'inquiéter. Après tout, Rory traquait des hommes dangereux pour gagner sa vie et ce qu'il s'apprêtait à faire maintenant n'était pas différent de son ordinaire.

Mais il était l'homme de sa vie, et le père de ses enfants.

— Tu es prête ? lui demanda Dalton en jetant un coup d'œil vers son ventre.

— Oui.

Elle déglutit.

— J'ai du mal à concevoir que nous sommes le 24 décembre, et que papa n'est pas avec nous, avoua-t-elle, soulagée de le formuler à haute voix, et surtout de s'en ouvrir à l'un des membres de sa famille.

— Les fêtes qui ont lieu lors de la première année de deuil sont les plus terribles, lâcha Dalton en hochant la tête.

— Ça ne ressemble même pas à Noël… Entre ma grossesse et les événements de ces derniers jours, je n'arrive pas à l'imaginer. Ce sera mon Noël le plus triste.

— Je te comprends, je ressens la même chose.

Dalton s'arrêta devant la porte entre le garage et la cuisine.

— Mais je suis soulagé que tout le monde soit là, ajouta-t-il. Ce ne sera peut-être plus pareil, sans notre père, mais nous avons aussi de nouveaux membres dans notre famille, avec qui nous passerons désormais toutes les fêtes de fin d'année.

Il regarda de nouveau son ventre avec un sourire.

— Tu as raison, beaucoup de choses ont changé, en moins d'un an, convint-elle. Il y a eu beaucoup de tristesse, mais aussi de grandes joies… Bientôt il y aura des naissances. De plus, nous avons gagné un frère et une sœur dont nous n'avions jamais entendu parler. Et puis tout le monde a rencontré l'âme sœur.

À présent, elle était la seule célibataire de la famille, mais elle était heureuse pour ses frères et sœurs.

Elle n'était ni mariée ni fiancée, qu'importe. Être entourée par eux, par leur affection lui fit prendre conscience de ce qui lui manquait dans sa vie : cette stabilité que jamais Rory, toujours sur le départ, ne lui donnerait… Et elle voulait une belle maison sur les terres du ranch pour élever ses filles, être entourée par tout cet amour qui l'avait à la fois comblée et énervée quand elle était enfant.

— Au cours de cette année, j'ai compris à quel point la famille était importante. Je suppose que je l'ai toujours su, mais pas consciemment, ajouta-t-elle.

Elle se tut.

— Dis-moi, Cadence, tu envisages de retourner dans le Colorado ?

— C'est ce que tu penses ?

— Après tout le temps que tu y as passé, ça n'aurait rien d'étonnant, non ?

— Non. Plus maintenant, répondit-elle. J'aimerais plutôt construire une petite maison pour moi et les filles, ici, sur nos terres.

— C'est la meilleure idée que j'ai entendue de la journée ! s'exclama Dalton avec un sourire tandis qu'ils entraient dans la cuisine.

Ella se précipita pour la serrer dans ses bras. May l'imita, puis Madelyn, sa demi-sœur. Cadence embrassa aussi ses futures belles-sœurs, Carrie, Meg et Leanne. Enfin, son demi-frère, Wyatt, l'étreignit et l'embrassa sur le front avec ce regard protecteur qui le caractérisait.

Wyatt était comme Dade et Dalton. Et comme Rory.

Ed Staples, l'avocat de la famille, était lui aussi dans la cuisine. Les effusions passées, il jeta un coup d'œil à l'horloge murale.

— Il est minuit. Il est temps de commencer, si tout le monde est prêt.

Un long moment pendant lequel Cadence se remémora les Noëls d'autrefois un silence régna. Quand l'horloge sonnait minuit, la famille se rassemblait dans le salon, autour du sapin de Noël. May arrivait avec un plateau de cookies et des verres de lait. Leur père ensuite distribuait des cadeaux, et Cadence se souvenait encore de l'éclat dans ses yeux. C'était la seule fois où il les gâtait à outrance et même redevenait un enfant. Il aidait à monter un circuit Hot Wheels ou souriait, aux anges, en sirotant un café et en regardant chacun de ses enfants. Tous restaient éveillés jusqu'au lever du soleil et, ensuite, dormaient jusqu'au dîner.

Certes, elle n'avait peut-être plus son père, mais il lui restait tant de souvenirs ! Étrangement, cela lui donna l'impression qu'il était toujours présent, et elle en fut un peu réconfortée.

Peut-être les autres avaient-ils eu la même pensée, car le silence fut soudain rompu par des effusions émues et des « joyeux Noël », suite à quoi tout le monde alla s'installer dans le salon. Cadence regarda autour d'elle, regrettant l'absence de Rory. Quelle était la situation autour du ranch ? Quels dangers affrontait-il ? Avait-il mis la main sur Dex ? Ses complices ?

Elle eut soudain peur que quelque chose lui soit arrivé, et son cœur se mit à battre aussi fort que le tic-tac de l'horloge. Où était Rory ?

Une branche d'arbre au même instant frotta le volet de la fenêtre, ce qui la fit sursauter. Ella se figea, et tous semblèrent subitement sur les nerfs.

— Merci d'être présents, commença Ed solennel comme à son habitude. Je sais que votre père aurait regretté de rater une réunion de famille, surtout au moment de Noël.

— Il aimait tellement Noël…, murmura Ella.

Cadence, Dalton et Dade acquiescèrent.

— Il aimait être le centre d'attention. Même s'il refusait de l'admettre, ajouta Cadence.

Il y eut de nouveaux hochements de tête, et des petits sourires émus et entendus.

Cadence jeta un coup d'œil à Wyatt et à Madelyn qui écoutaient avec la plus vive attention. Eux n'avaient aucun souvenir de leur père. C'était triste…

Après son bref préambule, Ed ouvrit une grande enveloppe scellée.

— Commençons, dit-il avec un soupir.

À mes enfants,

Avant toute chose, j'aimerais vous souhaiter un joyeux Noël. Je suis vraiment désolé de ne pas être avec vous cette année, pour ouvrir les cadeaux le soir du 24 décembre et assister à notre repas traditionnel du 25 !

— Comment est-ce possible ? demanda Cadence dans un souffle. Il savait déjà qu'il allait mourir ?

Elle n'était pas la seule à être aussi étonnée et à se poser la question.

Une fois le calme revenu, Ed se remit à lire :

Je n'ai jamais été un grand sentimental, ni très démonstratif, mais je vous ai tous aimés sans exception. Mon plus grand regret, dans cette vie, est de ne pas avoir été un assez bon père. Plus aimant. Indulgent. Présent aussi. J'espère que vous pardonnerez du fond du cœur à un homme qui a appris trop tard ce qui comptait le plus dans une existence.

Ed s'arrêta, manifestement très ému. Il marmonna quelques excuses avant de continuer sa lecture :

À chacun de mes six enfants, je laisse une part égale de mes terres et de mes biens, à l'exception d'un million de dollars en liquide et de la maison principale, qui vont tous deux à May Apreas. Ses fidèles années de service, sa gentillesse et sa générosité ont été bien au-delà du devoir. Je te remercie du fond du cœur, May.

Des sourires apparurent sur les visages. May avait en effet bien mérité ce témoignage de reconnaissance.

Ed expliqua ensuite que les droits sur la maison principale reviendraient aux enfants à la mort de May.

Les mots qui suivent sont plus précisément destinés à Dade. Dade, c'est avec toi que j'ai été le plus dur, et je n'ai jamais su comment réparer cette dureté. En réalité, mon fils, tu me ressembles tellement que ça me fait peur. Je ne voulais pas que tu fasses les mêmes erreurs que moi. Toutes mes tentatives ratées, de lamentables échecs à vrai dire, pour établir une vraie communication récemment ne sont pas ta faute. C'est moi le seul fautif. Je t'ai déçu, et pas l'inverse. Et je suis désolé. Puis-je te demander de me pardonner ? J'espère que tu accepteras... Il m'a fallu une vie entière pour comprendre que le pardon était un véritable cadeau que l'on se faisait à soi et à autrui. J'espère que tous vous réussirez à vous libérer des fardeaux que j'ai portés, que je vous ai fait porter, en quelque sorte, et qui m'ont empêché de vous dire, de vous répéter et tout simplement de vous faire savoir, à quel point je vous aimais, mes enfants. Et à quel point vous m'étiez chers. Et je ne puis me lasser de vous répéter à quel point je suis fier de chacun d'entre vous, sans exception.

L'émotion croissait dans le salon. Même Madelyn et Wyatt, qui n'avaient jamais rencontré leur père, avaient eux aussi les larmes aux yeux. Soudain Dalton passa le bras autour des épaules de Dade, dans un geste fraternel, et Cadence en les observant eut l'impression qu'un poids tombait des épaules de Dade. Dade était le seul à avoir eu un message personnel de la part de leur père, mais elle était heureuse pour son frère, qui en effet avait eu les rapports les plus difficiles avec leur père.

Les deux n'avaient jamais été d'accord sur quoi que ce soit, ce qui avait donné lieu à de terribles querelles. Et jamais ils n'avaient trouvé de terrain d'entente. Maintenant, le visage de Dade était apaisé, presque serein en dépit de la vive émotion ambiante. Et Cadence comprit qu'il commençait à se réconcilier avec leur passé, et avec leur père.

Qu'il pardonnait, en somme.

Elle reporta son attention sur l'avocat de la famille, espérant que son père expliquerait pourquoi il avait été tué, et peut-être par qui. Par Dex et ses complices ?

Égoïstement aussi, elle espérait apprendre pourquoi ses parents s'étaient séparés, où était sa mère et si, en dépit de la séparation et des griefs qui les avaient opposés, ils étaient restés en contact de loin en loin.

Cependant, Ed restait silencieux. Il s'accordait manifestement quelques minutes de pause, laissant chacun à ses émotions. Il semblait lui aussi très ému, songea Cadence, se souvenant que son père avait été son ami. Ed était endeuillé… Et d'une certaine façon, se dit-elle pour conclure, il avait sans doute été la personne la plus proche de leur père.

Ed jeta un coup d'œil à la ronde, scrutant les visages, semblant attendre l'approbation générale ou un signe pour reprendre sa lecture.

Enfin il hocha la tête avant de se concentrer et continuer.

Je ne vous ai jamais beaucoup parlé de votre mère. La perdre alors que Cadence était encore si jeune me pesait, et pesait sur ma conscience. J'ai pensé qu'il valait mieux vous cacher sa mort, et seulement vous dire qu'elle était « partie ». C'était le cas… Mais, à la vérité, j'étais accablé, et je ne savais comment expliquer à de si petits enfants que leur mère n'était plus, et ne reviendrait jamais. Et puis « elle est partie » vous donnait aussi l'espoir, absurde j'en conviens, de la revoir un jour, et cela vous évitait ce terrible chagrin dont j'ai failli ne pas me relever, après sa mort. Malgré tout, la culpabilité m'a bien sûr rongé… Car non seulement j'étais un mauvais père, mais j'étais aussi un père qui n'était pas à la hauteur et avait menti à la chair de sa chair... Et le temps passant, jamais je n'ai trouvé comment vous avouer la vérité... La vie est étrange, n'est-ce pas ?

Maintenant que je me retourne sur la mienne, parce que je vais mourir bientôt, je comprends beaucoup de choses.

Leur père savait donc vraiment qu'il allait mourir... Tel était son secret ? La raison de ces « grands changements » dans sa vie ? Mais son père n'avait jamais été une victime ! Au contraire. Pourquoi avait-il laissé un meurtrier se pavaner sur ses terres et le tuer de sang-froid ?

Mais il ne savait peut-être pas comment et quand exactement il serait tué.

Tout le monde semblait se poser la question. Les regards se cherchaient, interrogateurs, décontenancés.

Surtout, il y avait cette incroyable révélation.

Leur mère était morte.

Leur mère ne s'était donc pas enfuie...

May le savait-elle ? Non, sans doute, car sinon elle le leur aurait appris, n'est-ce pas ?

Quand j'ai découvert que ma souffrance n'était pas seulement physique, mais surtout morale, je me suis rendu compte que la vie était courte. Profitez-en, mes enfants. Ne la gaspillez pas en souffrance, en vaines disputes. Ne vous abandonnez pas au chagrin. Profitez-en le plus possible ! Laissez parfois les autres remporter la victoire. Certaines victoires ne valent pas la peine d'une bataille.

Je suis conscient d'avoir fait du tort à beaucoup de gens, au cours de mon existence, y compris aux personnes qui comptaient le plus à mes yeux. Je sais que certains individus sont à mes trousses, mais je ne vais pas les arrêter. Croyez-moi, quelle que soit la mort qu'ils m'ont prévue, elle sera beaucoup plus courte et moins douloureuse que celle que la nature aurait pu me réserver. Non que j'excuse les actes de ces individus ! Mais j'espère que le chagrin ne vous rendra pas haineux et malheureux, ne rendra pas votre vie amère. Vivez la vôtre dans la joie, le bonheur. De votre mieux. Faites-en de bonnes vies.

Je ne pourrais être plus fier d'aucun d'entre vous. Hereford est entre les meilleures mains possible.

Avec tout mon amour,

Votre père qui vous aime

À cet instant, Cadence se retourna et vit Rory, au fond du salon. Elle se leva d'un bond, alla vers lui, et enfouit son visage contre sa poitrine.

Il la serra dans ses bras, et elle soupira d'aise.

— J'ai tout entendu, lui dit-il, assez bas pour qu'elle soit la seule à l'entendre. Ton père a raison, Cadence… Nous avons la chance d'être meilleurs que nos parents. Plus sensés. Il est temps de leur pardonner, de nous pardonner, et de passer à autre chose. Au bonheur, par exemple… Qu'en dis-tu ?

16

À peine avait-il prononcé ces mots que Rory vit Ed Staples se diriger vers lui. L'émotion était naturellement à son comble. Ed, lui-même au centre de l'attention, semblait en être l'incarnation.

Rory se raidit, songeant que le vœu qu'il venait d'émettre était en contradiction avec la volonté de Mike Butler pour qui il n'était pas l'homme qu'il fallait à sa fille chérie. Était-il inquiet à l'idée que, même après sa mort, il ne laisse sa fille en paix ? Il osait à peine se demander quelle aurait été sa réaction s'il avait appris que Cadence était enceinte de lui.

— J'ai quelque chose pour vous, monsieur Scott, commença l'avocat toujours solennel.

Sur ces mots, il lui remit une enveloppe scellée. Rory jeta un coup d'œil à Cadence pour se rassurer avant de l'ouvrir. Ed, pendant ce temps, s'excusa et s'éloigna. Sans doute ne voulait-il pas s'immiscer plus longtemps dans leur intimité.

Rory déplia la note manuscrite qui lui était destinée.

Rory,

Tu me rappelles celui que j'étais à ton âge. Je suis conscient d'avoir été dur, très dur avec toi. Plus que je ne l'ai été avec Dade.

Si tu lis cette lettre à l'instant, c'est que tu es auprès de Cadence, et que tu l'aimes d'un amour authentique. Tout le monde au ranch avait compris qu'elle avait eu le coup de foudre pour toi dès le premier jour, dès la première rencontre. Toi seul ne l'avais pas remarqué... Mais Cadence à l'époque était trop jeune, et elle devait avoir la chance et l'occasion de fréquenter d'autres personnes pour ensuite avoir la certitude que c'était bien toi, l'homme de sa vie. Je le reconnais, j'ai fait tout mon possible pour vous séparer et lui donner le temps de mûrir. Je l'ai même envoyée à l'université. J'ai même prononcé des paroles cruelles pour t'éloigner d'elle.

Le véritable amour résiste à tout, et j'étais à peu près certain que le vôtre serait le plus fort.

On ne sait jamais combien de temps la vie vous donne le bonheur de vivre avec l'âme sœur. Ne gaspillez pas ce bonheur et cet amour infini.

Et lorsque Cadence et toi déciderez de passer le reste de vos jours ensemble, j'espère que vous aurez votre place après des autres, au ranch. Je suis fier de Hereford. Pas à cause de l'argent qu'il m'a fait gagner. Mais pour toute l'aide que j'ai pu apporter à autrui, au cours des ans. Au début, j'avais acheté ce ranch pour en faire une entreprise prospère, pour m'enrichir, je le reconnais. J'y ai réussi au-delà de mes espérances. Et, plus récemment, je me suis rendu compte que c'est la maison, le foyer que nous y avons construit, qui comptait le plus.

Vous avez ma bénédiction, mes enfants.

Rory ravala son émotion.

Mike Butler, si dur ait-il été, avait été bon avec lui. C'était grâce à lui s'il était devenu un homme digne de ce nom.

Recevoir sa bénédiction le soulagea plus qu'il n'aurait su le dire, et il respira même mieux. Il ne lui restait qu'à trouver le moyen de convaincre Cadence de l'épouser.

Il l'aimait, il était prêt à donner sa vie pour elle et pour les jumelles.

Cadence passa le bras sous le sien, sans mot dire, mais avec un sourire très tendre. Rory soupira d'aise. Il avait le sentiment d'avoir enfin atteint un but.

Restait désormais à comprendre pourquoi Dex et ses complices étaient aux trousses de Cadence, s'ils étaient impliqués dans le meurtre de Mike Butler, et à les arrêter. Il voulait faire ce cadeau à la famille Butler et ainsi lui exprimer sa reconnaissance pour l'avoir accueilli. Cette famille était devenue la sienne…

Car la famille, c'était aussi une affaire de choix, pas seulement de liens du sang.

Le portable de Dalton sonna et les conversations cessèrent.

Il consulta l'écran.

— C'est Terrell Landry.

Il prit l'appel et ne répondit que par marmonnements.

— Attends, dit-il soudain à son interlocuteur avant de s'adresser à la ronde. Quelqu'un a réussi à entrer dans la maison en dépit des dispositions qui ont été prises.

Une vague de panique déferla pendant que Rory se plaçait devant Cadence dans un mouvement de protection instinctif.

Tout le monde se regroupa au centre de la pièce, de façon à avoir dans son axe de vision chacun de ses accès. Rory surveilla la porte du couloir menant aux chambres et à la cuisine. Ainsi rassemblés, ils offraient des cibles qu'un tireur pouvait désormais atteindre sans la moindre difficulté.

Un bris de vitre accompagné du claquement d'un coup de feu lui fit tourner les yeux vers la fenêtre qui donnait sur l'avant de la maison.

— Baisse-toi ! ordonna-t-il à Cadence, ignorant la douleur brûlante qui lui vrilla l'épaule.

Puis il ajouta à l'attention de Wyatt, Dade et Dalton :

— Faites sortir les femmes !

Les jumeaux et Wyatt obtempérèrent, et conduisirent Madelyn, Ella, Carrie, Meg, Leanne et Cadence vers la cuisine et de là, sans doute, vers le garage. Rory se cacha quant à lui derrière un canapé et attendit, certain que le tireur n'était autre que Dex.

L'un des jumeaux avait eu la présence d'esprit d'éteindre la lumière en sortant, plongeant le salon dans une obscurité bienvenue. Rory attendit que sa vision s'adapte, gardant les yeux sur la fenêtre brisée et guettant le moindre signe.

Il avait l'impression de disputer une partie d'échecs. Celui qui effectuerait les meilleurs mouvements et anticiperait ceux de son adversaire gagnerait la partie.

L'enjeu était de taille, le plus important auquel il ait eu à faire face. Les Butler lui avaient donné une vraie famille et un foyer. Il était amoureux de Cadence, et voulait passer le reste de sa vie avec elle et leurs filles. Vivre dans les montagnes du Wyoming sans elle avait été trop dur.

Grâce au message de Mike Butler, tout était devenu évident.

Ces derniers mois, il avait vécu dans une nuit que seule Cadence savait illuminer.

Face à la possibilité, plus que jamais réelle, de perdre les personnes auxquelles il tenait le plus au monde, il avait l'impression d'avoir acquis, au cours des minutes qui venaient de s'écouler, une étonnante clairvoyance et de soudain tout comprendre.

Il protégerait sa famille coûte que coûte !

Rien n'était plus important.

C'était vital.

Rory sortit son pistolet de son holster de cheville. Son épaule droite était parcourue d'élancements douloureux, et il sentait qu'il perdait beaucoup de sang. Plus ennuyeux, sa blessure allait considérablement le gêner pour tirer, puisqu'il était droitier. Ainsi n'était-il pas certain de pouvoir atteindre sa cible, le cas échéant. Or, il devait pouvoir le faire, et du premier coup de préférence.

Des cris de frayeur lui parvinrent depuis le garage. Dex et ses sbires s'y trouvaient-ils ?

Un chapelet de jurons lui échappa tandis qu'il se levait et se dirigeait vers la cuisine. Dans sa hâte, il se cogna le tibia à la solide table basse en bois massif, ce qui faillit lui faire perdre l'équilibre. Heureusement, il n'avait pas besoin de lumière pour se diriger. Il connaissait la disposition de la maison par cœur et pouvait sans problème s'y déplacer les yeux fermés. Il avait grandi à Hereford.

Il y était chez lui.

Et cet endroit, qu'il considérait comme sa maison, le lieu le plus sûr et le plus chaleureux au monde, était en ce moment assiégé par un ou plusieurs criminels !

Après avoir traversé la cuisine, il ouvrit doucement la porte menant au garage et, accroupi, se glissa à l'intérieur.

Un coup de feu l'assourdit, provoquant de nouveaux cris de terreur. Plissant les yeux, il s'efforça frénétiquement de localiser le tireur.

En vain, car non seulement le garage, conçu pour plusieurs véhicules, était vaste mais, comme le salon, il était plongé dans l'obscurité.

Bon sang, où était Cadence ?

Il ne pouvait l'appeler car il trahirait sa position mais aussi celle de Cadence si elle répondait.

À croupetons, il longea silencieusement le mur le plus proche et localisa Wyatt et Dalton, auprès de Leanne, Ella, Carrie et Madelyn.

— Où est Cadence ? chuchota-t-il.

— Je ne sais pas. Avec Dade peut-être ? répondit Dalton sur le même ton.

Non loin d'eux Rory repéra Dade et s'approcha suffisamment de lui pour qu'il puisse l'entendre avant de lui poser la même question. Son cœur se serra quand Dade, à voix basse, lui conseilla de demander à Dalton et à Wyatt.

Le silence qui régnait à présent dans le garage était oppressant.

Précautionneusement, il fit le tour du garage et dut se rendre à l'évidence : il n'y avait aucun intrus, et Cadence n'était pas là.

Alors il courut dehors. Au loin les gyrophares des voitures de patrouille, et le hululement des sirènes trouaient la nuit.

Éperdu, il scruta les alentours.

Cadence s'était-elle enfuie ?

Où ?

Avait-elle été prise en otage ?

Il espérait qu'elle soit parvenue à se cacher en attendant que Dex et ses complices soient neutralisés.

Où était-elle ?

Son œil exercé repéra dans la poussière du sol des empreintes qui se dirigeaient vers la grange. Elles correspondaient à une petite pointure, la trace d'un pied moins marquée que l'autre – celle de son pied blessé encore fragile.

L'image de Cadence affolée, courant seule entre les arbres dans cette nuit froide, s'imposa à son esprit. Puis d'autres images plus angoissantes surgirent, sur lesquelles il ne voulait ni ne pouvait s'appesantir.

Hélas ! Il constata peu après que les empreintes avaient disparu. Il regarda autour de lui, serrant les dents de colère et de frustration.

Où es-tu, Cadence ?

Soudain, il y eut un bruit à sa gauche. Il se figea.

Non. Fausse alerte.

Ce n'était que le vent qui sifflait à travers les arbres nus. Cependant, peu après, il entendit une branche craquer sous des pas lourds. Quelqu'un s'approchait sans se soucier de se faire repérer.

Dex ou un de ses comparses ?

Il s'accroupit derrière un arbre. L'homme faisait quelques pas et s'arrêtait comme pour prêter l'oreille. Puis il se remettait à marcher pour de nouveau s'immobiliser et écouter.

C'est alors que Rory se rendit compte qu'il avait peut-être été suivi et que, sans le vouloir, il avait rapproché cet homme de Cadence.

Que faire, maintenant ?

Retrouver Cadence ? Plutôt poursuivre le tireur et l'arrêter ?

Il en débattait lorsque l'homme soudain entra dans son champ de vision.

C'était Dex.

Rory savait qu'il avait l'avantage de la surprise. Se croyant seul, Dex manquait désormais de la plus élémentaire prudence en dépit de mouvements toujours furtifs.

Bientôt, Rory le vit parfaitement.

Il le laissa approcher et attendit qu'il soit à sa portée pour bondir et le plaquer au sol.

Dex riposta vite. Il lui donna un coup de poing et Rory, touché au menton, sentit sa tête partir en arrière en même temps qu'une douleur fulgurante s'ajoutait à celle de son épaule. Conscient d'être diminué par cette blessure, il contint sa frustration. Il ne devait compter que sur son mental pour réagir car, déjà, Dex revenait à la charge.

Rory lui décocha un coup qui n'eut pas l'impact

désiré, son épaule blessée le privant d'une bonne partie de sa force. Dex en profita pour l'attaquer de nouveau mais, bien qu'affaibli, Rory eut un sursaut.

La pensée que cet homme voulait éliminer Cadence provoqua en lui une décharge d'adrénaline qui lui fit oublier la douleur et redoubler de coups. Étourdi, Dex ripostait de plus en plus faiblement. Rassemblant ses forces, Rory lui asséna un ultime coup au menton. Cette fois, Dex s'effondra, inerte.

Après s'être assuré que Dex ne représentait plus aucune menace, il extirpa à grand mal son téléphone de sa poche, et appela le shérif Sawmill qui répondit à la première sonnerie. Il lui communiqua sa position et lui rendit compte de la situation.

Le shérif lui fit pour sa part un résumé des derniers événements.

— Rupert Grinnell est venu au bureau du shérif de son propre chef il y a une heure. Il était tourmenté. Il ne savait pas que ses cousins étaient en affaire avec Dex. Selon Grinnell, la mère de David Dexter Henley aurait affirmé avoir eu une relation avec Mike Butler, lequel serait donc son père biologique. Mike Butler, à l'époque averti des faits, aurait catégoriquement refusé de reconnaître Dex, que cette femme avait donc élevé seule, et dans des conditions difficiles.

— Dex est vraiment le fils de Mike Butler ? coupa Rory.

— Dex a évoqué un test ADN qui aurait confirmé qu'il l'était bel et bien, ce qui faisait donc de lui un bénéficiaire de la succession Butler. Selon ses complices, à savoir les cousins de Rupert Grinnell, il voulait se venger de Mike Butler qui les avait abandonnés, sa mère et lui, et refusé de le reconnaître.

— Dex aurait tué Mike Butler pour revendiquer sa part de l'héritage ?

— Exact. Surtout, Grinnell a déclaré que Dex avait croisé Cadence Butler qui sortait de la grange, la nuit du meurtre de son père.

Sawmill se tut.

— Le cas échéant, Cadence aurait pu l'identifier et témoigner, commenta Rory.

— Oui ! Et, justement, Dex était obsédé par la nécessité de la retrouver, de la supprimer pour que jamais elle ne soit en mesure de l'identifier. C'est du moins ce que les cousins de Grinnell, qui se sont livrés, ont déclaré. Rupert Grinnell a expliqué que ses cousins étaient venus le consulter, lorsqu'ils se sont rendu compte que la situation était devenue incontrôlable. Grinnell a pris peur, et a conseillé à ses cousins de disparaître. David Dexter Henley les ayant menacés, ces derniers craignaient pour leur vie.

Rory soupira de soulagement. Les complices de Dex avaient été arrêtés et Dex, toujours inconscient, était pour le moment hors d'état de nuire.

Soudain, il entendit un bruit.

— Est-ce qu'un de vos hommes s'approche du lieu où je me trouve ? demanda-t-il en chuchotant.

— Pas encore, mais nous arrivons ! dit Sawmill.

— Je dois vous laisser, shérif.

Rory raccrocha, prêta l'oreille, essayant de discerner s'il y avait danger ou non.

Les pas étaient légers. Cadence ? Peut-être n'était-ce qu'un espoir, une illusion… d'autant que, la tension retombant, l'adrénaline s'épuisant, il se sentait sur le point de s'évanouir.

La police allait arriver, se répéta-t-il, luttant pour rester conscient et se raccrochant à ce bruit presque imperceptible.

Des pas si légers.

Enfin, il entendit un souffle tout proche.

Cadence !

Il crut que son cœur allait exploser dans sa poitrine, quand il vit enfin son beau visage.

— Cadence… Ça va ?

— Ça va. J'ai froid, mais ça va.

La panique marqua les traits de Cadence.

— Rory…

Elle jeta un coup d'œil à Dex, puis reporta son attention sur lui.

— C'est fini…, murmura-t-il en s'adossant à l'arbre le plus proche. Un adjoint du shérif est en route. Les cousins de Rupert ont avoué, les trois se sont rendus. Ils sont en garde à vue. Rupert n'avait quant à lui aucune idée de ce qui se tramait.

L'expression de soulagement qui éclaira les traits de Cadence fut de courte durée.

— Mais toi, Rory ?

Son regard angoissé passa de son épaule à son visage.

— Tu es blessé…

Elle avait les larmes aux yeux, mais elle se contenait.

Il riva son regard au sien.

— J'irai mieux dès que tu auras accepté d'être ma femme.

Alors qu'il essayait de bouger son bras droit pour prendre sa main dans la sienne, il grimaça de douleur.

— Tu souffres… Surtout ne bouge pas.

Des larmes coulaient maintenant en abondance sur les joues de Cadence.

— Je voulais d'abord demander à tes frères…, commença-t-il.

Il se tut face au regard impérieux et altier qu'elle lui lança.

— Je suis parfaitement capable de décider seule de ma vie et de mon avenir ! répliqua-t-elle.

Malgré la douleur, il réussit à sourire.

— Je sais. Mais je veux faire les choses correctement. Je ne veux plus me cacher, Cadence. J'ai déjà la bénédiction de ton père, je veux désormais celle de Dalton et Dade.

De la main gauche, il tapota la poche de son jean, où il avait mis la lettre.

Cadence lui sourit à travers ses larmes.

— Je veux que tu deviennes ma femme, Cadence. Je le désire de toute mon âme. Avec tout mon amour. Tu es la seule famille dont j'ai besoin. Toi et nos bébés, vous êtes ma vie. Tu es la seule personne pour qui je veux rentrer à la maison chaque soir. La seule auprès de qui je veux me réveiller chaque matin.

Il marqua une pause.

— Me feras-tu l'honneur de devenir ma femme chérie, Cadence Butler ?

Les larmes de Cadence coulèrent de plus belle, et Rory incertain retint son souffle.

— Je t'aime depuis le premier jour, Rory Scott, dit-elle enfin dans un souffle. Je t'ai toujours aimé…

Elle sourit.

— Qu'est-ce qui t'a fait changer d'avis, soudain ? Je sais que tu aimes la vie en plein air, ta liberté, et je sais aussi que tu me considéreras toujours comme une princesse. Une enfant gâtée.

— Non, Cadence ! Tu te trompes ! Je t'ai toujours admirée. Mais je croyais ne pas être digne de toi. Ton père me l'avait dit sans ambages. Et ma vie sans toi, au cours de ces cinq derniers mois, a été un véritable enfer… J'ai beau aimer la nature, la vie en plein air et ma liberté, rien, jamais, ne sera plus important que toi. Toi et nos jumelles, vous êtes tout ce dont j'ai besoin pour être heureux. Je l'ai compris ce soir. Oui, ce soir j'ai compris que l'amour était la seule et unique réponse. Grâce à ton père.

Le sourire de Cadence s'élargit.

— Je t'aime…, souffla-t-elle.

Puis elle reprit son sérieux.

— Je serai ta femme, mais à une seule condition.

— Laquelle ? demanda-t-il, inquiet.

— Que tu restes fidèle à ce que tu es, Rory. Je t'aime tel que tu es, je ne veux pas que tu changes par amour pour moi…

Son expression resta sérieuse lorsqu'elle reprit :

— De plus, si tu changes pour moi, enfin, à cause de moi, un jour, tu me le reprocheras…

— Non. Tu te trompes, Cadence. Je veux changer de vie parce que je suis amoureux, parce que je t'aime et parce que je veux être avec toi. Parce que je ne connais pas de plus grand bonheur que de te serrer dans mes bras chaque nuit.

Des bruits de pas se firent entendre.

— Tant de choses ont changé au cours de l'année écoulée, reprit Cadence. Notre famille a subi une terrible tragédie, mais j'ai moi aussi compris quelque chose, tout à l'heure, à la lecture des derniers mots de mon père. Je ne veux plus m'attarder sur le passé, sur des rancunes… J'ai gagné un frère et une sœur. J'ai tant d'amour autour de moi, et en moi. Je veux aller de l'avant. Regarder vers notre avenir. Avec toi, Rory. Avec nos filles.

— Je t'aime, Cadence Butler…, dit-il d'une voix plus faible.

La radio d'un adjoint grésilla dans la nuit. Le shérif arrivait enfin !

— Chut, tais-toi. Économise tes forces, lui dit Cadence doucement, d'une voix un peu tremblante. Le shérif et ses hommes sont là…

Puis elle sourit.

— Je veux que tu te rétablisses vite pour que je puisse t'épouser.

— Il faudrait aussi que tu acceptes que nous gardions Boots…, lâcha-t-il.

Son cœur se remplit d'amour pour Cadence qui sourit.

— J'*insiste* pour qu'on le garde ! répondit-elle.

— Joyeux Noël, Cadence.

— Joyeux Noël, Rory.

Elle se pencha vers lui pour l'embrasser.

Il lui rendit son baiser en posant la main gauche sur son ventre.

C'était sa famille.

Il était enfin rentré à la maison.

Épilogue

Rory regarda sa femme, puisant en elle force et courage. Ainsi réconforté, il couvrit les derniers mètres vers le vieux bungalow, qui avait bien besoin d'une nouvelle couche de peinture.

Les pluies d'avril promettaient les floraisons de mai, mais ce 1er mai annonçait surtout des orages dans cette partie du Texas. Le ciel était nuageux, l'air moite et lourd. Rory allait bien. Son séjour à l'hôpital et sa guérison étaient désormais un lointain souvenir.

Cadence, plus belle que jamais, tenait dans ses bras leur fille Katie, âgée de huit semaines. Rory tenait quant à lui Kelly, enveloppée dans une couverture rose.

Deux miracles.

Trois en comptant sa femme.

Chaque jour, il se félicitait de son bonheur et de sa chance.

— J'ai hâte de faire leur connaissance, lui confia Cadence le regard brillant.

— J'espère que ça se passera bien…, dit-il à mi-voix.

Il monta les marches de la galerie. Les planches grinçaient.

Cet endroit avait besoin d'être rénové, se dit-il, les sourcils froncés. Ses parents accepteraient-ils qu'il leur donne un coup de main ? Il n'avait aucune idée de leur état d'esprit actuel. Il avait retardé cette visite à leur domicile autant que possible parce qu'il redoutait d'exposer Cadence et les filles à une situation potentiellement pénible.

C'est finalement Cadence qui avait établi, rétabli le contact. Elle leur avait téléphoné et demandé à les rencontrer. Rory avait certes prévu de le faire, mais plus tard. Elle avait pris les devants.

Cela résumait sa femme. Intrépide. Valeureuse. Lumineuse.

Cadence n'esquivait pas les difficultés. Elle leur faisait face et tentait de leur trouver une solution.

Encore une fois, il se réjouit de sa chance, immense, infinie.

Il n'avait pas frappé que, déjà, la porte s'ouvrait. Sa mère apparut sur le seuil, souriante et détendue.

— Entrez ! s'exclama-t-elle, ouvrant tout grand.

Rory vit son père se profiler derrière sa mère. Lui aussi avait un grand sourire. Tout semblait aller pour le mieux… Mais les apparences pouvaient être trompeuses.

— Veux-tu entrer, fiston ? demanda son père, qui avait perçu son hésitation.

Rory jeta un coup d'œil aux chaises de la galerie.

— Et si on s'asseyait plutôt dehors ?

Il n'était pas encore prêt à entrer dans cette maison, où il avait été témoin de tant de violence, de peine et de frustration.

Sa mère hocha la tête, toujours souriante, mais le regard embué.

— Comment vas-tu ? lui demanda-t-il, s'effaçant pour qu'elle puisse sortir.

— Bien. C'est si bon de te revoir…, après tout ce temps…, répondit-elle.

Elle s'excusa d'une voix brouillée tandis que Rory la serrait dans ses bras.

— Moi aussi, je suis content, enchaîna son père visiblement ému.

— Je vous présente ma femme, Cadence, dit Rory avec fierté.

Cadence s'approcha.

— Je suis ravie de vous rencontrer et de faire enfin votre connaissance !

Elle souriait, chaleureuse.

— Comme elle est belle, Rory ! lui murmura sa mère.

Son père la serra quant à lui dans ses bras avec effusion. Rory était agréablement surpris par la réaction de ses parents.

— Qui est-ce, ce bout de chou ? demanda sa mère en se penchant sur le bébé qu'il tenait.

— C'est Kelly. Et là, Katie, répondit Rory, avec un mouvement de tête vers le bébé dans les bras de Cadence.

Son père, l'air toujours ému, enlaça sa mère.

— Ce sont nos petits-enfants, dit-il avec un respect, une tendresse que Rory ne lui avait jamais entendus.

Était-ce vrai ? Avait-il changé ? Rory avait envie d'y croire, et tout tendait à le lui prouver.

Le soulagement l'envahit.

Il prit place à côté de Cadence. Ses parents s'assirent l'un à côté de l'autre en se tenant la main.

— Vous avez des nouvelles de Renee ? J'aimerais tant la retrouver, dit-il alors que sa mère regardait Katie avec un immense sourire.

— Nous en avons eu l'année dernière. Elle vit à Nashville et fait de la musique avec Rodney, expliqua sa mère.

— Elle a donc réalisé son rêve. C'est génial ! s'exclama Rory, fier.

— Le groupe s'appelle… Oh ! je ne me souviens pas… Henry, quel est son nom ?

— « Soudain… quelque chose » ?

— Non, non, ça c'était le nom du dernier groupe. Le chanteur l'a quitté, car il voulait faire carrière en solo. Ils ont continué sans lui. Oh ! ça y est, ça me revient ! « Double Dose Dixie » !

Son père hocha la tête.

— Renee et Rodney ont un petit garçon adorable, continua sa mère, rayonnante.

— Quel âge a-t-il ?

C'était étrange de penser que sa sœur était devenue mère, songea Rory. Pas plus étrange que le fait qu'il soit devenu père, lui souffla une petite voix ironique.

— Il a cinq ans. Il s'appelle Rory Daniel, expliqua son père.

— Rory, comme moi… J'aurais dû rester en contact…, lâcha Rory avec regret.

— Renee dit la même chose, reprit son père.

Il sortit son portable.

— Oui, montre-lui les photos, fit sa mère avec élan.

Et son père lui passa son smartphone. Cadence se pencha et, avec Rory, s'émerveilla devant les photos du petit garçon âgé de cinq ans.

— Il te ressemble au même âge, dit fièrement sa mère.

— Il est si mignon ! s'exclama Cadence. J'espère que nos filles auront d'aussi jolies boucles.

Rory soupira d'aise. Il était plus heureux qu'il l'aurait cru possible d'avoir renoué avec ses parents.

— Renee est-elle heureuse ? demanda-t-il à sa mère.

— Je crois, oui. Son compagnon et elle vivent donc à Nashville, et elle fait de la musique. Ils se débrouillent plutôt bien sur le plan financier. Ce n'est pas comme s'ils gagnaient autant que les grands groupes de musique, mais cela leur suffit.

— Et vous deux ? reprit Rory. Es-tu heureuse ?

Son père passa son bras autour des épaules de sa femme.

— Le départ de nos enfants nous a obligés à nous remettre en question. J'ai cessé de boire peu après.

— Ton père a fréquenté les AA, et notre vie a changé.

Ses yeux brillaient. Sa mère paraissait heureuse.

— Nous t'aurions volontiers contacté, mais nous ne savions pas comment te joindre, poursuivit-elle.

— Je n'ai pas été joignable. J'ai été pisteur, je pourchassais les braconniers. Mon métier, c'était d'être invisible !

— L'essentiel est que tu sois là maintenant. Et ta mère et moi…

Son père hésita.

— Je te dois des excuses, Rory. J'aurais dû être un bon père, un bon mari, mais j'étais trop occupé à cultiver ma propre douleur. J'imaginais pouvoir l'oublier en buvant, mais ça n'a fait qu'empirer la situation, et tout le monde en a pâti.

Il se pencha, posa les coudes sur ses genoux.

— J'aimerais réparer, faire partie de ta vie, Rory. Je comprends que ça pourrait prendre du temps pour que tu me pardonnes, après les torts que j'ai causés. Mais j'ai vraiment changé et… et j'espère qu'un jour je deviendrai un homme digne et respectable. Je te demande pardon, mon fils.

— J'accepte tes excuses, dit Rory.

Il regarda Cadence.

— J'ai appris le pardon récemment. Et puis, je suis si heureux de renouer avec vous deux. Et de vous voir apaisés. Sereins.

— J'aurais dû faire du thé glacé pour qu'on puisse trinquer ! dit sa mère gaiement.

Elle fit mine de lever un verre.

— Aux secondes chances.

— À tous les nouveaux départs ! enchaîna Cadence, faisant comme si elle trinquait. Et surtout, à l'amour !

Cadence regarda les parents de Rory, puis sourit à leurs filles.

Rory sourit à son tour, heureux de porter un toast à l'amour.

Aux amours de sa vie.

À l'avenir qui les attendait. Et à quelque chose qu'il avait toujours cru hors de portée pour lui, une vraie famille.

Son bonheur était enfin complet.

Retrouvez en décembre 2019,
dans votre collection

BLACK ROSE

Le bébé menacé, de Julie Anne Lindsey - N°564

SÉRIE PROTECTEURS EN MISSION 2/2

« Vous avez une jolie petite fille… » Paniquée, Kara fuit l'homme à l'allure inquiétante qui, penché sur la poussette, vient de lui adresser ces quelques mots. Aucun doute possible : cet inconnu a voulu les menacer, elle et son bébé. Désemparée, elle se résout alors à faire appel au seul homme auprès de qui elle s'est toujours sentie en sécurité : Ryder Garrett. Ryder, le flic de choc. Ryder qu'elle a quitté pour un autre, trois ans plus tôt, mais qui, à n'en pas douter, saura les protéger…

L'inconnue de Brighton, de Dana Nussio

Qui est Sarah, la jolie serveuse du restaurant où les policiers du quartier déjeunent quotidiennement ? C'est la question que se pose Jamie Donovan qui, dès le premier jour, a été troublé par les yeux bleus de Sarah et sa timidité touchante. Troublé… et intrigué, car nul ne connaît le nom de famille de celle qui est arrivée deux ans plus tôt à Brighton. Et, plus que tout, Jamie aimerait percer le secret qui se cache derrière son regard clair…

Celle qui ne pouvait pas oublier, de Cassie Miles - N°565

Les poupées Hardy. Ainsi avait-on surnommé Brooke et cinq autres adolescentes, séquestrées comme elle par un fou nommé Martin Hardy… Un traumatisme dont elle ne s'est jamais remise et qui l'a poussée à entrer dans la police. Et voilà que soudain le passé lui revient en plein visage. L'une des « poupées » qu'elle protégeait est retrouvée assassinée. Chargée de l'enquête, Brooke comprend qu'elle est dans le collimateur du tueur et accepte, à contrecœur, de faire équipe avec Justin Sloan, un agent du FBI, aussi sexy qu'exaspérant.

Le danger partagé, de Julie Miller

Simple curiosité ou pur masochisme… Conor se demande pourquoi il a accepté de venir au mariage de Lisa, son ex-fiancée. Mais, alors qu'il s'éclipse, il croise Laura, la jeune sœur de Lisa. Une Laura heureuse de le revoir mais qui, inquiète de l'absence de sa meilleure amie au mariage, lui demande de la ramener en ville. Séduit par celle qui dans son souvenir n'était encore qu'une adolescente, poussé par son réflexe de policier, Conor accepte et se retrouve, malgré lui, mêlé à une enquête criminelle complexe…

Retrouvez en décembre 2019,
dans votre collection

BLACK ROSE

Le venin du soupçon, de Jo Leigh - N°568

Enlevée par un inconnu lors d'une froide soirée d'hiver et séquestrée dans un chalet perdu en pleine montagne, Jade Parker est terrifiée. Peu à peu, cependant, elle se prend à espérer. Car son ravisseur, qu'elle ne peut s'empêcher de trouver séduisant, se montre attentionné et poli envers elle... Jusqu'au jour où il lui révèle qu'il soupçonne son père, un éminent sénateur, d'être corrompu. Troublée par les accents de vérité qu'elle décèle dans sa voix, elle hésite pourtant à le croire…

Danger sous la neige, d'Elle James

La neige à perte de vue. Et la présence chaleureuse de sa famille. Pour Kat, revenir en Alaska, où elle a grandi, est comme une parenthèse enchantée dans son quotidien d'agent secret... Aussi, quand son frère lui demande de protéger Sam Russel, un de ses amis, victime de menaces, elle refuse tout net. Jusqu'au jour où elle rencontre Sam. Troublée par le séduisant géologue, décidée à découvrir qui cherche ainsi à le déstabiliser, elle se lance à ses côtés dans l'Iditarod, la course de traîneaux la plus longue et la plus dangereuse au monde...

Composé et édité par HarperCollins France.

Achevé d'imprimer en octobre 2019.

CPI BLACK PRINT

Barcelone

Dépôt légal : novembre 2019.

MIXTE
Papier issu de sources responsables
FSC® C108412

Pour limiter l'empreinte environnementale de ses livres, HarperCollins France s'engage à n'utiliser que du papier fabriqué à partir de bois provenant de forêts gérées durablement et de manière responsable.

Imprimé en Espagne.